贾平凹文选

长篇小说卷

高兴

5

贾平凹／著

作家出版社

一

名字？

刘高兴。

身份证上是刘哈娃咋成了刘高兴？

我改名了，现在他们只叫我刘高兴。

还高兴……刘哈娃！

同志，你得叫我刘高兴。

刘高兴！

在。

你知道为啥铐你？

是因这死鬼吗？

交代你的事！

我不该把五富背了来坐火车。

知道不该背为啥要背？

他得回家呀。

家在哪儿？

商州的清风镇。

我问你！

就这儿。

咹？

西安么。

西安？！

我应该在西安。

你老实点！

老实着呀。

那怎么是应该？

真的是应该，同志，因为……

这是二〇〇〇年十月十三日，在西安火车站广场东区的栅栏外，警察给我做笔录。天上一直在刮风，广场外的那些法国梧桐、银杏和楸树叶子悠悠忽忽往下落，到处是红的黄的，颜色鲜亮。

我永远要后悔的不是那瓶太白酒，是白公鸡。以清风镇的讲究，人在外边死了，魂是会迷失回故乡的路，必须要在死尸上缚一只白公鸡。白公鸡原本要为五富护魂引道的，但白公鸡却成了祸害。白公鸡有两斤半，最多两斤半，卖鸡的婆娘硬说是三斤，我就生气了。胡说，啥货我掂不来！我说：你知道我是干啥的吗？我当然没说出我是干啥的，这婆娘还只顾嚷嚷：复秤复秤，可以复秤呀！警察就碎步走了过来。

警察是要制止争吵的，但他发现了用绳子捆成的被褥卷儿。这是啥，警棍在戳。石热闹的脸一下子像是土布袋摔过一样，全灰了。这狗日的说什么不成，偏说是捆了一扇猪肉，警察说：猪肉？用被褥裹猪肉？！警棍还在戳，被褥卷儿就绽了一角，石热闹一丢酒瓶子撒腿便跑。这孬种，暴露了真相，警察立即像老虎一样扑倒了我，把我的一只手铐在了旗杆上。

能不能铐左手？我给警察笑，因为右臂在挖地沟时拉伤过肌腱。这回是警棍戳着了我的裆，男人的裆一戳就麻了，他说：严肃点儿！我严肃了。

我的眼睛发黏，好像一下子生出许多眼屎，看东西都有些模糊。但我没有惊慌失措。要稳住。警察的钢笔似乎下水不利，不停地甩，那额头上的一片小疙瘩就全红了。我伸了脚去踩飘过来的法国梧桐叶子，没有踩着。小伙子生这么多的青春痘我从来没见过，一定是未婚，没骟过的羊冲得很！

咔嚓，有人在拍照了。

我最讨厌的是那个记者，装嫩呀，三十多了还梳个齐溜溜！她拍照的时候我根本没注意，等拢了拢头发，把衣领扯平，还摆了个侧面让她再照，但第二天的报纸上刊登出来的，仍然是我半拱着腰在接受笔录的样子，而我的面前是一个用绳子捆扎的印花被褥卷儿，五富的脚没有裹严，露出那只塞着棉花的黄胶鞋。把他的，这张照片和身份证上的照片一样么！身份证上的照片要求正面照，要照出耳朵，没有谁照出来不像个罪犯的，可我的鼻子高，嘴角有棱，她偏不侧着照，这 × 女子！

那不是我，不是，绝对不是。

五富的尸体在运往殡仪馆后，我被释放了，但我必须要在火车站广场上等候五富的老婆赶来处理五富的后事，而广场上许多人是看过了报纸，指着我说：瞧，背尸要坐火车的就是他！他们叫着刘哈娃，我不理睬。再叫：商州炒面客！我们商州地区苦焦，春季里青黄不接主要吃柿子拌稻皮子的那种炒面。叫我们是炒面客那是作践我们哩，我当然更是不理睬。我是要想想问题了，于是我想：五富的尸体被运往殡仪馆了，五富的魂肯定还在这个广场上，在广场的那一排路灯杆上呢，还是在那一辆推过来的装满了烧鸡、熟鸭蛋、面包和矿泉水瓶的叫卖货车上？我在那个时候腰又发酸发困，手便撑在了后腰上，就再想：汽车的好与坏在于发动机而不在乎于外形吧，肾是不是人的根本呢，我这一身皮肉是清风镇的，是刘哈娃，可我一只肾早卖给了西安，那我当然要算是西安人。是西安人！我很得意自己的想法了，因此有了那么一点儿的孤，也有了那么一点儿的傲，挺直了脖子，大方地踱步子，一步一个声响。那声响在示威：我不是刘哈娃，我也不是商州炒面客，我是西安的刘高兴，刘——高——兴！

孟夷纯在初次见我的那天，她说：刘高兴，你不像个农民。我当时说：是吗，羊肉怎么会没有膻味呢？孟夷纯说，她在城里见的人多了，有些人与其说是官员，是企业家，是教授，不如说他们才是农民。孟夷纯的话其实说到了我心上，我一直认为我和周围人不一样，起码和五富不一样。这话我不会说出口的，但我的确贵气哩。

我可以举例说明呀：一、我精于心算。在我小小的时候，加减乘除从不打草稿，你一报数字，三位数四位数都行，我就能得出答案。我当然有一套算法，但我不告诉人。二、我曾经饿着肚子，跑三十里路去县城看一场戏。三、我身上的衣服旧是旧，可从来都是干净的。我没有熨斗，在茶缸里倒上开水在裤子上熨，能熨出棱儿来。四、我会吹箫，清风镇上拉二胡的人不少，吹箫的就我一人。五、我有了苦不对人说，愁到过不去时开自己玩笑，一笑了之。六、我反感怨恨诅咒，天你恨吗，你父母也恨吗，何必呀！来买肾的那人说肾是给西安的一个大老板用的，得检查我有没有别的病，查就查吧，只查出我有痔疮，还嫌我身体发福，说了句：形散神不散。这让我生气，生气过了也就不生气了，临走我给他在清风镇收买了一篮子柴鸡蛋。七，我生就的嘴角上翘，所以我快乐。四年前王妈给我说媒，我吹了三天三夜箫，王妈说你必须盖新房，我去卖血，卖了三次血，得知大王沟人卖血患上了乙型肝炎我就不卖血了才卖的肾。卖肾的钱把新房盖起来了，那女的却嫁了别人。嫁别人就嫁别人吧，我依然吹了三天三夜的箫，还特意买了一双女式高跟尖头皮鞋，我说：你那个大脚骨，我的老婆是穿高跟尖头皮鞋的！

能穿高跟尖头皮鞋的当然是西安的女人。

我说不来我为什么就对西安有那么多的向往！自从我的肾移植到西安后，我几次梦里见到了西安的城墙和城洞的门扇上碗口大的泡钉，也梦见过有着金顶的钟楼，我就坐在城墙外一棵弯脖子的松下的白石头上。当我后来到了西安，城墙城门和钟楼与我梦中的情景一模一样，城墙外真的有一棵弯脖子松，松下有块白石头。这就让我想到一个问题：我为什么力气总不够，五富能背一百五十斤柴草蹚齐腰深的河，我却不行？五富一次可以吃十斤熟红苕，我吃了三斤胃里就吐酸水？五富那么憨笨的能早早娶了老婆生了娃，我竟然一直光棍？这是什么道理呢？！因为我活该要做西安人！

二

我真的就成了西安人。如果人生的光景是分节过的，清风镇的一节，那是一堆乱七八糟的麦草，风一吹就散了，新的一节那就是城市生活。

那么，还是说五富吧。什么都搁下，都算了，五富最丑，也最俗，我却是搁不下，不算了。在火车站的广场，以及后来又到了派出所，我反复说过，我这一生注定要和五富有关系的，这或许是前世的孽债，不是他曾经欠了我，就是我曾经欠了他。

他大我五岁。一般的情况下我应该跟着他浪的，但事实是他一直是我的尾巴。韩大宝说我之所以和五富好是为了五富年轻的老婆，这是在侮辱我。我看得上她吗？那么大的奶，屁股又像个筛罗。韦达就曾经惊奇我的审美，说农民都是原始爱情观，就是喜欢丰乳丰臀的女人，能生孩子。好么，这也从另一个角度说明我压根儿不是农民么！五富的老婆果然生了三个男孩，三个男孩像三个土匪，又都能吃能喝，五富就苦了，为全家人的吃喝煎熬。清风镇就那么点儿耕地，九十年代后修铁路呀修高速路呀，耕地面积日益减少，差不多的劳力都出去打工，但五富笨，没人愿意带他，我就把他承携了。我们去县城周围给人家盖房，拱墓，打胡基，垒灶台，挣不了几个钱又回来了，回来了又得出去，就这样反反复复了几年。而让我感动的是，每次回来，我说五富你回去了和老婆干受活的事呀，我却光 × 打得炕沿响，这不公平。五富说那咋办？我说起码今晚上你也不能回去。五富就真的不回去，在我家陪我喝酒。

对于我卖肾的事，清风镇人都不知道，但五富清楚。这事你要烂在肚里，听见了吗，五富！五富给我表忠心，他说："文化大革命"中我是红小兵，我把毛主席像章别在胸肉上的，我也给你别。他果然拿了别针就在胸肉上别，血流了一片，我虽然把别针夺了，他的胸肉上以后就留下了第二个疤。

韩大宝是第一个离开清风镇到西安的，最初听说他混得一般，后来又传出他已经非常地有钱了，韩大宝就是一块儿酵子，把清风镇的面团给发了，许多人都去投奔他。我鼓动五富：咱也去吧。五富说：在咱县上打工，见到的人吃穿和咱差不多，倒不觉得别扭，如果到西安，咱明显和人家不一样，这心就怯了。我最看不上的就是五富这个怯，西安人三头六臂啦，是老虎吃人啦，没出息！我一气不理五富了，坐在县城的街道沿上吃烟，一只狗叼了根骨头在旁边啃，骨头上一丝肉都没有了，它还在啃，啃了半天了。我一脚把狗踢开，捡起骨头扔到了对面的屋顶上。五富疑惑地看我，说咱真不能去，去了能不能回来？我说混得好了当然不回了。他吃惊地叫起来：你才盖了两间新房呀！我说：两间房算啥呀，如果两间房把我拴在清风镇，那两间房是棺材呀？！我这么说着，也就在那一刻，我意识到了去西安已经是板上钉钉了，或者说，肾在西安呼唤我，我必须去西安！五富却说你要真不回来了，那两间房一定让给我。我真是火了，我说：我还有这一双鞋，要不要？脱下鞋扇他的头。

你扇他，他还给你笑，这就是五富。起来，给我要碗面汤去！我们是带着干馍去面馆里要面汤泡着吃的，不买面条却要喝面汤，店老板肯定是不给的，五富拿了个净碗去了。我说：拿别人吃过饭的碗！拿别人吃过饭的碗老板就以为我们是吃了面条的，五富他想不到这点，这个猪脑子！

我也曾经问过五富这样一个问题：一个人被人救过命，后来又救过别人的命，如果要让救过他命的人和他救过命的人必须死一个，死的应该是谁？五富回答不上来，问：是谁？我说：救过的人不应该死吧。他说：为啥？我叹了一口气，不愿意给他解释，用箫敲他的脑门：给我捏捏脖子！他立即替我捏脖子，五富会捏脖子，捏得不轻不重，又在穴位上。

我是没有救过五富的命，但我实在却也需要五富，这需要不仅是五富能言听计从，我更需要的是花很多精力甚至钱财来关照这个蠢笨的人。

五富，你得走，跟我走。

三

二〇〇〇年三月十日，记着这一天，我和五富来到了西安。

五富一下火车就紧张了，他的嘴张着，肌肉僵硬，天还有点儿凉，但汗出了一层又出一层。奇怪的是我们都穿了我们最好的衣服，现在却显得那样地破旧和灰暗。而且手黝黑，手怎么一下子就黝黑了呢？五富一直扯着我的衣襟，前脚总是磕碰着我的脚后跟，我让他不要扯我的衣襟，不扯我的衣襟又怕他走丢。没事的，五富，你到我前边走，我说咋走你咋走。楼是一幢一幢高低胖瘦往空中戳着，路上架路，曲里拐弯，在人和车搅和得像蚂蚁窝一样的闹市里，我是能分辨出方向的，虽然没有太阳却知道哪儿是东哪儿是西。我得轻松一下，我说：五富，我问你，一头牛……我话没说完，五富说：牛？哪儿有牛？！我恨他，我说：一头牛，牛头朝东，尾巴朝哪儿？五富说：朝西。我说：错！朝下。五富想了想，是朝下，说：哈娃你能！我当然能。我就提示他不要夹着胳膊走，怎么舒服怎么甩，不要脚抬得过高，抬脚过高别人就看出你是从山区来的，还有，把牙缝里的馍屑剔净！但是，五富就嚷嚷着他要尿呀，而且紧天火炮的，脸憋成紫黑。找到了厕所，我才知道他的内裤上缝了个口袋，口袋里装了五十元钱。他让我用身子挡住他，以免被别人发现了他装钱的口袋就在内裤上，他说：城里贼多，抬蹄割掌哩！

我们是在城南的池头村里寻找韩大宝，因为寻着韩大宝才可能在西安落脚。进村口的时候，有孝子在路边烧纸，天空里可能有鬼，我们怀疑鬼在日弄我们，在村里转来转去打听不出韩大宝到底住在哪儿。池头村原本也是农村，城市不断扩张后它成了城中村，村人虽然还是农村户籍，却家家把卖地钱修建了房子出租。这些房子被盖成三层四层，甚至还有六层，墙里都没有钢筋，一律的水泥板和砖头往上垒，巷道就狭窄幽深。五富说：这楼坍得下来？我往上望，半空的电线像蜘蛛网，天就成了筛子。我说：危险。五富说：坍下来就好了，都是农民，他们就能盖这么多房出租？！我踢他一脚，让他快把那臭嘴闭上。

终于在一栋楼里找着韩大宝了，韩大宝确实不是以前的韩大宝，他留个寸头，穿着皮鞋。对于我们的到来他非常吃惊，但也很热情，问喝酒不，从床下提出了一捆葡萄酒，却怎么也打不开软木塞，就骂：真讨厌，送人酒不送个起子？！我知道他在显摆，我只是笑。喝茶呀，喝茶，他又招呼我们喝茶，就不停地打手机，似乎不是有人请他去吃饭，就是有人求他安置个什么活儿。说：哈，我这儿成清风镇驻西安办事处啦！我说：一人得道鸡犬升天么。我当然是恭维他，他却说：皇帝养一国人哩，我这算啥？我真想吐一口唾沫，但我又把唾沫咽了。

韩大宝询问我们将要在西安干啥，我说老虎吃天没处下爪么，你干啥我们在你手下混个嘴。五富就插了话：你吃肉，我们喝汤！韩大宝就让我们去拾破烂。

拾破烂？我怎么也没想到，我来西安就是来拾破烂？！

韩大宝说：我就是拾破烂的。

得了吧，韩大宝，哄谁去！拾破烂能拾出你这副模样？

但韩大宝确实是拾破烂的。

韩大宝告诉我们，西安水深得很，深得如海，你一来就晕了。五富说真是晕了。韩大宝说，谁都想来赚钱呀，能赚的满地的纸片子都是人民币，赚不来的你把纸片子叫爷它还是纸片子。五富说这我懂。韩大宝说，清风镇人来这里凭啥哩，一没技术，二没资金，你卖 × 呀？！五富说你咋说这话？我就训五富，嫌他的话多。韩大宝哈哈地笑，拍我的肩膀：你来找我是找对了，要先站住脚最好的门路就是拾破烂，这门路一般人我还不告诉他。五富耷拉的眼睛又睁大了，韩大宝不让他说话，按他坐在他坐过的椅子上，椅面是皮子做的，一坐一个软坑，韩大宝开始给我们讲课，讲的是拾破烂的大千世界。

可以说，现在的我是长知识了，原来拾破烂已经形成西安城里的一个阶层了。这个阶层人员复杂，但都是各地来的农民，分散住在东西南北的城乡接合部，虽无严密组织却有成套行规，形成了各自的地盘和地盘上的五等人事。

初来乍到的那是第五等，五等人可怜，只能提着蛇皮袋子和一把铁钩，沿街翻垃圾桶，或者到郊外的垃圾场去扒拉。他们是孤魂野鬼，饿是肯定饿的，饿不死就不错了。第四等么，那就入道了，这需要介绍和安置，可以拉个架子车或蹬个三轮车走街过巷。遇见什么收买什么，一天能赚十五元，运气好赚到二十元。但转悠的区域是固定的，蝗虫不能吃过界。第三等便是分包了一个居民小区，不辛苦跑街了。如果你眼活嘴乖，谁家买了煤买了家具，能主动去帮人家扛上楼，人家的破烂交给你了甚或还不要钱。这等人每日赚的虽也是二十元左右，但收入往往固定，还能意外收买到好东西，比如旧的电视机、收音机、沙发、床架，还有半旧的衣服。第二等就要大了，负责一个大区域，能安置第五等第四等人，第五等第四等人定期得进贡。又可承包一些大的城中村，城中村租住人口多，做各种生意的都有，只要每年给村长贿赂两万元，他就是这地盘上的破烂王了。韩大宝就混到了这个份儿上，但韩大宝还在奋斗着，他也有希望当上第一等人。第一等么，西安城里总共四人，城北是一个姓王的，城西是一个姓陆的，城南的姓刘，城东的姓李，这个行里都知道他们的姓，名字却是一样：大拿。大拿们西装革履，文质彬彬，按时来收取一级一级交纳的行业费时，态度十分和蔼可亲，可一旦谁不服从，未能交纳费用，那立即就被一些身份不明的人殴打和轰赶。当然，大拿们有大拿的责任，出了什么问题，如公安来检查，街上泼皮们来敲诈，只要层层报告上去，他们会给你摆平。

啊哈，我对韩大宝是佩服了，他银盆大脸呀，一颗一颗麻子都放着光彩。在韩大宝去上厕所的时候，我说：瞧着了吧，五富，人家虎背熊腰，脚步都那么沉！五富说：这麻子，清风镇的庄稼就数他家的地里长得不好……五富他不懂得用碟子去盛水怎么也不如碗，可碟子就是装大菜的。我让五富给韩大宝买一包纸烟去，五富迟疑了半天问买啥纸烟？我说：好猫牌。五富说：恁贵？我说：要贵！

这包纸烟放在了韩大宝面前，韩大宝没有表示不屑也没有丝毫惊喜，他换上了另一双皮鞋，用床单角蹭了蹭，领着我们在村东头的巷里租下房子。这是一条最窄狭也最僻背的巷子，朝北第三座的楼房看得出来主人是想盖数层高的，不知什么原因只盖到一层又停工了，一层已住了两户拾破烂的，而楼上仅用砖头搭建了两间简易屋，我和五富就一人一间。条件差是差，便宜呀，好的是楼前有一棵槐树，树冠极大，阴了楼的场院，也将我们简易屋全遮住了。韩大宝又领我们去租赁了两辆架子车，也仅仅只剩下两辆，其中一辆是没轮胎的，铁轱辘上裹着破胶皮。这辆破车当然归五富，他的力气比我大。再是，我们去一个老头儿的小摊上买秤，我这时才知道拾破烂的秤都是假秤，一斤的东西只能称出八两。最后，韩大宝带我们进城了，一路叮咛着看路边的标志性建筑，尤其在拐弯的地方有一家什么店铺，挂什么牌子，叮咛得乏了，就到了兴隆街。

兴隆街的名字很吉祥。

四

兴隆街有人在栽树，挖了一个方坑，坑边放着一棵碗口粗的树，枝叶都被锯了，只留着手臂一样的骨干，我的心噔地跳了一下。以前我做过坐在城外弯脖松下一块儿白石头上的梦，醒来就想，我会也是一棵树长在城里的。我就是这棵树吗?

我说：五富，你瞧那是啥树?

五富说：紫槐。

我说：好。

五富说：好?

我说：以后你得护着这树。

五富莫名其妙，憨相又出来了，张着嘴。

我说：嘴!

他把嘴闭上了。

兴隆街在西安的东南角，归于我和五富的是十道长巷。巧的是就在我们来西安的前三天，这一带拾破烂的那个老头过马路时被车撞死了。这是韩大宝告诉我的，我说我的命硬，活该那老头要给我们腾地盘。我买了一瓶酒洒在马路上，奠祭着可怜的亡灵，祈求他不要怨恨我和五富。五富不明白我为啥把酒洒在路上，说怪可惜的，我不能说，怕他从此心里有了阴影，因为他过马路总是犹豫不决，而一旦车辆全没了，又跑得像狼在撵。这是没办法的事，他天生没有城里人的气质，比如北瓜在清风镇叫北瓜，可西安人都叫北瓜是南瓜，韩大宝在池头村时就给他讲过了，到了兴隆街见到了南瓜他还是说：瞧，城里的北瓜多大！

韩大宝把我们带到了兴隆街后他就走了，至于怎么个拾破烂，韩大宝没有教我们，五富倒嚷嚷着肚子饥了。五富的肚子里似乎有个掏食虫，他总是害饥！到拐弯处一间山西人开的削面馆里，我要了四碗面，五富说要五碗，我也就强调：都来肉臊子！五富蹴在凳子上，他的那双鞋前边破了洞，鞋面肮脏不堪，三只苍蝇就落在上面洗脸。我说：五富！示意他坐下来。五富没理会，喊叫着辣子罐里怎么没辣子了：老板，油泼辣子！嘴唇梆梆地咂着响。我又说：五富，五富！意思要他声低些。五富又喊叫蒜呢，没蒜了，来一疙瘩蒜呀！我放下碗，不吃了，气得瞪他，他只顾往嘴里扒拉，舌头都搅不过了还喊叫来两碗面汤！饭馆里人都侧目而视，我悄声说：你一辈子没吃过饭呀？！他抬起头来却关心地给我说：吃呀，哈娃，饭香着哩！

店老板并没有把面汤端上来。五富就只有喝桌上的招待茶，喝一大口，咕嘟咕嘟在嘴里倒腾着响，不停地响，似乎在漱口，要把牙齿间的饭渣全漱净的。老板以为五富把漱口水往地上吐呀，吆喝着服务生把痰盂拿来，五富却脸上的肌肉一收缩，嗝儿，把茶水咽了。

出了饭馆，我那个笑啊！

五富问：你咋啦？

我说：你给我记住，以后在什么地方吃饭都不要蹴在凳子上，不要咂嘴，不要声那么高地说香，不要把茶水在口里涮，涮了就不要咽！

我严肃地教训着五富，五富一下子蔫了，他说：我刚才丢人啦？

当然是丢人啦。经我教训后五富又一下子不知所措，他说这么多的规矩呀，那咋自在？他说：我想菊娥了。

菊娥是他老婆，他坐在路边的石礅上，脸能刮下霜来。

我怎么就带了这么一个窝囊废呢？我想说你才来就想回呀，你回吧，可他连西安城都寻不着出去的路呢，我可怜了他，而且，没有我，还会有第二个肯承携他的人吗？我把他从石礅上提起来，五富，你看着我！

看着我，看着我！

五富的眼睛灰浊呆滞，像死鱼眼，不到十秒钟，目光就斜了。

看着我，看着！

我说：你敢看着我，你就能面对西安城了！别苦个脸，你的脸苦着实在难看！我要给我起名了，你知道我要给我起个什么名字吗？

重起名字？五富的眼睛睁大了：起啥名字？

高兴。

高兴？

是叫高兴，刘高兴！以后不准再叫刘哈娃，叫刘哈娃我不回答，我的名字叫刘高兴！

我觉得我的名字起得好。我怎么就起了这么好的名字啊！我因此建议五富也起个新名，五富却说名字么还不就是个名字，叫个猪娃就是猪啦，我叫五富富了什么？！我告诉五富，你的名字听起来是无富，所以你才没富起来，名字是非常重要的，刚才到兴隆街我觉得街名吉祥才突然想到，美国德国英国法国多好的名字，自然它们都是些强国，柬埔寨，尼泊尔，缅甸，不是寨子就是泥呀草甸的，那能强大吗？还有，大东西名字都大，小东西名字都小，蚊子叫小咬，虎才叫老虎。五富说：鼠大吗，咋也叫老鼠？哈，亏他能说出这种话！我说：五富你活泛了么，就凭这句话你在西安能站住脚的！我就继续给五富讲写名字犹如写符，念名字犹如念咒，我在清风镇叫刘哈娃，能不是个农民吗，能娶上老婆吗，能快活吗？我早就想改名字了，清风镇人不认同，现在到了西安，另一片子天地了，我要高兴，我就是刘高兴，越叫我高兴我就越能高兴，你懂不？

五富不懂，也不愿改名，他还要叫五富。

五

自从改了名，高兴的事也真的很多。开头的几天，我们每天拾破烂能收入十五元，至后就可以升到十七十八元，我竟然还连续着突破了二十元。这让池头村那条巷道的同行都不肯相信，五富说：谁哄你是猪！更让我也感到不可思议的是，常常心想事成，比如我们得自己做饭，正要去买个锅的，偏巧拾破烂时就收到了一个铁锅，虽然锅耳坏了一个，但不漏，做出饭正好够我和五富吃。还有，五富嘟囔烧饭用煤太费了，我就能想到了盘土灶烧柴火，西安人没有烧柴火的，而拾柴火那太容易了，只要每天从兴隆街回来，随便在池头村转转，便可拾到许多木条子和干树枝。五富的鞋太破太脏了，我说几时给你收一双半新不旧的，第二天果然就收到了，还是胶底的。

日子安顿得十分顺当，五富就喜欢从兴隆街回来后忙活做饭，他能一次蒸几十个馍，放在木橛上吊着的篮子里，能熬苞谷糁，熬得不稀不稠，用筷子一蘸吊线儿，然后买一颗萝卜，用盐腌萝卜丝儿。他知道我最爱吃豆腐乳，专门给我买了一小碟。我们吃饭的时候就坐在楼台上，一口萝卜丝儿一口馍，再喝一阵稀饭。吃毕了，五富左腿架在右腿上一会儿，放个屁，又右腿架在左腿上一会儿，说：嗯，哈娃，好日子！

我说：你叫我啥？

五富说：噢，高兴！清风镇没几个人像咱这日子哩！

我说，你收拾锅碗吧，我吹吹箫。我心情一好就喜欢吹箫。

吹箫的时候常常有鸟飞到槐树上，我说这是吹箫引凤，五富说那不是凤是灰灰雀。五富没文化，不晓得比喻和想象，我认为是凤就是凤，我还把树冠叫云，是绿云。

绿云里住着蚊虫和苍蝇，它们总会在尿，滴下小小的水点来，我吹着吹着，尿水却滴得稠了，竟然淅淅沥沥，才明白下起小雨了。

五富在刮锅，他总是不让剩饭，剩下饭就一定再吃下去，说：啥都敢糟蹋，不敢糟蹋饭。我说：你都吃饱了还吃就不是糟蹋？他不吭声了，却问：今日是几号了？

我说：我又不是女人。

女人有月经，准时知道日子，我们糊糊涂涂的只晓得天明上街，天黑回来吃饭睡觉。我想着，要拾回来一个日历。

我说：天上丢雨星了，今日该歇下了。

五富说：毛毛雨就不上街啦？

这回他戗了我，戗了却给我个笑，把豆腐乳切开一小块，用油纸包了，塞在我的怀里。

池头村到兴隆街有十五里地，我们已经不步行了，因为有了一辆自行车。这辆自行车是一家单位的门卫二十元卖给我们的，除了铃不响，浑身都响，两人合骑着十多分钟就可以到兴隆街北边的废品收购站。我车技好，能双手撒把，但五富太重，我驮不动他。五富驮上我了，总是一见前边人多，就嚷：下，下，快下！所以我现在从后座往下跳的动作十分敏捷。

收购站是一个河南人的女婿开的，人瘦得像个猴子。人瘦成那个样儿竟然还能开办个收购站，这让五富十分嫉恨。喝酒呀不？瘦猴迟早见我们就从怀里掏出个小扁壶抿一口，问我们喝不喝。我们不喝，也懒得理他，天上没了半点儿雨意，也无一点儿风丝。

我说：五富，那是啥？

其实是院墙瓦棱上的一撮草，清风镇把这种草叫：风不浪当。

瘦猴说：夜里去嫖娼了吗，大清早的人就蔫了？

五富说：刘高兴神经衰弱。

我的确神经衰弱。把他的，谁都可以神经衰弱，我是没资格神经衰弱的，可偏偏就是睡不好。五富只要一沾上枕头就睡得不醒，我说他是猪变的，而我夜夜都听见什么鸟儿在槐树上扑哧哧拉稀，或者有簸箕虫在墙角爬，尤其村中前的街道夜市声，轰轰嗡嗡，你永远分辨不出人都在说什么，但杂音却像身上有了麦芒一样使你烦躁。我也企图换个思维，不怨恨，去欣赏，而欣赏欣赏着又胡思乱想，脑海里一会儿是这样的画面，一会儿是那样的画面，琢磨了：画面里怎么总没有色彩？

瘦猴说：哟，身子骨贵哇！

身子骨就是贵，怎么着？你以为拾破烂的就哪儿都能睡吗？我掏出一根纸烟来吸，并不让他，太阳下的烟影照在地上是黄的。我敢说，这个世上那么多吃纸烟的人，能注意到烟影是黄的恐怕就我一人。

瘦猴是欺软怕硬的东西，他就支使五富了。喂，给我把这壶灌满！

五富磨蹭着，最后还是拿了小扁壶去了巷头那个酒馆。

买回了酒，我们把自行车交给了瘦猴看管，再拉起前一天傍晚存放在收购站的架子车上街。五富开始大骂瘦猴，说他打听过了，这瘦猴当年也是拾破烂的，可做起了收购站老板却勒掯起拾破烂的了！我说贱人么。五富说人家有钱得很了。我说贱人不在钱多少，以后不得罪他也别讨好他，他再让买烟灌酒就装痴卖傻。五富却悄声说他其实只买了二两酒，在水管子那儿兑了一半水。

兴隆街的辖区是一条大街和大街东西各十道长巷。我负责北边的东西五条巷。五富负责南边的东西五条巷。每天在这块地盘上转悠，五富说这是磨道里的驴，磨道不远，走的路却多。他每天几十遍地转悠，腿脚都肿了，收获总是没有我多，就抱怨城里人比乡下人还会过日子，怎么破了旧了的东西就舍不得扔？这是啥话呀，做刀子的总不能盼着到处都杀人，治精神病的总不能盼着人人都是疯子吧？

我说：拾破烂不在乎你跑得勤。吆喝声大，得有个运气。

拾破烂还有个运气？五富揉他的脚，脚脖是粗了许多，用指头一按一个坑儿。他说：怎么个有运气？

说心态好才可能来运气，这道理五富解不开。这么说吧，我肠胃不好，又失眠得厉害，但我并没有病倒，是我时不时就感谢身体的各个器官的原因。比如肾，只剩下一个肾了，我就感谢剩下的肾承担了另一个肾的工作，它也是很爱听鼓励的话的，它就积极工作，我现在腰并不疼么。我就感谢过这兴隆街，兴隆街供我吃供我喝呀，如果将来我真弄出个大名堂，这里就是我的革命圣地，我要在街口修一个摩天大楼的！每每我一到了我的东西五条街巷，我是要整整衣，擦擦眼角，然后给两边的楼房和路边所有的树木鞠个躬。啊哈，早晨的霞光使巷道北的楼房鲜亮通红，每一扇玻璃窗上都有了一个小小的太阳！树上总有一群麻雀，鸡蛋那么大的，看见了我七嘴八舌地嚷：高兴高兴高兴！刘高兴的名字最早就是这些麻雀叫的。也怪得很，我就每天这样上班，走的路其实也不多，但总能碰上让我拾的破烂。

西七道巷的茶馆门口，坐着一个老头，面前放着一个装着凉茶的大玻璃瓶子，从来不见喝，总在打盹。他是专门收取马路边的停车费的，你以为他打盹而停了车要走，他立即就提着大玻璃瓶子过来收费了。停车费是三元钱，好多人只给他一元钱而不要费票，他不行，和人家吵，人家给了三元钱生气了不要费票，不要也得给你，他把票撕下来就扔在地上。老头对我却好，我一经过，他就叫我去喝水，说：小伙长得好！我说：我可把你话当真的噢！他说：你一个拾破烂的咋迟早见着都喜眉笑脸的？我说：我名字叫刘高兴，我得名副其实。老头也高兴了，要送我水瓶，我不要，他把水瓶挂在我的车把上。

嘿，长途送货的卡车司机有这样的大玻璃水瓶，出租车司机有这样的大玻璃水瓶，我刘高兴也有了！

哎破烂！破烂哎！

谁在喊叫，胖墩墩的一个女人逆着阳光提着一捆旧报纸跑过来。城里的女人年轻时都花枝招展，稍上些年纪便虚腾腾像面包。她翻动我的秤杆，说：破烂，都说现在的小贩秤不准，你这秤准不准？

我没有应她，点了一根纸烟吸。

她说：你吸什么纸烟，这么呛的！

我吸纸烟有个特点，吸进口从来不下咽，在喉咙口兜一圈就吐出来了，五富吸旱烟卷是猛吸进肚然后再从鼻子慢慢喷出来，所以他老咳嗽，我不咳嗽，也没痰。

我提了秤称旧报纸，她伸过头来看准星，秤杆是平的，她把秤锤往出挪，秤杆子成了老牛喝水。行噢，算二十二斤，一斤一元，二十二斤是二十二元，我把二十二元要递给她。她说不对，别人是一斤一元三角，你怎么是一斤一元？一斤一元三角，二十二斤是二十八元六角，四舍五入，二十九元呀，我开杂货铺的，你骗不了我。

什么是小市民，这就是小市民。这么大的城怎么就有这么小的市民，她经见得多，又开杂货铺在一分一厘上抠掐惯了。

她说：你这破烂，问你话哩？！

问的屁话！我放下旧报纸，不收了，拾破烂的怎么就成了破烂？拉起架子车就走，她如何在后边喊，我没停。

走过巷道第一个丁字路口，我扑哧倒笑了，何必计较呢，遇人轻我，必定是我没有可重之处么，当然我不可能一辈子只拾破烂，可世上有多少人能慧眼识珠呢？

我想去看看兴隆街所栽的那棵紫槐，悠然地拉着架子车，不紧不慢，蛮有节奏。有节奏了，拉着架子车就不累，而且能欣赏街巷两旁商店门头。商店的门头一个比一个洋气，所谓洋气就是有洋人的气息吧，我也觉得门匾上写着洋文好看，橱窗里摆着的洋酒瓶比白酒瓶子好看，贴着的那些广告里洋女人也好看。但是，我很快就发现了几个门匾上和摆在门口的货价牌上的字写错了，比如鸡蛋的蛋怎么能写成旦？

喂，出来，出来！我招呼着店里的人出来。

我说，这个字错了！

店里人看着我，不以为意。我说是错了，拿了树棍在地上写正确的蛋字，他说走吧走吧，拾你的破烂去！

走当然走，但我又写了一个蛋字。

六

西安到底有多少拾破烂的，韩大宝没有告诉过我，而一张报纸，也就是去买烤红薯，那个小贩包红薯的一张报纸上，有一条消息说每天数百辆车从城里往城外拉送垃圾。这消息让我震惊也让我兴奋。收获的麦子越多，麦草也越多，城市繁荣，垃圾也丰富吗？那么，有了垃圾，我们就能存活下去，垃圾越来越多，我们生活的质量就会提高。

我们是垃圾的派生物。不，应该是城市需要了我们！试想想，如果没有那些环卫工和我们，西安将会是个什么样子呢？

这问题似乎没人考虑过，没拾破烂前我也不考虑，其实，世上有许多事都被疏忽了，每个人都在呼吸，不呼吸人就死了，可谁在平时留意过自己每时每刻进行着一呼一吸呢，好像从来就没呼吸。

我觉得这张报纸让我有了一份庄严，就把报纸揣在了怀里，而且想贴在五道巷宾馆门前的报栏去。

我第一次见到这个宾馆就奇怪了这个宾馆的造型，它非常地高，呈六角棱状。乡下人初次进城都喜欢城里的高楼，要一层一层数，我也不例外，但我数楼数出了瘾也数出了水平和好处。在我第三次站在这个宾馆前，蓦然醒悟楼之所以是六棱，而正面的棱正对着对面而来的马路这是为了避煞气的风水，这时候，楼前的报栏前有四个老头在读报，读完了，你给我揉脖子我给你揉脖子，叹息着颈椎病坑苦了他们。我也就告诉了他们数楼：双肩使劲儿往后挤，脖子尽力往上拔，从楼底往楼顶数层，再从楼顶往楼底数层。数，再数。脖子舒服了吧？老头们当然对这数楼的疗法感兴趣，说：这不是让我们成乡下人吗？嘿嘿，人活过五十岁了是不分美丑的，活过六十岁了是不分男女的，得了颈椎病还分什么城里人乡下人？！

现在，我在宾馆楼前没有见到那四个老头，是他们等一会儿才出来吗？我极迅速地将那张旧报贴在了报栏上，然后拉架子车到了一旁，坐下来吃我的豆腐乳。

我的怀里一直要装着豆腐乳，用油纸包着，旁边放一根牙签，没事了就掏出来品尝。这派头是我的独创，它受启发于收购站瘦猴的小酒壶。瞧呀，用牙签戳一点儿放在嘴里，豆腐乳不要沾牙，就放在舌尖上，然后嘴和鼻子皱皱，把牙签轻轻抽出，那个享受呀，真是谁吃过谁知道！五富说那能顶饥顶渴吗，连粪尿都不攒的。嗨，狗啃骨头有多少肉，为的就是咂个味呀！这比喻有些不好。该怎么说呢，人总是有个精神满足的，品尝豆腐乳和听音乐一样呀……可怜的五富他不懂音乐。

我品尝豆腐乳的时候，希望所有人都能看到，但路上竟然一时没人，我就往楼上望去，十层，十一层，十二层……十五层上有人竟拿一个小镜子，太阳从镜子上反射下来一块儿白光在我身上乱跳，像是白蝴蝶。那是一个姑娘，她在给我笑。

她给我笑啥的？

西安城里的美女很多，尤其当你正走的时候，突然从某酒店出来了三四个，都是一米七以上的个头，都是瘦脸蜂腰长腿，都是鲜亮的衣着，横着一排过来，我就被镇住了。我虽然心里不断地告诫自己：坦然点儿，坦然！和她们擦身而过，仍紧张得手心出汗，不能看她们的脸，却看见了一双双高跟皮鞋和高跟皮鞋里精致的脚。她们的脚趾却是二拇指长。

我和五富曾经议论过城里的美女，我对美女的观点是美女如同那些有成就的政治家、哲学家、艺术家一样都是天人，她们集中在城里，所以城里才这么好。但五富哼鼻子，他说城里的女人哪里有清风镇的女人好呢？他强调女人要胖，胖奶胖屁股。我说你是吃肉呀，拣肥的？五富说你没结过婚，喝酒图个醉，娶老婆图个睡，胖老婆睡着像铺了棉花褥子。五富事事都依着我的，唯独这一点上敢和我争执，他以为他是结过婚的。算了吧，五富，清风镇的镇长整天琢磨啥呢，琢磨着哪一日了能当上县长，他想过当国家总理吗？做梦也没想过！我甚至还要举例说焦大是不爱林黛玉的，但五富只读到小学就辍学了，他肯定不知道《红楼梦》，对牛弹琴，我就不说了。

我在轻贱着五富的时侯，脑子里总浮现着一个人，这人是谁，我不知道她的姓名，只知道她就在兴隆街北头巷里的那家美容美发店里。我常常惊叹白天街上那么多的人晚上怎么就全没有了，如中药柜屉的高楼房间，从来就没有谁走错了门吗？三五结群的美女震撼了你，你在惊慌失措里虽然有万般想象，但她们瞬间就消失了，你只看见天上有美丽的云朵，而云朵里飘动的，你永远抓不到也记不住。美容美发店的那个，她是固定的，似乎是要把所有美女固定成一个具体的形象就在美容美发店那儿。她高个，瘦瘦的平肩，一双长腿跳跃着走路，鼻梁上有些雀斑。正是有了这些雀斑，我觉得不是了菩萨，她更真实，使我能生出爱怜之心。

怎么一想起这个女人我就文雅了，脑子清晰，思维活跃，像是在中学时写作文，有了这么多优美的词句。

十五层楼上的姑娘在给我笑。她脸圆圆的，不像美容美发店那女的瘦长。我也回她一个笑，得有礼貌呀。

姑娘喊：刘高兴，刘高兴你上来，我这儿有废煤气灶！

她竟然也知道了我的名字？！

到楼上去当然得进宾馆的大厅，门卫却怎么也不让我进。门卫说这是宾馆，我说我知道这是宾馆，上边有人喊我去收破烂的。门卫说瞧你那鞋！我鞋好着呀，鞋尖没有破，鞋后跟也没有磨成斜坡，只是上厕所时鞋底沾了些泥，我蹲在那里用树棍儿刮鞋底的泥。我说：同志，让我进去吧。门卫说：不能进。我说：泥刮净了还不让进？门卫说：不能进。我说：不会是嫌我是拾破烂的吧？这回门卫却被逗笑了，他允许了我进去，但必须光了脚进去。

这让我很难为情了，因为脚指甲太长，都怪五富，晚上我让他去巷对面那房东家借剪刀剪指甲，他说谁看你脚呀，就是没去，使我这阵丢人现眼了。这是我第一回走进了豪华宾馆，宾馆的旋转门像绞肉机，我在里边被绞转了三圈才进去。清风镇的马老四儿子在县商业局开车，他说他来西安把车开上立交桥，是直转了半小时寻不着下桥道口。我的头虽然在玻璃门上撞了个疙瘩，但终究是进了宾馆大厅。大厅的地面是石板，擦得能照见人影，我的脚踩在上边，立即有了脚印。走过大厅，上到十五层抱着一台废煤气灶再走下来，热成了王朝马汉，吓，大厅地板上的脚印还在。

就是这脚印，以后的梦里常常出现，我不是光着脚在西安城里到处乱跑，就是跑呀跑呀的，才发觉脚上没有了鞋，急起来，鞋呢，我的鞋呢？而那个上午，除了收到废煤气灶，我再没收到什么破烂，脑子里仍在操心着宾馆大厅里的脚印被服务员擦掉了没？

傍晚时分，五富拉着架子车到十道巷找我，他带给我了一个酱凤爪，是用塑料纸包着的，说西安人酱的鸡爪好吃得很。我说：是凤爪，不是鸡爪。五富说：明明是鸡爪么，偏叫得那么中听？我说：到城里了就说城里话，是凤爪！五富说：那就是凤爪吧，好吃得很，我买了两只，我一顿能吃二十只的，可我还是给你留了一只。哟，五富有这份心，那我也乐意把我的一份快乐分成两半，一半给他。

我说：你到西安后有没有在什么地方，比如树干上呀，墙壁呀写过“到此一游”？

五富说：没写过。

我说：那你都游了哪儿？

五富说：就这兴隆街呀。

和五富说话甭想有趣味，我就讲了我的脚印留在宾馆大厅的地板上。这是多么豪华的宾馆，我的那些脚印一定会走动的，走遍了大厅的角角落落，又走出了宾馆到了每一条大街小巷，甚至到了城墙上，到了钟楼的金顶上。我这么说着，眼前尽是脚印，排列有序，如过部队。五富的手却搭在了我的额上，说你发烧吗高兴？我生气地拨开他的手，这是想象你懂不，你也要想象，环境越逼仄你越要想象，想象就如鸟儿有了翅膀一样能让你飞起来。

五富还是弄不懂，但他分明也让我给煽呼起来了，这就像你跟结巴说话你也结巴，你打哈欠了旁边人也打哈欠，五富突然憋了一口气，往后退了几步，猛然间向一面刷得粉白的墙跑去，到了墙前，一脚蹬上了一个脚印。天哪，他竟然能蹬得那么高，离地一米五距离，鞋印清晰，四边还溅着泥点，就像喷上去的漆一样。

五富说：我也留一个脚印！

西安正开展创文明卫生城市活动，污染了粉刷过的白墙，市容队的人看见了肯定要罚款的，但我没有批评五富，赶紧四下里看看，幸好没人，拉了五富立即跑掉。

我们跑过了那段巷道，两人都跑得口渴，而挂在车把上的大玻璃瓶中已没有了水，五富问哪儿有水管子？我说：买矿泉水！就买了矿泉水，矿泉水甜得像放了糖。喝毕了，日的一声把空塑料瓶子抛向空中，哈哈，却砸在了一个路灯杆上，路灯杆下立着一只狗，汪汪地叫了几声。

城里的狗都是宠物，不咬人的，但养狗的人惹不起，我还担心有人要从什么地方跳出来说我们打他的狗，没有人出来，我和五富也就冷静了。

刚才是太激动。现在一冷静下来，倒觉得无聊。五富开始翻他的裤腰，捏起一个东西丢在地上，说：我还以为是只虱子哩！我偏往地上看，也说：我还以为不是个虱子哩！五富就脸色通红，嘟囔着这身上咋就生了虱子？我警告他不要坐下来就翻裤腰，让别人看见你把虱子带到城里了，这身衣服回去立即换掉，用开水好好烫烫。警告之后，我得又安抚他，问他怎么就只收了这么一点儿破烂？他说本来一家商店进了一批货，他谋着那些货卸下了会把包装箱卖给他，就帮人家卸车，可他认不得香肠，清风镇没人吃过香肠，他以为是红萝卜，还心想这红萝卜怎么也用塑料纸包着多浪费的，就把那包香肠放在了蔬菜筐里。后来人家清点，怎么也找不着了香肠，发现了在蔬菜筐里，问谁放的，他说是他放的，人家骂你个傻×！是认不得香肠呢还是想混在包装箱里偷呀？！

五富说：我傻×吗，我是真不知道那是香肠。

我想起我在宾馆进旋转门的事，我说：谁骂你谁才是傻×！咱比他们少智慧吗，咱只是比他们少经见！

五富从架子车的废纸上撕下一角，叠过来叠过去卷旱烟卷儿。他烟瘾比我大，却舍不得买纸烟，总是搓烟卷儿吸。

我说：以后多拿眼看着，少说话！

五富使劲儿吸烟卷儿。

在我们前面一百米的地方是一家公寓大门，门口的草坪上有三棵雪松，枝条一层一层像塔一样，雪松下的草绿茵茵的，风在其中，草尖儿就摇得生欢。

我说：少说话不是要你这一脸呆相，自卑着啥呀，你瞧那草，大树长它的大树，小草长它的小草，小草不自卑。

五富还是吸烟卷儿。

我说：我给你说话哩，你吭都不吭一声？

五富说：我不敢说话，一说话烟就灭了。

我再没说话，他也再没说话，我们都没了话。

三个男孩，一晃一晃走进巷来，大头鞋里像装了弹簧，牛仔裤大得失去了比例，都背着包，头发蓬乱又染成了黄色。街头上常有这样的少年，他们会在街上跳舞，蹦跶得像受了伤的虫子。只说他们又要跳起来了，脚步麻花似的扭了扭，却并没有停下来，进了那一簇楼群去。一辆车吼着过去。又一辆车从对面过来，车牌是四个八，城里人特别崇尚八，八是发，能有四个发，一定是大老板的车了。有老太太牵着老头的手过马路，老头后脚贴着前脚挪步，挪三下四下就站住了，像站着两棵枯树。斜对面的酒吧里一群人醉醺醺地出来了，出来了却坐在路边大声地骂人，不时就爆发了笑，有姑娘抱着狗走过了，走得婀娜多姿，那群人突然齐声吆喝：舒——服！

一辆大车呜儿呜儿叫着从兴隆街拐了进来，以为是消防车，哪儿有火灾了？我和五富都扭长脖子观看，车却喷射过来了一片雨，我们立即就成了落汤鸡。哎，哎，我们惊叫着，车并没有停，还是一路喷射着开过去了。

我说：是洒水车。

五富说：洒水车往咱身上洒？

没人注意到我们的狼狈，我突然笑了：凉快！

五富瞧着我笑，他也笑了：是凉快！

他站起来，我说你干啥去，他没吭声，走到路灯杆下捡起了早先那个被扔掉的空塑料水瓶，放回到架子车上。

七

在清风镇，家家屋顶上开始冒烟，烟又落下来在村道里顺地卷，听着了有人在骂仗，日娘捣老子地骂，同时鸡飞狗咬，你就知道该是饭时了。可城里的时间就是手腕上的手表，我们没有手表，那个报话大楼又离兴隆街远，这一天里你便觉得日光就没有动，什么都没有动么，却突然间就傍晚了，河水就泛滥了。我是把街道看作河流的，那行人和车辆就是流水。傍晚的西安所有河流一起泛滥，那是工厂、学校、机关单位都下了班，我们常常拉着架子车走不过去，五富在街的那边看我，我在街的这边看五富，五富就坐下来脱了鞋歇脚。

这个时候，西安城的上空就要生出一疙瘩一疙瘩的云，这些云虚虚蓬蓬像白棉花。接着，白棉花又变成了红的，一层一层从里向外翻涌，成了无数的玫瑰，满空开绽。天上的奇景工薪族们无暇顾及，他们急着要回家，人和车拥挤，稍不留神就撞了别人或被别人所撞。能有空闲往天上看的只有我和五富，而五富看到了也就看到了，骂天太短，唯独我在欣赏。

这一点，我可以骄傲。我能在漏痕的墙上看出许多人和鱼虫花鸟的图案，我也能识别一棵树上的枝条谁个和谁个亲昵，谁个和谁个矛盾。面对着这满天的玫瑰，那么鲜嫩，竟然把那个美容美发店的女人联系起来了！怎么就有了这样的联系呢，我有些奇怪，也很害怕，偏不经过有美容美发店的那条巷了，啊，刘高兴，眼不见心不乱，你绕道走！我就绕道走。

既然隔着街面不能同五富一起去收购站交货，我拉着架子车先绕道到了那座立交桥下。

这个立交桥下是我和五富每天交售破烂前把破烂分类捆扎的地方。它僻背而幽静，以前我俩谁先来了，分类完破烂，就在那里等候，而五富一旦去得早了，就喜欢在那里睡觉，他是石头浪里也能睡着的，睡着了又张着嘴，流着涎水，就曾经发生了一件笑话。一个出租车司机来小便，猛地看见了五富，以为是具尸体，大呼小叫地去报案，警察来时，他刚坐起，气得警察把他骂了个狗血淋头。今天五富没有到，桥下却有了几泡屎尿，明明桥墩上我写上了“禁止大小便”，那些出租车司机还是在这里方便，我就骂了一句：仄——尼——马！

我不会说普通话，清风镇的口音是“旋”和“算”不分，在我称过破烂算账时那些卖主总是学我，我也发誓学习普通话。可我说普通话怎么听都滑稽可笑，不说了，普通话是普通人才说的话，毛主席都说湖南话的，我也就说清风镇话。现在没人处我却用普通话的音调骂出了一句清风镇的土语，我自己都被逗笑了。我有幽默感，这是五富知道的，于是我决定不再分类捆扎破烂而准备离开时，拿起了土疙瘩，在“禁止大小便”后又加了一句“否则收没工具”，然后得意地离去。

在收购站，瘦猴过完了秤，又从怀里掏出酒壶喝，他说妈的，这酒咋不顶喝么！我不理他的茬儿，捡个柴棍儿掏耳朵，我耳朵痒。

瘦猴的老婆给我付钱，一沓零票子数了三遍，瘦猴的手就撅她的乳房，老婆趔着身子说刘高兴在哩，他说市长在又咋的，我的东西我愿意咋撅就咋撅。撅吧撅吧，那两堆肥肉我看着都恶心！那老婆把钱给我的时候，却拿了媚眼看我，说：今日收得少，偷懒了？

我说：少了说明西安是卫生城么！

瘦猴说：喷呀！咱都是苍蝇人，卫生了你喝风屙屁去！

我说：你才是苍蝇！

我把架子车靠在了院墙根，给我们的自行车轮胎打气。瘦猴说从今往后打一次气得交一元钱的。我二话没说给他了一张两元钱的票子。他要找一元，不用了，我把轮胎的气打饱了又放掉，我打第二遍。

我不生气，这生什么气呢，甚至感到我的这种智慧比我用耳朵教训他还痛快。五富也一拐一拐地拉着架子车来交售了，还在一百米远的地方我就看见他穿着一双皮鞋。他怎么会穿了皮鞋？瞧他穿了皮鞋的脚抬得更高了，屁股坠着，腿也不直，像个贼似的。五富说你咋没在桥下等我？我说你去桥下了，你看见啥了？我以为他肯定看到“否则收没工具”的话，得佩服我的机智和幽默，可他说看见了一堆屎。再问：还看见了什么？他说：还有一堆屎。

五富收到的破烂比我还少，大多的是一些手纸，上面沾着粪便和女人的经血，似乎他一直跑的是公共厕所。好的是手纸被苍蝇追逐着，这些苍蝇也就留给了瘦猴。

返回池头村的路上，当然还是五富骑了自行车驮我，他一直在抱怨收到的破烂少，说五道巷里那几个家属院，门卫就是不让他进，而另一个拾破烂的却从里边满满地拉了一架子车。他说，大宝明明讲到这一片归咱的，怎么有蝗虫吃过了界呢？

这问题我没法回答，因为我没有证据。城里的楼房已经隐没在暮色里，楼群就像清风镇后那连绵不绝的山峦。哗啦，突然间街灯一齐放亮，所有的如山峦一样的楼群亮起来，你弄不清哪些是天上的星哪些是地上的灯，更有那些霓虹灯在闪烁了，霓虹灯都是装饰在最豪华气派的楼上，而陈旧的楼或者还矗着脚手架正建筑的楼都黑着，没有了，眼睛所到处都是色彩斑斓，造型奇特，其瞬间的明暗变幻中，你感觉里边住着了一种什么妖怪。这妖气越来越重，街上的人和车也似乎和白天不一样，车更像出没的走兽，有些是老虎，有些是豹子，人更像花花绿绿的飞禽了，瞧呀瞧呀，那一簇霓虹灯下出来一群像雉一样的女人，她们衣裳华丽，发型怪异，言语和动作也夸张得是那样不真实。五富说：我头晕。我何尝不头晕，我还目眩呢，我说：那么短的裙子，腿是大白萝卜！

五富扭头，他问，哪个？

看路！我把五富的头扳正了。我说：我看哩你看啥？你看路！

自行车穿过了一条大街，右拐，再右拐，又经过了四个小十字路口，五富的后背上就汗湿了一片，越蹬越慢。旁边有一个菜市场，卖菜的小贩差不多收摊了，仍在喊：处理了，便宜处理了！五富蹬着车子问：怎么个便宜？小贩说：莲花白一元二斤！西红柿一斤三元！五富说：那还叫便宜？！但我让五富停车，自个儿跑去买菜，因为我知道小贩快收摊时是处理那些剥下来的菜叶子的。

我一直很奇怪，城里人吃芹菜只吃杆儿不吃叶子，多好的芹菜叶子竟然要择掉！运气真是好极了，五角钱我买了三堆，一堆是芹菜叶子，两堆是莲花白的老叶。莲花白的老叶上尽是虫咬过的窟窿，有虫眼证明这莲花白没喷过农药么。我还两角钱买到了一颗大北瓜，不，城里人叫南瓜，多好的一颗大南瓜。清风镇人吃南瓜专拣老得发了黄的，上面有一层白灰状的粉用指甲掐不动的，城里人却只要嫩的。傻呀，城里人什么都会吃，就是不会吃南瓜。

我抱着菜过来，五富说：多少钱？

我说：七角钱。

五富用脚踢路灯杆，说：恁贵的！

我说：一个灯泡一夜要吃多少电的，这还贵？！

他不吭声了，手里捏着五元钱，差不多都是零票子，脏兮兮，又发软，要给我三角五分钱，因为菜是共同要吃的，我不要，他说：哈娃呀——

我说：重叫！

他说：噢，高兴。高兴我是不是被骗了，那个胖子眼珠子黄黄的，不停地转，我就疑心他鬼点子多，四十八斤的夹纸板，我给了他四十元，对不对？

我开始算，其实我一下就算出来了，我说一斤八毛十斤八元五个十斤四十元，五富你这账还算不清吗，知道没文化的可怜了吧，你还多给了人家二斤的钱。

他说：是吗是吗？

就笑了，把钱在鼻子下闻着，说闻到了羊肉泡馍的味，狗日的黄眼中午吃了羊肉泡馍。却又说：高兴，你说这世上谁最亲？

我说：你老婆？

他说：不对，毛主席最亲！

毛主席的头像在人民币上印着，他亲了一口，又亲了一口，然后要把钱交给我。五富除了身上装些每日收破烂要付的零钱外，剩下的钱都是由我保管的。在我居住的屋子里你看着什么窟窿都没有，但支床的那一摞砖抽开第三块，里边就有了一个洞，洞里藏着两个油纸包，一个包里装着我的钱，一个包里装着五富的钱，五富的钱包里夹着一张纸条，记录着他交给我的数目和次数。现在五富要把今日的盈余交我，我倒害怕把钱数搞乱了。既然替人家管钱，就得对人家负责，这是我刘高兴做人的原则。我让五富回去了再给我，他就把钱装在了脚上的鞋垫下。

我说：哟，拾了一双皮鞋？

五富说：我是金手呀？！送的，一个老太太送的。

我说：会送你皮鞋？

五富说：真是送的，老太太说是她儿子的，她儿子或许有了新皮鞋，或许她儿子去世了。鞋是好鞋，只是小了点，夹脚哩。

五富的一只脚果然五个趾头挤在一起，肿得像红萝卜。

脱了脱了，我让五富把鞋脱下来。你穿什么皮鞋呀，你是穿皮鞋的人吗？土狗就是土狗，狼狗就是狼狗，你穿上别人还以为你是偷的。

我的脚比五富的脚窄，穿上皮鞋正合适。可以说，这双皮鞋在原主人买的时候就是给我买的。你想想，我来西安时原本要换上一双新鞋的，但阴差阳错，一忙乱竟忘了带，这也不是活该要穿这双皮鞋吗？我穿上皮鞋使劲儿在地上跺，又走了几步，不疼么。

八

到了池头村的剩楼，哦，我是把我们居住的楼叫剩楼的，当然叫剩楼是因为这座楼是没有盖完而剩下的楼，这样五富能理解，其实在我心中，我是把剩字念成谐音的圣，延安是共产党的革命圣地，我们保不准将来事干大了，这楼将也是我们的圣地。

现在，我一步一步走到剩楼前，回头看院子里土地上的鞋印，鞋印虽有些外八字状，但十分清晰。我说今夜里不会有雨吧，我的意思是有雨了就把鞋印冲没了，但五富说天怪闷的，得一场雨。我气得没理他。

我们动手做饭，我突然很想吃面条，因为没案板，我们总是拌搅了面糊糊吃疙瘩汤，而我今晚上主张擀面条吃。我是揭了床上的被子，用水擦净了床上的芦席在芦席上擀，擀出了簸箕般大的一片，五富喜欢得像过年，说他想吃面条也都快想疯了。我切面时问：吃长条子还是吃片儿？五富说：随便。

随便是什么面？吃饭要讲究！

我吃饭是讲究的。就说吃面吧，我不喜欢吃臊子面，也不喜欢吃油泼面，要吃在面条下到锅里了再和一些面糊再煮一些菜的那种糊涂面。糊涂面太简单了吧，不，面条的宽窄长短一定要标准，宽那么一指，长不超过四指，不能太薄，也不能过厚。面条下进锅，要一把旺火立即使水滚开，把面条能膨起来。再用凉水和面粉，苞谷面粉，拿筷子迅速搅成糊糊，不能有小疙瘩，然后沿锅边将糊糊倒进去，又得不停地在锅里搅，以免面糊糊裹住了面条。然后是下菜，菜不能用刀切，用手拧。吃这种面条一定得配好调料，我就告诉五富，盐重一点，葱花剁碎，芫荽呢，还得芫荽，蒜捣成泥状，辣子油要汪，醋出头，白醋最好，如果有些韭花酱，味儿就尖了。

五富说：你说得都对，但咱只有一把盐。

败兴，贼五富，你就会败兴！

我不能不教育五富了：没有油炝的葱花没有辣子和蒜就不能想吗？人怎么能没个想头呢？过去就有过人有多大胆地有多大产，我们想着西安城现在不就是西安城里的人了吗，想着我们的饭香，不是胃口就开了吗？心想事成！

好了，吃饭，一边吃饭一边想我们的工作，想钱！

拾破烂怎么啦，拾破烂就是环保员呀！报纸上市长发表了讲话，说要把西安建大建好，这么大的西安能建好就是做好一切细节。那么，拾破烂就该是一个细节。我们的收入是不多，可总比清风镇种地强吧，一亩地的粮食能卖几个十八元，而你一天赚得十七八元，你掏什么本了，而且十七八元是实落，是现款，有什么能比每日看着得来的现款心里实在呢？你吃饭吧。吃饭不要把嘴埋在碗里，你是猪吗？慢慢吃，没有狼在撵你！

我是吃了两碗，又盛了半碗，就吃饱了。把床挪开，在砖垒子里装了我当日赚来的钱，也装了五富当日赚来的钱。

五富，人常说住家要有镇宅之宝，有人用古墓来镇，有人用石狮来镇，有人请道士画了符镇，咱用钱镇！钱是宝中之宝，用钱镇住了这房子，咱就从这儿起根发苗。农民咋啦？再老的城里人三代五代前还不是农民？！咱清风镇关公庙门上的对联写着："尧舜皆可为，人贵自立；将相本无种，我视同仁"，你知道不？

五富是吃了一碗又一碗，还吃了一碗，问他吃了几碗，他说：不知道。

锅里剩下了一碗，我把它盛在盆里说明日再吃吧，五富说明日就馊了，不如我再加一下。他真的就吃了，梗了脖子，红着眼坐在那里发瓷。

你起来，五富。要转一转的，撑进去那么多你能睡下吗？

五富要站起来，站起了一半又坐下去，给我摆手，他说你不要跟我说话，我不能说话，你做的饭香，一说话我就要吐出来呀。

好，你就静静坐着，听我说。我开始嘲笑那些没来西安的清风镇人了。

哼，都是些什么玩意儿么，他们还作践过咱们没手艺，他们不就是会个木工、泥瓦工吗，咱们的工作没有技术含量，他们就有技术含量了？而一天干到黑腰累断手磨泡了工钱有多少，一天挣五元钱算封顶了吧？咱多好，既赚了钱又逛了街！你问清风镇的人有几个见过钟楼金顶？你说城里的厕所是用瓷片砌的，他们恐怕还不信呢！你瞧着吧，你没出来前镇上有谁肯和你说话，觉得和你说话费时间，掉价儿，你待上一年半载回去了，你就会发现清风镇的房子怎么那样破烂呀，村巷的路坑坑洼洼能绊人个跟头，你更发现村里的人是他们和你说不到一块儿了，你能体会到他们的愚昧和无知！

来，笑一笑，给我说说今天碰到的有趣的事吧。你说五道巷家属院里有人收破烂，那一定是门卫在作怪，你得想办法买通门卫呀。世上的事就是这样，越是大人物越小心，越没架子，越是小人物越难缠，门卫都是那德行。怎么买通，这还要我教吗，你见了他会不会笑，送不起一包纸烟发上一根行不行，能不能腿儿快些帮他去锅炉房提壶开水或扫一扫大门口的尘土？人和人的关系不在乎什么大事而全在细枝末节上，共产党和国民党打了几十年仗，毛主席和蒋介石见面仍握手吃饭哩，你和清风镇的李小毛为什么结了仇，不就是你给别人发了一根纸烟没给他发而他觉得没了面子吗？你肚松泛点了吗，那就去把衣服洗洗，你的衣服酸臭得人能走近不？咱是拾破烂的，咱不能自己也是破烂，门卫不让你进去会不会是嫌你不卫生有碍了观瞻？！

我把五富一把拉了起来，他啊的一声，手捂不及，饭从嘴里喷出来。饭盛在锅里碗里看着香喷喷的，若倒在了地上就显得脏，何况从五富的嘴里吐出来，一根面条就粘在我的膝盖上。

五富一脸尴尬，怨恨自己糟蹋了粮食。他不想洗衣服，但必须他来洗了，洗了他的一身，也洗了我的裤子。五富洗着衣服要求我吹箫，我没有给他吹，我收拾起了我的房间。

九

我是爱整洁的。

在清风镇的时候，要是谁家的老婆漂亮了，屋子里凌乱不堪，进门没个下脚的地方，这样的环境让我还感到一种暖意和诱惑；如果谁家的老婆人丑，屋子里又乱七八糟，我就极其反感。五富是个男的，又是丑男，他把屋里肮脏得像个猪窝，我骂他，他又改不了，气得我就很少进他的门。现在我扫了地板，用抹布又擦了床头和门，就把锅灶从门后边挪到窗子下边。床原本靠东墙支着又移到了西墙根。那几件换洗衣服是搭在一道铁丝上的，觉得挡住了半个窗子，取下来又挂在床头的木橛子上。面粉袋提起来蹾在灶的西边，就和东边装菜的筐子显得对称了。鞋都放在床下，鞋跟朝里，鞋头朝外。那块镜子呢，我记起前两天是带回来了一块儿镜子的，这镜子上原本阴刻了喜鹊登梅的图案，但镜子破碎了，我拾的只是一块儿三角形，梅树还在，喜鹊仅仅看到一个尾巴。我在屋里怎么也找不着那块镜子。

我说：五富你见着一块儿镜子吗？

五富说：是不是那个玻璃片？他洗衣服将水溅得门口湿了一摊，用嘴努努他的屋门口，镜子果然在那儿。又说：今早我用玻璃片刮土豆皮。

我说：那是玻璃片吗？是镜子！

我把镜子放在窗台上，放在窗台上容易被撞掉，就用三颗小钉子把它固定在墙上。是床对面的墙上，这位置挺好，可以一起床在镜子里就看见自己了。

五富洗着衣服还在想着吃饭，他说今日糊涂面里能煮些黄豆那就更香了，老家里有的是黄豆，怎么来时没想到带一小袋呢？我恼得不理他。

他说：高兴你生气了？

他说：不就是一个破镜片么，你又不是女人，喜欢镜子？！

我说：镜子里有女人！

五富奓开着两手水跑进来往镜子里看。他没有看到女人，看到了自己的黑脸，他说：我就见不得我！

我让他再看看。五富在镜子里看见了他身后的床，床上的墙上钉着一个架板，架板上放着一双女式的高跟尖头皮鞋，灯照得皮鞋光亮。五富撇撇嘴，觉得很不屑。

这双女式高跟尖头皮鞋就是我在清风镇的婚姻失败后买的那双，来西安时我包进被褥卷儿里。五富知道这件事，他不止一次主张把这双鞋卖掉：一双皮鞋就能招来个老婆吗？招来的恐怕是贼！

五富说：一双鞋放得那么高，是毛主席像呀？

我说：洗衣服去！

我有我的最新想法：世上的好多东西都是一个引逗着一个的，比如说，你买了一把茶壶，你就得买四个茶盅吧，有了茶壶茶盅就得买放茶壶茶盅的桌子，有了桌子还得有凳子……这个例子有趣，但还不确切。又比如，清风镇有几户人家都是婚后多年没有孩子，等着抱养一个了，老婆在第二年竟然就怀孕了。为什么自己今日就能得到一双皮鞋呢，肯定是这双高跟皮鞋引来的，那么，我是穿了皮鞋了，高跟皮鞋会不会也就要有了穿它的人呢？

这想法我不说出口，燕雀焉知鸿鹄之志，好多事情用不着告诉五富的。但我的想法却使我激动起来，我不能说我刘高兴的女人将会翩翩而至了，我就吹箫，箫音呜咽悠长，传递着我的得意和向往。

五富突然蹑手蹑脚进来，悄声说：楼下的在偷听哩！

楼下东西有两个房间，东边房间里住着一个叫黄八的邻居，也是拾破烂的。因为我还没有与他很熟，远亲不如近邻，为了能与他和平相处，我还得观察他。

五富却和他热火了，叫他的时候，他说广东人把八读成发，应该叫他黄发。屁，我们偏叫他黄八。黄八粗胳膊粗腿的，脸上有白癜风，这白癜风哪儿生不得，偏就生在鼻梁凹处，像是抹的粉，看着滑稽。但是，磁铁需要的是螺丝和钉子，箫声还不是为耳朵而鸣的？对于五富的告密，我点点头，还在吹。

五富却将半盆洗衣水哗啦泼向楼下。楼下的黄八叫着：哎哎，溅着人啦！五富说：你干啥哩？黄八说我听箫哩。五富说：不准听！黄八说它响哩我不听？五富更蛮横了，说：那你掏钱，你掏钱！黄八恨了一下，房门响，进了他的小屋。我继续吹，五富叮咛我吹低点，不要黄八全听了去。黄八的门又响了，他走上了楼梯，手里提着一个竹笼子。

黄八说：我在楼下炒腊肉，你们也闻过香味的。

我把嘴移开了箫，箫离开了嘴就是一根竹管，我拿竹管敲着楼栏杆，说黄八你甭听五富的，有些东西是个人的，有些东西就不是个人的，清风能独有吗？明月能独有吗？黄八你也爱音乐呀，你听出我吹的啥曲子？黄八说我听不出来，只觉得好听。五富瘪着嘴乜视黄八，但黄八说得对呀，树上的鸟叫得好听，其实又有谁知道鸟叫了什么。

黄八说：吃苹果！我给你们吃苹果！

竹笼子放下来，里边真的是一些苹果。苹果一半都是坏的，一半虽没坏，却小而发蔫，像老汉的卵蛋。黄八说白天里他去一家果品店收废纸箱，帮人家打扫卫生，人家没卖给他废纸箱却酬谢了他这些苹果。黄八说：狗日的，我忙活了半天就落了这些苹果，我只说我奸哩城里人比我还奸！

我立即就在竹笼里挑拣，五富便有些不好意思了，坚决不动手。来吧来吧，口水都流下来了还充什么正经？五富说：那我尝尝。过来也在竹笼里挑，拣了一个坏的，拿嘴把坏了的部位咬一口吐了。我说挑好的吃么。五富说人哪能先挑好的吃，那坏了的不就越发坏得吃不成了？我说像你这吃法，吃到底都吃的是坏的，挑好的吃！五富说：不会过日子！

黄八的举动确实让我们感动，五富把这些苹果给了我多半留了少半，就分别放进各自房间，说：吃苹果的时候我就能记着你的好处了！拿手摸了一下黄八的鼻梁凹，问：疼不？黄八说：不疼不痒，也不传染。五富说：蛮好看的。黄八说：好看不好看，反正我看不见。我就笑了，说黄八你命里原本要当县官的。黄八说：我当官？我们村一个人和我同年同月同日生的，人家当了县长，我却出来拾破烂。我说：都是这白癜风把你害了，戏台上县老爷出来都是在鼻梁凹上抹一块儿白的，白癜风让你鼻梁凹白了，就当不了现实中的县官了！

我这是开个玩笑，没想黄八却登时蔫了，这让我有些后悔，不知道再说什么安慰他。到底是吃了人的嘴软，五富竟说：你好赖还有这个官相么。黄八说：我这样子你说不难看？五富说：不难看。黄八说：那我以后啥地方都敢去呀？五富说：去，敢去！这时候咚的一声，远处有了雷鸣，又是一连串的雷。我们都吓了一跳，往楼外看去，西北方向红光一片，夜空中出现了无数的火树银花。黄八说：今日是礼拜天？五富说：是礼拜天吧，咋啦？黄八说：这你不知道？五富说：知道啥？黄八说：这是芙蓉园里放礼花哩，芙蓉园里每到礼拜天晚上就要放一场礼花哩！

人不可貌相，海水不可斗量，黄八竟然还知道芙蓉园！芙蓉园是西安新建成的仿唐公园，耗资了十三亿，街上的广告牌上写着它的豪华和气派最能体现当今的盛世。但芙蓉园我知道，没去过，五富才不管街上的广告牌，他没去过也不知道。

黄八说：没去过芙蓉园等于没来过西安，你没去过芙蓉园？

五富说：我哪儿没去过？我故意试探你哩！

黄八说：那你也知道芙蓉园花了十三亿？

五富说：傻子才不知道呢！

我想笑，但我没有笑，我在看灿烂的夜空。

黄八和五富就开始讨论十三个亿是个什么概念呀，百元票子一张张铺开来，西安城大街小巷都成了钱路，如果数起来，天神，那咋能数得过来呢？他们津津乐道，讨论着讨论着话题就转变了，转变得自自然然，毫无痕迹。槐树上的蚊虫又往下尿尿，我总担心这些尿水滴在脸上会出现雀斑或者黑痣，用手擦了，闻了闻，倒是没有臭味。黄八和五富又争论起世上最重的东西是什么，争论的结果说是两样，一是粮食，比如同样大的一袋土和一袋麦子，麦袋子就觉得比土袋子沉重。二是钱，比如同样厚的一沓白纸和一沓钱，钱也就比白纸有分量。黄八说：一百万元扎成捆就可以砸死人的。五富说：不对，五十万元一捆就把我砸死了，啥时候咋不让钱把我砸死嘛？！

我不愿意破坏他们的兴致，也不愿意同他们论说，回坐了我的房间，脱了脚上的皮鞋，唾了唾沫用布擦拭。皮鞋擦拭得有了贼光，我欣赏的时候发现了晾着干馍的那个破纸板下，有两只蚂蚁在搬运针尖般大的一粒馍屑。这是两只黑蚂蚁，圆脑袋细腰，蚂蚁的腰那么细，像连着一根线，那胃在哪儿长着呢？前边的一只用嘴叼着拖，后边的一只用前爪推，着地的后爪都绷直了，微微地颤抖，看不见它们出汗，也听不见它们的喘气声，样子异常辛苦。我真的是同情了两只黑蚂蚁，弯下腰把那粒馍屑捡起来直接放到了墙根的蚁洞口，但两只蚂蚁却慌张地逃跑了。

芙蓉园的礼花早停止了鸣放，池头村前巷道里的夜市声又尘土一样飘浮空中，我听见坐在楼台上的五富和黄八在争论中友好了，口气柔和，言语亲切。黄八问：五富五富，你们是韩大宝介绍来的吗？

我们是乡党，在村里论辈分他把我叫叔哩。

听韩大宝说你们是商州清风镇的？

清风镇的红薯好吃，干面得像栗子。

那儿还吃炒面吗？

二三月庄稼青黄不接的时候炒面救人命的。

吃了屙不下是不是用钥匙掏？

这是谁说的？

大拿说的。

你认识大拿？

大拿把我介绍给韩大宝的。

胡吹了，能认识大拿，大拿咋不让你当个韩大宝呢？

我干到年底就回呀。

钱挣够啦是不是？

钱能挣够？

那为啥，想老婆啦？

……

人不敢有老婆……

我恨哩！

恨老婆？

恨村长！

两个人越说越低，后来就沉默了。这黄八，什么话说不得偏偏说这话，五富是猪八戒，动不动就想回高老庄，不是涣散他的心劲吗？我有些生气了，高声说：啥谈话，还说不完？！

巧得很，我刚说完，电灯就灭了。

五富说：这灯咋灭了，跳闸了？

黄八说：满巷子灯都黑了，是停电。

池头村已经不是一次两次停电了，城里的霓虹灯彻夜都亮着，偏偏池头村老停电，是为了保证城里的明亮夜景而牺牲城乡接合部的用电吗？

黄八说：狗日的，明明知道我们在说话哩，这电就停了！

我说：睡吧。

黄八说：黑灯瞎火的咋睡呀？

我说：睡了还不是睡在黑里？睡！

这一天就在我们的睡觉中结束了。

十

五富只要和黄八在一起，言必称我刘高兴。他说我脚心有颗痣，脚踩一星，带领千兵。他说我的胃是牛胃，能反刍，反刍的时候计谋也就出来了。他说我过目不忘，一张报一会儿就能看完，报上刊登的招聘公司电话，店面出租电话，婚姻介绍所电话，统统记得。我曾经给五富说过韩大宝，我说韩大宝如果是鱼，那是鲨鱼，如果从政，科长用的是处长的权，他当不了副手。五富把这话就又套用在我身上。五富说：我谁都不服就服刘高兴！五富给黄八吹牛的时候，我是听到了的，但我故意不做声，也不去干扰，一个群体需要一个群体的权威，我觉得五富和黄八应该有树立领袖的意识。

这一天清早起来，五富和黄八就同时在厕所小便。他们两个人小便都是远离便池，而且撅着屁股，否则尿股子就会冲到墙上。他们的尿像水枪一样将一堆蛆冲得七零八落了。黄八问五富夜里做梦没，五富说做了，但做的是啥醒来就忘了。黄八说我没忘，一个城里的女娃走着走着高跟鞋断了跟儿，我就让她坐在我的架子车上，我说你咋不穿个红衫子呢？醒来才明白梦从来不带彩儿的。五富说：胡说，梦带彩儿哩，刘高兴做梦就带彩儿的！五富就又给黄八讲了许多关于我的例子，比如，我们去看电影，又都不想买票，没有票我就不敢进去，他却大摇大摆地进去了，进去时还拍了拍收票员的肚子，收票员是个大肚子。比如，一样的时间，一样的拉着架子车转街，他就是比我收到的破烂多。再比如，我们骑自行车下一个慢坡摔倒了，我赶紧往起爬，他说：甭急着起来，既然摔倒了就看看地上有没有啥东西要拾的。天哪，这真的就拾到了一个硬币，五分的！再再比如，你拉了架子车从街巷走，你注意啥了，你会注意哪儿有个空塑料瓶子，哪儿有人提了个垃圾袋子，而他走过去了，问起这条街有什么店铺，知道；店铺里卖什么货，知道；卖货人长个高低肥瘦，都知道。

五富满脸的严肃，说：你可别惹他！

黄八说：我不惹他，我也不惹你。

五富很高兴，他一高兴就要吸烟。五富还津水淋淋地从嘴里取下烟卷儿给黄八吸。黄八是不吸烟的，但黄八也受宠若惊了就吸完了烟卷儿，竟吸醉了，咯哇咯哇呕吐。

我数落了五富：你欺负黄八啦？五富笑得眼像掐出的缝儿：没本事，一个烟卷儿就撂倒了！但这一天黄八没有上街，五富也没有上街，在家服侍黄八。到了下午，黄八恢复了，很感激五富，五富就骂道：我一天没出工，你得赔我二十元钱！黄八说你哪儿能挣来二十元钱？五富说挣不来二十元总能挣十元吧，给我十元。黄八说我早晨吃了昨天的剩饺，全吐了，饺子是六元。五富说那也得给我四元呀。黄八不给，五富就来口袋掏，黄八的力气比五富大，但五富一挠黄八的胳肢窝黄八就软了，五富在口袋没掏出钱，黄八说：是没钱，我可以帮你办事。

五富有什么事需要让人办呢？想来想去，想到了五道巷家属院的门卫。于是，他们就偷偷实施着他们自以为得意的复仇计划。

在翌日的中午，黄八拉着架子车来到了兴隆街找五富，两人就一起到了五道巷家属院。黄八有个特点，迟早都戴了个绿色安全帽，他说十年前在水库工地当炮子，安全帽戴惯了就卸不下来。五富说：要么村长霸占你老婆哩，你早早给你戴绿帽子么！黄八当下翻了脸，骂了：狗日的！五富说：你骂我？黄八说：我骂西安城哩，没有这西安城，我能把老婆留在家里？五富说：你没给你老婆说你出来是为她挣钱的？黄八说：挣他娘的 × 钱，挣的钱在哪儿？那些富人开着小车，戴着金链子，装着信用卡，喝着茅台，他们那么多钱了还是揽钱，扫树叶一样揽钱。钱也是势利鬼，谁钱越多它越往那儿去！五富说：那你就不要戴这个帽子么。黄八说：不戴我头疼。五富就笑，诡秘地笑。黄八说：你别笑话我，五富，你敢拍腔子说你老婆就能守住空房？这下轮到五富生气了，脸一黑，说：你走吧，你走，我用不着你跟我去家属院了！真的掉头就走。黄八却赖着脸说：你都说了我，我还不能说你？不识耍！两人重归于好。

到了家属院门外，五富和黄八都不敢直接去门口，绕在马路对面的树后观察。果然从家属院里出来一个蹬三轮车的，三轮车上有一个筐子装着青菜，却也有三大捆废报纸和旧塑料管，到院门口把一些青菜交给了门卫。五富琢磨了半天，恍然大悟，门卫之所以不让他进院，让卖菜的进院收破烂就是贪图人家给的菜。五富说：门卫都这么黑的！

黄八主张挡住那卖菜的，捶一顿，他就不敢收破烂啦。

五富有些为难，收破烂的打收破烂的？

黄八说：李逵打不得，还打不得李鬼？

但卖菜人蹬着三轮车已经出了大门走远了。

门卫就坐在凳子上择韭菜，一边择一边唱了秦腔：为王的打坐在……

黄八说：唱你娘的 × ！他说扔一个石头过去，他手头准，砸着了就跑。

五富还是不同意，说石头没长眼的，万一打中了头，打翻了，那可是你扔的，与我无关。黄八说：有了！五富说：咋有？黄八给五富叽咕，五富说行，这你得去买。黄八说给你办事哩还得我出钱？五富说我头疼，真的头疼，你去买了，我给你买个瓜，用手比画了一个盆子大的圆圈。黄八去一家杂货店去买一管复合胶了，五富却自己恨自己：怎么就比画了那么大个圆圈呢？

买了复合胶，马路这边的五富看着门卫拿了菜进了门房，一声咳嗽，黄八猫一样蹿到院门口，在那凳子面上涂了胶水，撒腿横穿马路。一辆汽车嘎地停住，黄八是闪过了，司机却伸头唾了他一口：寻死呀？！黄八看着汽车开远了，却骂：你才寻死呀，前边有个立交桥，你从桥上栽下去！

他们终于看到了精彩的一幕：门卫从门房出来，一屁股又坐上了凳子，还在唱：为王的打坐在……觉得不对，用手在屁股下摸，立即跳起来，而凳子就吊在屁股上，用力一拉，裤子扯了。

门卫被报复之后，五富兑现了承诺，他买了个西瓜，但西瓜是大棚里培育的西瓜，蛮贵的，只买个海碗大的，而且坚持拿回剩楼要等着我回来一块吃。

我回去的时候，黄八在打扫着楼梯，五富却头塞在水龙头下洗。我说：五富你又虚火啦？

城市生活我们最害怕的是生病，五富隔三差五就便秘，一便秘牙疼头疼，我知道他过不惯这里日子，总是紧张又老在想家，虚火就上升了。除了买几片止痛片，他不愿意去看医生，认为那都是黑诊所，让我拿瓷片挑破他的眉心放血，或者拔火罐，或者用凉水浇头。

我问五富是不是又虚火了，五富说下午头疼得很，脑壳儿子像要裂开，现在不疼了。我说：噢。脱了鞋歇脚，五富却问我：你知道啥能治病吗？我说：得是又让我给你眉心放血呀？五富说：不是，我问你除了放血拔火罐洗头还有啥能治病？

可能是我习惯了回答五富的疑问，也是我好为人师吧，我就咳嗽着清嗓子，告诉着五富，也让黄八不要扫楼梯了过来听着，我说：你们两个不是今日头疼，就是明日牙疼，要么是没话说寻着话说，一说话又掐得像一对公鸡，你们知道这是为啥吗，不是你们吵架，是肝和肝吵架，肝火都太旺么。啥还能治病？一是心要放坦，既来之心安之，精神放松。二是多做些好事。三是……我还要讲第三条，五富抢着说：有些事能把人怄死，有些事却能治病哩！他说得莫名其妙。我怔了一下，他们一对视，竟呱呱呱地笑起来。我说：严肃些！五富说：这事严肃不了。两人就争着叙说报复门卫的经过，说完了，五富说：怎么样，我们是这个吧？他爹起了一个大拇指。

哦，原来是这样。我不赞成他们去报复门卫，我更不能容许他们以这样的神气对待我，我朝着他们伸出了小拇指头，又在小拇指上唾了一口，我说：下三烂！

我的态度使他们出乎意料，就像给他们当头泼了一盆凉水，但他们是不能违抗我，口里就支吾开了，说那总得出口气呀！我说出了气你更进不了家属院！五富说不进就不进么。屁话！我训斥五富，你是来拾破烂挣钱的还是来和人赌气的？你五富不爱钱么，你和门卫置气是和钱置气么！我看见五富的身子往下缩，像一棵草在枯萎，他的可怜相出来了，眼睛看着我，我想到羊被屠宰前的眼睛就是这样。

他说：那你说咋办？

我说：寻着我了吧，背着我不行吧？

他说：不是要背着你，我害怕去了打架，我和黄八可以打架，你不能打架，你打不过人家又挨不起人家打……

我说：毛主席是不是军事家？

他说：啥意思？

我说：毛主席一辈子没拿过枪！知道不？！

五富当然看过有毛主席的战争电影，他知道毛主席从来不拿枪，但他不知道我突然说起毛主席是什么意思，他开始语无伦次地嘟嘟囔囔，如在砂锅里熬米汤，无非还是门卫欺负我而你不让报复，那怎么到家属院去，你能让我进了家属院？我没接他话茬儿，去，把我的布鞋拿来。五富却对黄八说：拿去！黄八上楼取了布鞋，让我穿了，又把皮鞋拿上楼去。

我们开始吃那个西瓜。挣钱的时候可以忘掉吃喝，吃喝的时候可以忘掉挣钱，一说吃西瓜，黄八一挥手说：吃，不说啦！我和五富也挥了一下手：不说啦，吃！因为西瓜是五富买的，五富就来了自豪感，他亲自操刀切瓜，一颗瓜分成了三大份。但三大份没有切匀，他把多的一份切下一片塞到了自己嘴里，没想这一份又显得少了，再切下另一份的一片，看了看，又是塞到自己嘴里。黄八就躁了，骂现在当官的贪污哩你五富也多吃多占，你再分就全让你一个人吃了！便抓起一份吃起来。

黄八吃瓜是不吐子的，嘴来回呼噜几下，一大份瓜就下肚了，然后痴着眼看五富吃。五富偏细嚼慢咽，几乎是拿舌头在舔，舔一下，说：城里的瓜到底比乡里的瓜甜！我说：城里在水泥板上种瓜呀？！戗得他再不言语。

十一

城里到处都飞动着柳絮，柳絮像雪。我是一直追逐着一朵柳絮到了九道巷。九道巷和十道巷其实是个人字形，两条巷在中间合成了一条巷，那合并处是一个小公园，种着各种花和树，花和树中有双杠、单杠、秋千和踏步架，柳絮在那里聚了堆儿，人一走动就忽忽地腾起来。

我拉着架子车从九道巷进去，并没有走出巷道，又从十道巷拐过来，被追逐的那朵柳絮就不见了。在十道巷收了三捆旧书刊，又收了一麻袋废旧铁丝，对面六层楼上有人放鸽子，鸽群就不断地在楼与巷道的上空盘旋，一次盘旋和一次盘旋的方位和速度几乎一样，每到转弯处就翅膀不动，一转过弯便扇闪起来，把阳光扇闪得一片银光。我给鸽群发出口哨，它们没有飞下来。

今天的收获已经差不多了，有工夫欣赏鸽群，就想到中学课文上的描写：鸟翔在天，鱼游浅底。这鸟和鱼是不是一回事呢，在水里了翅膀就是鳍，叫鱼；在天上了鳍就是翅膀，叫鸟？我觉得我这么想很有些诗意，一直看着有只狗对着鸽群狂吠，我才意识到已经到了中午的饭辰。

这个饭辰我口特别地寡，不知怎么就是想吃米饭，我们已经好久好久没吃米饭了，几乎中午不是带了些早上蒸好的馍打个尖，就是掏四元钱去吃一海碗扯面。清风镇把大碗叫老碗，西安城里把大碗叫海碗，这个海字用得好，一方面说明城里人爱夸张，一方面又说明城里人小气，碗再大也不能形容成海呀！但我想吃米饭就想让五富也一块儿吃，我便到兴隆街南头的巷道去找他，看见了他正坐在二道巷中的一个水龙头下的池子边。

二道巷还没有改造，除了几幢高楼外，还都是大杂院平房，巷中安装着公用水龙头。饭辰，居民用四轮小木板驮着水桶都走了，五富在那里一边啃干馍一边嘴对着水龙头喝。他是背着我的方向坐在池沿上的，不知道我已站在身后，使劲儿地啃着干馍，似乎下咽得很艰难，脖子就伸长了，拍打胸口，然后再喝一口水，长长地嘘气。早晨离开池头村时我们并没有带吃食，他可能是把晾在楼台上的那些有霉点的干馍私自揣了几块。可这些干馍是我们说好下雨天不出门了再吃的，他为了省中午饭钱却偷偷揣了出来吃，这我就有些不愉快了。我叫了一声：五富！他回头看见了我，一疙瘩干馍还在嘴里，腮帮上鼓了一个包，立即往下咽，咽不下去，就掏出来握在手里，一脸的尴尬。瞧他那样子，我倒不忍心再说什么，后悔刚才没有悄悄离开，便装着什么也没有看见，歪头去接水喝，直等着他把掏出的干馍装在口袋，又咽掉了嘴里的馍屑，我说：渴死人了！五富说：是渴，城里的水放着漂白粉，没清风镇的生水好喝。他的脸恢复了原态，上来帮我拍肩头上的尘土，是粘了什么，拍不掉，唾了几口唾沫就擦。我说五富你没吃午饭吧，他说没吃，我说吃啥呀今日我掏钱，他说反正晚上回去消消停停要做一顿吃的，中午将就吧，吃一碗面？这不行，我说，咋能将就呀，吃米饭去，咱炒菜吃米饭！

进了一家小饭店，买了四碗米饭，一盘土豆丝和一盘水煮豆腐，还要了一盆鸡蛋汤。五富见我慷慨，说今天是你过生日？我想打他，但我说，不，是联合国秘书长的生日！联合国？五富倒疑惑了：联合国是哪个国？我又气又笑，突然心里酸酸的，就又买了一盘盐煎肉。

这顿饭吃得不错，老板问：可口不？我说：啥都好，就是豆腐差点儿。老板说：豆腐当然没有肉好吃。我说：豆腐太软，夹不起来。老板说：哪有豆腐不软的？我说：我们老家的豆腐能用秤钩子钩了称哩！老板说：那你在家吃豆腐跑到城里来干啥？！我本来好心好意给他提建议的，他却不善良，五富站起来要和他辩，我把五富按住了。五富气得要结了账走，我不走，急着走干啥，偏拿牙签剔牙，牙缝里其实什么也没有，就是要用牙签剔一会儿牙。

五富也学着我剔牙，突然问我：你说毛主席不带枪是不是你有解决门卫的办法？

他怎么又想到这事，我说：行呀你，能理会我的意思啦？！

五富说：我是第二天中午琢磨出你这话的意思的。

他得意地嘿嘿笑。笑着笑着却把嘴捂住了，而且拧过了身，还让我也拧过身，悄声说：瘦猴在隔壁买酒呢，让他看见了又得替他掏钱。

我迅速地朝窗外看了一眼，瘦猴是在隔壁小酒馆门口站着。

这个小酒馆被两家饭店夹着，只有一间门面，卖酱醋，卖烟酒，酒有瓶装的也有散装的，老板是个河南人，肩膀上搭条毛巾，擦脸上的汗，然后再擦那个玻璃柜台。小酒馆生意红火，我常见有人进去买一两酒，捏一个黑瓷盅儿立在柜前喝完，摇摇晃晃地就走了。也有人买一盅酒坐在那里成半天地喝不完，和老板斗嘴说段子，老板似乎爱听段子。有个早晨我拉架子车刚经过那里闻着酒香，只用鼻子皱了皱，老板便说：刘高兴，想喝酒啦？我说我喝不了酒，喝酒上头。老板说不会喝酒？鼻头红红的你不会喝酒？！是没钱吧，没钱你来说个段子，我给你打一盅。我那么爱喝酒呀，哼，扭头就走了，从此路过小酒馆门口，我把头拧过去。

瘦猴曾经给我和五富吹嘘他同小酒馆的老板熟，因为他虽是河北人但他老婆和老板原是一个村儿的，他做了上门女婿，论辈分应该叫老板为叔的。他说：我不叫，从来不叫！我们坐在饭店的窗子下不敢吱声也不敢转身，只说瘦猴买了酒就走，他却话多得很，和老板在贫嘴。老板说今日可不能赊账呀。他说你怕啥的，我一时半会儿死不了，甭说有个收购站，还有两个儿子哩，儿子长大了说不准儿就做了酒厂厂长呀！老板说你咋和你爹一样，九斤哥过河屄缝儿夹水，你干指头蘸盐！他说不准说我爹，再来一包瓜子，五香牌的。老板说没五香牌的有九香牌的。他说哪儿产的？老板说：河南。他说河南的我不要，尽做假货！老板说你寻着挨砖呀，你媳妇给你生的两个娃也是假的？他说：嘿嘿，嘿嘿。

瘦猴一走，我们才出了饭店，外边的柳絮又飞了许多，五富的头发蓬乱，粘着了柳絮就再不走。五富说瘦猴的爹叫九斤，是不是生下来九斤重？我说可能是。五富说那瘦猴生下来怕只有一二斤！父子俩一个是老虎一个是老鼠，这让我们张了嘴想笑，但没笑出来却同时打了个哈欠。我说：吃完饭人就困，咱去九道巷小公园的石条椅上睡一觉去。五富就跟着我走，走到九道巷了，他却说：咱不睡了，一睡我怕天黑都不得醒来，咱还是抓紧时间多转几遭巷。

我说：今日货收得不少了，悠着点儿。

五富说：挖了金窖就往深里挖。

我说：城里是咱的米面缸哩。

五富说：啥米面缸？

这五富就又不懂了。城里有的是破烂，有破烂就饿不死我们，这如同家里的米面缸里有米面，想做饭了，从缸里舀那么一碗么。该睡还是要睡的，城里人会享受生活，咱就不会享受啦？

刚说完这话，一辆三轮车就咯吱咯吱蹬了过来，车上有个菜筐子也有三大麻袋的空啤酒瓶。五富正把架子车的拉带套在肩上，怔了一下，便抬脚踢巷道里的隔离水泥墩，水泥墩没有动，把他脚却踢疼了，哎哟俯下身去。我忙过去察看，他脱了鞋，左脚大脚趾的指甲裂了，骂道我又撞上鬼了！我问咋回事，他说你看见了吧，就是那秃子在家属院收破烂的！我这才注意那蹬三轮车的，脸像个冬瓜，头发稀疏得如几根茅草。

就这副模样？我咳嗽了一声直直走了过去。

我只说秃子看见了我的神气会立即逃走的，他竟从三轮车上跳下来给我笑。我能不回报吗？于是，我也笑了一下。秃子说同志这附近有没有个废品收购站，五富说：没有！我把五富制止了，我说去卖破烂吗，我领你去。秃子说你咋这么好，我说看在刘备的面上。秃子问刘备是谁，我说三国刘备你不知道呀。其实我说刘备是神来之笔，因为各行各业都有各行各业的神，木匠敬鲁班，药铺里敬孙思邈，小偷敬时迁，妓院里敬猪八戒，我突然想到刘备卖过草鞋收过破烂，刘备应该是我们这一行当的祖师爷吧。我说：刘备是咱收破烂的神么！秃子说：我第一回听说。

五富也是第一回听说，用钦佩的目光看我，但五富对我有了意见，他拽我的后襟，说你看在刘备的面上，可牛槽里多了个马嘴你不赶马还帮马哩。他生气了，拉着车子要去五道巷，我不让他走，偏要他厮跟着。

到了收购站前三百米的拐弯处，我告诉秃子：前边那个院子就收破烂，但一般只收烂铜破铁，收不收空啤酒瓶你得去问问，要注意的是，收购站的老板脾气不好，又养着个大狼狗，你不要贸然进去，先在院外喊，喊他儿子的名字他就出来了，他儿子的名字叫九斤。秃子说：多有福的名字！就起身朝院子走去。

五富脸还吊着，趁秃子不在，把麻袋里的空啤酒瓶拿了一个放在自己的架子车上。我说：偷一个瓶子就发财了？五富说：我没你高尚，啥人都帮哩！我说：该高尚时高尚，该龌龊时我也龌龊得很哩！五富省不开我的话，蹴在那里搓烟卷儿，说：我就想把这三轮车的轮胎扎一锥子！我说：你扎么，我看着你扎！五富却蹴着不动弹。我说：秃子的这些啤酒瓶全归你，我一个也不要的。五富说：你说啥，这是人家的你让我抢呀？我嘘了一下，因为秃子已经在院门外叫喊了。

秃子在喊：九斤九斤！院子里没动静。再喊：九——斤！哎——九斤！门一响，瘦猴走了出来，恶声败气的：你喊啥的，咹？咹？！秃子说：耳朵恁背的，我喊九斤，喊你儿子九斤！呸，瘦猴吐了一口痰，痰在秃子的衣襟上吊线儿。秃子说我要卖啤酒瓶子呀，瘦猴说：卖你娘的 ×，滚！

秃子灰沓沓过来，还在嘟囔：吃炸药了这凶的？！我就安慰他，可能是老板和老婆吵架了心情不好吧，你上过班没有，领导心情不好的时候你让他批什么条肯定不给批的。秃子说我哪儿上过班。我说那你就忍忍，往别处的收购站去卖吧。我这么说着他感动了，告诉我他本不是拾破烂的，他贩菜，偶尔弄些破烂了都是拉回他租住房那儿的收购站去卖，今日因有别的急事才来这里的。完全按着我的设想来了，我就说活人咋能让尿憋死，你要急，我们替你买下，但你少赚些，一个瓶子你让出一角来。秃子就往下卸麻袋，把啤酒瓶子转卖给了五富。

在数啤酒瓶子时，我和秃子交谈起来，拾破烂有拾破烂的难场，贩菜比拾破烂更难场，他起早贪黑，从没睡过一个囫囵觉，要和菜农红脖子涨脸地砍价，要和收税员老鼠躲猫一样地周旋，要和买菜的拌不完的嘴，似乎这城里的任何人都在算计着他。

我说，那我也算计你了。

他说：你不是，你是好人。

秃子蹬着三轮车走了。他个头高，人又瘦，害怕裤子绞到车链子里去，两条腿用麻绳子扎了裤管，腿就像两根细棍儿。腰又弯着，稀稀的几根头发在风里飘摇，我想起了冬天里我爹坟头上那些枯草。

五富把啤酒瓶子卖给了瘦猴，额外多赚了七元四角。五富拿出四元钱给我，我不要，他把四元钱往我口袋塞，我不让他塞，把口袋都拉破了，我凶了脸，就是不要。

五富疑惑地看着我，说：那我给你买包纸烟去。

十二

五富去买纸烟，却半天不见回来。

我过去寻他，他撅着屁股在路边一个垃圾桶里翻，已经翻出三片硬纸板夹在胳膊肘下，又翻出了一个硬檐破布帽，就是旅游人常戴的那种，在膝盖上摔打摔打了尘土，戴在了自己头上，还在继续翻。我喊一声：市容来了！五富撒腿就跑，撞倒了垃圾桶。

市容，其实应该是市容队队员。在城里，司机怕交警，开店的怕税收员，我们怕市容，市容就是我们的天敌。如果留神报纸，报纸上差不多每日都有整治城市环境卫生的报道，报道不是市容终于取缔了某某街上占道经营的小货摊，就是什么地方又发生了袭击市容的事件。市容队招聘了许多社会闲杂人员，他们没有专门的制服，不管穿了什么衣服，一个黄色的袖筒往左胳膊上一套，他就是市容了。他们常常三个五个一伙，手里没有警棍，却提着一条锁自行车的铁链子，大摇大摆地过来了，拿一个电动喇叭不断地喊，声音粗厉，但你老是听不清内容。或许他们就匿藏在什么不显眼处，专盯着你犯错误，你一犯错误，他们就像从地缝里一下子蹦出来了。五富是在一次拉着架子车，架子车上的废纸包突然绷断了绳子，废纸飘撒了一路，被市容罚了五元钱。黄八是拉着架子车在主街道上走要被罚二十元，因为拾破烂车只允许在偏街巷走动，他以大清早还没收到任何破烂为由，赖着不交，好说歹说，最后被责成写检讨，而他识不了几个字，还是让过路的小学生帮他写了才让离开，却整整耽搁了一个上午。我呢，我也被罚过。我是在帮五富去邮局给家里汇款，那天我喉咙发炎老咳嗽，就在邮局门前的广场上咳嗽的时候，一个人在不停地看我，我心里还说：咳嗽有啥看的，你没咳嗽过？等一口痰咳出来，他就走了过来，说你咳嗽了，我说喉咙发炎，他说你得去看医生，就给我一个纸条，我说谢你呀。他说你看看条子。我一看才知道是五元的罚款收据。我说你是干啥的，他从口袋里掏，掏出个黄袖筒套在了左胳膊上。我没有急，也没有躁，我说：袖筒应该戴在胳膊上，你为什么装在口袋里？你们的责任是提醒监督市民注意环境卫生，还是为了罚款而故意引诱市民受罚？他不自然地给我嘿嘿。我说：你态度严肃些！你是哪个支队的，你们的队长是谁？他说：你是……我说：群众反映强烈，我还不信，果然我试着吐一口痰你就把袖筒掏出来了！他一下子慌了，给我赔情道歉，并保证以后袖筒一定要戴好。我抬脚就走，他说：你走好，领导！他叫我领导，这让我来了兴趣，我回头说：你怎么知道我是领导？他说：你过来的时候迈着八字步，我就估摸你是领导，可见你肚子不大，又疑惑你不是领导，怪我有眼无珠，竟真的是领导。哈，我竟然做了一回领导！从这件事后，我也就再不纠正我的八字步了，但我的肚子却如何每顿饭多吃半碗仍没有大起来。

我一喊市容来了，五富撒腿就跑，跑出几步，觉得不对，回头见是我，他扑沓在地上说：你把我吓死了！

我让他去扶正垃圾桶，又把倒出来的垃圾收拾到桶里，我说买的纸烟呢，他说在兜里。我手伸过去，却将他头上的帽子摘下来扔回到垃圾桶。啥破玩意儿也往头上戴？我说，把汗擦了！

五富说：我汗多。

五富确实汗多，他空手走十几步也脖颈里汗津津的，尤其吃饭，总是汗流满面，头上汽冒得像开了锅。清风镇有“富油穷汗”的说法，也确实是，凡是富人都是头发柔软又油乎乎的，凡是穷人，整个夏天都是光膀子，还叫喊着热，热，恨不得把皮剥了。五富之所以认命，他也知道自己汗多，但也暗自骄傲的却是他的头发自来卷。在清风镇时人作践他不是纯汉人，说他祖上的女人一定被匈奴强暴过，骂过他“狮子狗”，可到了西安，许多人特意烫发，他就不再剃光头。黄八第一次见他，硬说是烫的，还拿手要摸，他躁了，不准摸，男人头是随便摸的？但我怎么也看不习惯他那头发。

去把头剃一下！他的头发已经很长，又乱又脏。

头发不长呀。他回头朝马路边商店的玻璃门上看，但玻璃门被人推开了，他没有看到玻璃上他的形状。

我说领你去见那个门卫呀，你不剃？

我已经说过，城里人和乡下人的智慧是一样的，差别只是经见的多与少。但也得承认，除了我以外，或者除了像我这一类的人外，城里人一看长相就是城里人，乡下人一看长相就是乡下人。五富长了张憨脸，一看就是农民，所以他的自来卷头发就让人觉得滑稽，最容易被人以为是烫的，而一个农民却烫着鬈发，那不是狼狗，是土狗在扎狼狗的势，是要做黑道又没做黑道的职业准则，只会骗呀抢呀拿了砖头就往人头上拍呀，穷极了胡整的角儿，那谁还敢招理？我给五富讲这些道理，让他知道我并不是在嫉妒他的头发，而是要更好地去帮他解决门卫的事，五富就在理发店里剃了个光头，然后一块儿去了那个家属院。

门卫果然相貌不善，尤其那一张像鸟喙的嘴，你无法想象他怎么喝水。他坐在门口的凳子上打盹，听见脚步声，眼睛睁大了，突然凶巴巴地说：喂！干啥呀？

我不怕他。再凶的人还不是人吗？我笑笑地递上了一包纸烟。

于是我们有了一段对话，直截了当，开门见山。

你是谁？

他是我哥。

你怎么能有这么一个哥？

他长得有些黑。

黑得多！

他不活泛。

脑子进了水了！

是有些水。

水多得养鱼哩！

他不会说话，惹了你了，我来赔个不是。

你是想让他进院呀，得是？！

师傅啥都明白，是想进院收收破烂，求求你啦。

这就对了么！你哥凭啥，一声不吭就要进院？耍了个大！警察就在那儿站着你能闯红灯吗？我是门卫，我在这儿坐着他视而不见？！

他是不懂规矩。

是少教！

门卫拆开了烟盒，说，我可不吃假烟。抽出一根闻了闻，又捏了捏，叼在了嘴上。我赶紧让五富点火，五富把火点上了，门卫深深吸了一口，闭上眼睛很是享受，然后浓烟从鼻孔里往外喷，说你那卷毛呢？五富说剃了。门卫说剃了还像个好人。

门卫其实非常地好对付，他就是那点守门的权力，你就要让他充分享受到支配那点权力的快感，大人物之所以是大人物，大人物从来对这类人赐一点好，他们就给你宣传得满世界的美名，而你既不是领导，又不是有钱人或长得还丑，再是不理不睬他，他就是一只狗，扑着扑着咬你。我开始给门卫说奉承话，比如我说这门卫工作重要呀，病从口入，贼从门进，你守卫的是第一道关，过去的门神是尉迟敬德，尉迟敬德却是大将军，现在是政治觉悟高的责任心强的人才安排到门卫上的。他说可不是，组织信任咱，咱就得敬业呀，五年了，院子里没一家失盗的。比如我说你干这份工作太合适不过了，你身上有杀气，泰山不敢挡，最能赢得尊重的。他说大家对我都好着呢，尤其那些领导，大领导小领导见我都笑哩，但也有坏人，三号楼上有个女的，年轻轻的开辆宝马，她凭什么就开了宝马，我本来就来气的，她迟早回来只是高声按喇叭，我偏就听不见，就是停上三四分钟了才开门的。他说：什么玩意儿嘛！我说：不是个好玩意儿！他说：咱俩能说到一块儿。我说：我以前也干过门卫。他说：你在哪儿干过？我说：我在县政府干过。他说：这院里住着一个厅长哩。我说：那你是大拇指头，我是小拇指头。我就这么和他套近乎，我的那些话夸张得我自己都觉得好笑，可门卫偏就听得受活，似乎我说他是毛主席，他竟真的以为他是毛主席。

我们终于达成了一项协议：门卫保证以后不让任何人进院收破烂，而五富也必须将在院内收到的破烂提成给门卫。提成的标准为：每斤废报纸五分，废塑料二分，破铜烂铁八分，空啤酒瓶子一个一分。

我说：好了，你俩握个手吧！

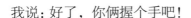

五富的手比门卫的手大，五富握得门卫直喊疼。

这个下午，五富就在院内收获巨大，仅废煤气灶就收了三个，破铝锅铝盆四个。出院门的时候，门卫把他叫到房里，塞给一条麻袋，说一号楼后的棚子里有一些旧暖气片，你装三个提走吧。五富到了棚子，果然那里堆了很多铁管、钢棍、暖气片、铁丝和大大小小的螺丝帽。五富装了三个暖气片，又装了三根钢棍，把麻袋提出了棚子，再钻进去拿了一串螺丝帽。

十三

从此五富每日都要到那个家属院里转一趟，已经和门卫混熟了，门卫总是说五富呀给我说说你们乡里的事吧。五富能说了什么事呢，其实门卫也知道五富说话颠三倒四的，他就问一句而十句八句地作践着五富取乐。

他问了：清风镇的精壮劳力是不是都出来打工了？

五富说：镇上是没了劳力，死个人棺材都抬不到坟里去。

他说：那婆娘们晚上想男人了咋办，是用黄瓜吗？听说老公公就爬灰的多？

五富说：想啥哩？

他说：啥也没想。全国煤炭工作会在西安开着，你们镇上没来姑娘吗？

五富说：人家开会哩，她们来干啥？

他说：来服务呀，开一次煤炭会就有成批成批的姑娘尿尿都是黑水。

五富说：中午你吃的啥饭？

他说：你给我胡打岔哩，五富！

五富说：你那些话我听不懂。

他说：你这个五富！你如果长得黑也就罢了，你偏前崖颅后马勺的脑袋，如果前崖颅后马勺的脑袋也行，你又背驼着，如果背驼着能说会道也算是，可嘴笨得三句来回话都说不了！哎，你有老婆吗？

五富说：有老婆，还有三个娃哩。

他说：都是你的娃？

五富这下实在是恼了，他把一个啤酒瓶子在架子车帮上一磕，玻璃碴子碎了一地，手里是个瓶嘴儿。

他愣了一下，赶紧拍五富的肩，说：五富一恼脸更难看了，行了行了，你去棚子装几根铁管吧。

五富去了棚子，在麻袋里装了几截铁管，在腰里缠了一股铁丝，又将三根更粗的钢棍从棚子的墙头扔了出去。出了家属院，他在墙外的冬青丛里捡了钢棍，说：你以为你占了便宜了？吹火嘴吹火嘴，你个瓜 ×！

五富的收入开始超过了我。

五富每天晚上给我和黄八讲他从家属院棚子里都拿了什么东西，按他的计划，半年之内会把棚子里的货物倒腾一空。他讲的时候神态轻狂，拿指头在黄八的鼻梁凹弹，让黄八去房里把捡来扎成捆的还没有交售的牛皮纸给他拿几张。他用牛皮纸叠钱包，给黄八叠了一个，给他自己叠了个大的，我知道他一直眼红我的那个真皮钱夹，他叠钱包是要给我看的，我的真皮钱夹是我当年卖血后买的，可五富的牛皮纸钱包能和真皮钱夹是一个档次吗？我冷冷地笑，老范就串门来了。

老范是巷道对面的一家屋主，因为和我们的房东是堂兄弟，我们对他很客气，但每次碰见了问候他，他都是鼻子哼一下，带理不理。那次我从城里回来，到村头粮店买面粉，临时还缺五元钱，他正好在旁边，我就向他借钱，并声明一会儿回去便把钱还上。他却说：我怎么信你，你们拾破烂的说走就走了，我寻谁去？我只好回屋中取钱，反身再去粮店买了面粉。所以老范一来，我就去厕所了，五富还在叠他的牛皮纸钱包。老范说：你叠这么大的钱包装冥币呀？！气得五富抬脚进了他的屋里。老范嘎嘎地笑，说你这货不识耍！就又喊：刘高兴你屙井绳吗？黄八说：刘高兴是贵人，他屙的屎橛子长。我在厕所故意多待一会儿，但他偏还不走，我就出来了，说：老范寻我？

老范说：你屙的屎橛子长？屎橛子长了人贵，刘高兴！

他能说这话，八成是他有什么事要我办呀。办就办吧，只要他能求到我。我说：有事吗？他说：碎事。给了我一根纸烟。

原来他家后院养了一头猪，在兴隆街东边的菜市场旁有个屠宰坊，他要把猪卖给人家，让我们明日晚上回来把架子车拉上，后天一早把猪拉到屠宰坊。他说：本来用小货车拉的，小货车坏了，顺路用你们的车拉一下，刘高兴，碎事！我说：是碎事，行！

第二天晚上我和五富没有骑自行车，都把架子车拉回来，五富很是不满，碎事，这还是碎事，猪是不重可人得步行去兴隆街，这得浪费多少时间？我劝五富什么话都不要说了，老范那人得罪不得。就在第三天早上，我们拉了老范家的猪，老范也就跟着，而五富的态度完全变了，他竟然主动要老范也坐在他的那辆架子车上。我说：瞧咱五富知道学雷锋了！五富说：你拉一个，我也拉一个么！他是在骂老范，还以为我听不懂，说：知道我意思吗？我说：就为一句话，你出这大的苦力！

我们拉着猪和老范，走到了城墙里的街巷，因为行人都注视我们，我就哼了小调。我想如果是在古代，西安城就是长安城，没有楼房都是四合院，没有汽车都是高头大马拉着轿，那我这架子车也该是马拉着了，一路马蹄嗒嗒马铃喤喤也是够威风了嘛！我是收废报纸时在报纸中发现了一本书，这书就带回放在枕头边看，书里恰好写的是古长安的故事，其中写着一个督军每天骑着马在大街上走，凡是瞧见谁家的女人好，就把马鞭挂在谁家的门环上，这户人家夜里就该接待督军大人了。刘高兴不做伤天害理的事，刘高兴如果有马鞭，我这么想，哼，我也不要马鞭，只要求谁家有破烂了就在门环上挂一个木牌，我就不至于一趟一趟无目标地瞎转了。但现在不是古代，我觉得我的奇思异想可笑，就自顾自地笑了。

我这一笑，巷道里一家饭馆的女老板也给我笑。她是站在店门口拉顾客，过往的人她都拉，她说：哎，老板老板，来吃饭呀！五富低声说：她叫咱老板？！咱像老板？女老板却听见了，说：咋不是老板，都是发财的老板，来吃面呀，我们是渭北的麦子磨的面，醋是山西老陈醋，辣子是耀县的辣子，你吃了就知道香！我说我们不吃。女老板却挡住我们路，不停地介绍他们的面食有摆汤面、臊子面、油泼面、棍棍面，还有大盘鸡拌面，甚至朝店里喊：收拾桌子，给三位老板先倒上面汤！我就窝了火，说：不吃就是不吃么，哪有这种招呼生意的！女老板一下子变了脸，说：谁给你说话来？我是给猪说哩！

还有这么说话的人？我就拍着猪，猪哼哼了起来，我说：我说一进城你为啥就兴奋得一路哼哼，原来城里有你的相好？！

我是顺嘴就说出这话的，反应之快，又如此机智，我的情绪就非常好了。但是，帮老范卖了猪，已是半中午，自然耽误了收破烂，五富就直发牢骚，那个收停车费的老头问今日怎么没收下破烂，他好像遇到了知己，就给老头抱怨老范，抱怨得没完没了，我就独自拉着架子车走了。

何必呢五富，你愁眉苦脸地给人絮絮叨叨，那老头虽然也随话答话，貌似同情，也未必就听到耳朵里去，你说着有什么益处？

我刘高兴要高兴着，并不是我就没烦恼，可你心有乌鸦在叫也要有小鸟在唱呀！

路过了新栽着紫槐的那个路口，紫槐虽然枝股如手一样在空中伸着，但新的叶子已经长出来了。你好，紫槐！我给紫槐行注目礼，一串鞭炮就响起，是远处的一家并不大的商铺开张了，而这时有三四个人从我身边跑去，他们是放铳的。

西安城里生存着一批放铳人，他们拿着古老而简单的铁铳走街串巷，发现了谁家婚丧嫁娶，老人过寿，小孩满月，商铺开张，就主动要去为人家放铳助兴，讨个彩钱。我突然萌生什么时候，是什么时候呢，也请放铳人来给紫槐放几铳，以庆贺它的移栽和成活。

咚，咚咚咚！火铳已经在那个店铺门口放响了。

我说：好！

而我同时也听到了一声：好！

回过头来，路边正走过来一个乞丐。

这乞丐是个白胖子。乞丐竟然是个白胖子，就让我乐了。他远远地站在一家酒店的拐角处，我还在琢磨：如果他衣服穿得整洁些，头发不是蓬着，这是个蛮体面的人。可他在拐角还走得端端正正的，一经过酒店门口腿却成了跛子。好呀，你装！我就一眼一眼盯着他。乞丐走近了，他伸出一只手，手心放着一元钱，他说大爷大爷行行好。

叫我大爷，我真的就那么老吗？我不理他，弯腰把路沿上一个空易拉罐捡起来。但他并不离开，手还伸着：大爷大爷我叫你大爷哩。

我说我没有钱。

有钱哩，他坚定地说，你西服的口袋里有钱哩！

我是穿了一件西服的。这件西服是十道巷一个老太太送的，老太太可能是文化人，她提了一包旧书卖给我，却把每一本旧书的扉页撕了，扉页上都写着“王德明先生指正”，我问王德明是谁，她说是她老伴，却又说我像她老伴年轻时的模样，问我多大了，会不会是她老伴已经托生了，老伴生前是文化局的一个处长怎么托生成拾破烂的了？我明白老太太的神经有毛病了，可她毕竟是老人，我得搀扶了她回家去。我问老太太的老伴是哪年过世的，她说十年了，我就尽量夸大我的年龄，说我四十了，不可能是老先生托生，老先生在阳间是文化处长，到阴间肯定也是个处长。到了老太太家，老太太就拿出了这件老伴生前的西服问我敢不敢穿。如果她直接给我，我还要推辞的，她说敢不敢穿，我立马就穿上了。有什么不敢穿的，老先生是个鬼，也是处长鬼，文化鬼。

这件西服曾经使五富和黄八羡慕不已，说人凭衣裳马凭鞍，穿了西服没钱也像着有钱了，果然乞丐就觉得我有钱。可是，我没钱，真的没钱。我把口袋底都掏出来了，说：哪儿有钱？

乞丐说：你怎么会没钱？

我说：我是拾破烂的。

乞丐说：噢！

乞丐猛地拉住了我的手，另一只手啪地往我手心一拍，那张一元钱的纸币就贴上了，他说：那这个给你！

侮辱，这简直是侮辱！在乞丐的眼里，拾破烂的竟然比乞丐更穷？！我那时脖脸发烫，如果五富在场，他会看见我的脸先是红如关公，再是白如曹操，我把一元钱摔在地上，大声地说：滚你个王八蛋，滚！

乞丐吃惊了，吃惊的乞丐勃然大怒，那腿也不再跛，一脚往我的裤裆踢来。咦，还是个泼皮呀，这我得教训教训。我一闪身，他的脚踢空了，身子失去平衡，坐在了地上。但他又扑上来，抱住了我，一股臭气熏得我几乎闭住了呼吸，我使劲儿推他的脸，他一只手揪住了我西服的领子，另一只手擦一下鼻涕竟然抹在西服肩上。你敢脏我西服？我拿头便撞，咚咣，撞在乞丐的下巴上，保护西服，再撞，脑门就撞着了脑门，满空里便有了金星。

恍惚中我在说：你敢侮辱我？！

金星还在放射，但我看见乞丐趔趄了三下，他的下巴脱臼了，一手托着下巴，一手按住额头，猛地往上一碰，下巴又接上了，左右活动，能说话了，说：你是谁？

我说：老子刘高兴！

他说：老子石热闹！

竟然叫热闹！我抬手扇了他一掌。如果他不叫石热闹，我绝不会扇他巴掌的，但扇过了，却想这热闹和高兴是对应的一对嘛，我就觉得有意思。

酒店的保安看见了我扇石热闹一掌，锐叫干什么干什么。保安的服装像警服，石热闹把保安看作是警察了，保安也把自己当作警察了，受了亏的石热闹趁机去向保安哭诉，保安便勾着中指要我过去，保安说：你怎么打人？

我毕竟理缺，但我已经想出对策了，便反问石热闹，我打你了？

石热闹说打了。

我就笑了，我说保安同志。我之所以首先称呼他的职务，我是在提醒你只是个保安，酒店里的安全你保卫，酒店外了你和我是一样的。我说保安同志，你瞧我这兄弟差成色不，我只说一巴掌能把他扇灵醒哩，可还糊涂呀，竟然还向你投诉？酒店里住的有领导有游客，还有高鼻子洋人，你要饭到哪儿要不成，偏来这儿丢咱社会的人呀？！

我这话说得好，保安都感动了，他的态度开始向我倾斜，而蠢笨的石热闹却说要饭又不是偷抢我愿意到哪儿就到哪儿，我没饭吃还不能要饭吃吗？这下保安就躁了，说：离远！

石热闹顿时呆了，乖乖离开了酒店大门，站到马路上。

保安一挥手：再离远！

石热闹顺着巷道走，走了几十步又站住回头，保安又吼了一下，石热闹拔腿再跑，这一次保安原地故意跺脚，石热闹就跑出巷口不见了。

我整了整西服，遗憾的是西服被鼻涕弄脏了，揩了揩，拉架子车继续转街。哎呀，你能不觉得石热闹逗吗，在这个清静的上午经他一闹，倒少了许多寂寞和无聊。石热闹是条狗鱼。鱼塘里的鱼常常活得不旺，就要把狗鱼放进去咬一咬，一池塘的鱼也就欢了。我回头往巷口看，一时还后悔不该日弄得保安撵了他。

十四

没了石热闹还真不热闹了。

当我拐进巷道的一个转弯处，我真的有了再去寻找石热闹的念头，但前边的道中间，一个女人分散了我的思绪。这个女人抱着狗已经在那里站了好久，狗用舌头舔她的鼻子，她拿嘴吻狗的额头，忘乎了所以。清风镇历来有一句俗规：男不养猫，女不养狗。意思是狗性贪淫，容易对女性不轨，而猫也会误把男的生殖器当老鼠抓了。可城里的女人却有养狗的，让我不好理解。这位抱狗的女人站在路中，我考虑是停下来呢还是把架子车往路边拉，正犹豫着，女人却给我让开了路。好，有礼貌。我对这女人有好感了。擦身而过时，狗冲了我说：汪，汪！我不懂狗语，但我能听出狗声的温柔，或许它像个调皮的孩子，我就也回了一下：汪！女人叫着：贝克，贝克！把狗头压在了怀里。漂亮的女人怎么都是一个样的漂亮呢，难道丑人，如五富和黄八，一个不同于一个的丑？

我的身影和女人的身影重叠了，分开了，轻得像撕开的两层纸，我只说我就这样走过去了，如每日碰到的美丽女人一样，这一个却说话了，说：哎！

是她在说话吗？还是给她的贝克？叫这么个洋名字！

猫呀狗呀是城里许多人的宠物，架子车是我的工具也是我的宠物，凡是成了器的东西都会有灵魂的吧，也都分了性别的吧，那么，我的架子车是公的还是母的？是不是也该起个好听的名儿？

女人又说声：哎哎！

我吸了一下鼻子，女人身上散发的香水味怪怪的，我说：你叫我吗？

现在我才可以说，拾破烂对于清风镇任何一个人都不是什么重体力活儿，即便是每日腿累得发胀发肿，到晚上烧一盆热水泡泡也就是了，但拾破烂却是世上最难受的工作，它说话少。虽然那五条巷的人差不多都认识我，也和我说话，但那是在为所卖的破烂和我讨价还价，或者他们闲下来偶尔拿我取乐，更多的时候没人理你，你明明看他是认识你的，昨日还问你怎么能把“算”说成“旋”呢，你打老远就给他笑，打招呼，他却视而不见就走过去了，好像你走过街巷就是街巷风刮过来的一片树叶一片纸，你蹲在路边就是路边一块儿石礅一根木桩。这个女人，她并不是提了破烂来卖的，她却两次说道：哎。她要给我说什么呢？如果她在征询她把狗打扮得怎么样，我当然认为打扮得好呀，瞧这卷毛头上染了一绺绿，还染了一绺黄，配上白色的小西服，养狗养了个小儿子么，不，是男人！如果她要问我是从哪儿来的，那么，我得慢慢给她说，先说“美丽富饶”这个成语其实是错的，富饶的地方常常不美丽，美丽的地方又常常不富饶，清风镇就是不富饶而美丽着，所以我长得并不难看却离乡背井来到了西安。

但是，女人说了一句：旧报纸怎么收？

噢。

还是个卖破烂的主儿！我的脖子软下来。但我还是想多说些话呀，我说：噢，要卖旧报纸吗，旧报纸是一元钱一斤，你家有多少旧报纸，订着好几种报吗？

女人说：过一会儿到前边那栋楼，三单元六层，左手门。

女人头也不回地走了，我瓷在了那里，任何聪明才智都没了，我觉得我很瘦，衣服突然宽松得不贴体，幸亏四周无人，掏了纸烟来吸，打火机也怎么都打不着。还去不去那栋楼上呢？不去，何必看她的眉高眼低，我也不指望你那些旧报纸就发了财，你那么高贵，让破烂就堆满你家吧！怎么又能不去呢，人家怎么能和一个陌生人说多余话呢，怪罪人家什么呢，无理要求！我站在那里反复思忖，终于提了一杆秤和一条麻袋去爬那栋楼的三单元六层。

一只猫无声地从楼上下来，像一只虎。兽都是孤独的，不说话。我也是一只兽。小鸟才耐不住寂寞，叽叽喳喳说个不停。

六层的左手门已经打开，女人从屋里往出抱旧报纸，一摞一摞全堆在过道。意思很明白，人家是不愿我进屋的。这一点我能理解。我常常被人叫到家里去收破烂，有的人家让我穿着鞋就进去了，还给我水喝，问吸纸烟不吸，而有的人家则让我脱了鞋换上拖鞋或给个塑料鞋套套在鞋上，而拒绝进屋这女人是第一家。或许这女人是富豪之家的女人，他们在防范着陌生人了解了屋内情况而发生偷盗和抢劫，或许她是单身吧，总之，她不愿意我进屋，我连往门里瞅都没瞅，只低了头整理着旧报纸往麻袋里装。

旧报纸里发现了一张六寸大的照片，照片上是一个男人，头发梳得光光的体面的男人。我把照片取出来，说：这照片。放在了门框地板上。女人却拿脚把照片踢出来。

我说：不要了？

女人又抱着狗，狗已换上了休闲装，是一个带格儿的裹兜，还戴上了墨镜，但遮阳帽摘了，她没有看我也没有吭声。

我知道了这个屋里肯定有故事，故事并不悦耳动听。我把照片塞进旧报纸中，又装进了麻袋，突然惋惜了这个女人，开始给麻袋过秤，把秤过得老高，出着声算账，像小学生做算术一样扳着指头算，将每一步骤都念出来，然后从裤兜里掏出钱夹，故意掏出那个皮质的钱夹。递上钱时，我看着狗。

我说：狗真漂亮！

说狗漂亮，当然我还是在夸女人漂亮。我得讨好她，希望她能开心，还有，要让她认为我是有教养的，很文雅的，希望她能用柔和的目光看我。

这女人是冰女人，她还是没有说话，钱一收门就砰地关上了。

关门的响声很大，扇过来的风把我的头发都掀起来了！这让我受到了极大的刺激，什么玩意儿呀，就这么不礼貌，即使你家里有什么事，也不能这样待我呀？你漂亮可比你漂亮的女人街上多了，你有钱而我也到过一些大老板的别墅里收过破烂，你受了什么伤害拿我出气吗，如果我不是收破烂的，你能这么关门吗？！我那时真的是愤怒了，愤怒得咬牙切齿，呼哧呼哧喘气。

我愤怒的时候是要吸一根纸烟或吃几口豆腐乳的，但我掏出了装着豆腐乳的纸包，取出的却是牙签，我突然产生了恶念，将牙签戳进了门上的锁孔里，使劲儿戳，然后将牙签折断。

掮起麻袋下楼，我希望下楼后就能碰上石热闹。

但是，楼下没有见着石热闹。我已无心再吆喝着收破烂，索性把七道巷八道巷九道巷十道巷都走了一遍，仍是没有石热闹的影子。

石热闹，多可爱的石热闹，你在哪里？

在我寻找石热闹的过程中，我的愤怒慢慢地消退了，想着那女人不是个好女人，可遇人轻我，必定是我没有被她所重之处，我如果是市长她能这样吗？我如果是大款她能这样吗？而我不是市长不是大款连有西安户口的市民都不是么，这只能怪我自己。我是谁？我不是一般人，我提醒着我，我绝不是一般人！看来这个女人没有慧眼，她看我是瓦砾她当然不肯收藏，而我是一颗明珠她置于粪土中那是她的无知和可怜么！

我这么作想，心平气静了，过沼泽地就要忍耐蛤蟆声的，何必和这个女人一般见识呢？我倒觉得我的愤怒是人穷心思多，给她家的锁孔里塞牙签是下作了。这样的事，要干是五富和黄八干的，刘高兴怎么能干呢？！

我在街巷的墙上，公交车站牌上，路灯杆上到处查看有没有开锁的广告，我终于在那么多的治性病的治狐臭的办假证的出租房子的野广告中发现了一家开锁公司的电话号码。我到杂货店里打交费电话，通知他们以最快的速度到那栋楼的三单元六层左手门去开锁。

开锁的问：你贵姓？

我说：我姓黄，黄八。

开锁的再问：和片警打招呼了吗？

我说：前后脚到，哎，甭让片警等你呀，要不这一片生意你可就黄了。

开锁的说：黄八先生，你在楼下等着，我们马上就到。

我说：不，我现在在单位，你们直接去，我老婆在家，她被反锁在里边了。

这个下午，我没有去瘦猴的收购站交售破烂，也没告知五富，拉着架子车早早回了池头村。一个人在剩楼上坐了，又觉得无聊，把收来的废报纸一张张翻着读，就听见不断有鸟的扑棱声，探头往门外看，槐树上已落了许多鸟，还继续有鸟飞来，接着便叽叽喳喳一片杂乱。槐树上虽有鸟住而从来没有过这么多的鸟，令我惊奇。在清风镇，如果有鸟在门前树上或屋檐下做窝那是非常吉祥的事，这么多鸟突然来到槐树上，它们在开会吗？我便不敢出门，也不敢弄出什么响动惊扰。报纸上有许许多多关于西安的新闻，不，已经是旧闻，却对于我是那么新鲜。比如，×× 工地起重机高架上有民工以自杀抗议拖欠工资，市长亲临现场营救处理。比如西北最高的楼在 ×× 路口落成，老板曾经在这个路口摆过十年修鞋摊。比如 ×× 小区发生入室盗窃杀人案件，嫌疑犯在逃，五万元悬赏提供线索者。比如 ×× 路中段因拆迁矛盾引发械斗，交通中断五个小时。我读得如痴如醉，就后悔来西安这么久了竟没有每日买一张报纸看看。刘高兴，你还讲究有文化，完全把自己混成个五富或黄八了么！这么想着，抬头从门里往外看天，觉得天一下子变得那么蓝那么高，却突然觉得没有了鸟的叫声了。鸟呢？我走出屋门，黄八趴在树杈上。

我说：黄八你几时回来的？

黄八说：回来一会儿了。他咔嚓折断了一根枯枝。

我说：你干啥哩？

黄八说：我戳下鸟巢烧柴呀。

盆子大的鸟巢就掉下来，掉在我的脚下。

我勃然大怒，几乎是顺口而出就把几乎都忘掉了的那些清风镇的粗话一股脑骂出来。我骂你这个狼不吃的，挨枪子的，坏骨，野种，嫖客 × 的，哪儿寻不来烧饭的柴火你却戳鸟巢！鸟没了巢往哪儿住，让你夜里也睡到马路上挺尸去？！

我这一骂，黄八吓坏了，从树上往下溜，把肚皮子都蹭烂了，他说：你也能骂人？

我说：我还想打哩！

黄八说：你不会也是在外边受委屈了吧？

我说：啥？！

一句话噎住了我，黄八到底不是五富，他点着了我的穴位。得了吧，黄八，我突然比刚才更生气了，说：我受什么委屈？咹，我是你和五富吗？我告诉你，让我受委屈的人还没生下来哩！你贼不偷狼不吃的才受委屈哩！

黄八说：我是受了委屈，今日我的秤被收了，折了，我 × 他娘，我是假秤哄人哩，谁不是假秤哄人哩，这城里谁又没弄过假哄过人，狗日的把我的秤折了！我是板膣么，在外受人气，回来这鸟儿也气我，偏不偏就把屎拉到我头上，我不戳鸟窝戳谁去？

我说：我是训你哩，你还不服？

黄八说：服啦。

我说：服啦就是这态度？

黄八说：我一说就好了。

我回坐到屋里，看着黄八爬上树重新安巢，觉得我是有些霸道了。但我不会向他道歉的，盼着五富回来，五富回来就好了。

十五

五富回来，带着一副花花牌。

花花牌是乡下老年人玩的一种纸牌，玩法比扑克简单得多，城里还有这种东西，我确实感到惊讶，但五富这么个大汉子还买这种牌，又让我瞧不起。他拿着牌在我面前炫耀，我说，要玩你和黄八玩去，别叫我！五富却说他也不玩，这是给二道巷七号家属院的王老太太捎买的，七号家属院有八个老太太，都是儿女在城里工作，她们的老伴过世后随儿女来生活，平日没事就玩这种牌，他是看见她们的纸牌已破得不行了，交售破烂后转了几条街才买到的。

我说：五富生心了，会拉扯关系了！

五富说：那当然，还要跟你拉扯哩！

我说：也给我买什么东西啦？

五富说：你得给我买双鞋呀！

我不明白他这话是啥意思，问他，他只是笑。

第二天早上，又是大红日头。西安的天气虽然也有四季，但春天和秋天非常短，长的是夏天和冬天。柳絮飞舞了没有多少日子，天就一天比一天热，夹克就有些穿不住了。但我依然要穿西服，还要穿袜子皮鞋。五富前三天开始光脚穿了塑料凉鞋，出门时又提了裤腿把脚带鞋伸在水管子下冲，说你还穿袜子，是捂蛆呀！我说你懂个屁，穿袜子反而不热，街上卖冰棍的箱子上还盖件棉垫呢！我日嚼他，他反而笑，说：你该穿，你该穿，我光脚穿凉鞋才显得你是穿了袜子皮鞋的！

到了兴隆街，五富让我和他一块儿到七号家属院，我问七号院的门卫也欺负你了？他说没有，但你一定得去！一进院子，那里有个喷水池子，池沿上坐了六七个老太太，个个头发灰白，脸如核桃，相互嘴对着说什么，突然一个老太太就笑，呵，呵，呵，笑得假牙掉下来。五富就过去捡了假牙，弯腰在池子里洗，老太太同口说：五富你来啦？

五富说：来啦！她们说：吃了没，吃的捞面还是烙饼？五富说：早晨喝了米汤。她们说：米汤好，能克化。五富说：我吃石头都能克！把花花牌掏出来给了她们。老太太传着看，喜欢得不得了，说：这得花多少钱？五富说：不说钱，送给你们的。她们说：五富长得丑丑的，心好！五富说：人也不丑。她们说：不丑不丑。五富说：陆婶咋没来？她们说：噢，把陆婶交代的事忘了，她说你要来了让你到她家去，她在家等你。

五富就走过来对我说咱到陆婶家去，我说你每天都来和她们拉呱一阵吗？五富说她们每天都坐在这里等着我来拉呱哩。我觉得五富这一点上做得比我强，我盼着那个抱狗的女人跟我说话，五富却寻到了想要说话的老太太们。我说陆婶是谁，是不是更爱说话？五富说咱们去了我叫她陆婶你也要叫她陆婶。

到了三号楼下，四层的一面窗子开着，一个老太太伸出头就喊五富。上了楼，老太太又站在门口，热惦得我们不是了收破烂的，是她的儿子孙子！进了门，老太太不让我们换鞋，但我坚持要换，来给我们取拖鞋的是一个女的，黑胖黑胖，一见我脸却红了。五富介绍了我，陆婶说：你转转。我转了个圈儿。陆婶又说：你走走。我走了几步。我不明白这是怎么啦，五富说：刘高兴比我长得好！陆婶说：都好。坐下了，陆婶的眼睛一直瞅着我，问我多大啦，家里还有谁，咋没个媳妇，是离过婚了还是从来没谈过恋爱？她说：婚姻没动是缘分没到，缘分到了说有就有。就喊：翠花，把茶沏好了你也来聊么。我知道了那女的叫翠花，问翠花是陆婶的小女儿？翠花说不是，一个村里的。我说你还在村里？她说她也在西安。陆婶就说翠花二十六了，银盆大脸的，性情也乖，在城里做人保姆，女主人遭车祸成了植物人，男主人现有了相好的就给妻子买了一室一厅房子让翠花伺候，说好将来把植物人伺候到死了房子就归她，翠花是个福相，在城里有了房子了！翠花有些不好意思，给我们再续了茶后就去了卧室没有出来。陆婶便开始抱怨城里吃不到好东西，说米没味，面没味，鸡蛋炒出来傻白，乡里的葱掐一根调一锅饭的，这里的葱是大棚里的葱，却一捆也不呛鼻子！然后问我们有没有浆水酸菜，她是窝了一瓷盆的，要给我们带些。我赶紧说我们也窝了浆水酸菜。陆婶遗憾了半天，突然起身也去了卧室，还把五富也叫了进去，叽叽咕咕了一阵都出来，翠花就说她得走呀。翠花要走，我也趁机告辞，陆婶说：这多好，你们送送翠花。

出了家属院，五富要我把翠花一直送到她的居住处，我觉得不妥，便给她挡了一辆出租车。我掏的出租车钱，她没推辞，好像我这样做是应该的。翠花还是老实。我悄声给她说你记住车号，以防有了啥事能找着这辆车，我只说她会说谢谢，但她看了我一眼，脸又红了。

翠花一走，五富说：你行，舍得给她买票。我说：人家是女的么。五富说：她好不好？我说：好么。五富说：那你把她娶了！我说：你胡说！五富说：我没胡说，今日让你来就是让翠花相看的，她都愿意了，现在就看你愿意不？我噢的一声，原来五富给我当媒人了，这五富！

五富说：你愿意不？

我说：我不愿意。

五富说：多好的女人，长得要啥有啥，你还不愿意？

我说：她是大骨脚。

五富说：大骨脚，我咋没看见？

我说：你只看大屁股大奶！

五富说：你都三十四五了，你还弹嫌？

我说：既然晚了，要穿就穿皮袄，不穿就精身子！

五富急得要哭，说他可是真心要回报我的，原本陆婶要给他提亲，他结了婚，才想着要给我当一回红娘。我说你有这个心，我请你吃羊肉泡馍。

我真的请五富吃了一顿羊肉泡馍。

羊肉泡馍是西安的名吃，我和五富几次都想着去吃一顿，但价钱太贵，我们都没吃过。这是傍晚，我们回到了池头村，五富开始刮土豆皮要做晚饭了，我说咱吃羊肉泡馍去，他说你还真请我呀？我说我说话算话，把黄八也叫上。

黄八用笤帚蘸了水擦他的屋门，自戳过鸟巢后，鸟一直在报复他，只要他不在，鸟就站在门框顶上拉屎，全是稀屎，淋在门上。黄八听说请他吃羊肉泡馍，当然受宠若惊，门也不擦了，却去洗脸。五富不高兴，说黄八你还有脸去吃请？不去了，我们都不去了，吃拌汤煮土豆！黄八说我把脸都洗了又不去了？！我说走吧走吧，五富是故意逗你的。黄八说要请吃就吃优质的。我说吃优质，一人再加一个鸡蛋！

池头村口有三家羊肉泡馍馆，吃饭的人很多，我们去的是第二家，正吃着的时候，一低头，我看见了一只特别秀溜的脚。这是紧挨桌坐着的女人的脚，她架着二郎腿，脚就斜斜地伸过来，轻便凉鞋里，脚形瘦长，白嫩如玉。我不能让人家把脚收起来，但我又不能不看着它，这让我实在受不了，泡馍吃了一半就起身先回住处去了。

我是喜欢看女人脚的，或许是见了女人不好意思看人家的脸就常常低头，低头自然看到脚，看多了便形成习惯的原因吧。但我已经有了这样的能耐：即使不看脸，单从脚上就判断出脸漂亮还是丑陋。当在大街上一双漂亮的女人脚从你面前走过，有一闪即逝的感慨，可一只秀溜的脚突然那么近地一动不动伸在你的面前，你却只能赶快离开，因为它勾起了对美容美发店的那个女人的记忆，你不能不痴了眼，可怎么又能那么痴眼呢？五富和黄八不了解这些，还在质疑怎么不吃了，这么好的羊肉泡馍吃了一半就不吃了？！

我付了饭钱回到住处，尽量地梳理我的心情，槐树上又有了鸟的叫声，似乎全在说：美容美发店！美容美发店！是的，我很久都没有去那家美容美发店门口了，我以为我已经把那个女人忘记了，原来她一直还藏在我的心底。白日里见到的那个翠花，我为什么一口就拒绝了呢，如果我不来城里，我没有那双女式高跟尖头皮鞋，我没有见过美容美发店的女人，翠花是不能弹嫌的。可现在，我是刘高兴，刘高兴在城里有了经验，有了那一双高跟尖头皮鞋，见过了美容美发店的女人和无数的女人的脚，刘高兴就无法接受翠花了。

我庆幸王婶给我介绍的那个女人没有和我成婚，她在清风镇是花喜鹊，而在城里充其量只是个灰麻雀，如果那时结了婚，会不会现在却离婚呢？

世上有没有真正的爱情呢？比如一个男人，当他遇见各方面条件和自己的妻子差不多的女人，这女人又愿意与他相好，他或许可以对妻子忠诚，如果遇见各方面条件比妻子略好一点的女人，他或许仍可以坐怀不乱，但见个更好的，更更好的，那他还能抵抗得了吗？

我是不是个流氓？我不是流氓。萝卜长出地面颜色就变青了，水遇到冷就变冰了，环境改变着人，这不该是道德品质的问题吧。

当我这么乱七八糟地想着，五富和黄八就回来了，他们还在谈论着羊肉泡馍就是比刀削面好吃，打个嗝儿还有羊肉的香味。他们又问我吃了一半走掉的原因，是身子哪儿不舒服还是请他们吃饭心疼了钱？

我说：君子谋道，小人谋食！

他们说：我们就是小人物呀！

树上的鸟渐渐安静了，我打了个哈欠，说我睡呀，就进屋睡了。

但五富不睡，也不让黄八去睡，他是吃了一份羊肉泡馍，又把我剩下的半份也吃了，肚子就撑得难受，他一边拿肚子去撞树，一边要黄八陪他说话。黄八就成半夜地诅咒着这个城市，诅咒里又哈哈地呱笑。

十六

过了十天的光景吧，一个中午，我拉了架子车刚进八道巷，有人问我愿不愿去拉货，货不重，是百十个纸箱装的，拉到八道巷的一栋楼上，纸箱全部归我。我问到哪儿去拉，他说塔街，塔街我不知道，他又说魏公寨知道不，魏公寨有个邮局，我和五富去那儿汇过钱，并不很远，我就跟他走了。

这人半个脸都是胡子，街上一个小孩一直看着他，说：叔叔没嘴？他一掀胡子，说：这不是嘴是你娘的 × ？我觉得这人挺逗。

到了魏公寨，果然有条丁字街叫塔街，街口却是偌大一个古董市场。那里的店铺都是清一色的简易平房，一排一溜纵横交错，形成数十个南北东西走向的窄道，平房里出售着各种瓷器、陶罐、石刻、木雕和奇奇怪怪的玩意儿。古董市场上的人很多，大胡子领我七拐八拐到了一间店铺，我才知道要拉走的是百十个彩色陶罐，而大胡子本人就是个收藏家。但是陶罐的价钱并没有谈妥，好像是店铺的老板又要加价，先前的一个陶罐两千元变成了三千元，两人就争执不休。我知趣，没有发表意见，呆呆地听他们一会儿红着脸吵一会儿又勾肩搭背地称兄道弟，就不想在他们讨价还价时有我碍事，我说：你们谈妥了喊我一声，我出去转转。我到旁边的店铺去瞧瞧新鲜，可刚一进去，店主人就迎上来，问：买些什么呀？我能买什么呢，只好出来，又进一店铺，店主人还是问：买些什么呀？我就又出来，在窄道里看人。人群里时不时就有一些异人，要么是大胡子要么是长头发在脑后梳个小辫儿，而且衣服长长短短，颜色大红大绿。又过来了一个，人长得尖嘴猴腮，却披肩长发，要不是有着大喉结我还以为是个女的呢。

旁边有人说话。一个说：来这儿的这么多艺术家？一个说：屁！一个说：不是艺术家能是这打扮？一个说：你没见现在乡下人进城比城里人还像城里人吗？

这话像子弹一样射击了我，我脸唰地红了，忙看那两个人，他们并没有看我，是朝着那个披肩发说的。但我迅速地走到了另一个窄巷。站在窄巷里还要干些什么呢，四处张望，就看到了店铺的后边有着一座塔。这塔不粗，造型却奇特，似乎两头小中间大，心想塔街就因为缘于这座塔吗，而有了这座塔才形成了这个古董市场？

图清静，我去了塔下。

谁能料到这塔让我从此知道了锁骨菩萨，而以后竟数次来到这里！

但是，那个中午我来到塔前并没有意识到这是一种天意，是冥冥中的神的昭示，我那时真蠢，只感到了好奇和为自己的小聪明而逞能。

我站在塔前看了一会儿，塔实在没什么好看的，顶部已坍，长着荒草，竟还有一棵树，像是皂角树，蛇一样从砖缝长出来，树干上就站着一只鸟。我给鸟打哨，鸟不理我，拿石子往上掷，掷不到，鸟还是不理我。我也就不理鸟了，歪头看塔下一块儿石碑。这是唯一的石碑，而且断裂过，明显地有粘胶粘起来的痕迹。我弯腰去看，第一行话就看得我头大了。

第一行话是：昔，魏公寨有妇人，白皙，颇有姿貌，年可二十四五，孤行城市，年少之子，悉与之游，狎昵荐枕，一无所却。

一个声音说：那是古文，你看得懂？

塔的不远处，也就是一堵矮墙下坐着一个人，面前摆了一摊罐子烂瓦，一边用布擦着那些玩意儿，看着我，一边咳着喉咙里的痰。我是似懂非懂，中学课堂上学过的古汉语差不多遗忘了，我得慢慢恢复记忆，原本我是看一行就转身走了，这人却刺激了我，我偏蹴下去仔细地看。

碑文是：昔，魏公寨有妇人，白皙，颇有姿貌，年可二十四五，孤行城市，年少之子，悉与之游，狎昵荐枕，一无所却。数年而歿，人莫不悲惜，共醵丧具，为之葬焉。以其无家，瘗于道左。唐大历中忽有胡僧自西域来，见墓，遂趺坐，具礼焚香，围绕赞叹数日。人见，谓之曰：此一淫纵女子，人尽夫也。以其无属，故瘗于此，和尚何敬耶？僧曰：非檀越所知，斯乃大圣，慈悲喜舍，世所之欲，无不徇焉。此即锁骨菩萨，顺缘已尽，圣者云耳。不信，即启以验之。众人即开墓，视遍身之骨，钩结皆如锁状，果如僧言。人异之，为设大斋起塔焉。

我是看了一遍，又看了一遍，我以前所知道的菩萨，也就是观音、文殊、普贤和地藏，但从未听说过锁骨菩萨，也是知道菩萨都圣洁，怎么菩萨还有做妓的？圣洁和污秽又怎么能结合在一起呢？

我怀疑我把碑文的意思弄错了，还要再看一遍，大胡子满头大汗地跑来喊我。

我说：价谈妥了？

他说：这些人以前把十元钱的货当一元钱卖，现在知道这些罐子值钱了，把一元钱的货十元钱地要哩！

我说：你知道这是什么塔吗？

他说：我搞古董收藏的，能不知道？！

我说：锁骨菩萨怎么是妓女？

他说：锁骨菩萨是观音的化身，为慈悲普度众生，专门从事佛妓的凡世之职。

我说：佛妓？

我觉得好奇，还要问些，大胡子却催促我赶快装车拉货，就把锁骨菩萨的事放到脑后了。摞得高高的一车纸箱拉回到八道巷里的楼下，我一箱一箱从一楼搬到六楼，从六楼再到一楼，正跑过了四十多次，五富来找我。我问五富有啥事，五富说先搬箱子吧，他气力大，一次竟搬两个箱子，也上下跑了十多次，我们才把彩陶全部搬到了六楼。我累得靠在墙上，两条腿就颤，越是不让它颤，它越颤得哗哗哗，我说：五富，这腿咋啦，快给我揉揉。五富给我揉，他的胳膊也颤得厉害，后来就都坐在地上，像从河里提上来的两条鱼，张着嘴吭哧。等缓过些劲了，五富说：城里人住得这么高有啥好处，人要老了走不动了怎么出门呀？我说：操你的心！人要老了走不动了就是住在平房也出不了门！我再问找我有啥事，五富说翠花来了。翠花来找我，是不是还为着上次的事？我就埋怨五富既然知道我不愿意她的为什么还要领她找我呢？既然她已经来了就该及时告诉我，现在搬纸箱搬得一头汗水满身尘土怎么见人呀？五富说这模样着好，反正你不愿意她，你就邋遢了恶心她！他用手故意揉乱我的头发。我打开了他的手，我不顾我的形象啦？我让他先去招呼翠花，我拍打了衣服，洗了手脸，然后坐下来吃了一根纸烟，想好了见她该说些什么话，才到楼后的马路上去。

翠花来找我，却是让我去帮她讨要身份证。

可怜的翠花，为了能得到城里的一室一厅住房，终年伺候着植物人。植物人如同死人，翠花也一天到晚不说话，她害怕等不到植物人咽气，她也就成哑巴了。她总是希望有人敲门，但敲门进来的就只有男主人。男主人起先待她是不错的，而后来就对她胡说，甚至动手动脚，让她忍受不了，就在昨日，当男主人又来，让她烧水给植物人擦身子，两条毛巾在热水中浸着，她擦了一遍，伸手去接第二条毛巾，觉得递在手里的不是毛巾，回头看时，男主人将他的那根东西放在她的手中，她一下子愤怒了，使劲儿一握，男主人跌坐在地上。他们就吵起来，她收拾了自己的东西要离开，但那男的却扣着她的身份证不给，而没有身份证她就没法再到别处去打工。

翠花说：我本来不想把这事给你说，我嫌丢人，我想让五富帮我去要，五富却一定让我来找你。

我看了一下五富，五富说：我要不了么。

我骂了一声。我骂的不是五富也不是翠花，我骂了那个不要脸的男人，流氓，你已经非法和另一个女人同居了，还吃了碗里看锅里，以为打工的乡下女子好欺负吗？我同意了去要身份证，我说：没世事了，吃屎的还缠住了屙屎的？！

我那时表现得非常义愤填膺，我问那人多粗多高？翠花说不高，但虎背熊腰。我再问是知识分子还是一般机关干部？翠花说都不是，买了辆出租车雇人开着的。我说那先回池头村换身行头。五富说他不是知识分子你换什么行头？五富实在没脑子，如果是知识分子，我就用不着出马了，你五富光个膀子去，一句吓唬他就稀松了，但那人能买辆出租车雇人开着，多半也不是省油的灯，咱这么个样子去，他就先一半不怯了。

我们当然是要先把架子车拉到收购站去。瘦猴见我们这么早就收工，问五富今日怎么啦，五富嘴长，就说了去要身份证的事，瘦猴说这像讨债的，现在最难办的就是讨债，需要不需要人？五富问什么人？瘦猴说当然是专业讨债的，他讨债就坐在欠债人的门口，拿一把刀刮下巴上的胡楂儿。五富说，这么恶的，请个专业的花多少钱？瘦猴说得讨回债的百分之十。五富说那要个身份证呢？瘦猴说还不得几千元？五富说：你把我吃了！突然鼻孔里往外流血。

五富有流鼻血的毛病，尤其一到夏天容易流。忙舀了一盆凉水淋额头，又拿棉球塞住了鼻孔。瘦猴说：这么壮的人却流鼻血？！五富说：我血热，从小就这样，一上火就流的。瘦猴说：和女人一样，一月一次？五富恨了一声。

在剩楼，我换上了西服和皮鞋，五富不换，他说他穿上皇袍别人看他也还是五富，何况他鼻孔里还塞着棉球。翠花却一直看着我，说我穿上西服了像换了一个人，脸恁白的，比她白。五富说他身上才白哩。我没有接话。出门时我让翠花走在前边，我不愿意她在后边看我。

来到那男的住的楼下，我为了显得有身份，让五富先上去看看那人在不，如果在，就说刘处长来找他谈点事的。五富说：要当就当局长。还没见过局长哩，我说：是处长！五富就往楼上走，顺手却从楼旁的垃圾桶里捡了个木棍提着。过了一分钟，五富下来了，说那家门开着，里边坐了一个人泡着功夫茶喝，他刚一走近，那人就问干啥的，他慌了，掉头跑下来。我说：好好好。你就在这儿待着，静静地待着！我和翠花再上楼，果然那男的在屋里品茶，抬头看见了翠花，愣了一下，却继续喝茶，还咳嗽了一下。他这一咳嗽，我看出他并不是个太横的人，他也明白我们来者不善了。他起身挡在门口，黑着脸说：是找我的？

我说：是找你的。

我故意在平和着，我说：小日子不错么，一个人品茶啊！

他说：我好这一口。

他没有让我们进去的意思，拿眼睛看我的手，我的手在裤子口袋里，让他弄不明白我手里有什么东西。

我说：我是翠花的老表，翠花不想在你这儿干了，你把身份证还给她吧。

屋里是个小厅，左右各一个小房，左小房门口靠着一个拖把，右小房门口有个小木凳子，可以随手拿起来。我观察好了。

他说：刚才来的那人是不是你们一伙的？

我说：那是翠花的堂哥。

他说：来打架呀？

我说：你怎么能说他来打架的？

他说：他手里提了个木棍。

我说：提木棍就是打架呀？

他说：出门提木棍那就是要打架么。

我说：你出门还带生殖器，难道你就是要强暴人？！

我竟然能说出这句话来，我觉得很满意。我笑了，他也笑了。他一笑露出牙龈，这么丑的男人。

他说：你也是从乡里来的？

我说：我在报社工作。

他就再次看我，我有些紧张，如果他要看我的证件那事情就露馅了，我硬撑着，脸上没有表情，手从裤兜里掏出纸烟来吸，还吐了个烟圈。那烟圈很大，摇摇晃晃在空中飘。

他脖子不硬了，却对翠花说：翠花，你说良心话，我可没亏待你呀。

五富说：你好得很！

五富不知什么时候也上了楼，就站在我们后边。

我把五富制止了，只要把身份证能要回来，什么话都不要说了。我说：翠花家里有事，不在城里打工了，你把身份证给她就是了。

那男的把身份证从口袋里往外掏，五富一把夺过来，拉了翠花就走。

五富抢夺时用力太猛，把那男的手都抓破了，那男的哎哎叫着要扑出来，我拦住了，我说你别惹他，他是二杆子！五富已把翠花拉到楼梯口，回了头却说：谁是二杆子？！把鼻孔里的棉球取了，血就往出流，他竟然用手把血在脸上抹，抹了个大红脸。那男的不往外扑了。

我把翠花叫住，我说翠花你要走了，你给这位大叔说声再见。我故意让翠花叫他是大叔。翠花说再见。我说还有什么不清楚的，翠花说，噢，还有那房子的钥匙。她从裤带上解下一串钥匙扔进门。我说你是不是拿了工资还没干够天数，那你给你大叔退出来。翠花说不是，上月工资发了，这一月干了九天还没给一分钱哩。我当然知道这一日是九号，估计没发工资的，果然没发。我对那男的说：你把九天的工资发了吧，免得以后又来找你。那男的黑着脸不吭声。我又说羊都卖了还在乎缰绳，翠花你一月多少工资？翠花说三百。那男的掏出了一百元。我说，噢，一月三百，十天一百，一天十元。我拿了我自己的十元给了那男的。

离开了那户人家，我总算松了一口气，我夸五富鼻血抹得好，五富说我给你发凶的时候不是凶你的，我说这我知道。五富很得意，嚷嚷着要翠花请客，因为翠花白要了九十元钱。我说请什么客，翠花离开了那家，还不知道以后再干什么，你就那么欠吃呀？没想我这话却说得翠花哭了。她这一哭，我就手脚无措，我能给她寻工作吗，能让她暂时也住到池头村吗？我只有让五富送她到家属院陆婶那儿去。

翠花是不愿走的，她和五富已经走出十多米远了，她又反身跑了过来，从那个小布兜里拿出了一个纸包，她说：刘高兴，我没啥谢你，我伺候了植物人三年，落脚却是这样，我气不过，走时拿了他家一包辣面，我把辣面给你！

翠花和五富极快地向巷口走去，我打开了纸包，忽然一股风将辣面朝我脸上吹起，顿时呛得鼻涕眼泪都出来了。

十七

在几乎一个礼拜的时间里，五富可能去陆婶那儿看望过翠花，我没有去，也再不提说帮她要身份证的事，五富曾经给黄八吹嘘过一次，说我如何地勇敢而沉稳，他还没来得及叫我是什么处长哩，那男的就乖乖地把身份证交出来了，我非常严厉地指责他不许再说。有什么好说的呢，那不是我的英雄事迹，每每想到她是不是还在西安，如果还在西安又去做了什么事情，就觉得我太无能也太无情。

人的心情不好，瞌睡就特别多。那日一觉醒来，窗子白了，还是不愿意起来，却听见了淅淅沥沥的雨声。五富喊了我两次，我没有回答，他走进我的屋里，拿手摸我的额颅。我说：下雨啦？

他说你害病了吗，额颅不烫么，是下雨啦。

我说下吧，下雨了好。

他说下雨了上不成街，好啥呀？！

我说咱逛芙蓉园去。

一听说逛芙蓉园五富的脸就不苦愁了。清风镇上只要唱戏，五富会场场都不落下的，别人喝彩他喝彩，别人在人窝里挤他也挤，至于唱的什么戏他不管，只是图个热闹。芙蓉园对五富特别地诱惑，因为黄八去过芙蓉园。当我主张把黄八也叫上，黄八知道走哪一条街可以去芙蓉园的，五富坚决不让叫黄八，说黄八仅去过芙蓉园的大门口，咱把园子全逛了，以后看他还张狂不张狂。但是，出门走的时候，五富却悄悄拿走了黄八放在窗台上的一个草帽。他让我戴了草帽，他淋着。

我们问来问去，赶到芙蓉园外的广场上，雨还在下，而售票处买票的人竟然站着长队。五富说怎么这么多拾破烂的？我拿眼瞪他，咱是拾破烂的来逛园，别人逛园也就是拾破烂的？我让他胳膊不要老蜷着，脚不要抬得太高，他都更正了，却在地上捡了块硬纸板遮挡在头上，我又让他把硬纸板扔了，一块儿去排队。广场两边有许多广告牌，五富就说：雨把广告牌淋塌就好了，那能拉几车的破烂。我说：你咋狗忘不了吃屎呢？他便再不说话。

排到售票处的窗口了，五富说：买票，买两张票！

窗口里的人说一张五十元。

五十元，五富目瞪口呆，不会吧？

窗口里的小伙白净得像个姑娘，他看了一眼五富，立即叫道：下一个！

我这时是急了，忙从口袋掏出一百元来往窗口塞：买两张，两张！五富却一把抓了钱就跑了。他的一双脚再不避着泥水，滑倒了爬起来再跑，人跑前去了，一只鞋遗在后面。

在一片哄笑中我退出了队列，捡着那只鞋我把五富撵到了广场边，骂五富丢人。五富却异常激动，向我吼：你是光棍，我有老婆和娃，拿五十元去逛园子？！

喊啥哩，咹，喊叫啥呀？！我声没有五富大，但我镇住了五富，我不知道挣钱不容易吗，可事情逼到这一步了，癞蛤蟆支桌子，只有硬撑着！我告诉五富，现在远离售票处了，我肯定是不会去买票了，可刚才在那么多人面前咱们不能让人小看呀，再说，你得为我寻个下的台阶，应该说还有谁谁在叫我哩，我就体体面面离开了，你为啥偏就抢了钱跑，你难道省不开在一些场合，面子比钱重要吗？

五富已经不骂我是浪子了，但还骂芙蓉园。

蹴下来。我说，蹴下来吸纸烟。

我拉着五富就蹴在地上，把一根纸烟递上了，纸烟能堵住他的嘴，因为广场上一些人仍在看我们。五富把纸烟接了，又还给了我，他搓他的烟卷儿。

我们吸完了烟，心平气和了，沿着广场边往南走。走去干什么，不知道。雨就渐渐地停了，一片灰色的云就在远处，眼盯着它并没动的，却后来就到了我们头顶。我说：再吸一颗烟吧。站住又吸烟。我在清风镇的时候，烟瘾没现在大，到西安后越来越能吸了，常常一连吸过三颗才满足。我觉得我和五富喷出的烟雾一直到了那片云上，或者，这片云本身就是更多的人喷出的烟雾所致。在我们的身后，芙蓉园的大墙内，叮叮咣咣起了锣鼓，有哄然乍起的喝彩声，五富没有扭头，我也没有扭头。

五富说：高兴，你说芙蓉园里都有啥？

我说：没进去我咋知道。

五富说：你知道镇长的二叔吗？

我说：是那个石匠？

五富说：他刻了一辈子石狮子，专门到西安的动物园看过一回真狮子，他回去给人说，动物园里的狮子不像狮子。

我说：噢。

五富说：芙蓉园里无非也都是堆些石头种些树，咱从山区来的，哪儿没见过石头和树？

我说：那石头和树要不像石头和树呢？

五富说：我没说好。

五富是没说好，他压根儿不晓得怎么比喻，他使我没有游成芙蓉园，那就等着下一回吧，下一回一定要进去看看石头和树怎么个不像个石头和树。再也不带五富，进去了把园子圪圪垯垯都转遍，哼，如果没人，我就到处撒一泡尿！

五富说：有啥看的？那没啥看的！咱不看！

我说：看钱！

我故意从口袋掏出一张钱来，不是一百元，是十元钱，看十元钱上的图案。五富却急忙从衣兜里掏出抢我的那一百元票子，说：你提醒我哩。把钱要给我。我说你拿着吧。他说我怎么拿你的钱？把钱往我胳膊上一拍，贴上了。

关于钱我和五富不知讨论过了多少次，我花钱痛快，五富总是啬皮，他说这不是啬皮，是爱钱，他发现越是有钱人越爱钱，越爱钱了越才有钱。这话或许是对的，可是，五富爱钱五富没钱，他是知道钱有聚堆儿的秉性，但他却不知道人与人不一样，有的人是不争取什么就没有什么，有的人越不想要什么偏就能有什么的。我刘高兴就是。

我笑着把钱从胳膊上揭下来，脑子里有了一个念想：这张钱使我和五富有了一个芙蓉园的故事？而这张纸经过了多少人的手，又曾经发生过多少故事啊！世上所有精彩的故事都在钱里藏着。

在我想入非非的时候，五富说他想尿，就跑去向不远处的几个人打问哪儿有厕所。一会儿返回来，情绪突然非常地好，我问附近有厕所了？他说：你猜他们说什么了？他们逛过了芙蓉园，说一点儿意思都没有。咱今日每人挣了五十元了！我说怎么挣了五十元？他说没进去不就挣了五十元吗？！我气得说这账算得好，你还尿呀不？他才说憋得很。

对于西安，我们有意见的是两点，一是夜里星星少，二是拉屎撒尿不方便，你总是寻不着公共厕所。现在五富又急了，拿眼睛看哪儿有厕所，没有，再看附近有冬青丛吧，也没有，他的腰弯下来，说：尿泡系儿要断啦！

五富的事儿真多，我恼得不理他，不理他又怎么行呢？我说：往前走，往前走！前边是下雨积起的一摊水，他要从水滩边绕，我一脚踹在他的腿弯，五富跌坐在了水滩里，水溅了一脸。

五富说：哎，哎！

我低声说：裤子已经湿了，你就坐着尿。

不远处有人惊呼着要来扶五富，五富一动不动，眼睛瓷着，等站起来了，给来人说没事，裤子就湿溻在身上。

竟然能想出这个点子解急，五富把我佩服得不得了，但我不愿和他一块儿走了，我嫌他有臊味。我往广场南的拐弯走去，在那里就碰到了石热闹。

哈，石热闹！

没有想到吧，石热闹的乞讨变花样了，不再跛腿，不再求爷爷告奶奶，竟然成了乐人，坐在那里，面前放着一个瓷缸，吹笛子。我是太瞧不起石热闹了，糟蹋行当么，就会吹“从草原来到了天安门广场”，靠这两下子鬼给你撂钱啊？！

从草原来到天安门广场，

高举金杯把赞歌唱。

笛声吹断了数次，但笛声使我能完整地唱出那首歌。天哪，这样的歌我已经久久没有听到了，城里的商店门口常播着一些歌曲，可这些歌是把说话放慢么，是说歌，而且一句话偏偏在该断的地方不断，不该断的地方又断了。说话和唱歌的节奏与身体有关，这些人要么长着个牛肺要么就患了哮喘病？

石热闹当然也发现了我，他唔的一下收了气，笛子里发出的像一声叹息，眼睛里充满了羞愧，再是无声地笑着给我。

我差不多有过三次在梦里见到过石热闹，最近的那个梦里我好像在街心花园的树丛中，将买来的一个馒头和一瓶汽水刚刚放在树叶上，再打开油纸包里的豆腐乳。这是我的午餐，我得好好庆贺一下当日收到一麻袋的铝管。石热闹突然站在了我的面前。

你腿还跛吗？

我就不跛！

他对我的戏谑不满，手里握着一块儿尖锥石头，似乎我再要说，他就会向我打砸过来，而他这个时候看见了树叶上的馒头，往馒头上唾了一口。

这是你的馒头？

是我的馒头。

我有肝炎。我得借你这个馒头。

馒头送给你。

他拿起了馒头就走，树丛上挂着露珠，他一猫腰没见了，一层露珠全落下来，太阳下满地光亮。

眼前的石热闹给我羞愧地笑，甚至把放在地上的草帽捂在头上。你捂了草帽就以为你消失了吗，我把他的草帽揭了，我说：吹笛子了？

他疑惑地看我，准备着收摊子要走。

我说：这一手不错么！

我的话说得很温柔，他脸上的肉松下来，在瓷缸里拨拉着那几张零散的毛毛钱，开始有声音地发笑。嘿嘿，嘿嘿嘿。我浑身的细胞在他的笑声中活跃了起来，我说这笛子还行，从他手里夺过了笛子，擦了擦，吹起《二泉映月》。石热闹惊讶得眼都直了，张着嘴。想不到吧，你这个乞丐！

石热闹首先是鼓起掌了，围观的人也都鼓掌。我一边吹着，一边拿眼睨视着人群，后来眼睛就闭住，摇头晃脑。我想起了在那个女人拒绝了我的一个月后，清风镇的王魁娶了她，王家的门口噼里啪啦放鞭炮，那么多人都去吃宴席了，我把自己关在屋里吹箫，吹了一天的箫，吹的就是《二泉映月》。刘高兴，我可以自豪地说，有一根神经是音乐的，见到了笛子就像猫儿闻到了腥，一吹就由不得要吹《二泉映月》，一吹起《二泉映月》就又把什么都忘记了。掌声和叫好声中人越来越多，瓷缸里的票子也一元五角地往上涨，但五富却在一边给我摆手。

我把笛声戛然收住了。

石热闹把瓷缸中的钱倒出来清点，差不多有二十元吧。他说：拾破烂的兄弟！我说：叫名字！他说：刘高兴，你本事大的，一分为二，我给你十元行不？

我一拉五富就走。

五富说你就这样走了？我说走了。五富说白帮他赚钱了？我说白帮了。五富气得唾了一口，风把唾沫又吹到他脸上。

十八

有了吹笛的经历，也可以说受了石热闹的启示，我从此出门拾破烂，就把箫带上。我是把箫别在了后衣领里，就像戏台上秀才别的扇子。嘿呀，韩信当年手无缚鸡之力而挎剑行街，最后被拜为大将军，刘高兴现在一步一个响声地走，倒要看看谁会来再羞辱我。

没人羞辱我，老铁将一沙锅三鲜丸子汤端到我面前时，还给我伸了大拇指：行，儒雅！

老铁在八道巷卖沙锅丸子汤，汤的味道重，我爱吃。老铁在八道巷开了十年沙锅店，经见多，他的话是一股子风，我旗杆上的旗子就欢了。我琢磨这句话的意思，是别着箫就不像个拾破烂的吗，是有了五富的粗陋才显得我儒雅吗？我把箫取下来放在饭桌上，一口一口喝着汤。我现在喝汤尽量不发出声。想：看着这是根普通的竹棍吧，可它一肚子音符，凿个眼儿就出来了。哼，哼哼，别以为从清风镇来的就土头土脑，一脸瓷相，只永远出苦力吗？见你的鬼吧！

旁边的桌子上有四个人在吃饭，他们都是公务员的模样，先是在议论着他们单位新调来的一位什么领导，后来就相互询问：你是第几代城里人？他们将话题突然转移到了第几代城里人的问题，我怀疑一定是瞧见了我而发什么感慨吧？就身子不动，支棱着耳朵听他们怎么说，如果他们也是在嘲笑和作践我，我会和他们论理的。但是，一番询问之后，这些人几乎都是第一代进城人，于是他们热烈地谈论第一代进城人都是胡须特别旺盛，串脸胡，而三代人之后便都胡须稀少。我以喝汤的动作掩饰着，偷偷摸了一下下巴，我的胡楂儿密而尖硬，之所以每日我拔胡须而就是拔不净，原因竟然如此。他们又开始在讲一种观点了，城里人其实都是来自乡下，如果你不是第一代进城人，那么就是你的上一代人进的城，如果你的上一代还不是，那就肯定是上上一代人进的城，凡是城里人绝不超过三至五代，过了三至五代，不是又离开了城市便是沦为城市里最底层的贫民。而半个多世纪以来，中国的城市发生了两次主体人群的变化，一是四九年解放，土八路背着枪从乡下进了城，他们从科员、科长、处长、局长到市长，层层网络，纵横交错，从此改变了城市。二是改革开放后，城市里又进来了一批携带巨款的人，他们是石油老板，是煤矿主，是药材贩子，办工厂、搞房产、建超市，经营运输、基金、保险、饮食、娱乐、销售等各行各业，他们又改变了城市。城市就是铁打的营盘，城里人也就是流水的兵。他们的话我多么爱听呀，我多么希望五富也能听听。可五富还没有来，早上出门时他说好中午饭辰要来和我一块儿吃饭的，他迟迟不到。五富你没口福，也没耳福。我又在饭馆里买了一瓶汽水，要“冰峰”牌的，要冰镇的，吃完热沙锅后再喝下冰镇的汽水，还享受着别人的高谈阔论，爽得我连打了三个嗝儿。

其实，这个时候，五富也正在一家饭店里吃饭，那饭店比老铁的沙锅店豪华。

这是五富过后给我说的。他说他拉着架子车正懒洋洋地在巷道里走，迎面过来了一群人，领头的是个大肚子，那肚子大呀，裤子就提不到腰里，完全是挂在那一疙瘩东西上。有这种体形的，应该是个老板，五富虽然避开他，却在偷着笑：猪肚，肯定自己看不见自己的 × ！但是，大肚子身后的那伙人，脖脸黑红，衣衫不整，一看就是劳务市场上等待打工的乡下人。这种人五富觉得亲近，就停下脚步多看几眼。其中会不会有清风镇来的人？没有，五富有些遗憾。那些人也看见了他，问：老哥，来了多少日子啦？五富说：五年。他们说：站住脚了啊？他说：不站住脚能待五年吗？五富觉得自己的脸有盆子大。

大肚子却说：喂，破烂，跟我吃饭去！

吃饭？五富有些吃惊：请我吃饭！

大肚子说：看你这样子，是个饭桶，吃饭去！

不要和陌生人说话，城里的骗子多，五富说：我不认识你。

认识不认识没关系，大肚子说想吃了跟我走！

五富半信半疑，但还是跟上走了。果然去了兴隆街十字路口东南角的一家饭店，饭店门口还堆放着新开张的几十个花篮，五富想，这么高档的饭店？不敢进去。大肚子就赶羊一样把他们往里赶，并安排着四个人一桌，共坐了六桌。在清风镇，凡是谁家有红白事，有人路过了，主人都肯招呼入席吃饭的，图个吉祥和热闹。五富认为一定是大肚子的老爹今日过寿或是小儿满月吧，吃人嘴软，他已经准备给人家说几句喜庆的话，却始终未见老寿星或有谁抱了婴儿。大肚子为每张桌上都买了白米饭，一人三大碗，但没有菜，凉菜也没有。没菜也罢，白吃饭还弹嫌吗？他们就在白米饭上抹了辣酱，拌了酱油，吃得狼吞虎咽。门口进来了许多顾客，一看这架势，纷纷退出又走了。大肚子就一旁站着，一口一口吸他的卷烟儿，说：还吃呀不？他们说：不吃啦，要喝哩！大肚子就给服务生说：上汤，菠菜粉丝汤，一桌一盆！吃饱了喝涨了，大肚子宣布：散去吧，还要吃的明日十二点在店门口集合！大家说：好！哄的一下散去。五富不敢走，看着别人真的开始走了，他立即拉了架子车就跑。跑进一条小巷里，觉得是梦吧，打自己脸，脸疼疼的，说：这就白吃啦？！

五富是白吃了饭来找我的，我那时是喝完了汽水才从沙锅店出来就碰上了他，我说：你瞧你，吃喝完了，你来了！五富说：谁请你吃喝了？我说：鬼请哩？！五富说：鬼就请了我哩！把白吃的事说了一遍。

我说：有这等事？

五富说：明日你也去，咱都去！

我说：这肯定有原因哩。

我的判断完全正确。当我们去收购站，瘦猴就传播了一条新闻。瘦猴老有新闻，不是说兴隆街十字路口出了车祸，就是某号楼跳楼自杀了一个处长，再是一个乡里人来他这儿打问见没见过他的老婆，他的老婆来城里三个月了，活不见人死不见尸。现在的新闻是一家饭店开张了三天，饭店老板的仇人来丧摊子，每到中午吃饭时间就雇几十个民工去那儿吃饭，占了桌子只吃米饭，偏不吃菜，整得老板没办法，下午吆喝了一伙朋友把仇人打了一顿，打出了人命。五富和我面面相觑。瘦猴说：五富你去了吗，有人看见饭店门口有架子车哩。五富赶紧否认：我没去，刘高兴也没去，我们都没去。瘦猴说：高兴没去我信的，你能没去？瞧你这神色，肯定去了！五富说：你看我牙缝，我牙缝里没米！

卖完破烂出来，五富说：怪了，他怎么就能看出我去白吃了？

我没吭声。

他说：你长得比我像城里人？

我想起老铁的话，提了提衣领，说：或许吧。

五富就感叹了，我说去县城里打工不来西安打工，这不，西安城里都是凤凰就显得咱是个鸡，还是个乌鸡，乌到骨头里。他说他去一家收取破烂，人家不让他进门，但他从门口看见了人家屋里的摆设，我的天，要啥有啥，那么高的柜子，那么大的电视，冰箱，地毯，餐桌，餐桌上精致的酒壶和咖啡杯，拖鞋是牛皮的，丝绸的，上面全缀了珍珠！都是一样的人，怎么就有了城里人和乡下人，怎么城里人和乡下人那样不一样地过日子？他说，他没有产生要去抢劫的念头，这他不敢，但如果让他进去，家里没人，他会用泥脚踩脏那地毯的，会在那餐桌上的咖啡杯里吐痰，一口浓痰！

我看着五富，突然想起了我在那个养狗女人家的门锁孔里插牙签的事，心里一阵急逼，脸耳就烧起来。

呸！

五富真的吐了一口痰，吐在路边的水泥座椅上。座椅上正从树上掉下一只螳螂，螳螂那么长的腿在椅角上爬动。五富就把螳螂抓过来一逗一弄，逗弄逗弄，撕下来了一只腿。

你干啥？我勃然大怒。

我咋啦吗？

五富还强辩他咋啦，我扬手就扇了他一个耳光。咋啦？把你的腿撕下来你疼不疼？咹？！

老铁，还是那个老铁，他告诉我，我是他见过的最好的打工人，他说打工的人都使强用狠，既为西安的城市建设做出了巨大的贡献，但也使西安的城市治安受到很严重的威胁，偷盗、抢劫、诈骗、斗殴、杀人，大量的下水道井盖丢失，公用电话亭的电话被毁，路牌、路灯、行道树木花草遭到损坏，公安机关和市容队抓住的犯罪者大多是打工的。老铁说：富人温柔，人穷了就残忍。我那时心里是咯噔着，像是被戳了电棒，但我嘴还在硬，不同意老铁的结论，两人还争吵了一阵。而现在，我扇了五富一个耳光。

我扇五富耳光，五富没有犟嘴，嘴角出了血，血道像红色的蚯蚓爬在下巴上。如果我扇他耳光他反抗，或者他跑开，那我心里就解了气又安妥下来，可五富一动不动，只拿眼睛看我，还准备着再挨另一个耳光，我心里就难受了。

我说：打疼啦？

他说：疼……不疼。

我有了后悔，也想不来自己突然发那么大的火，本要说你把我也扇一下吧，我也该扇，但我没有说，只给五富解释我再不会打你了，我是急了才打的，我的意思是人穷了心思就多，人穷了见到肉就想连骨头也嚼下肚去，可咱既然来西安了就要认同西安，西安城不像来时想象的那么好，却绝不是你恨的那么不好，不要怨恨，怨恨有什么用呢，而且你怨恨了就更难在西安生活。五富，咱要让西安认同咱，要相信咱能在西安活得好，你就觉得看啥都不一样了。比如，路边的一棵树被风吹歪了，你要以为这是咱的树，去把它扶正。比如，前面即便停着一辆高级轿车，从车上下来了衣冠楚楚的人，你要欣赏那锃光瓦亮的轿车，欣赏他们优雅的握手、点头和微笑，欣赏那些女人的走姿，长长吸一口飘过来的香水味……

五富说：我最受不了那香水味，一闻见头就晕。

唉，五富没有辅导性，我叹了一口气，不说了。

五富听不进去就听不进去吧，我权当是给我说的。什么是智慧，智慧就是把事情想透了，想通了，在日常生活里悟出的一点一滴的道理把它积累起来。我为我又想通了一些道理而兴奋得想笑，我就笑了。

我一笑，五富也开始笑。

十九

在往后的日子里，五富再没有犯过丢人现眼的错误，我们两个在兴隆街一带确实建立了很好的声誉。我在没有收到破烂的时候，或者停下架子车在路边休息着，我就吹起了箫。这使街巷里的人对我刮目相看，他们不明白我怎么就会吹箫，不明白拾破烂的倒有心情吹箫，因为我吹箫并不是为着吸引人同情了而丢下几个钱币，完全是自娱自乐么。

刘高兴，我一见你就高兴了！

都高兴！

吹个曲子吧！

常常有人这么请求我，我一般不拂人意，从后衣领取下箫了，在肚子上摸来摸去，说：这一肚子的曲子，该吹哪个呢？然后就吹上一段。

街巷里已经有了传言，说我原是音乐学院毕业的，因为家庭变故才出来拾破烂的。哈哈，身份增加了神秘色彩，我也不说破，一日两日，我自己也搞不清了自己是不是音乐学院毕业生，也真的表现出了很有文化的样子。

这一天，我到一个小饭馆去收破烂，这个饭馆的后院墙根足足堆放了三四百个空啤酒瓶子，老板以瓶子数量大而抬高价钱，原本一个瓶子一角，他要一角二。一角二就一角二吧，我说，那你得给我盛一碗面汤，我渴了。老板端来一碗面汤，我喝了一口，认为是头锅面的面汤，要求喝二锅面的面汤。老板说：咦呀，你口还奸得很么？！我当然口奸得很，我不是能凑合的人。饭馆里坐着一个老头，相貌酷似老板，估摸该是老板的爹。他一直在看我，这阵对老板说：你给刘高兴盛二锅面的面汤！我给老头笑笑，说你老知道我的名字？老头说：知道，我听你吹过箫。老板有些不高兴，但还是第二锅面下出来了，盛给我一碗汤。老头就把凳子移近来，说世上最好喝的就是面汤，会喝的人才讲究二锅面汤。我解释说我口重，喝头锅面汤嫌味寡才要二锅面汤的。老头说：这就显得你贵呀！从前有个公主战乱中走失了，十几年后战争结束，好多人冒充公主来宫里，测试真假公主就是在十几层褥子下放一颗豌豆，是真公主那就垫得睡不着，而能睡得着的便是假公主，公主的身子骨贵呀！我说：哈，老伯，你是夸我还是骂我，我还贵呀，贵了还拾破烂？老头说你不是真拾破烂的，你哄了别人，哄不了我的，虽然你穿得破旧，皮肤粗糙，这些都是假象，你可能是个文化人，我听说经常有文化人装扮成一些苦力人模样去体验生活，你是要写出一本关于城市拾破烂人生活的书吗？

天，老头竟这么看我？！我还能说什么呢，啊，这……你老的胡子真好！

老头便捋他的胡子了，说：我自信没有说错！

我赶紧起身去后院往麻袋里装空啤酒瓶子，我真的是无言以对，而老头则以为说穿了我的真相，得意地给店里的服务生说，人虽说肉疙瘩难认，可从眉宇之间你完全能看出一个人的成色，前日咱饭店来的那个老头子，长的不起眼吧，穿的也不起眼吧，但我一看那目如点漆，两个指头捏着酒杯喝酒的样子，就认定他不是凡人，果然是个教授，西安是个地下文物最丰富的城市，盖一所房子挖地基，没有不挖出一堆古董来，都是这教授鉴定哩。大人物都小心，是圣贤才庸行啊！

老头太自以为是了，但老头是好老头。我在后院装空啤酒瓶子，我知道有几个服务生趴在窗台上看我，我不急不慢地装，尽量保持着动作的优雅，似乎那已不是空啤酒瓶子，是珍贵的古瓷器。

装好了一麻袋。又装了一麻袋。还要再装第三麻袋，饭店门外有了嚷嚷声。街面上经常有吵嘴斗殴的。过往的人又都有起哄的毛病，我也没在乎。可嚷嚷声越来越大，而且有人说：一样是拾破烂的，差距咋这么大呀？！我就提了麻袋到了店门口，才发现他们骂着的是五富。

五富咋啦？！

我弄清楚了，这一天五富也是收到的破烂特别多，就早早来找我，他正拉着架子车顺着道边走，后边一辆小车为给迎面过来的卡车让道也顺了道边，顺道边了五富的架子车走得慢，小车司机就不住地按喇叭。五富当然想让路，可架子车不能拉到马路沿上去呀，何况前边又是行人和自行车挡着。那小车就挤住了架子车，司机伸出头骂五富是狗吗，好狗都不挡路的。五富忍了，但他仍是拉着架子车走不前去，受着司机再骂。而饭店的老板端了一盆刷锅水出来倒，看见了五富被骂着，他也就骂，骂你和小车挤呀，你把小车的漆皮剐了你赔得起？！五富恨这种帮凶，说前边人不让路，你让我飞呀？这一顶撞，老板骂你还犟嘴，你这个瞎狗！五富说：一样！老板把一盆脏水哗啦就泼了五富一身。

我站出来说：咋啦？咹，这是咋啦？

五富看见了我，眼泪流了下来。一边流眼泪一边擦脏水泼在衣服上的米粒和茶叶。

我说：你不要擦，让老板擦！

我的话竟把老板唬住了。老板歪着头看我，我脸静平，让他看。那个老头，肯定是老板的爹了，他出来用苍蝇拍子打儿子的头，低声说：你逞什么能，你知道这刘高兴是什么人？！

老头的话我都听见，感激老头，我对着围观的人群，挥手说散去吧，都散去吧，再对老板说：你去把他身上的脏物擦了！我声音不高，低沉而坚定。

老板真的去擦五富身上的脏物，他说五富：我倒水，你就往水上撞呀？五富却抬起一只脚，说：鞋上还有！

老板并没有弯下腰去擦鞋面上的那根面条，他丢了抹布对我说：你们这行怎么有他这样的人？

我告诉他：老伯不是还有你这样的儿子吗？！

那辆小车再不鸣喇叭，车窗玻璃已经摇上，我看不清司机的脸。围观的人都在交头接耳，他们一定在奇怪我怎么就制服了饭店的老板？而老头还在对服务生说：看人要看人的气质！是的，我是以气质制服了老板。我并不立即离开，故意慢条斯理，招呼那些服务生把装了空啤酒瓶子的麻袋往架子车上装。小心点，小子，把麻袋边的空隙塞实呀，你是让瓶子撞碎吗？麻袋全部装好了，我对五富说：你给老板付三十六吧。五富掏了三十六元。我和五富拉着架子车走了。

五富拉着架子车走得太快，我叮咛走慢点儿，再走慢点儿。

到了另一条巷里，我把三十六元钱还给了五富，告诉他为什么当时要让他付钱，我不愿意当着那小脑袋老板掏出一沓零钱来一张张地数。五富说：他们怎么就不欺负你？我说：我狐假虎威。五富听不懂狐假虎威，我就解释小市民看碟下菜，他们以为我本不是拾破烂的，是别的什么身份故意来拾破烂的。五富说：噢，城里人也是瞎眼子。

五富又开始了他的清风镇式的咒骂，骂老板过河溺水，上山滚坡，天打雷击，断子绝孙，甚至咬牙切齿说他如果是小偷他就专偷这个饭店，如果他是黑道人今夜就去抢这个老板，把老板的头按在刷锅水里，在老板的饭锅里拉屎撒尿，让叫他是爷爷。

我说：闭上你的臭嘴！

五富说：你让我心里干净，我嘴上能不龌龊吗？

我看着五富，我的眼泪却流出来了。我第一回流眼泪，我的眼泪一流出来就止不住。吧嗒吧嗒落在地上。五富当下是愣住了，他说你咋啦高兴，咋啦，是我不听话吗，那我不骂了，我再不骂了。我的眼泪还在流。

事后五富告诉我，我的眼泪在那时好像没拧紧的水龙头，又像是被砍了一刀的漆树，流出来汁是稠的，泪滑过脸，脸上就有了明显的痕道。他说他没有想到我为他这么伤心流泪，让他非常害怕。

错了，五富，我不会为你流泪。我用不着为任何人流泪。我之所以能当着五富的面流泪，是那一刻我突然地为我而悲哀。想么，那么多人都在认为我不该是拾破烂的，可我偏偏就是拾破烂的！我可以为翠花要回身份证，可以保护五富不再遭受羞辱，而鞋夹不夹脚却只有我知道。

当一只苍蝇在这座古老的城市飞动，我听到过导游小姐给那些外地游客讲这是从唐代飞来的苍蝇。我已经认作自己是城里人了，但我的梦里，梦里的我为什么还依然走在清风镇的田埂上？我当然就想起了我的肾。一只肾早已成了城里人身体的一部分，这足以证明我应该是城里人了，可有着我一只肾的那个人在哪儿？他是我的影子呢，还是我是他的影子，他可能是一个很大很大的老板吧，我却是一个拾破烂的，一样的瓷片，为什么有的就贴在了灶台上，有的则铺在厕所的便池里？

我说：我要找一个人！

五富又是惊讶地看着我，他说：你也找人？找！我总有一天要找那个饭店老板算账的！

我仰起头，天空上正飞过一架飞机，飞机拖着长长的一道白云，不，是飞机把天划开了一道缝子。我的眼泪止住了，但回到了池头村，却一夜腰疼。

二十

就是从这一夜我的腰开始不舒服了，摘除肾后可从来没有过这种现象呀。腰不舒服就用手去撑一下，这差不多成了下意识动作。五富以为我在作势，说你如能再胖点，侧面像毛主席。他说的是钟楼广场上那个大型宣传栏里毛主席站在延安窑洞前的照片，我也特意去那幅照片前仔细观看，伟人的目光注视着远方，这我没有，我无论看什么，目光在十几米处就落下来。从此我注意克服着这种毛病，但这已经是后话了，我现在要说的是腰不舒服时就用手去撑，而撑成了习惯，另一种情况就出现了：腰并不疼时，每每手只要一撑到后腰，腰就又不舒服了。

我问五富：你知道你的胃在哪儿吗？五富说：不知道。我说不知道了好。五富问咋个好？我说那你胃好。五富说，胃好算什么好，多糟蹋些粮食。我本来要告诉他当你清楚身上某个器官位置的时候，很糟糕，那个器官肯定是病了，这就如我现在腰疼。但五富不晓得我话的意思，他热衷于给我打小报告，说黄八的不是。黄八在拾破烂时弄到了一辆旧自行车，旧得生了锈，每日回来都在楼下折腾着修理，五富就怀疑自行车是黄八偷的。我说要偷偷那么旧的车子？！黄八一定是看着咱们来回有车子骑，才想着他也要有一辆自行车吧。五富说，他凭啥看咱的样？我就指责五富：人家过得不如你了你笑话，过得比你好了又嫉恨！这当儿，黄八却喊我，要我帮他修修车的链子，我便下了楼去。

修了一会儿，需要用扳子拧紧一个螺帽，五富是捡回来个扳子的，我让黄八喊五富把扳子拿来，五富装着耳朵背，三声五声喊不应。我说，你骂他，骂他一声他就听见了。黄八骂：五富你耳朵塞了狗毛啦！五富在楼上说：你耳朵才塞狗毛了！把扳子拿下来，却向黄八借起了钱。

黄八你借我三元钱。

三元钱？去给咱买啤酒呀？

我有九十七元，想存起个整数。

黄八骂狗日的，用一下扳子就得借给你钱呀，但还是掏了三元钱给五富，说：可以不还！

五富说：这可是你说的。

黄八却有个条件，车子修好了，得五富驮着他到村巷去兜一阵风。这五富自然乐意，真的车子收拾得能骑了，他果然就驮了黄八去了池头村的巷道。

他们一走，我在水池子里洗衣服，洗到天黑严了他们才回来，五富给我用塑料袋提了一碗胡辣汤。我说：你又勒掯着黄八请客了吧？五富说：老板请的客。老板请的客？哪个老板？我盯着五富，上次白吃了一次请险些闹出事来，又白吃去啦？！五富说：我记吃不记打呀？你问黄八，是黄八让老板请的客。黄八说：你就说是我买的不就完了？！却掉头进了他的屋再不闪面。

黄八的神情倒使我生了疑，我问到底是怎么一回事，五富才说了他们骑车转到池头村北边的巷里，那条巷住着的拾破烂人都在各自租住的门口分类整理破烂，竟然有那么多的废塑料和破编织袋，一问都是从郊外等驾坡的大垃圾场拾来的。这让他们好生眼红，问等驾坡大垃圾场具体在郊外的什么地方，如何去，那个分类整理破烂的人却说城里有点子公司哩，出卖一个点子几万元的，要想知道等驾坡怎么去，就得请客吃一顿饭。他们就请那人去村前饭店吃饭，说好请吃沙锅米线，去了却请吃了胡辣汤，胡辣汤比沙锅米线便宜一元钱的。三个人一人要了三碗胡辣汤，吃到快完时，他对黄八说你答应请客的你得出钱，黄八说让老板请，便从口袋里掏出个火柴盒，里边装了几只死苍蝇，捏起一只就放进了自己还剩下一点的胡辣汤里，喊：老板，老板！老板是个女的，过来问什么事，黄八说：你过来看看，这是啥？用筷子把苍蝇夹到桌上，再捣捣，苍蝇的头就扁了。黄八很凶，说：我们再不卫生也不是可以吃苍蝇呀，咹，让我吐呀？！大声响动着喉咙，做出要吐的样子。老板立即一抹手，把苍蝇抹掉到地上，说对不起。黄八说对不起就完了？老板要黄八声低点，免得让别的顾客听到，黄八竟高了声：汤里有苍蝇我能不说？我就要说，这汤里有苍蝇！老板就提出可以免单，而他趁机又让老板再赔偿一碗，他就给我用塑料袋提回来了。

五富说：黄八身上的火柴盒里装了四只死苍蝇，他肯定用这办法白吃了不少饭哩。

我说：那你向他学么，他放一只苍蝇，你放两只苍蝇么！

五富说：我没他那贼胆。还热着哩，你吃吧。

我说：我那么欠吃的？！

起身上楼，回到我的屋里生气。

五富在楼下喊黄八，说黄八呀，你骗来的胡辣汤你吃去，高兴生气啦！黄八说谁让你舌尖嘴快地说话哩？！五富说：我说的都是实话。黄八说国民党把共产党的干部抓去了，问谁是你的同党，共产党的干部明明知道谁是同党，偏说不知道，这说谎是善意的谎，你就不会说善意的谎？！五富说你说刘高兴是国民党？黄八说你狗日的就会打小报告！

过了一会儿，五富却扑沓扑沓上楼来到我的屋里，他说：你生气了？我没理他。他又说：那袋胡辣汤我把它扔了，我还要来和你商量个事的。他就坐在我面前说等驾坡的大垃圾场破烂肯定好拾的，咱们是不是每天早晨起来早点儿先去等驾坡一趟，然后再去兴隆街，这样说不定每天多赚六七元吧。我还是没吭声。他说：你说话呀，这可是正经事。我说：我不去。他说：咋不去？我说：咱已经有辖区了还去那儿抢吃的？他说：你是嫌那儿脏，你嫌脏了不去我和黄八去。我说：睡吧睡吧。他站起来往出走，走到门口还说：那我和黄八去了你不要生气。

看着五富那个样子，我还生什么气，不生气了，想把他们叫进来再详细问问等驾坡的事，又取消了念头，便扫了一遍地，再把墙架板上的高跟尖头皮鞋取下来擦灰。西安城看着干净却其实灰大，门窗都关着，三两天皮鞋上就一层灰。

我在摆弄那双高跟皮鞋，黄八是偷偷上楼来看过动静，然后他去了五富屋里说话。我听见黄八说，他真的不去？他擦女式皮鞋是想他老婆了。五富说，他哪儿有老婆？！黄八说，他能没老婆，离了婚啦？五富说，你少胡说，小心我拧嘴！我就无声地笑了，擦完了一只鞋，又擦起另一只鞋。

每晚擦拭高跟尖头皮鞋是我要做的工作，这有点像庙里的小和尚每日敲木鱼诵经。小和尚敲着木鱼那是在固定的节奏中为了排除念头，心系一处，我擦拭高跟尖头皮鞋也是我的想法太多了，得好好梳理一下，只想着高跟尖头皮鞋的事。是呀，这样或许是不能忘记过去的经历，或许在提醒着自己未竟的愿望。

但是，擦拭着，我的手又撑到了后腰，啊，腰又不舒服起来了。

第二天早晨，我起来的时候五富和黄八已经去了等驾坡大垃圾场，他们没有做饭吃，冰锅冷灶。我就做饭，饭熟后我吃了两碗，他们还没有回来，我突然萌生了又一个想法：五富和黄八趁早起的时间去等驾坡，我何不在这一段时间里去逛逛城市？

拾破烂是只要你能舍下脸面，嘴勤腿快，你就比在清风镇种地强了十倍，你也就饿不死在人生地不熟的城市里。我不愿意去等驾坡，一是觉得没必要再去等驾坡，在大垃圾场还能扒拉出几个钱呢？二是钱挣多少是个够呀，有兴隆街辖地已经顾得住吃喝了。逛逛这个城市！总不能来西安这么久了，只知道个池头村和兴隆街吧？

我把我的这项行动看得很重，它既可以全面地认识这个城市，又说不定，阿弥陀佛，会碰上我想见的那个人吧。我早就意识到城里人和乡下人的差别并不在于智慧上而在于见多识广，我需要这些见识。五富和黄八，瞧瞧那两个人吧，他们就是地上咕涌爬动的青虫，我要变成个蛾子先飞起来。

这个早上，我把锅里的剩饭给五富留着，真的是骑了自行车独自去逛了。也就是从这一天起，每天早晨五富黄八他们先去了等驾坡，我就骑车子进城了。五富不理解我的行为，但他也没怎么反对，他从等驾坡回来后，就和黄八骑一个车子，是黄八先把他送到兴隆街的收购站了黄八再去他的那条街。

生活在西安城的人，大家津津乐道这个城市曾经阔过：看那城墙吧，地球上保存得最完整的古城之墙，那还是明朝的城郭，仅仅只是汉唐时的八分之一，而两千年前的世界上最伟大的两个城市，除了罗马，那就是西安了，四海相揖，万邦来朝！我可惜不是生于汉唐，但我要亲眼看看汉唐时的那三百六十个坊属于现在的什么方位。哈哈，骑着自行车不是去为了生计，又不是那种盲目旅游，而是巡视，是多么愉快和有意义啊！我去看了大雁塔，去看了文庙和城隍庙，去了大明宫遗址，去了丰庆湖，去了兴善寺。当然我也去高科技开发区，去了购物中心大楼，去了金融一条街，去了市政府大楼前的广场。我还掌握了这样一个秘密：西安的街巷名大致还沿用了古老的名称，又都是非常好的词语，你便拿着地图去找，感到一种说不出的吉祥。比如：保吉巷、大有巷、未央街、永乐街、德福巷、广济巷、霁旦巷。还有那些体现古时特点的街巷，更使你浮想联翩，比如木头市街、羊市街、炭市巷、油巷、粉巷、竹笆市街、辇止街、车巷、习武巷。遗憾的没有拾破烂的街巷。中国十三代王朝在这个城里建都，每朝肯定有无数的拾破烂的人吧，有拾破烂人居住的地方吧，但没有这种命名的街巷。

如果将来……我站在街头想，我要命名一个巷是拾破烂巷。不，应该以我的名字命名，叫：高兴巷！

二十一

我们的剩楼，显得越来越挤狭了，因为五富和黄八每日去等驾坡拾回来的破烂总是乱七八糟地堆在楼下的院子里或楼台上，甚至楼梯上都是那些晾晒的发霉发湿的水泥纸袋。他们到了傍晚回来才一一分拣，分出纸质类的，铁器类的，塑料制品类的，这些类别的破烂得积攒到一定数量才去废品收购站出卖，现在就用塑料绳子捆着，或用木条子压着，上边再放几块砖头。后来，五富的屋里，黄八的屋里，黄八做饭的伙房顶上，厕所棚上都堆满了，散发出一种酸臭味，而苍蝇和蚊子比先前多了许多。

我能说什么呢，能说这样太不卫生，把咱们吃住的地方变成了垃圾场？这话我不能说，我说：天越来越热了，东西都燥燥的，你们小心闹出火灾呀！他们才在一个早晨没去等驾坡，把一部分破烂要交售给池头村西边的一个收购站。五富说：高兴，今日我得用自行车去送货，得来回几次哩，你要不去逛城你就等我，你还要逛你就得步行了。

我说：我为啥步行，我不能坐出租车吗？

黄八说：坐，坐一次！满街那么多的小轿车都叫狗坐了，高兴你该给咱坐一次出租车！

五富说：你就会唆弄着花钱！

黄八说：我把这些货卖了我也要坐出租车，一次要两辆，一辆坐着，一辆厮跟着！

五富说：高兴，黄八手气好得很，昨日早在等驾坡拾了几十斤的水泥纸袋子。你就是不去，只逛城哩，眼睛是看饱了肚子却饥着哩。

我说：是吗，你有了这些破烂，我却有了一座城哩！

那次在魏公寨的塔街，古董店的老板和大胡子讨价还价，老板说了一句：大收藏家是用眼睛收藏的。那么，我拥有了这座城，我是用脚步拥有的。我可以这么说，老门老户的西安人不一定走遍全西安城的街巷，而我，刘高兴，你随便问哪一条巷的方位吧！

离开了剩楼，我一出巷口就搭乘了一辆出租车，坐出租车真好，很快经过了南城门外的城河马路，朝霞照来，满天红光，一排凹字形的城墙头上的女墙垛高高突出在环城公园的绿树之上，那是最绮丽壮观的。这样的景色是可以作诗的，但我除了啊啊之外，只把手伸出车窗招摇。这一招摇，我想起我脚心那个痣来，脚踩一星，领带千兵，我感觉自己不是坐在出租车上而是坐着敞篷车在检阅千军万马。这样的场面在电影上看过，我似乎听见了自己的声音，也听见了排山倒海般的群众的回应：同志们好——！首长好——！同志们辛苦了——！首长才辛苦——！鬼晓得我又竟然说出了声：同志们晒黑了——！

出租车嘎地停下来，司机看着我，说：你喊什么？

我说：我说你晒得这么黑。

司机说：你更黑！

我拿眼睛瞪他，他坏了我美好的憧憬。

同志，司机立即在讨好我，要下车吗？

不下！我生气了。

司机说请你不要把手伸到车窗外，那样危险，并问我到哪儿去呀？

这是个啰嗦得令人讨厌的家伙！上车时我已经讲明随便开，开到哪儿是哪儿，这会儿却又问。司机也是少有说话的机会而这么喋喋不休吗？可再寂寞也不是这么个烦人呀。

我说：到锁骨菩萨塔去！

我是一闪念间想到锁骨菩萨塔去，我说不清怎么会冒出这样的念头，但我再一次重复着：去锁骨菩萨塔！

司机说：锁骨菩萨塔？有这么个塔？

开出租车的竟然不知道锁骨菩萨塔，我非常得意了。

我说：进西市街向南拐，再到东市街，往北，绕过一个街心公园，进去就是塔街了。

司机说：哦，东市西市我是知道的。

我说：那知道什么叫东西吗？

司机说：东西就是东西么。

咦，蠢得如五富。

我告诉你？我提了提衣领，咳嗽了一下，给他讲东市西市原是两个杂货市场，后来就把日常用品简称为东西。明白吧。

我完全戏谑了这位西安城里的出租车司机。那一天共花销了五十五元是值得的。在几乎两个小时的行驶中，除了看风景，我也留意着过往的人群，企图能碰上移植过我的肾的人。但没有碰上。

清风镇的上元寺有个和尚，曾经给我讲过：凡出门在外，碰着一个人了，明明是生人，但你感觉面熟，或者莫名其妙地对他产生了好感，请注意，那就是你前世的亲属或朋友所托生，这就是缘。

谁和我有缘呢？

那个移植肾的人，肯定是和我有缘的。

但一路上来来往往的人中，没一个面孔是我觉得似曾相识。出租车到了塔街，塔街上竟然还有一个寺庙，庙门口刻了一联，上联是：是命也是运也，缓缓而行。下联是：为名乎为利乎，坐坐再去。好对联！我从出租车上下来，已经看见那纵纵横横一大片的古董市场的简易平房了，看见那玲珑的锁骨菩萨塔了，就在街中一个斜巷口的花坛沿上坐。坐了干啥，我先吃吃纸烟。

那时我还在琢磨：锁骨菩萨塔早先也是一个寺院吗，为什么寺院荒废了，是嫌寺院敬着一个佛妓而荒废了，怎么塔依然保存呢？一声尖锐的刹车声就把我惊动了，于是发生了我在西安城里最勇敢也最值得向人炫耀的一件事。

一辆小车，准确地说是一辆黑色的陕ABC1444牌号的小车。记住，所有的车的造型都是野生动物的形象，或者说它们就是一些野兽的幻变。这辆小车是金钱豹的。它吼着声从巷里冲出来，一个骑自行车的孩子正穿过马路一下子被撞倒了。小车嘎啦停在那里，司机开了车门要走下来，而趴在地上的孩子很快爬了起来，爬起来了却原地打了个转儿，又坐在地上。但司机是看见孩子没什么大事吧，已经从车门里伸出来的一条腿又收了回去，开始发动车。孩子是没有流血，自行车却严重变了形，这司机是要逃逸吗？我赶了过去，喂，喂，你也不看看孩子是不是撞成了脑震荡，也不看看自行车还能不能骑吗？司机说：你避远！西安人把滚说成避，上古语言散落在民间成了骂人的土话，雅是很雅的，但这是能避远的事吗？偏不避远！我去拉车门，车门拉不开，车就发动了。这让我更来了气，我把纸烟吐掉，趴在了车前盖上。车前盖上满是尘土，谁在上边用指头画了个王八。我只说趴在了车前盖上了司机就不敢开动的，车竟然还开了，司机一定以为车一开动，我就会松手溜下地去，我偏不松手，抓住了雨刮器，把身子紧紧贴在车盖上。王八蛋司机，是疯了，要灭绝我的人命呀？！我大声叫骂，街巷两边的行人看见了也一起惊呼，而车依然在开，速度越来越快。我那时是不骂了，没了力气来骂，只死死抓着雨刮器。我没有腿了，我也没有头了，唯有十个指头和肚子，指头像钳子，钳着雨刮器，肚子像装了吸盘，憋着劲儿地吸。我企图往上挪，但身子往下溜，胳膊先还屈着，慢慢慢慢全拉直了。我盼望风把我的衣服吹翻起来，衣服遮住了车前窗司机就得停车吧，可衣服被我压着，后背上仅仅鼓起个包。车开出了八里地，穿过了一条巷子又穿过一条巷子，我快坚持不住了，头贴在车盖上，再不扬着让风吹得变形，我准备着我要掉下去了，将来的死相不至于太难看。这时候车停下来，是警察终于在巷口把车截住。车停下来了，司机被警察拉了下去，而我没有下车，我的四肢僵硬得下不来。围观的群众把我抬了下来，抬下来的我还是壁虎状。我骂了一句，王八蛋，你要把我摔死了，看我怎么收拾你！

这件事我没有告诉任何人，连五富也没告诉。做了好事是不应该张扬的，雷锋还记日记哩，我不给人说也不在任何纸上写下只言片语。当时正好有个戴眼镜的人，是他帮着揉搓胳膊腿儿让我站了起来，问我怎么如此勇敢，在挺身而出时又是怎么想的？我什么也没告诉他，一棵树如果栽在城里，它都力争着在街边长得端端直直，我来西安，原本也是西安人，就应该为西安做我该做的事呀。我哪里想到他是个记者，竟在第二天的晨报上报道了这件事，还配发了我的照片，就是壁虎状地趴在地上的样子。那个形象实在不好。更令我气恼的是在报道中说我是党员，我想到了一个党员的责任。天哪，我哪儿是党员？！既然把我塑造得那么高大，却又写了我的那句骂：王八蛋，你要把我摔死了，看我怎么收拾你！那句话是我气愤极了说的，说得没了水平，而把它写出来，把我刘高兴混同于没文化的五富了么！

报纸上刊登了我的照片，五富是从来不看报的，他不知道。他已经又连续五天没和我在一起，抱怨他和黄八早上从等驾坡回来后我就走了，晚上我很晚回来了他们又累得早早睡了。他问我都忙啥的，我说忙着逛城哩，他说爷神，你把好事耽搁了。我是把好事耽搁了，没能再看到锁骨菩萨塔。五富不明白锁骨菩萨塔，他说你说啥？我说你说啥？他说黄八贼奸贼奸的，吃独食不给咱们说，除了去等驾坡还一直到一些私人诊所收医疗垃圾去卖给郊区的加工点，输液瓶一斤一毛七，针管和输液器一斤二元二，又轻松又卖好价钱。

捡医疗垃圾？

我有些不相信五富的话。医疗垃圾有市医疗废弃物处置中心专门管理的，那是有法令不能随便捡，所有的废品收购站也不能收买的。五富说这就是咱们太老实了，他这几天跟黄八跑，得知法令是这么写的，但许多医院都不把那些废弃物往处置中心送，因为处置中心要他们交处置费，尤其私人诊所，不但不上交还集中起来卖给拾破烂的。

五富说：黄八那个熊样，其实胆儿大哩！

我说：你光看贼吃哩，咋不看贼挨打？

五富说：黄八挨什么打啦？我和他这五天就挣了三百元！明日我领你去，咱撇开黄八！

二十二

城市生活以来，我这是第一回听五富的调遣。我并不是觉得不应该去收医疗垃圾，我也希望能多赚钱，我感兴趣的是五富真还有了能耐，带我就能收到这些废品并卖个好价钱。我试试他。

第二天起了个大早，黄八还在睡着我们就出门了。我和五富只拉了一辆架子车，果然在一些私人诊所里收到了许多针管和输液器，装了两大编织袋。五富直念叨到底是我的命壮，他说他和黄八还没一次收过这么多的货。塑料加工点在西南郊区的几个村子里，田里的麦子已经抽穗，我们沿着一条土路走，蚂蚱时不时就在脚面上飞溅。五富的情绪非常高涨，给我讲那些村中人家都是些高围墙院子，虽然大铁门在关着，但你只要听见院子里有机器的夯夯声，就肯定是在加工塑料。来这里送医疗垃圾的大多是一些回收站，也有我们这样的拾破烂的人。输液器粉碎后称为“软料”，针管粉碎后称为“硬料”，由于针管本身材质好，无论是否粉碎过，摘去针头，都可直接加入粉碎过的生活碎料中，加工成“造厘子”，然后运到塑料厂，生产各种塑料制品。五富说，咱这两袋货最少可以卖一百二十多元吧，可“硬料”从加工点再卖出去则是七千三百元一吨，把他的，人家吃肉咱只啃啃骨头。

到了好几家加工点，五富都是让我拉了架子车在院外待着，他去问价钱，他绝对是要在我面前逞能，可都没有交易成功，因为有两家的收购价是一斤二元，一家是一斤二元一角，他都不满意，要再到前面另一个村子的加工点去卖。

这是个小村子，村东头一座土院外有片小树林子，五富让我拉着车子就在林子边，他又要到院子里去交易。他说：你不怪我不让你去吧？我说：你比我精么。他说：不是的，你那样子不像个拾破烂的，上次我和黄八来，人家还怀疑不是记者吧，他们怕出事。我说：你去吧你去吧。坐下来吃纸烟，心想，我这样子人家可能是要担惊受怕的，就反刍了，嘴里咬得咯吱咯吱响。

但是，事情就在这时候发生了。

我正反刍着，村头的小路上突然驶过来一辆面包车，车上下来了六个警察，极快地向那个土院门里冲去。我知道要坏事了，第一反应就是拉了架子车跑，可拉架子车必须经过面包车前边，车上的司机会不会就发现了我拉着的是医疗废弃品？我那时稍一思索，就把编织袋扔到树林子里，拉了空车子走出来。我得哼着曲儿吧，我就哼社火鼓曲：锵！一个人从土院墙上掉下来，是五富，但过了一会儿却没有动静。我轻声叫：五富！五富！五富满头草叶子，一跛一跛走过来。我说怎么啦？他脸色煞白，说警察来查封啦，嘴唇就哆哆嗦嗦说不出话来。我让他赶快趴到架子车上装病人，拉了往村外走。

事后回想起这件事，我觉得人的智力都是在紧急时显露的，但这需要有静气。我那时不慌乱，让五富趴在架子车上，他个子大，一条腿耷拉在车下，我让他把脚收收，车子一拉动，路上满是坑儿，他的头又在车帮上碰磕，他说：慢些，慢些。我说：不要吭声！架子车经过了土院门口，我不往土院门里看，也不拿眼看那辆面包车，面包车上果真就下来两个人，把我挡住了。

干啥的？

送病人去看医生。

不是吧，是来送医疗废弃品的吧？！

我像是拾破烂的吗？

警察看着我，我拢了一下头发，从兜里取纸烟要给警察散的，却掏出了那个真皮钱包，把真皮钱包又装进去，掏出了纸烟盒。这一切都是我故意安排的，警察就不看我了，看五富。

你也不像拾破烂的？

我肚疼。

五富哎哟哎哟地呻吟，他哎哟得太夸张了，警察本要去面包车上的，警察又不让我们走了，说：是不是送货的，让加工点的人去认认就清楚了！让我把架子车往土院里拉。五富当然就急了，说：我肚子疼死了你负责？！他们说：咦，肚子疼还这么大的劲儿？五富说：我一气肚子不疼了。我拿手戳了一下五富，五富不言语了，重新趴下哼哼。到了土院，让加工点的人认我是不是来送货的，加工点的人当然不认识我，摇了摇头，我们终于被放行了。

就在我们走在村外的土路上，面包车吼着从我们身边驶过，腾起了一团土雾。土雾里我瞧见面包车里坐着戴了铐子的加工点的人，脸贴在窗玻璃上往后看，脸平扁得像个柿饼。

下来下来，警察已经走了，还让我拉着你吗？我把五富从架子车上掀开去。五富说：妈耶，吓死我了！

是够吓人的。我问五富怎么就从院墙上掉了下来？五富说他进去后，人家提着水壶正给冒着蒸汽的土塑料拔丝机降温，那人也太张狂，咬死一斤二元二的价，他就气得想尿。多亏了他去了厕所尿，当看见警察进了院，就踩着厕所的隔挡板翻到院墙上，原准备往下跳的，没想却掉下来了。

五富说：我利索吧？

我说：利索成跛子了！

五富这才觉得腿疼了，提起裤管看腿，腿上肿了个拳头大的青包。好，好，他说，裤子没摔破。

他使劲儿在地上跺着脚，腿就站直了，却拉起架子车往土院那儿去，我问他干啥呀，他说得把那两袋货拿回来呀。你说他胆大，他比黄八胆小得多，你说他胆小，他又胆大得光屁股敢撵狼，果真去小树林里把两袋针管又拉了过来。

我们最后是把这批针管拉到了瘦猴的收购站里，悄悄问瘦猴收不收，瘦猴警惕地说：害我呀？我说：我是来问问。瘦猴说：你敢从下面收，我就敢从你这儿收。我说：这你就不怕警察啦？！瘦猴说：你见过一网能把河里的鱼打尽吗？他是接收了那些针管，却只给我们一斤一元九角钱。五富心里不平衡，还在讨价还价，瘦猴就拿了报纸看，说：你要觉得吃亏，你可以到别的收购站去卖嘛！五富说：资本家！咋不再来个“文化大革命”呀？！

瘦猴笑笑的，看他的报纸。突然换了个姿势，说：刘高兴，这是你？他看的正是刊登了我照片的那份报纸。他把报纸拿过来也让我看，说这照片是不是你，我说是我，他就叫起来，一字一句把那篇报道念了一遍。

五富说：这是啥时候的事？

我说：前天的事。

五富说：爷呀，你命真大！你想没想过手要抓不紧那掉下来就死了？！

五富和那记者问同一个问题。我说：想了，当然想了。

五富说：咋想的？

我说：我死了肯定有人哭哩。

五富说：哭的那是我！

我说：是不是哭我死了你咋办呀？

五富说：我咋办呀？我会把你背回去的！

好兄弟！我永远记着了这句话！我拥抱了五富，他身上的汗味很重。我又扳住了五富的双肩，久久地看他，把他眼角的眼屎擦了，告诉说，如果我真的死了，五富你记住，我不埋在清风镇的黄土坡上，应该让我去城里的火葬场火化，我活着是西安的人，死了是西安的鬼。

瘦猴听了我的话，脖子却伸得老长，他问做了这么一件英雄事迹，是不是市政府要给你个城籍户口呀？我说没有。他又问那是奖励你钱了？我说没有。他把脖子收回去了，从怀里掏了酒壶来喝，说：刘高兴呀刘高兴，你爱这个城市，这个城市却不爱你么！你还想火化，你死在街头了，死在池头村了，没有医院的证明谁给你火化？你想了个美！

这话我和五富都不爱听。

什么东西嘛，一句暖人心的话都不说！

五富恨恨地说：刘高兴死了我把他往回背，我要死了刘高兴往回背，让我在城里火化我还不愿意哩！

数个月后，每当回想起这一番对话，我心里就怦怦地跳。这是不是一种命运的先兆呢？世上总有一些神秘的东西，而瘦猴却总是嘲笑我们商州人迷信，神神道道，他哪里晓得生火有蓝焰，珠玉有宝光，在高山之上拉屎怎么就立即有苍蝇出现，清风镇要死人了，前半个月必然就有猫头鹰夜夜啼哭？

瘦猴占了我们的便宜，又奚落了我们，五富气得说吃去，有被瘦猴勒索的还没咱吃的，吃！我们就吃了一顿羊肉泡馍，还买了一瓶烧酒，喝得头重脚轻。

二十三

回到池头村，暮色苍茫，剩楼的院子上空盘旋了一大群鸟，树是最包容的，鸟群悠然落进去就全看不见了，树便成了有声响的树，并且时不时还有黑白相间的稀粪撒下来。黄八已早早回来，努力地把一大捆塑料袋往伙房顶上架，但塑料袋掉下来了，就砸在伙房门口那一堆锈铁丝网上，铁丝网上搭晾着拾来的一件肮脏不堪又湿乎乎的破褥子，趴在上边的苍蝇哄地飞开。黄八重新把塑料袋捆架上伙房顶，又在窗台上晾干馍，这些干馍全是从垃圾桶捡来的，长了黑斑白毛。五富过去摸了摸破褥子，说：这上边还有血点子，是医院里扔出来的？黄八说：里边是好棉花套子，嫉妒了吧？五富哼了一下，又说：干馍霉成啥啦还能吃？黄八说：咋吃不成，前日你从这儿拿了两块，你以为我没看见？五富说：胡说！却上了楼去。五富一走，黄八却对我说这些干馍的确是吃不成了，他晾着攒起来，已经攒了一大筐了，拿到村东头饲料厂去卖，一斤一角钱的价哩。我说：你这么鬼的，日弄五富偷吃。黄八就笑了，说：这门道我轻易不给谁说的。就开始抓痒，后背心抓不着，拿了个树棍儿戳。我说：我有个治痒的偏方哩。黄八说：啥偏方？我说：这偏方我轻易也不给谁说的。黄八说：你报复我哩，我不是已经给你说了吗？我说：那你到树上蹭蹭。

黄八就这样被我捉弄了，但他可以骂政府，骂有钱人，骂街上的汽车和警察，他不敢骂我，嘿嘿嘿笑一笑，还是走近槐树去蹭，却说：你们倒洗锅水不要往楼下泼，我没意见的，是人家回来了！

我说：谁？

黄八向楼下东边的房里努嘴，房里却有了女人尖锥锥的叫喊声：黄八，黄八！舌头绕得快，听起来是王八王八。

黄八拉着我就往楼上走，一边走一边说：你把舌头摆顺，我是黄八不是王八，你才是王八，母王八！

女人就哐地拉开了门，站在了树下，说：是你刚才上的厕所，你屙了那么一大堆，坑槽子都满了，你不冲水？

这座楼只有一个厕所，厕所里只有一个蹲坑，就在黄八住屋的旁边，没有门，吊着个布帘子。谁要上厕所，故意脚步要重，以探询里边有没有人，而里边如果蹲着人，目光正好透过布帘子的下边能看到来人的脚，于是咳嗽一声，来人就走了。

黄八说：不是我屙的！

女人一直冲着黄八的屋门说的，听见黄八在楼上说话，脸就又冲着楼上。不是你屙的是狗屙的？

黄八说要是我屙的让我得痔疮！我今天吃了甜瓜，你扒扒看屎里有没有瓜子？！

我敲黄八的头，骂他恶心。却奇怪这女人和黄八这么熟的？黄八悄声说人家比他还来得早，在池头村也算拾破烂的元老了，只是因给儿子娶媳妇，回乡去了几个月。黄八还说，那女人总带着丈夫，又总是打打闹闹，每回打闹开了，不是摔凳子就是砸锅，甚至还都拿了菜刀，气极了在门框上砍。可他想不通的是打闹得那么凶却不离婚，白天打闹了晚上就又好了。黄八说：她凶是凶，但热闹。

女人指责着黄八，瞧见了我和五富，两片薄嘴闭上了，却从楼梯台上噔噔噔跑上来，拿脚踢黄八屁股：冲水去！

嘴硬的黄八乖乖去冲水了。

女人就给我笑，说：才来的？我说是才来的，我叫刘高兴，他叫五富，咱们是邻居了，你多担承些。她说：哟，这么会说话的，不会是黄八的同乡吧？我说不是同乡。她说：要是同乡我就倒血霉了！就又骂黄八不注意卫生，脏得像苍蝇！骂着骂着却笑了，问我：怪事，为什么苍蝇就不害病呢？

这女人五官周正，上半身如果不是那件衣服有些宽大，蛮秀气的，可惜下半身臀肥腿短，像是组装的人，又组装错了。五富连问了三声：大嫂你是哪里人？她不理五富，对我说：就来了你一个，没带老婆？我说没有。她说：家里留个人着好！我们就是两口子都出来了，家里才惹了一场灾难，回去料理了几个月，只说不再来了，可不来又咋办呀，厦房烧了个精光，孩子还得上学……她低了眼，眼皮上有个疤。

我说：不是黄八说你们回去给儿子结婚了？

她说：谁肯给他说实话？你给他诉委屈，他连一句安慰话都没有。

我立即认真倾听了，这女人希望别人能听她说。

她果然就愿意给我说话，说心窝子话。能给初认识的我就说心窝子话，看来她是个直爽人，又是很久很久没有谁和她说话了。她说：我整天能憋死！就给我说她的老娘，老娘在家住着厦房，孩子住在上房，已经吃过晚饭了，孩子在灯下做作业，做完关上屋门就睡了，老娘瞌睡少还在吃旱烟。老娘吃旱烟就坐在蚊帐里。哦，厦房旧了，木绽板上老往下掉土，为了挡土老娘长年撑着蚊帐。老娘啥都好，年纪大了仍给孩子一日做三顿饭，但就是有吃旱烟的毛病。这家族代代都有女人吃旱烟的，旱烟有啥好吃的呢？老娘那晚上吃旱烟，火星落在被子上，引燃了蚊帐。孩子睡觉沉，又没经验，等被烟火呛醒了，火罩了厦房，救也救不了了。可怜的老娘，最后被人抱出来，人已烧成一疙瘩，十个指头全粘在一起。老娘是用手去捏被子上的火，棉花被子上的火是钻着烧的，她怎么能捏得灭？老娘……

楼下一个声音说：你话就多得很！

楼下站了个男人，矮个子，是女人的丈夫，他对女人的诉说表示着不满。女人说，我说了又咋，刘高兴也是穷农民，他笑话我啊？你端盆水把床擦擦！她不再理会自己的男人了，又说几个月没回来，满床的老鼠屎。有老鼠就好，几时咱这地方老鼠都不来了，咱就只有饿死了。

我竭力地顺着她的话，同时脸上变化表情，但我还在为她的悲伤而叹息不已着，她却把话题轻而易举地就转移到了老鼠。我脑子里也就又是老鼠，老鼠是富裕的象征吗，那么，破烂多也就是城市繁荣的象征吧。

哦，我们是为破烂而来的，没有破烂就没有我们。

五富说：那是你男人？

女人瞪五富，不是我男人是我把野汉子领这儿呀？是不是看着不搭配？噎得五富说不出话，咚地放了个屁。女人说：你还有意见了？就嘎嘎笑。楼下的男人果然端了盆子在水管子那儿接水，女人看着又说：你洗盆子了没有，那么脏的盆子你盛水就擦床呀？！

我说：你是你家的掌柜的！

本来的一句恭维话，没想她说谁当掌柜的？我先头的男人当掌柜的，钱不从我手里过，可我百事不管多轻省！她再笑了，眼里波光闪烁，说：我用过两个男人的。先头的那个长得体面，就像你这派头，可那是个没良心的贼，我给他生下两个孩子，他却撇下我就死了，是患肝硬化死的。为了治他的病，花了六万元，人没保住还是死了。六万元的债我到哪儿赚去，卖我几回也还不清。这个是我们村后沟垴的，长得走不到人前去，只是个老实听话，上了门后就跟我出来了。吃了白米细面也吃吃红薯饸饹呀。

我们站在那里说了一阵话，蚊子就在腿上咬。我客气了一下：进屋坐吧。她就进来了。她拍了拍褥子的薄厚，揭了锅盖看了看剩的饭菜，又翻开面粉袋子闻了闻，说面粉生虫了，她那儿有个丝罗儿可以筛筛，就跑下去把丝罗儿拿了来。她同时在衣襟里兜了四五个大土豆，说是她家地里种的，来时挖了一笼子。

就在她下去之后不到半个小时，楼下东边房里起了吵闹，接着一阵哐里哐啷的破碎声，女人连哭带骂。我和五富同时走出门，要下去劝架，黄八却站在他的门口给我们摆手，又跑上来快活地说：又打开了是不是？我说得去劝劝，黄八说她是人来疯，你越劝越来劲，上次我去劝，我说要打到外边去打，屋里小别把电视机撞了，那电视机是捡来的废品，修了修只能看一个频道，没想她抡起凳子就把电视机砸了！

我们终于没有下去劝架，就坐在梯台上听动静。打是没有再打，骂却骂得更凶。女人的骂似乎成了心平气和的诉说，语言都是乡下的，既粗野又有趣。我觉得又回到了清风镇，熟悉的骂声听起来是那么温暖。

黄八几乎是在享受了，女人一口气骂出了一段，他就在梯台上拉长声音叫一下：舒——服！

五富先是哧哧地笑，笑着笑着没声了，站起来说：睡。远处的火渐渐地暗淡了，天上有了星星，槐树上的蚊虫加紧了排泄，雨点一样的脏水滴在我们的脸上和脖子上。我知道五富是想老婆了，但我不道破，也说：睡。各回自己房去。

有老婆骂是幸福的吗，听到别人的老婆在骂丈夫而怀念起了自己被老婆骂着的日子，这些我都没感觉。我回到了屋里，拉开被子就睡，只说呼呼噜噜睡着了就像死了，但总觉得床没铺平，睡不着。拉灯起来，重新铺床，床上有一块儿干馍疙瘩，把干馍疙瘩啃着吃了，歪头看起墙架板上的高跟尖头皮鞋，过去擦了擦灰，似乎想了许多事情，似乎什么也没有想，拉灭了灯，月光还是从窗口进来，眼睛一闭，一切都黑暗了。

不知在什么时候，我又醒了，是被一阵叫声惊醒的。楼下的吵闹还没结束吗？但叫声像唱又像喘，拖着颤音，不仅是耳朵有了异样的感觉，连皮肤也有了异样的感觉。我起来开了门，要听听这是什么声，来自哪里，五富也披了衣服站在他的房门口，瞧见了我说：你也听到了？我说：什么声？五富说：她叫床哩。

五富说这话的时候，很诡，眼睛发亮，如是猫眼。我感到了惭愧。我是没老婆的，丢人么，竟然不知道女人叫床的声音是这么瘆人而又诱惑。但我弄不解的是，擦黑时还打打骂骂的不可开交，才过了三四个钟头就又做爱，叫唤成了这样？！

二十四

黎明起来，又是一天开始了。过去的一天和新来的一天并没有区别，五富在楼台上熬稀饭，挽了裤腿察看腿上的伤，我靠在门扇上，一只手摸着下巴，一只手拿夹子在下巴上夹着拔胡子。楼下东边房和西边房同时打开了门，黄八鼻梁凹上的白癜风越发白，眼睛也肿了，好像生什么气，嘴里嘟嘟囔囔不停。五富说黄八今日还去等驾坡不？黄八说去呗。五富说你把火柴盒撂上来。黄八进屋取了火柴盒撂上去，五富撕了火柴盒上的磷片，把磷片贴在了伤口上，火柴盒又扔下去。黄八说你把磷片撕了？五富说我贴了伤口，贴了磷片好得快。黄八说伤了，咋伤的？五富看了一下我，我不回答，他也不回答。女人端了尿盆往厕所去，经过黄八了，问做了啥饭，黄八说没做饭，女人说没做饭了等会儿我给你盛一碗米粥。

黄八说：得盛两碗！两碗才能赔了我的瞌睡。

女人说：没睡好？

黄八说：声那么大的聋子都睡不好！

女人咯咯咯笑个不停，说：让你带老婆哩你不带！现在明白了吧，我为啥不和你朱哥离婚，我俩性生活和谐么。

黄八说：那你悄悄的么。

女人说：快活了为啥不叫？！

这话让我们都丧气。

她以后的每天晚上都叫床，从不顾忌楼上楼下人忍受的程度，我甚至觉得她是故意显摆的。我观察过这一对男女，以为每晚这么折腾，白天哪有力气干活儿，可这女人欢得像个轴子，永远地手脚不停，她除了上街拾破烂，一回来就收拾房子，洗衣淘米，又永远地话不停，一会儿笑哩一会儿又骂哩。那男的是个闷葫芦，早晨吃完饭就上厕所，上完厕所就去拾破烂，天黑回来就吃饭，吃过饭又上厕所，总低着头，不吭声。这样的男人吃饭上厕所是自己的事，剩下的就是干活儿，白天晚上都干活儿。

五富给黄八说：他们夜夜干那事，咋不嫌厌烦？黄八说：你一天三顿吃饭吃厌烦啦？

男人姓朱，叫朱宗，女人对我们说话时喜欢说你朱哥长朱哥短，但我们从来不叫朱哥，叫种猪。女人的名字是王彩彩，我们也不叫她彩彩，她眼睛大得像杏核儿，就叫她杏胡（核），她倒乐意接受。种猪和杏胡重新住在了剩楼，我和五富每天从兴隆街回来就早了。后来发现，黄八也回来得早。杏胡会喋喋不休骂种猪，也会因一些琐事把我们指责过来指责过去，我们都说：烦不烦？！明日回来晚些！但第二天还是早早就回来了。说不清这是为什么，贱呗。

这一天我回来后，头木得难受，也懒得做饭，缩个身子坐在楼梯台上。杏胡又在训斥五富一脸尘土像个烧窑的，你给我到水管子下洗去！五富听了话就去洗，她又嫌洗得太急，是狼撵你呀，水溅得到处都是！五富说你给我洗，杏胡说你想了个美！黄八就呱呱地笑。杏胡不理黄八，却对我说：高兴，兄弟，嫂子要问你个话哩。

我的眼皮很沉，抬了抬：嗯。

我叫你哩你带理不理？她说，你屋里的高跟皮鞋给谁买的？

我说给老婆买的。

你哄我！五富说你没老婆！她窝着眼看我，眼光像锥子。你一定是勾搭了哪个狐狸精，给你双鞋让你想她？老实说，是不？！

种猪说你就是话多，给我挠挠背，把背给了老婆。杏胡手伸进衣服里挠，眼睛还看着我。种猪被挠得舒服，吸着气，腮帮子松弛，身子几乎要溜下去。杏胡常常当着大家面给种猪挠背，每一挠背，大家的浑身都痒起了，心里骂：要挠到屋里挠去！然后情绪都不好，黄八摔过厕所的布帘子，五富也曾经过杏胡在台阶上晾着的浆水盆时把盆子撞翻了。

杏胡说：我话多了你把我嘴缝上？高兴，你要是个好的，把鞋送给嫂子？

我瞅她，她眼睛就不停地眨，我说：我不是个好的。

她又挠了一下，一把推开种猪。啬皮！你就是送给我，我脚胖得还塞不进去！试验你哩，果然啬皮！

我浑身难受，勉强笑了一下，缩得如个乌龟。

她说你咋啦，我给你说话哩就这态度？我说我身上不美，肉发紧。她说病啦？就口气强硬了：过来，过来！我也给你挠挠，挠挠皮肉就松了。

我赶忙说不用不用，杏胡却已经过来把手伸到了我的背上。女人的手是绵软的，我挣扎着，不好意思着，但绵软的手像个肉耙子，到了哪儿就痒到哪儿，哪儿挠过了哪儿又舒服，我就不再动弹了。我担心我身上不干净，她挠的时候挠出垢甲，她却说：瞧你脸胖胖的，身上这么瘦，你朱哥是个贼胖子！

五富和黄八瞧见我享受了如此的待遇，嫉妒了，嗷的一声，狼哭鬼嚎。

人和人是不一样的，从此以后，每日的傍晚，天上的云开牡丹花，杏胡给种猪挠背，也就给我挠背，五富和黄八虽然竭力讨好，比如扫院子，清洗厕所，杏胡洗了衣服他们就拉晾衣绳，帮劈柴火，他们才终于有了被挠的资格。嗨，挠痒痒是上瘾的，我们越发回来得早了，一回来就问候杏胡，等待着给我们挠背，就像幼儿园的孩子等着阿姨给分果果。我们是一排儿都手撑着楼梯杆，弓了背，让她挨个儿往过挠，她常常是挠完一个，在你屁股上一拍，说：滚！我们就笑着蹦着各干各的事了。为了报答这个女人，我送给了她一个捡来的小圆锅。她就拿了小圆锅给五富和黄八看，五富说：有锅就得有勺，那我以后捡到个铝勺了一定也送给你。五富说这话的时候他在洗一条裤子，这裤子是新捡的旧裤子，杏胡说：要有孝心，把这裤子给了我穿！五富说裤子是前开口的。杏胡说：城里女人哪个穿的不是前开口！随手就拿过去了。五富送了裤子，倒嚷嚷着黄八为什么不送？黄八便把他的一尊瓷制的断了一条胳膊的财神给了杏胡。这尊财神其实是关公像，是黄八在一家饭馆重新装修时倒出的垃圾中捡来的，捡来了自己放在床头，现在放置在杏胡的屋里，杏胡买了香每日早上敬，也要我们每日出门前去她房里敬。上香的时候她让我们用左手插，说上厕所和打人都用右手，右手不干净。

白天在街上不停地拉着架子车走动，人浑身要散了架。消除疲劳恢复体力那不仅仅是挠挠背呀！这话我没说，五富黄八也不敢说。一到晚上杏胡的叫床声使我们仇恨种猪，仇恨到咬牙切齿。我去过五富的屋，那间屋在五富来住前就贴着一张画，画上有一辆车，车边站着一个长腿女人，我就发现那女人的长腿被五富用刀砍了三刀，每一刀都用力过狠，砍得露出了墙土。我没有说他。在街上的公共厕所里，隔挡板上常常能看到一些女人的裸体画，旁边还配着顺口溜，而我们的厕所墙上也有了这样的画。我害怕杏胡猜疑是我画的，就在楼下说：谁在厕所里乱画？！都不言语。杏胡出来说：没有女人就让他画吧，只是把奶画得那么大，那是奶呢还是篮球？！黄八却在他屋里说：你以为你奶大呀？！黄八这么一说，我就知道了这是黄八干的。我去他屋，他正往床头贴捡来的一卷画，黄八不识字，不知道那是预防艾滋病的宣传广告，只觉得那上边有一个女人头像，就围了床贴了一圈。我说：好么黄八，你要睡到女人窝里了！黄八说你要不要，我给你一张。我不要。我说你去把厕所画的东西给我擦了！黄八说擦就擦，但你得制止杏胡叫床。

我能制止杏胡叫床吗？杏胡叫床有叫床的好处呀，我是一躺在床上听到杏胡的叫床就用手……这话我怎么给黄八说呢，我没给黄八说。我是二十岁以后就一直是用着手的，我不知道别人是不是和我一样，我说了怕别人笑话我。但是，现在用手几乎成了另一种习惯，就是每夜一躺下来便等待着杏胡的叫床。而杏胡糟糕，有时偏偏叫得很晚，害得我也便直等到半夜，事情完了，才能安然入睡。

二十五

快乐在了池头村的剩楼上，就越发感到在街巷中收破烂的单调和寂寞。五富黄八，还有那个种猪，他们原本话少，几乎一整天都不说话，脾气就全生犟硬倔了，在收破烂时常常讨价时不耐烦，人家就不卖给他们了。他们都有了一种心理，就是盼望街头有斗殴事件发生，一旦有围观的人吆喝起哄，他们必在其中，发出很怪的一种叫声。我们都不爱足球，因为在清风镇压根儿就没有踢过足球，而西安城里竟然是每十天左右就有一场足球比赛，球场偏偏就在兴隆街东边的那条街上。但凡比赛，黑压压的人群就挤满了球场周围，甚至兴隆街的交通也陷入混乱，西安的球队一直踢得不好，球迷又都十分疯狂，常常在输球后就闹事。我们是不去进场看的，票价太贵，三十元看人家踢球划不来。逢着比赛的日子，我们的收入肯定减少，交通混乱得你拉着架子车根本走不前去，可我们都有兴趣在比赛开始后拉着架子车去球场外看热闹，不但我和五富去，黄八也去，许多拾破烂的人都去。球场似乎就是这个城市的公共厕所，是一个出气筒，我们在球场外都可以听见球场里铺天盖地同一个节奏在吼：×！ ×！ ×你妈！这我就不明白城里人还有这么大的气，像沼气池子，有气了怎么能这样叫骂？等到球场里数万人齐声骂：×！ ×！ ×你妈！黄八也就扯开嗓子喊叫：×！ ×！ ×你妈！

我就制止他：不许喊！

黄八说：那么多人能×，我不能×？

我说：人家骂裁判哩，骂球队哩，你骂谁？

黄八说：我才想呀！

但他立即就想出要骂的目标了，骂人有了男有了女为什么还有穷和富，骂国家有了南有了北为什么还有城和乡，骂城里这么多高楼大厦都叫猪住了，骂这么多漂亮的女人都叫狗睡了，骂为什么不地震呢，骂为什么不打仗呢，骂为什么毛主席没有万寿无疆，再没有了“文化大革命”呢？

我制止他，制止不住，气得我拉着五富就走了。五富说一会儿散场了或许球迷会闹事哩，我恨不得又要扇五富的耳光。五富到底和黄八有质的区别，他听我的话，还是跟我走了，而黄八就等着散场。有一次果然是球迷闹事，警察来镇伏，警察在抓一个用石头砸车的闹事者，闹事者在逃跑时崴了脚，要黄八拿架子车拉他跑，黄八就真的拉了他跑，警察追上来把那人抓走了。警察又来抓黄八，黄八说我是拾破烂的我没进球场。警察说那你帮闹事者逃跑你就也是闹事者。但警察看见了黄八的脸，警察认不得那是白癜风，看见黄是黄白是白，说：你他妈的有病，是不是艾滋病？黄八说：有病，传染给你！警察不抓他了，踢了黄八三脚，裤子踢破了。

我是永远不会做这样的傻事的，以后的足球比赛日，宁愿没收入也不去上街。平时上街了没人和我说话，我就吹箫，吹了箫我便和架子车说话。

架子车会听懂我的话的。

我一直记着一件事，那是我拉着架子车经过兴隆街北头的那个巷口，一个女人就提着塑料桶一直在我前边走。街巷里的女人我一般不去看，不看心不乱，何况呆头痴眼地去看人家显得下作，也容易被误解了惹麻烦。但提塑料桶的女人穿着的皮鞋和我买的那双皮鞋一模一样，我就惊住了！皮鞋虽然是厂家成批生产的，却从来没碰见过穿那种皮鞋的女人，我说不清道不明地便有了勇敢，加紧步子要赶到前边去，想看看她的脸，看脸是否似曾相识。这个时候架子车的轮胎突然爆了，而女人拐进了旁边的一家美容美发店。这家美容美发店早就给我留过深刻印象，因为我看见过店里有一个女的在门口极快地伸了一下头，那姿势，那神气，使我一下子心里铮地跳了，就像触了电。我还从来没有这么触电过。自那以后每次路过那条巷那个店，我都有一种亲近感，忍不住要往店门里瞅一眼。我和五富在数天后借口理发就去了那店里一趟，理发的费用太贵我们就出来了，店里的理发员虽然都是女的，但没有发现我好感的那一位。而这位穿高跟尖头皮鞋的女人是不是我曾经好感的那个人呢？觉得是，觉得又不是，关键是她竟然就穿着同样的皮鞋，我正要加紧步子赶到她前边去，架子车轮胎爆了。爆了轮胎，车子拉着就十分沉重，而周围并没有个修理铺。我就急了，也就第一回给架子车说话，我说：架子车呀架子车呀，你怎么在这时候爆了胎呢？既然爆了，你要坚持哩，坚持我能拉动，千万不敢折了内胎，一定要让我能拉着到修理铺！听话呀，架子车，你听话了我要给你洗个澡，把你擦得干干净净的！架子车竟然就轻了许多，拉着顺顺利利经过一条巷到了一家修理铺。

架子车能听懂我的话，这已经有了数次经历，而且五富也相信，但架子车不能说人话，毕竟遗憾，我又寻思着谁又是在城里同样寂寞的人呢？

交警就寂寞。

交警在十字路口站着，来来往往的人多得像蚂蚁，但没有人肯和交警说话，交警因此黑着脸要找茬儿训人。我观察过交警，交警每每找茬儿训了你，你只要再和他多说几句，他的态度就改变了。我拉着架子车经过十字路口，故意在黄灯已经闪了才要通过，而且要走得很慢，等着交警跑近来，交警果然就跑近来了。交警勾着指头，让你过去你就得过去，其实你要交警过来也很容易。他大声命令着让把架子车往路边拉，又寻衅着说破烂没有装好，坚决不让通过。于是我们开始说话。

喂，拾破烂的！

我叫刘高兴。叫我名！

咦！是不是我还得给你敬个礼？

这倒不用。

你以为你开的是小车吗？

这不是主要大街，交规上没有说不让架子车过呀！

哟，知道得不少么？！

我仍是有文化的！

呸！有文化的拾破烂？

不拾破烂那当交警呀？！

什么？你再说一遍！

我不说了。

说!

嘿嘿嘿嘿。

给我贫嘴哩! 这是啥?

你不认识箫?

拾破烂的带个箫，滑稽!

你才滑稽，天都这么热了戴个手套!

放肆!

嘿嘿嘿。

嘿嘿啥的?

咱不就是想拉拉话么?

谁想和你拉话? 我忙得很哩!

眼忙着嘴闲着。

走吧走吧。

交警快活地在我屁股上踢了一脚。

此后的我，带着箫的刘高兴，每天都拉了架子车要经过那个十字路口与交警见面拉话，甚至让交警定个时间，要专门来吹一次箫。我说: 为你而箫!

这一天，是约好了来吹箫的，我拉着架子车刚一冒头，交警就给我摆手。我以为他在打招呼，也摆摆手，小跑近去，他却说快把架子车往背巷里拉，今日这条街戒严啦! 交警又恢复了那种凶狠，对着一位说了句“扰民”的年轻人大声呵斥，并将小车上的钥匙拔下来。

西安城里动不动就戒严了，因为它是个历史文化名城，外国的元首或是北京的什么大官来，从飞机场到市里最豪华的宾馆必经街道和必经街道的所有路口就十步一岗五步一哨，任何车辆和人群都不得通过。

我拉了架子车往背巷里钻，还一边给那些蹬三轮车送煤的，送瓶装水的，送奶和推销盗版书刊的，说: 戒严啦! 戒严啦! 推销盗版书刊的是个塌鼻子，瓮声瓮气地说: 去你的吧，瞧，那儿有垃圾桶哩!

我当然已经看见了前边有垃圾桶的，是一排三个，我一入巷口就看见了。但塌鼻子的态度令我反感：还瞧不起拾破烂的，推销盗版书刊你就是文化人了？呸！你往大街上去吧，看交警让不让你过去？！我向垃圾桶走去。我很有点职业的敏感了，看见垃圾桶就自觉不自觉地走过去要揭开盖儿往里瞧瞧，希望有所收获。运气好得很，果然第一个垃圾桶里有着三个空易拉罐，一个罐能赚五分钱，三个就是一角五。一角五也不少呀，到商店买东西少一分钱人家肯卖给你么？这一角五分毫不费事就捡到了！

像做铺面生意一样，早上一开门就来的顾客，再便宜都要卖给他，取个吉利。拾破烂的也是如此，我常常以第一个拾到破烂的时间和破烂的价值判断当日的运气，这种判断没有不准确的。

拾到了三个空易拉罐，我非常愉快，敲着罐底听响声：当，当当。旁边站着一个小孩，睁大眼睛一直看我，突然说：不要动垃圾，垃圾不卫生！我给小孩笑笑，还做了一个鬼脸，问你叫什么名字呀，小孩一溜烟跑掉了。

我开始翻第二个垃圾桶，尽是些剩饭剩菜，酸臭难闻。翻第三个垃圾桶，吓，翻出了个皮夹来。这是一个棕色的很大的皮夹，上边有一条很恐怖的鱼的标志，我的脑子轰的一下，感觉到我的大运气来了！我迅速地看了一下四周，四周没人，不远的一棵树上站了只麻雀，它叽叽喳喳叫着。麻雀它知道了这秘密，但我把它赶走了。一个穿着长裙的女人扭动着水蛇腰经过身边了，她一边走一边手在鼻子前扇动，哼，有那么严重吗？我庆幸她没有朝我的手上看，漂亮的女人其实命薄又迟钝的。

还是那个麻雀，被赶走了又飞回树上，它看到了以迅雷不及掩耳之势，皮夹已经塞进了刘高兴的怀里，而且他拉了架子车就走，一直走过这条巷子。我的脚步匆匆，目光似乎盯着前方，但余光扫视着身体左右，甚至感觉到后脑勺上，屁股上都长了眼，观察着一切动静。天上的太阳真光亮，一丝杂云都没有。人熙熙攘攘地走过去，人熙熙攘攘地走过来，世人都是忙，忙忙的人多愚蠢呀，他们压根儿不知道发生了多大的事件！

真好，拾破烂的就是城里的隐身人。

在巷左边的那一堵涂了深红色的围墙下，行人稀少，风卷着一堆树叶像球一样滚过来，我是一脚把球踏散，侧身打开皮夹。打开皮夹如同酒桌上赌酒揭开碗看骰子。说实话，我并不企图在皮夹里发现太多的钞票，只要有这么个精致的真皮夹子就了不得了，这个皮夹和我那个钱夹就又成对儿了。

拾破烂有一个奇怪的现象，就是拾到破烂常常会成双成对，这种现象当然只有我有，比如你上午收到了废铝，下午肯定就收到铝制的烧水壶或者门窗，你在这一条街巷收到了一件半旧的衣服，在另一条街巷肯定也有人会送你一双鞋的，所以，每当我收到一件满意的破烂后，我就耐心地等待同一类的破烂到来，它没有不准的。五富说过我是有什么神附了体，或许什么妖变的。清风镇的风水先生文化并不高，他说人死了几时入土下葬就得几时入土下葬，不按他定的时辰就容易出怪事，这些可能都是一个职业干久了，他本身就有了神气。有这种神气的人都是感觉特好的人，五富他没有这种感觉。

这个皮夹是我的那个皮夹引来成对的，它里边没有钱，但里边有一个手机，一本护照，有红的蓝的白的一共七张磁卡，还有一大串各式各样的钥匙。

如果是三百元或者五百元，我一定是将钱收了，收得心安理得，不会告知别人。而皮夹里还有这么多的东西，我就害怕了。你可以放鞭炮，但你不可以放炸药包！我立即把皮夹像掏鸟窝掏出了一条蛇一样扔到了围墙下的树丛里，拧身就走。走了几步，又觉得不对，反身回去捡起皮夹把东西倒出来只把皮夹拿走。差不多走出百米了，又担心起扔掉的东西一定很重要，丢皮夹的人可能已经急疯了吧，再返回去把那些东西又捡了装进了皮夹。这下，皮夹深深地藏在了我的怀里，才知道了什么是祸随福存，我的腿灌了铅了。

二十六

在收购站里，我没有把这事告诉瘦猴，也没有交售那三个易拉罐。瘦猴以为我在池头村还专门存放了一批易拉罐，然后抬价再卖的，骂道：人都说商州炒面客老实，老实得很么，担粪不偷吃！回到剩楼，我把三个空易拉罐放在窗台上，没有香烛供奉，就双手合十作了个揖。五富说：这又咋啦？我说：这是运气神！五富说：运气神？我说：你瞧瞧我的印堂，印堂发暗还是发亮？

没有一点儿敏感度，五富竟然说我印堂上长出了个疖子。我要让他见识见识，一晃皮夹，五富大呼小叫。我把事情的原委说了，五富蔫了下来，说：他妈的，皮夹是装钱的，他不装？！

就知道个钱！我让五富看护照，告诉他护照是出国的证件，就像咱们用的身份证。能用护照的都是大老板呀！这么多的磁卡，或许里边存着钱，或许去打折吃饭，或许能直接购物，咱只是不会使用罢了。瞧瞧这钥匙，多大的一串！你有几个钥匙？在这个城市里，能体现一个人身份的除了住房和坐车就是从钥匙的多少来看哩。

五富却玩起了手机，手机是关着的。我们都没有用过手机，不知道怎样才能打开。五富说他去过二道巷的手机市场，一个旧手机可以卖到三百元：高兴，卖了它，你权当是捡了三百元！

我说：我恁爱钱的？！

五富说：你是皇帝他妈，拾穗图新鲜呀？

有些东西是能要的，有些东西就要不成，我说：月亮能要吗？

得了小便宜我当然高兴，而且盼望着它天天光临，大的便宜突然到来，我只有恐惧。我不知道这件事该怎么处理了：扔掉护照磁卡和钥匙，单单把皮夹留下，手机卖掉？这如同见了一个孩子落水而不去救，见了谁家的房子着火而不去灭？我刘高兴不是个随便的人，我随便了就不是人！那就决定把皮夹交给池头村的派出所去，让派出所去找失主。唉，命里八尺，难求一丈，让我心坦坦地睡个安稳觉吧。

但五富说了一句话，使我不敢去派出所了。五富说：交派出所？会不会人家说你是偷的？皮夹里有护照有手机有磁卡和钥匙而没有钱，人家能信吗？五富的脑子从来是一盆糨糊，今天的话却说得好。我突然觉得五富是不是也怀疑我拿走了皮夹里的钱，甚至我在瞬间里也怀疑了皮夹是自己偷来的或者我把钱拿走了。

五富说睡吧，明日睡起来说。

我睡不着。夜深人静后去池头村西巷敲开了韩大宝的门。

韩大宝听了我的叙述，把皮夹翻来覆去看，然后拿眼睛盯着我。盯了一分钟，不说话。又盯了一分钟，还是不说话。我嫌他脸上的麻点不好看，把目光挪开了。韩大宝突然恶狠狠地审问起了我。

偷的？

不是！

抢的？

不是！

真的不是？

不是不是不是！

我心慌意乱，但不能忍受韩大宝的诬蔑，愤怒了，要夺过皮夹走，韩大宝嘿嘿嘿笑起来，阴森得像夜猫子。

他说：咱们要发财了！

我说：发财？！

韩大宝刚把手机打开，嘟的一声信息就出现了，机屏上出现：同志，你捡到了我的皮夹，皮夹里的东西对你没有用，对我却重要，如果我们肯交朋友，请你把手机拿走，而把机卡还我，因为卡里存了我大量的客户电话。你可在明日或后日晚八点将护照、钥匙、磁卡和机卡放到青松路第三根电杆后的花坛上，那里有一个纸包，装着感谢你的拾捡费一千元。这简直是天大的喜讯，韩大宝也真是福人，一到他这儿问题就解决了！我给韩大宝递上一根纸烟，又给他点着，说：后日晚就是明晚么。韩大宝说：是明晚。我说：他说给一千元，他真能给一千元吗？韩大宝说：你脑子简单！

我脑子简单吗？我知道韩大宝的意思，我立即表态：真有一千元了，咱三人三余一，余一的一百咱吃一顿！我这脑子简单吗？知道他要分钱，也就把五富硬扯了进来。

韩大宝说你以为人家真会给一千元吗，那人一定会藏在附近等你出现就突然抓你，不但不给一千元还要认为你是贼，扭你到派出所去！我说还有这号没良心的？韩大宝说你以为呢？我说那咱不要他一千元，他敢说咱是贼？韩大宝说为什么不要一千元，他补办一个护照得多少钱，把家里所有的锁子换了得多少钱？一千元我还嫌少哩！我说那咋办，吃屎的把屙屎的箍住了？！韩大宝说这得我出马。

第二天的晚上，韩大宝先不同意五富去，后来又主动让五富也去，他的意思我明白，怕出现变故或要打架，五富是个好打手。我就暗中叮咛五富，去了眼睛活些，韩大宝让你干什么你不一定就干什么。五富说：我只听你的！我们到了青松路，果然第三根电杆后的花坛沿上放着一个纸包，拆开看看，一千元。韩大宝将那一千元一张张揉着听响声，又拿到灯地里看了看，说：真的。让我放下皮夹。皮夹里有护照、钥匙、磁卡和手机，韩大宝就把手机拿了，取出机卡放到皮夹里，让我和五富都不要出声，然后三人分别朝左右前后观看，撤退到马路对面去。在没人处，韩大宝拿出五百元给我，说：见一面分一半。

说好的三人三余一，韩大宝却只给我和五富五百元，这是狼么！但他已经把另外的五百元装进他的腰包了，我还能怎样？行噢，五百元就五百元，权当用那五百元认识了流氓无赖韩大宝！我抽出二百五十元给五富，五富说：咱成了二百五呀？！又退给了我十元。

韩大宝并不让我们走，他拉了我们又从灯影黑处猫腰过了马路，藏到一辆停着的车后，观察起取皮夹的人。约摸十分钟吧，从东边慢慢走过来一个人，因为背着路灯看不清眉眼，走近了花坛边就坐下来，一只手从坛沿后极快地把皮夹攥在手里。这场景有点像电影里的镜头，我咯地笑了一下，正要说咱们是特务么，而这时，韩大宝豹子一样扑了过去，抱住了那人。

韩大宝不是个正经人，这我清楚，但他坏到了这程度我是没有想到的。已经取了人家致谢的一千元，一千元还不满足吗？那人肯定是一个人来的，没有同伙，不是下饵……这显得我们多么小人！

我和五富同时喊：大宝，大宝！

韩大宝根本不理睬我们，他紧紧抓住那人胳膊说什么。街上有一辆车开了过去，灯光明晃晃地照着他们，我看见了那人头发整洁油光，穿件带格儿的衬衣，扎着领带。车过去了，花坛又处在昏暗中。这人怎么面熟呢，是在哪儿见过吗？在我认识的人中肯定没有这么体面的人，也从没一个能认识的人穿得这么整洁。那怎么面熟呢？那张脸看起来是多么亲切啊！

我说：五富，你看清那人了吗？

五富说：看清了。

我说：咋面熟的？

五富说：我没见过。

韩大宝和那人还在远处说着，都不停地做手势。后来那人顺着北边街巷走了，韩大宝跳跃着过来。

我问你们说什么了？

韩大宝说这么重要的东西他一千元就把咱们打发了？

我说你敲诈人家？

韩大宝说对这种有钱人客什么气？我让他再补五百，我是准备再分给你二百的，他妈的，有钱人都啬，只给了三百。

韩大宝没有说这三百元再是给我分一半，就是他要给我一半，我也不会要的。我鄙视他！就在我们分别返回后，整整一个夜里，我都没有睡好。原本那人是感念着我们的，这下好了，该千遍万遍地咒骂了。

我向天祈祷那人能原谅我和五富，那张脸就清晰地浮在我的眼前，我便又一次琢磨这脸怎么面熟呢？

哦，哦，我真的是记起清风镇和尚的话了，是那个人和我有前世的缘分吗？

这么大的西安城里，有一个人会和我有缘？！突然间，我的脑子里闪现了一个极其大胆的判断：这是不是移植了我肾的人？

判断是那么地强烈。是这个人，肯定是这个人！

我爬起来，冲动地到五富的屋里把他摇醒，我告诉着我的感觉。五富拿手摸我的额头，说你不是发烧吧？我不发烧。五富又拍了拍我的脸，说你不是夜游症吧？我没夜游症。五富目光恍惚地说：我在做梦。

我气愤地拧了他的嘴，他脸上是松皮，嘴和鼻子就拉扯到半个脸上。

我说：我相信我的感觉！

五富说：你相信是那就是吧。

五富习惯了顺从我，而他一顺从，我却犹豫了。

但是，五富却告诉了我关于他自己发生过的一件事，他说他第一次经人介绍对象时，陪伴那个女子的就是他现在的老婆，他见到她们，他就感觉陪伴人是他的老婆，后来要介绍的那个没成，真的他就娶了陪伴人。他说着说着就又想他的老婆了，说他老婆现在可能也没睡觉，在灯下给孩子纳鞋底吧。丑人是不是爱想老婆，就像去西天取经路上的猪八戒？五富说：你嫂子细皮嫩肉的，家境也比我强，按说，我的老婆怎么也不可能是她，可偏偏就是她！

我说：一朵花插在牛粪上了么。

五富说：是一朵花插在牛粪上的。人怪得很，第一眼的感觉都准。

我说：那我的感觉是对的？

五富说：对。

我的脸却唰地变了，一声也不想吭，心里只觉得堵。

这心堵着一半应该是幸福，嗨，我终于寻到另一个我了，另一个我原来是那么体面，长得文静而又有钱。另一半则是我懊恼寻到了另一个我竟然是在这么一场不愉快的事件中！韩大宝呀，我该怎么骂你，你把一锅米饭做成醋了，我和另一个我成了仇人！

二十七

此后的多日，我拉着架子车总要到青松路那儿转悠一阵。青松路不属于我拾破烂的区域，那里的拾破烂者向我威胁，我保证只是路过，如果有收买破烂的行为，可以扣留我的架子车可以拿砖头拍我的后脑勺。但是我没有再碰见那个人。我把那人的相貌告诉了青松路拾破烂者，希望让他们也帮我寻找，他们问：那是你的什么人？我说：是另一个的我。他们说：打你这个神经病！把我从青松路上打走了。

接着是连续的三天雨。雨对于城市的任何行业都有益，对我们却是一场灾难，窝在屋里不得出门，不出门就不可能有收入。我和五富的米面吃完了，指望着卖了新拾的破烂才买的，现在气得也不再去买，仅有的三把挂面煮到了锅里，盐瓶子又底儿朝天了。五富骂道：咱这是寡妇尿尿，只出不入么！下楼到黄八那儿借一勺盐。黄八正啃窗台上晾着的干霉馍，五富进来就不吃了，喝开水。五富说：做啥饭？黄八说：没做饭，能省一顿是一顿，喝水。五富说：只喝水？黄八说：树只喝水，我也只喝水。我一直在楼上吹箫，这会儿突然停了。我停箫是听了黄八的话觉得好笑，而大家，在我吹箫的时候可能并不觉得我在吹，各人干各人的事，不吹了却一下子觉得空旷，像鱼游着游着忽然没水了。杏胡从她屋里出来，说：咋不吹了？五富说：你白米干饭地吃哩，他冰锅冷灶的，哪有心思吹？杏胡说：有买高档皮鞋的钱还没自己吃的，给谁省的？却盛了一碗米饭，上边放着白菜豆腐端上了楼。

我不接她的饭，说：你送的我不吃。杏胡说：我给你放老鼠药呀？我说：

我怕种猪打哩。楼下的种猪高声说：我让端的！我就笑了：那饭里倒真要放老鼠药了！种猪说：药放得不多，毒不死的，吃了咱到老范家打麻将去！杏胡说：你敢？！昨晚输了二十元，你还去呀？种猪说：我让高兴给我参谋么，正是输了才要往回捞哩！杏胡说：你去吧，我可把话给你说清楚，你一夜不回来都行，反正九点钟我必须做爱！五富和黄八嘎嘎大笑，我就说：种猪，乖乖在屋待着，闷得慌了，我陪你下象棋。象棋你去买，谁输了谁请喝酒。

巷道斜对面的老范家又在拆了前边的旧屋重新盖楼房，巷道里满是砖头和沙，雨天里不能施工，老范他们就在后边屋里打麻将。老范的日子滋润，曾对杏胡说过：你们好啊，到城里挣钱，挣一个落一个，即便挣不了了还能回去再种地么。我们是能出租房屋过活，可下辈人怎么办呢，没工作又没了地还把身子惯懒了，往后的日子就苦了！老范的话是实话，这使我感到了充实和幸福，甚至还有点幸灾乐祸。可现在老范又在盖楼房，要盖五层，那一月的租金又该翻了几番！唉，瘦猪哼哼，成了市民的老范，肥猪也哼哼，人家这一辈钱赚多了，可以让子孙办公司做生意么，而我们呢，怎么撵得上呢？所以，老范也来吆喝我去打麻将，我坚决不去。

吃过了饭，我们就玩起了象棋。棋要逢对手，但五富黄八不是我的对手，种猪也不是我的对手，下了几盘兴趣索然，就看着五富和种猪下。种猪老是悔棋，而五富又极认真，两人不时吵嚷，言语开始难听。黄八对我说：你管管么，要翻脸呀！我不管，坐在那里反刍。果然不久，五富和种猪就开骂了，五富抓起几颗棋子往巷道一扔，说：下 × 哩，不下了！赌气回屋睡了。

我依然不去理会。雨开始小了，但拆房拆下来的墙土被雨泡软了，一部分摊在巷道，又成了稀泥糊糊，来往的人，猫和狗，不是滑倒就是脚上带两个大泥坨子。我就在那里看着，像在看电影，又像是狩猎，专等候着谁要倒霉滑跌了。但是，我发现了巷道靠我们这边的一堆泥土上竟生出了许多苞谷苗儿。这堆土是老范将旧墙土随便壅在那儿的，里边有烟熏的砖头和坯块，黑灰色的泥土上生出二指高的苞谷苗儿显得格外鲜绿。

呀呀，这本不是种苞谷的季节，三天前还什么也没有的土堆上怎么就长了嫩嫩的苞谷苗儿呢？土堆里可能是混杂了苞谷粒的，这不足为怪，它是一有了水就生根发芽的，可苞谷粒哪里知道这堆土不久就要被铲除运走，哪里知道这次生长不可能开花结果，恐怕长不到半尺高就会死亡呢？

多么想活的苞谷苗儿，苞谷苗儿又是多么贱的命呀！

我当然由苞谷苗儿想到了我们。

五富赌气回屋睡了，是黄八在巷道的稀泥里捡了那几颗棋子，他骂五富不经耍，又骂种猪悔棋，骂着骂着想起了这雨天城里有钱人去歌厅哩，去保龄球馆哩，咱日他妈的连饭都没啥吃，这政府咋不管呀，市长讲究深入基层哩，咋不到咱这儿体察民情呢？！

黄八是一肚的牢骚，苞谷苗儿的好处是它没有牢骚，反正它是一粒种子，有了土有了水有了温度就要生根发芽的，所以它也没痛苦。黄八不如苞谷苗儿，我们都不如苞谷苗儿。

我还能想些什么呢，似乎我想到了许许多多的事，比如池塘里根本没有鱼，谁也没放过鱼苗，就灌了那一池，一年两年后池塘里就有了鱼，这鱼是哪儿来的呢？比如穿衣服，穿得时间长了怎么就生了虱子？中学的课本上有达尔文的进化论，可池塘里的鱼和衣服上的虱子是什么进化的，进化得就那么快？这些我都想不通。我一边反刍着一边想把一些事情想明白，但没有想明白，反倒还要想什么就什么都想不出来了。我不想了，觉得头痒，使劲儿搔头发，头屑像雪片一样落在衣襟上。我大声叫起了五富，因为槐树上飞来了一只红顶白尾的鸟，这种鸟从来没有见过。五富没有吭声。

杏胡却吭声了，她说：天一下雨啥都湿了，咱的人咋一个比一个躁？

我说：噢。

她抱着几块烂砖头在院子的泥地铺列石：铺一块儿砖，跨一大步，再铺一块儿砖。头上的草帽在她弯腰时掉下去，雨把衣服淋湿了溻在身上，显出肥嘟嘟的臀。

她臀上好像长了眼，说：你看啥呢？我辛苦地给大家铺列石，你也不把楼上的砖头拿下来帮我？

我抱了几块砖头下去。

我说：铺列石干啥，又没小孩怕滑倒。

她说：滑不倒就不会把院子踩成泥窝？天晴了，你让五富和黄八把巷道里那些烂砖头拉来把这院子全铺了，等到冬天，再把这院墙也垒起来，满巷道里就咱这院子没院墙！

我弯腰把土堆上的那些苞谷苗儿拔了。

她说：你手痒啦，拔它干啥？

我说：它长什么呀长？

她说：它碍你啥事啦，它是种子你能不让它长？把院墙垒起来了，咱得想办法安个院门，你拾破烂时给咱留心着。

我嘿嘿地笑起来。

她说：你笑啥？

我说：你这是一步步计划呀！

她说：你咋和你朱哥一个样，不计划这日子怎么过？我不计划我能活出现在的样儿吗？！

就是这个下雨天，就是眼前这个女人，她给我上了一课。韩大宝给我上了一课让我知道了什么是坏人，杏胡的这一课却教给了我如何生活下去的法宝。虽然她不是文化人，她也没有意识到她的话那么富于哲理，而我之所以在这个城市奋斗着，我靠的正是她教我的法宝。

她是这样说的，自从她第一个男人死后，她曾经不想活了，觉得活得没意思，因上有老娘下有孩子，她把绳索挽了一个圈一头抛上屋梁时，她没有自杀。没有自杀就往下活，从那时起她就作起了计划：一年里她要重新找个男人结婚，二年里她要还清一半欠债。她就是这样定的，坚决要完成，结果她就招进来了朱宗，她和朱宗起早贪黑做豆腐，吊挂面卖，还清了一半欠债。等两年后，她又定计划：一年里还清所有的欠债，翻修上屋房。两年后果然又还清了所有的欠债，也翻修上了屋房。她从此吃了定计划的利，就再定计划，她的计划是一年后买一套家具，还要有存款，五年后把孩子供养上大学，十年后把旧院子盖楼房，二十年后在县城办个公司，三十年后公司办到西安。她知道三十年后她差不多快八十岁了，但她的计划年年重新修正和补充，甚至计划定到了一百二十岁。

杏胡给我说这些计划的时候，眼里放光，她说：你永远不要认为你不行了，没用了，你还有许多许多事需要去做！我家隔壁的老王原先是在县造纸厂工作的，工厂倒闭后他下岗了，他觉得他没用了，结果回来第三年就死了。还有我们村的马老三，身体壮得能打死老虎，把老爹送终后，又给儿子盖房娶了媳妇，他给我说他任务完成了，现在啥事都没有了，我就知道他也是快死了呀，你想想，他觉得他啥事没有了那他还活什么，果然一年后他就死了。

我看着杏胡，我觉得杏胡说得真好！

我说：我，我……

杏胡说：我知道你想说啥呀，你的高跟鞋还没人穿哩，你还没娃哩，你还不是西安户口哩，你还没钱哩，你还没城里的楼房哩，你还没出人头地哩，你心劲儿大得很哩，是不是？

杏胡的眼睛其实是锥子，嘴是刀子，她好像是在光天化日下剥我的衣服，剥我的皮，剖我的心，剖我的肝，肠肠肚肚全摆出来了！但是，我一个男子汉，一个让五富黄八还有那个石热闹完全服从的刘高兴，怎么能在一个女人面前成了个玻璃人？！我说：我，我……

杏胡说：我说得不对？你说你想咋？

我说：我想抱你！

我说完我就后悔了，觉得失礼，一时面红耳赤。

杏胡却说：只准你抱我的衣服！

她竟然把我一拉，拉得太突然太猛，我的头撞在她的奶上，立脚未稳就滑倒在了地上。她咯咯咯笑起来，大声地说：朱宗，朱宗，你瞧瞧刘高兴这个胆儿？！

二十八

几天没到兴隆街，只说能多多地收些破烂了，丧气的是，破烂比往常还少。没有了好的收入，五富就会苛刻自己，中午在街上再渴也不买一瓶汽水，能不买着吃饭就不买着，晚上又多熬苞谷糁糊糊，奢侈了，在糊糊里煮些挂面和土豆片。吃饭的时候黄八爱端了碗上来，五富遗憾来时没带些炒面，问黄八的老家吃不吃炒面，黄八说我肛门细，吃了屙不下，五富就说你们的炒面肯定是稻皮子里只拌柿子，磨出的面当然吃了屙不下。黄八说我们的炒面肯定比你们的还要强，里边拌有大麦。两个就争来争去，各说自己的比对方的好。楼下的杏胡说，争究个啥呀，有句成语叫画饼充饥，人家饥了还想着饼哩，你们就只会说炒面？！杏胡是买了三条猪尾巴，坐在槐树底下用温水刮洗着，又说五富五富，你真的揭不开锅了？五富说谁说我揭不开锅了，我在肉铺里已定好了一个猪头！杏胡说那好呀，做猪头肉的时候得把猪毛拔净！气得五富和黄八端碗进了五富的屋里，五富说她给咱显摆哩，喝米汤的时候钻在屋里不出来。咋弄的，一样都是拾破烂的，她家的生活总比咱好？黄八说那婆娘门道稠。五富问啥门道？黄八说你看见这几天她起得那么早了吗，咱是去等驾坡，他两口专跑鬼市，那里卖货的都是些小偷，有偷了下水道井盖的，有从建筑工地偷的钢材，她便宜买了再卖到收购站，利大着哩！五富说那咱也去么。黄八说那里歪人多，我都不敢去，你敢去？五富说咱也是歪人！

五富说这话，其实五富心里怯着。他把这消息告诉了我，问我知道不知道鬼市，我当然知道，鬼市就在东城门内的马道上，市的形成聚散无定，去的人又极其复杂，原本那里是一个文物古董交易点，天不明交易，所以叫鬼市，后来文物古董市场移到了塔街，那里却慢慢成了小偷销赃地。我骑自行车曾路过一次，就看见打群架，一伙人硬是把一个胖子压在地上撕耳朵，耳朵就血淋淋地被撕下来了。但我却从没想到去那里收买破烂，便感叹杏胡和种猪是老江湖，怪不得人家这个时候了还有猪尾巴肉吃。

五富说：咱能不能去？

我说：要真能收下货，人家能去，咱咋不能去？

五富说：有你这话，我胆就壮了。

他摩拳擦掌，跃跃欲试。

我说：瞧你这轻狂劲，真的就拾金捡银呀？

五富说：对，沉住气，我不给杏胡说，也不给黄八说。

这一天，我们起得特别早，杏胡和种猪还没开门，经过厕所时，厕所里传来吭哧吭哧声，五富轻着嗓子说：黄八你在厕所里屙不下吗？黄八说：嗯。五富说：那你慢慢屙啊！就用自行车带了我进城。

到收购站取了架子车，两人朝东门城墙去，路上五富买了四个葱花油饼，说今早咱好好吃一顿，一人两个，边走边吃。他问我带了多少钱，我说二百六十元，他说不够吧，要收得多了咋办？他告诉我他带了三百一十元，就用手按了按口袋。我说：手不要老按那儿，让贼知道你装钱了吗？他说：我收货的时候你一定得站在我旁边啊！我叮咛到了鬼市，能收多少货就收多少货，没有可收的就走，千万不要和那里人黏糊，眼睛放亮，一有什么不对就赶紧跑。我说：记住！他说：记住了！

经过兴隆街十字路北的巷道，那里的铺面竟然全改造了，成了清一色的美容美发店。清风镇南边的山里有野猴，冬天里一个野猴在阳坡上掰腿晒太阳，所有的野猴都掰腿晒太阳，城里人咋也是这样，巷口的那家美容美发店生意好了，就惹得一条巷都成了美容美发店？这些店的门面装饰得一个和一个不同，但同样的却是磨砂玻璃门扇开了一半，另一半坐着一个年轻的女人，紧身的上衣隆着大奶，高高跷了腿，脚尖上挑着一只高跟鞋，一晃一晃合着店里音响的节奏。五富问我：你说的那个店是不是靠巷口的那家？我说：

店多了，弄不清了。我这是哄他，我能弄不清吗，一进入这条巷我就莫名其妙地紧张起来，不吃油饼了，而且手心里出汗。五富头扭来扭去地看，看每个店门口的女人穿没穿和我买的一模一样的高跟鞋，但是没有。

半开的门里女人给五富笑，说：先生洗头不？

五富说：洗头？

女人说：洗头好舒服噢。

五富说：洗头还用得着到街上来洗？！

女人扭了头，看她的指甲，指甲上绘着花。

我戳了戳五富的脊梁，自个儿先往前走了，走到了那家美容美发店门口，用舌头舔了舔嘴唇上的油饼屑，再眨了眨眼，提起神来。门口站着三个女人，用长竿子刷子蘸水刷门脑上的尘土。五富的头又俯下去，我拧他耳朵，五富低声说：我看都穿的啥鞋？我说：没有。五富说：你看过了？走近去，果然三个女人都穿的不是那种高跟鞋。而这时，一件意外的事就发生了。

那个女人，染着红头发的那个女人，举了蘸水的长竿子刷子用力一抹，脏水就溅开了，溅了我们一头一脸。我立即擦了，五富不擦，脏水从额上流到了鼻子上，他说：干啥么，干啥么？

红头发哧哧地笑。

五富说：还笑？！

红头发说：不就是溅了一点儿水吗？

五富说：那是脏水！

红头发说：拾破烂的还嫌脏？

我就生气了，说：你说啥的？拾破烂的就应该脏？！

红头发说：我不是说你，我说他的。

五富见我帮腔，就声高了：说我也不行！

双方一吵，店里出来了一个人，三个女人叫她老板，她就是老板了，这老板一口牙特别长，而且发黄。老板让五富先把脸擦净，五富还是不擦，老板说是不是要闹事呀，要闹事我给110打电话！五富说：谁闹事啦？谁想闹事啦？！老板说：瞧你也没闹事的能耐！是不是要赖着赔钱呀？五富说：那你看着咋办？老板说：我可告诉你，钱是不给的，一个钢镚儿都不给！五富说：那我就被脏水白溅了？那我也给她溅溅。说着手往脏水桶里伸。我把五富制止了。老板说：你还会来这一手！好吧，念你是个拾破烂的，我可以让进来收些破烂，楼上有两个门框和三个窗框，铝合金的，便宜卖给你们，好了吧。五富说：这好。老板却只让我进店，拒绝了五富，五富傻眼了。

我把五富拉到一边，告诉说能收到两个门框和三个窗框也不容易，我去收了，赚的钱可以一人一半。五富得独自去鬼市，这他又来怯了，说：我一个人行？我说：行！他骂了一句：狼牙！骂了老板，拉着架子车走了。我又撵上，说：我叮咛的你记着了？五富说：嗯。再骂一句：狼牙！

世事真是说不来地蹊跷，明明是要去鬼市走另一条街巷的，五富偏要买油饼就走了美容美发店的街巷，原本路过这家店门口最多也就是往店里看一眼罢了，又偏是三个刷门头的女人把脏水溅到我们的脸上，而且五富应该进店去收旧门框旧窗框，又偏偏老板选中了我。事后回想起这事，你不能不惊讶这是多么周密而精妙的安排！

现在，我开始进店了，一只左脚先踏进去，一只右脚再跟上来，店里却迎面又进来了我，谁，刘高兴，我吓了一跳，才发现正面墙上嵌着一整块大镜子。镜子边是三个能旋转的洗头椅，椅后站着两个女人，长相一般，也都是没有穿那种高跟鞋。难道我先前见到的那个女人不是这个店里的？还是那个女人已经离开这个店了？我心一凉，站在那里，我感觉我那时是一脸的呆相。老板说：过来。我过去。原来镜子后有个楼梯。老板朝楼上喊：三号！三号！我不明白为什么叫三号，她却对我说：你上去吧。我就上楼。这么个美容美发店还是两层，楼梯又是这么窄这么陡，我是没有想到的。虽然我尽量地放轻脚步，木质的梯板仍是一步一个响。梯板差不多有二十多级吧，你不能仰起头，你得眼睛紧盯着板面，十级……十三级，十四级，十五级，突然眼前出现了一双脚，一双穿着和我买的一模一样的高跟皮鞋的脚！哦，我抬起了头，楼梯口站着一个女人。

女人给我微笑，但没有声。

我站在十五级的梯板上，因为楼梯太陡，我的额几乎就碰上了鞋尖。我完全是被吓住了。当你老在想着一件事你是从容的，甚至考虑到了一切面对时的细节和一堆要说的美妙的言词，可那件事突如其来，你就慌乱得不知所措。我身子摇晃了一下，差点儿要掉下去。

女人说：楼梯陡，你慢点儿。

我对着女人的笑也笑了一下，我不知道笑的什么意思，站住了，头上脸上都出了汗。

女人说：你上来啊。

我走上了楼上。女人的个头有一米七吧，显得又瘦又高，但她肩宽，脖子很长，穿着开胸很低的黄色上衣，锁骨凸现，似乎平行着直到肩部。我是闪电般地看了她一眼，赶快就低了头。她的裤子是黑色的，和皮鞋一个颜色。

女人说：跟我来。

她的声音很轻，虽然是普通话，但夹杂着另一种口音，是哪儿的口音我一时想不出来，有了这种口音使普通话显得柔润。我跟着她走，她身上有一种香气，悄悄地皱鼻闻闻，不是在街上常碰着女人时闻到的那种刺鼻的香水味，是清晨拔过了青草，留在手上的那种香味，是新麦面蒸的馒头，才掰开时的那种香味。楼上的过道很窄也很深，两边都是些小门，每个门上都又挂着门帘，光线有些幽暗，走过了三个门帘前，我的眼睛才适应了。刚才猛地面对了女人，我紧张得手脚没处放，现在跟着她走，当然就放松多了，我用手拢了拢头发，提提衣领，还有点热，把眼角擦了一下。她的屁股并不大，但翘着，走起来微微有些内八步。我已经千真万确地认定这就是我第一次在美容美发店门口瞥见的那个女人，她是我那一回看见的提了塑料桶的女人，但女人的脸并不是我想象的一看就觉得在哪儿见过的脸。没有见过。

大哥在哪儿打工？

你怎么就看出我是打工的？

她一直是往前走的，并没有回头。我有些疑惑，我是穿了双皮鞋的，也穿了西服呀，她依然能看出我是打工的？！

我是打工的。

我也是。

漂亮的女人差不多都冷若冰霜，而她竟肯和我这样说话，我已经彻底放松了，而且兴奋，思维敏捷，努力回避着清风镇的方言。我就询问在这儿打工怎么样，店里的生意好吗，怎么一条巷全成了美容美发店？她都给我回答，虽然回答得简单又模糊。我大胆了，问了一句：你贵姓？她说：姓孟。我说：是孔孟的孟？她说：孟姜女哭长城的孟。

过道折了一个弯，里边还有四个小门，美容美发店竟有这么多小房间，难道兼顾着旅馆吗？我顺手挑了一个门帘，门开着，里边黑乎乎的，还没等我看清什么，有人在说：哎？哎？！是个男人的声音，同时又有一个女人在说：讨厌！我愣在了那里，小孟拉了我再往里走，走进了最里边的房间。房间里什么都没有，就一张床，屋角是个卫生间。小孟转过身来，说：卫生间有水龙头，你冲个澡吧。

我说：冲澡？

她说：要冲个澡。

我说：不冲了，搬门框窗框还得出汗，要冲回去了冲。

她怔住了，说：你是……不是客人？

我说：你老板肯把拾破烂的当客人？

这下是小孟咯地笑了，她笑起来眼窝低陷，笑得很开心又有了些憨，身子倚在卫生间的门上说弄错了，弄错了，又是笑。我还在想着这小孟是把什么弄错了，隔壁的房里就传来一种呻吟，而且有床板咯吱咯吱的响动声。我立即醒悟了我来到了什么地方，而小孟领我来这房间里是要干什么。

我真傻，我怎么这么傻，扭头就走。

小孟的笑声戛然而止。我没有管她，哐哐地走，在过道的折弯处我的头碰在了墙上，我没揉，还是哐哐地走，走到楼梯口，啪啪啪地拍西服上的土。西服上本来就没土，但我还是拍打，我是想让自己清醒。这时候我看到就在楼梯口左边有个门洞直通到外边的阳台，阳台上堆着旧的门框和窗框。我过去掀那门框，门框上满是灰尘，还有一道蜘蛛网粘住了我的脸。小孟已经跟了过来，为难地看我，嘴里说：我以为，我……我没有说话，因为我正努力地把门框往楼梯上搬，楼梯太窄，搬不下去。小孟说：斜着，斜着能下去。过来帮忙，门框在往下移的时候突然前冲，她的高跟皮鞋被磕掉了，从楼梯上滚下来。我把高跟鞋捡了，就是一模一样的高跟皮鞋么，我不是提着鞋帮，而是紧紧用手握着，像握着一个萝卜，鼻翼张合地看着她，一低头，举手把高跟鞋递了上去。

小孟拿眼睛看着我，她的眼光和刚才完全不一样了，像是一只被惊吓的猫。

那一瞬间我感到了她的可怜，可我又该说些什么呢？曾经为这个女人有太多太好的幻想，但这个女人原来在这儿是个妓女！

我说：你打击了我！

这打击太大了！旧门框窗框搬出了店，说定了是九十八元钱，我给了老板一张百元的钞票，让找回二元。老板说二元还找呀？我说：该找的你得找！老板从口袋里掏出二元给我，我却未接，说放到车上吧，拉了架子车就走。走出巷口，风把二元钱吹走了。

二十九

我没有再去鬼市，也没有到瘦猴的收购站去交售旧门框窗框，拉着架子车毫无目的地走。走过了一条巷，又走过了一条巷。有人在喊：收破烂的，来收破烂呀！我只顾往前走，身后那人在骂：你是收破烂的你不收，巡街啊？！

我明显地看见了刘高兴就出现在了我面前的十米处，他像一根木棍一样地走，而且在说：小孟，小孟，你是妓女就妓女吧，为什么偏偏要让我碰见呢？说过了又说：小孟，小孟，你难道没有第二双鞋子吗，为什么在今天还要穿那样的一双高跟鞋呀？我怎么就看见了刘高兴？我知道我是灵魂出窍了。巷口里蓦地冲出来了两个穿着旱冰鞋的孩子，他们是在滑出巷口才发现了我，已经无法收就冲了上来，但我并没有被撞倒，一个趔趄，面前的刘高兴不见了，我看见了兴隆街二道巷的牌子，才惊觉怎么又走了回来？靠着路牌，我突然想到了过去枪毙犯人的事，过去枪毙犯人时公安机关偏要犯人家属必须掏一粒子弹钱的。我也突然想到了以前听到过的一个故事，就是贼把一个人拐卖了，在拐卖的时候那个人还帮贼数被拐卖的钱。我就是那个被枪毙的犯人吗？是那个帮着数钱的被拐卖者吗？残酷，这对我太残酷！远处有了卖镜糕的，一声接一声地叫：镜糕！镜儿糕！一只狗跑来了，谁家的宠物，四蹄短短的，立在路沿看我。我说：来，过来！我想给狗说说话，狗过来了却在我面前奓腿尿了一泡。我正要骂句什么，但话咽了，看见五富拉着架子车从巷道那头过来了。

五富！五富！

五富的目光迟钝，看我一下，竟没有反应，又看了一下，他走近来似乎有些火气，说：你逗狗哩，你咋不去鬼市，逗狗哩？！

我说：不要说话，跟我走！

五富疑惑地跟着走，走不到二十步，就哇地哭了。

那天的日子，对于我们来说，绝对不是好日子。五富告诉我，他是去鬼市，鬼市上果然卖什么的都有，他刚在一个摊前立定，就有人提了一包铜管问他收不收。他当然就收了，并付了钱，心想仅这一包铜管就可以抵住他一架子车的废报纸了。但他才把架子车拉到背巷，另一个人便撵了上来，凶神恶煞的，说这铜管是他们工厂的材料，问他是从哪儿弄的，一定是他偷盗的。他忙辩解他没有偷，他也没有那个胆，即便有那个胆，还不知道在哪儿偷，便如实交代了：铜管是在鬼市上收购的。那人竟一把揪住了他的衣领，认定他是和小偷合谋盗窃贩卖国家工厂材料，是一个团伙，问这个团伙有多少人，谁踩点谁偷盗谁销赃，一共作案几次，赢利多少，在作案中有几次奸淫了妇女，有几宗人命？他一下子吓蒙了，瘫坐在地上给人家起誓发咒，说鬼市上卖铜管的不认识他，他也不认识卖铜管的，没有团伙，只他一人。

五富说：我没有说出你！

我说：八竿子打不着我。后来呢？

五富说他只说他一人，从商州来的，才来，除了兴隆街一带和这鬼市，西安城里别的地方他还没去过。那人啪地就扇了他耳光，他一颗牙掉在地上，他弯腰找牙，那人用脚踩住牙，说：商州的，好么，城里出的盗窃杀人案三分之二都是商州打工的人干的，市政府已经成立了打击商州人犯罪活动专案组。

五富说：是不是有打击咱们的专案组？

我说：咱犯罪啦？！

五富继续说那人踩着他的牙，还使劲儿地蹭，说：要牙？跟我到公安局去，你再寻你的一条腿吧！那人扭他的胳膊，他没有和人家对打，他知道这铜管肯定是工厂的材料，心虚，但他不轻易就范，他的胳膊就是不打弯，他有力气，胳膊直撑着好像根铁棍，那人扭不到背后去。但那人一戳他的胳肢窝，他一痒，受不了，胳膊就被扭到背后了。这时候他向人家求饶，唯一能说的是小时候从电影里学的话：我家有娃娃，还有八十岁的老母！那人似乎饶过他了，说：那你掏三百元吧，让我犯一次错，不见义勇为，不大公无私！他是二百元收购的铜管，所带的三百元只剩下一百元，这一百元多亏五十元装在上衣兜里，五十元装在短裤兜里，他就掏出上衣兜里的五十元：没了，你搜！那人就搜了他的身，还揣了下他的裤裆。他赶忙说：那不是钱包。那人说：带这东西犯罪呀？！把铜管拿走了，把五十元拿走了。他看着那人敞开的上衣，花格子上衣，呼呼啦啦在身后飘，步子走成蛇形。但是，就在这时候他才知道上当了，因为那人走过前面一个电话亭，亭后闪出一个人，正是卖给他铜管的那个人，他们给他做着同样的鬼脸，说拜拜，一阵风跑没了。

五富呜呜地哭，他满嘴黑牙，缺了一颗，整个脸皱着，鼻子眼睛嘴呈现着五个大小不同的窟窿。他说，倒了八辈子霉了，高兴！咱没干啥坏事么，咋遇上了这邪？

我同情五富丢失了二百五十元，但二百五十元比起我的苦楚那又算得了什么呢？况且，五富给我诉说着他可能心里好受些，而我能给谁说呢？我安慰他：甭哭了，没要你的命就万幸了，中午没吃饭吧？掏出三元钱，让五富去吃一碗面。

五富还在吸鼻子，说他吃了，也是一碗面。

把眼泪擦干净，五富，有苦了不要说。

五富给我点头。

起风了，城里的巷道就像山谷，风是跛着腿儿溜，时不时树叶子就聚一堆，我和五富并排拉着架子车走过，时不时那风又扭结成细绳儿竖起来，倏忽又软下去，顽皮得像孩子给我们恶作剧。我们再没说话，五富的那辆架子车咯噔咯噔响，响声特别难听。我说五富你这架子车该换一下了。五富说今日就吃亏在这架子车上，如果是轮胎的，那人来撵我我会拉了架子车跑掉的，他肯定撵不上。我说瘦猴那儿有个旧三轮车要卖的。五富说瘦猴也问过我买不买，三百元太贵了！他甭想占我的便宜。我说你不买了我买，权当我也被敲诈了一回。我这话说出口就觉得不妥了，忙改口：我要买了三轮车，我这车子给你。五富说给我？我可没钱买的。我说不要你钱，这旧门框窗框应该有你一半的。

五富好像是不悲伤了，突然问我：他摸我的裤裆，怎么说带这东西犯罪呀，这是啥意思？

我说：说你长着个 × 可以强奸妇女么。

我 × 他娘！

五富勃然大怒，骂起那人难道不让他长 × 吗，真他娘的不是好人，是尼姑生的，是妓女生的！五富的骂，却又使我千针刺腹，我点了一支纸烟，狠狠地吸了一口，问五富：你见没见过妓女？五富说：没见过。我又觉得给五富说这事没意思，不说了。

一阵浪笑，斜对面的一家咖啡馆门口站着了五六个女人，都是一米七左右的高个，都是披肩长发，都是牛仔裤把腿箍得细细的，把屁股收得翘翘的。这样的女人如果是一个在那儿站着，好看是好看，但看过一眼也就罢了，五六个却聚了一堆站在那里，就绝对是一捆炸药包，过往的人都停下脚步扭头看。

五富说：什么样的女人是妓女？

我看了那五六个女人一眼，五富随着我的目光也看见了那五六个女人，看了一眼，还看了一眼。

我说：甭卖眼！

五富说：这些人里有没有妓女，你指指我看。

我不知怎么就冒了一句：美容美发店里有！

五富怔了一下，就怪怪地看起我了，他说：美容美发店？你收门框窗框时在那儿 × 啦？！

三十

两天后，我果真买下了瘦猴的旧三轮车，我的架子车就退给了五富。五富说：鸟枪换大炮了！把架子车收拾了一遍又收拾了一遍，还用拾来的一团白胶皮细电线缠车把。二十世纪七八十年代的时候，清风镇有人买了自行车就用细电线缠车把，现在五富还这样，我就笑他土气：不就是个架子车么，丑人就丑吧，人还不大注意，丑人越化妆就越惹人注意到了你的丑了！五富就把缠好的细电线又拆了，却在车把上挂着一个口袋，里边装了牛皮纸叠成的钱夹、旱烟袋、手巾和蒸馍。

我和五富比赛过谁的车子快，比了三次，两次五富赢了。

得意的五富时不时就轻狂，他几次放屁用手捂了屁股又极快让黄八闻他的手，或者黄八睡着了，他拿两根葱塞在人家的鼻孔里。他也试图着给我们说笑话，但一开口他先笑得没死没活，等他说毕了，我和黄八、杏胡却都觉得索然无味。或者，他好不容易能完整地给我说了一个，他说：这个怎么样，逗吧？我说：逗是逗，但这个笑话是我给你说过的。噎住他了半天，他就笑了，却提出什么时候了要我带他去美容美发店里见妓女。这就轮到我不吱声了。这种要求他甚至提出过数次，我越是不理，他越以为我是在那里嫖过了，就一直背了他还去嫖，是不顾他的饥饱而我自己逮住碗不丢手。他说：我不去也好，我是有老婆的，你应该吃吃腥。这是什么话呀，同情我呀？我刘高兴没本事，在清风镇找了个女的人家不同意，进城了寻女人也只能寻妓女，是不是？刘高兴呀，别人瞧不起你了，连五富都这样认为……啊呸，我唾了一口痰，痰像子弹一样射在了对面墙上。

我再不去美容美发店，甚至蹬了三轮车去收购站，宁肯绕路，也不经过那条美容美发店的街巷。

但是，我惊慌的是自从见到了美容美发店的小孟，小孟的影子就像鬼一样钻在了心里，你赶不走它。《西厢记》的戏里，那个张生说不会相思，学会相思，就害相思。又说不去思量，又怎不思量。以前我在县城看戏的时候还笑话张生没出息，不是个男人，我现在才知道我也是张生了。一进了自己租住的小屋，眼睛就看见了墙架板上的高跟皮鞋，小孟的眉眼，拧身的姿势，笑起来时的牙齿和牙齿中间闪动的舌尖，就全出现了。我把高跟鞋用旧报纸包了塞在了床底下，而每天早晨一睡醒，第一个能想到的仍还是小孟！这是咋啦，天下的女人都死了，死完了，我想的就是一个妓女？！我觉得我害了病。

这个清早我睡起后坐在楼梯台上发闷，隔壁院子里有了哐哐哐的细碎声。什么在响，隔壁人家也有木楼板吗？小孟穿着高跟鞋在楼板上就是这种碎响，她的鞋从楼梯上掉下去，不穿袜子，她的脚趾竟然是那么长，趾甲染成银灰色。我立即咳嗽了一下，把思路打断。杏胡开始扫院子，骂谁把她放在水池沿上的萝卜吃了，萝卜她不吃有人会吃，而她不扫院子就没一个人去扫！扫地扫到黄八的伙房前，黄八的灶也是用土坯垒的，上面架一个铁锅，头天吃过了饭还没有洗，他是做这一顿饭才洗上一顿饭的锅。我们全都是这样，杏胡也没骂出个什么，却发现了灶膛里有了烧过一半的两根牛骨，她就又骂了。

黄八你烧牛骨？我说昨儿晚上那么臭的，死了人地臭，你真个是拾不下柴火了你烧牛骨？！杏胡就喊我：刘高兴，刘高兴！

我拿眼往下看，杏胡从灶膛里拿出了两截骨头。

杏胡说：刘高兴，你也不管管，你当支书的就不管管？！

杏胡有一次当着四户人的面宣布过，能到西安城来就是缘分，能四家居住在一个楼上更是前世修了五百年的大缘分，所以，咱们要团结和睦像一个单位，刘高兴可以当这个单位的支书，她做主任。

这是什么支书呀，我压根儿就不是个党员。杏胡的叫喊，我没回应，杏胡就上楼来，说：你还没睡醒呀？

我说：杏胡！

杏胡说：处理单位的事情我就是主任！

我说：主任，我问你个事，你一早醒来第一个想的是啥？

杏胡说：我得上厕所！

我气得不与她说了。

咦，你问这话啥意思？杏胡没有了那一股严肃劲了，她似乎立马就忘掉了一个主任的权力和责任，诡诡地笑，还扳了一下我的下巴，你早上一起来想啥了，看你坐在这里发呆，想谁了，想老婆了？

我说我没老婆。

她说我知道你没老婆。没吃过肉是从不想肉的滋味的，吃过肉的嘴就得老想着肉。你知道不知道，黄八一年没回过家了，他脸色原来是青的现在成黄的啦！

我说：青了怎的，黄了又怎的？

杏胡说：先是想老婆，憋得脸发青。现在发黄了，你知道不，他现在隔三差五往城隍庙后街的舞场跑哩！我听人说过了，那里的舞场去的都是下了岗的和进城打工的，五元钱一张门票，进门给一张纸一瓶矿泉水，几百人一块儿跳，跳着跳着灯就灭了，摸也行，啃也行，搂也行，干也行，三下两下女的用手给你弄出来，拿矿泉水一冲，拍一张纸，走人！听说灯再一亮，地上滑得能跌了跤！

五富从屋里跑出来，半个脸都是席片印子，说：有这事？

杏胡说：你听啥的？这话刘高兴能听你不能听！

五富说：你不就是觉得刘高兴长得好么。

杏胡说：就是比你好，怎么啦？

五富嘴里像噙了个核桃，骂了一句，但含糊不清。杏胡说你不服呀？五富却故意高声叫黄八。杏胡便拍了拍脑门，说：噢，黄八，我是来给你说黄八的事哩，咋扯到那儿去了？黄八他烧骨头，你当支书的不管？

我说：他可能是没柴火了。

杏胡说：没柴火就烧骨头？他再没吃的了就吃人呀？！

我说：你已骂了，他不敢再烧了。

杏胡说：谅他不敢！

她突然又说：高兴，你刚才说什么来着，你给我说的是不是睁开眼就想起一个人了？是个女人，是吧？这我是经过的，我和我那死鬼恋爱的时候，睡觉前脑子里是他，睡梦里是他，睡醒来还是他。

我说：那我是恋爱了？

如果真的这就是恋爱，那我是爱上了一个妓女？爱上了一个妓女？！明明知道她是妓女，怎么就要爱上？哦，哦，我呼吸紧促了，脸上发烫。

杏胡拿眼睛乜视我，嘴瘪成个豌豆角：果真是爱上个女人了！谁？谁个狐狸精？！她有些怨恨，我不敢再看她。她叹了一口气，声音软了：爱就爱上了，瞒我？多少妖怪还不都谋着吃唐僧肉吗？！你让她来，行不行我给你参谋，我眼毒的，好女人坏女人我一眼就看得出来！

我说：说笑话的，你当真的。不能再惹她的话了，开始洗锅做饭。

火生起来的时候，我在想：杏胡的话若不是诓我，就让火笑起来。念头刚一闪过，火苗噻噻噻就响。五富说：火笑了，今日肯定能收好东西！我心颤肉跳，低头瞧着火不再出声，又想：火还能再笑吗，如果火再笑，小孟就不是妓女，如果火不再笑了，小孟肯定就是妓女。想过，就等着火笑。火迟迟不笑。我用嘴吹火，稀饭就从锅里溢出来。赶紧去擦，火再次笑了：噻，噻，噻！我如释重负，在心里喊起来了，并仔细地回忆着在美容美发店里的一切见闻：那间房内睡的或许是店里的什么人，真要做那事怎么房间不关门呢？隔壁的床响为什么不是在做按摩呢？小孟让我去冲澡，她一定是觉得我出了汗。她是说：我以为……以为我也是来做按摩的。按摩有什么？她的解释，她的不好意思，能是妓女吗，有这么漂亮善良的妓女？小孟不是妓女！

早晨的饭我吃得很多。五富驮我去兴隆街，我也兴奋得给他讲了许多发生在这个城里的新闻。五富惊讶我怎么知道这么多，我告诉他要读报纸，你整天收废报纸为什么不读一读呢？五富说咱拾破烂的读什么报，我一看见字头就疼，看过十遍八遍也记不住的。他冷不丁却问我：杏胡说黄八去了城隍庙后街的舞场，真有那事吗？我说：那地名你咋一听就记下了，想去呀？

五富说：我只是问一下么，你能到美容美发店去，我问一下还不行？

放屁！我吼了一声。

我一变脸，五富不吱声了。我原本要建议经过美容美发店那条街巷去收购站取三轮车和架子车，也不好意思再说了。自行车依然走的是我们走惯了的路线。

这白天里，气温明显增高了。街上穿裙子穿T恤的越来越多，西安的春季实在是短。和五富分手后，我几次冲动了要骑着三轮车去美容美发店那条街巷，但几次扭转了车头，又把车头倒过来。我没有理由和借口再去店里，见了小孟又如何对她说话，况且我今日没有穿那件西装，更没有冲个澡。从九道巷到十道巷，于兴隆街的转弯处，一对年轻的男女相拥着走了过来，女的头发烫得像只哈巴狗，她完全是个哈巴狗托生的，城里的许多女人都是宠物变的，男的很白净，却穿着紧身的花衫子，不伦不类。他们走过来时明明看见了我，仍是各自的一只手相互抚着对方的屁股。这让我有点生气了，他们是以为我是个拾破烂的就所以做什么也不避吗？瞧那个男的，长得就不像个男人，男人是和女人两极着长才是真正的男人，这种油头粉面的样子其实是什么都干不了的绣花枕头。而那女的有小孟漂亮吗？光那两条短腿，短腿肚子上那么大的两疙瘩肉，她连给小孟拾鞋的份儿都没有。他们毫无避讳地朝着我走过来，我也就挺胸昂首地走过去。你们在恋爱，刘高兴也是在恋爱着，而且一个拾破烂的还就爱上了城里的女人，在庙里拜菩萨就敢爱上菩萨！

刘高兴是多么高兴呀，高兴了的我没人倾诉，我拿出了箫就在路边吹了起来。

三十一

这次吹箫绝对是自己给自己吹的，但围观的人很多。城里人比乡下人更喜欢扎堆儿看热闹，有这么多人围观，我非常得意，他们给我鼓掌，我就忘却了时间和空间，一边吹着一边将眼睛盯住某一个人，再盯住某一个人，竟然没有一个人当我目光盯住时不报以微笑的。就在这时，我的天，出现了一张熟悉的脸!

是小孟。箫声呜的一声没了。

小孟是坐着一辆小车经过这里而停下来看热闹的，她是一条长腿从车门里伸出来，还在侧头用手撩着扑散到额前的长发时，我就看见了。她好像有些近视，眼睛细眯着走近来。漂亮的女人多是些近视吗，还是漂亮的女人高傲才这样仰头眯眼地走路？她站在了围观的人的身后，鹤立鸡群，当定睛发现了吹箫人是我，噢的一声，立即用手捂了嘴。于是，我们的目光碰着了目光。如果我们是在武侠电影里，这目光碰目光会铿锵巨响，火花四溅的。

难见时是那样地艰辛，能见时却是这样地容易。

我有些热，摇了摇脖子。她的身后车水马龙，街道永远是川流不息的河，一切都在流动着，小孟是固定的。吹呀，怎么不吹啦？看热闹的人群起哄着。我重新把箫拿起来，嘴对住了箫孔，我是要用一阵长音把她拉住，勾引着从人群里走近来。但是，停在路边的那辆小车摇下了车窗，一个男人头伸出来在大声说：这有什么看的呀，吹箫讨要的么!

谁是吹箫讨要的？我对这个男人仇恨了，这个男人是谁，小孟的男朋友？如果小孟有这样开着高级小车的男朋友，她还会在美容美发店里打工吗？小孟会又坐回小车离开来吗？如果小孟被他这么一说就又回坐到小车去，她能刚才让停了车出来吗？我迅速地作出判断，我的判断是准确的，小孟转身往小车跟前去，给那男人说了句什么，小车开走了。就在小车倒转车头而去时，我蓦地认出了那男人正是丢皮夹的！我当即就喊了一声，但我喊的是小孟。

小孟！

小孟就在马路沿上站着，看见我丢弃了围观的人群向她跑去，她像钉子一样钉在那里，纹丝未动。

事后我向五富提说过这件事，五富说我是胡编。这确实像在胡编，世上的好多好多事情巧合得就像胡编乱造。我和小孟面对面地站在了马路沿上，你能想象那是怎样的场面：一个漂亮时尚的女人和一个拾破烂的人组合在一起，而且在很亲近地说话，围观的人像看电影一样忽地又拥过来，表现了极大的疑惑不解的热情。看吧，看够了吧？我把箫别在了后衣领，挥挥手，人群走散了。

突如其来的会面使我完全陷于慌乱中，我不知道该怎么开口跟她说话，只傻乎乎给小孟微笑，我自己都觉得笑得不自然。

小孟说：你拾破烂了？

我说：我本来就是拾破烂的么。

小孟的开口打破了我难堪的僵局，但我一出口却使小孟十分地尴尬了。我怎么这样说话，面对的是五富和黄八吗？小孟被噎住后，脸色开始发红，她想拿我的箫，手动了一下又放下了，说：箫吹得真好！

我说：因为是拾破烂的你才觉得吹得好吗？

她说：……你恁多的心思？

我说：拾破烂的么。

她说：我可不是看不起拾破烂的呀！

我说：是吗？

我讨厌起我的阴阳怪气了，但我着实是兴奋了。她穿了件青色的牛仔裤，牛仔裤使她的屁股显得饱满结实，腿更直更长。我又说一句：是吗？她有些难以招架，本能地往后退了一下，要把身子靠在那棵胳膊粗的梧桐树上，可向后退了一下，扑通窝在地上，立即哎哟地呻吟。突然的变故我以为她在搪塞，心里还说：你这话是什么意思呢？而她的脸上已经出汗，痛苦使眼泪也要流出来。崴了脚吗，真的崴了脚吗，她的脚上依旧穿着那一双高跟皮鞋！我赶忙蹲下去要给她揉脚脖子，脚脖子像一盆火，我手不敢靠近，她说：把鞋脱了，把鞋脱了。我把高跟鞋脱下来握在手里，眼看着脚脖子就肿了。我没有了油滑劲儿，我说：这都怪我。她说：怪鞋，鞋跟太高了。我把她往起扶，扶起来一松手，她又坐下去，站不起来了。

伤成了这样就必须得去医院。可以给她叫来一辆出租车，但她脚不能动了，出租车即便能拉她到医院，她怎么去挂号去医疗室呢？去陪了她吧，三轮车怎么办？清风镇有话说：人轻没好事，狗轻老虎吃。我完全因我的兴奋，因我的油嘴滑舌导致了恶果！我说你能坐在三轮车上我送你去医院吗，她痛苦地吸着气，给我点头。

这就是我的拾破烂的三轮车第一回载人，载的又是我喜欢的女人。小孟的命运里肯定要和我发生许多故事的，否则她不会和我所见的两面中都是和破烂有关。当时我想把她抱上三轮车，我有些迟疑，她能让我抱吗？三轮车上满是些废纸和水泥袋塑料片，又乱又脏，这么漂亮的女人坐在里边成什么体统？我让她先坐着，就把破烂全拿下来堆在路边的围墙根，再把褂子脱了铺在车上，搀扶着她坐了上去。

马路的边上是一排紫丁树，叶子全都暗红了，紫丁树下的草一拃多高，风怀其中，灿烂不已。有一朵小花在开。

我说：你坐好了？

她说：坐好了。

我光着膀子蹬车，以极快的速度穿过一条小街，小街上行人依然很多，我不停声地摇着车铃，避让的行人看见的是一辆拾垃圾的三轮车，刚骂了一句再看见了车上还躺着一个人，以为拉运的是病人，不吭声了，却立马发现那是个女人，多漂亮的一个女人，这么漂亮的女人生病能躺在拾破烂的三轮车上吗，他们就补了更难听的骂：狗日的给女人骚情哩！我就是骚情哩，这骚情的机会是天赐给我的。我的骑三轮车的技术无人能比，在人群中拐来拐去，骂声中我快乐地将车蹬进了另一条巷子。小孟说了句：别太累着你。我的脊梁上开始发痒，痒得像撒了把麦芒。她一定在看着我的脊梁，看着我黑瘦的脊梁？我回过头来，疼痛使她的头趴在车帮上。我知道她疼，也知道她把头趴在车帮上是不让更多的人看见了她。我一边用力蹬车一边想：是我不好，没有我她不可能崴脚的。但我再想：如果不是崴脚，我能有陪她去医院的机会吗？我又觉得我想法下作，就回过头说：疼得厉害吗？她说：会不会伤了骨头？我说：不会的，你注意着不要把头发夹到车轮里了。

又蹬过了两条巷，我累得大声喘息。小孟说：歇一会儿吧。我不歇，蹬得更快。她拿手帕擦我脊梁上的汗。哎呀，她现在看着我的黑脊梁了，那左后腰部的疤痕也看到了？我想停下来，提提裤腿遮住疤痕。我的双脚蹬空了几次。什么都不想了，又恢复了蹬，蹬快，快蹬，汗如水豆子一样在头的四周飞溅。

到了医院，扶着去急诊室，又扶着去拍片室，谢天谢地，没有伤着骨头，只是肌腱受损，医生给她服了止痛药，抹了红花油又揉搓了半天，小孟走路还得搀扶，但已经不怎么疼了。

我们离开了医院，她感谢我，这让我不好意思。她说我还不知道你叫什么呀，我说叫刘高兴。像任何人一样，她说：多好的名字！我说不好，没给你带来高兴，倒让你受疼了。她说我个子高，脚小，又穿了高跟鞋，常跌跤的，这只脚已经崴过两次了。崴了的脚还肿得很大，鞋已不再穿，她赌气着把鞋在车帮上磕。

我说：这高跟鞋，挺好看的。

她说：男人就喜欢女人穿高跟，可……

她不往下说了，我也不知道再该给她说什么。一回头，看见缓过劲儿来的她却掏出一个小圆镜在照，闭着嘴，拿粉在脸上涂。她看见我看她，她说：臭美么。

她这么说，我那贫嘴的毛病就犯了。和陌生的女人在一处，人家不说话，我也就不多话，但人家要说起来了，我肯定得寸进尺，话多得像狗毛。

你恐怕一辈子没坐过三轮车呢。

三轮车好，坐小车我还头晕哩。

你这是宽慰我，刚才给你开小车的……

哪里给我开小车，我搭了人家顺车。

那男的真体面。

老板呗。

青松路的别墅区都住了老板。

是呀，我们就是从那里过来的。

是吗？他前不久丢了个皮夹，皮夹里有护照和钥匙。

好像听他说过。

哦。

你们认识？

他换过肾？

这我不知道。

他肯定换过肾！

啊，一切都可以证实了，那个男的就是丢了皮夹的人，而丢了皮夹的人也就是我要寻找的另一个我。我激动得挥了一下拳头。小孟说：你怎么啦？我看着她，没有说话。对不起了，小孟，我无法对你解释清楚，即便我见到了那男的，我也无法给他说得清。

我拿拳又在车帮上砸了一下。

你发脾气了？

我脾气是有些不好。

是不好。那天我话没有说清，你就是不回头……

我一直避讳着说美容美发店里的事，而小孟却提说了。她提说了就好，就更说明那次我冤枉了她。她怎么是妓女呢？我笑了，说：实在抱歉，我那时以为你也是妓女。

小孟说：我是妓女。

我一下子怔在那里。

这是怎么一回事啊，小孟，这不可能！瞧么，眼睛那么纯净的会是妓女？世上的妓女哪个能对别人说自己是妓女？！或许，这是小孟故意要逗我的，说自己丑的人其实并不丑，我说过我是农民又什么时候认定过我是农民吗？我嘿嘿嘿笑起来，我说：你这性格真好！

但是，小孟再一次说：我是妓女！

三十二

小孟真的是妓女。

小孟平平静静地给我说着她是妓女，她说她虽然已经不在乎隐瞒自己的职业，但从未对人说过她是妓女，她看出我是对她友好，话说明了或许对谁都好。那个时候，鼓楼正悠然地传来了鼓声，近暮的天空上又出现了一疙瘩一疙瘩红云，开绽如玫瑰。我没有朝天上去看，她也坐在三轮车上没有挪动。一连串的刺耳的警笛从街的那头一直响过来，人车潮涌的街面瞬间闪开两半，似乎地裂了一般。她说，刚才你看到了，我是坐着小车来的，像我这样的人怎么会坐着小车呢？那男的就是我的常客，也是我还可依赖的人，他给我介绍客户，每次也都是他来接我和送我。你不要用那种眼光看我，我需要钱，我们进城不都是为了钱吗？可我需要大量的钱，必须很快地把钱挣够，我怎么办呢，我能像你也去拾破烂吗？那条巷里的美容美发店确实都是色情场所，女服务生绝大部分就是妓女，除了洗头和刮脸外，她们为客人提供的服务是按摩、洗脚和打炮。打炮分现打和外打，现打就是在店里，一般是一百五十元，出台外打是三百元，若过夜就是五百。那天我带你去按摩，但你什么都不问就走，两年来你是唯一走掉的男人。你一走，那一刻我感到了我的可耻和可怜，但你走了，我并不认为你就是君子，来那里的人或召我出台的人可以说个个都比你有钱有地位，你是因为没有去过和没有多余钱你才走的，是不是？我这不是在笑话你，而我在你走后就觉得我可怜其实你也可怜，可怜人见着可怜人，或许我还能给你说更多的话。所以，上次我才那么喊你，现在我也愿意把事情给你说破。

她说，在这个城市里，从事这行职业的最少最少也有十几万人吧，不管在歌舞厅的，桑拿洗浴房的，还是美容美发店里的，都拿的是买来的身份证，她告诉你的都是假地址，假名字，假年龄，但小孟是真的。我姓孟，叫孟夷纯，米阳县人，今年已经二十七岁了。

她说，从事这行职业并不是容易的，各人都有各人的原因。我是二十二岁那年和米阳县城关的李京谈恋爱，李京爱我，但他性格暴烈，又酗酒赌博，我们就发生了分歧。我承认他对我好，那种好是我吃饱了还往我嘴里硬塞油饼，我受不了，提出和他分手，他纠缠不行，威胁说他若娶不到我，就要杀掉我。我以为他在说气话，没想到他每次喝得醉醺醺了就到我家去闹，我为了摆脱他，到邻县的姨家去住了几个月。那一次他又喝了酒，拿着刀子去我家，说要搜出他的新娘。父亲在家，就和他打起来，正打着我哥回来了，我哥抄起木棍将他打趴在地上，他拔刀就捅了我哥，捅在胸部，我哥当下就死了。他杀了人，如果他当时再自杀，这事情也就过去了，可他跑了，跑得无踪无影，这就有了冤孽债。案子办了一个月，没抓着李京，所有的线索又都断了，案子就搁了下来。

她说，米阳县是个穷县，公安局办案总是缺少经费，许多案子只要牵涉到外地，那就只好把案子搁了下来。公安局能把案子搁下来，那我怎么能了了这件事呢？我娘死得早，我爹为这事生了一场病，半年后也就死了。我爹死后一个月，有人说在内蒙古的包头发现了李京，我求公安局去抓捕，公安局说得我掏钱，管待警察的吃喝行住所有费用。我哪儿有钱？可案子不破我永心不甘啊！我就来西安打工了，在饭店里洗过碗，也做过保姆，挣来的钱仅仅能维持我的生活费。后来我认识了那家美容美发店的老板，老板知道了我的遭遇，鼓动我出台。

她说，钱是挣了好多。我是每挣到一万元就汇给县公安局，他们是去了一趟内蒙古，去了一趟宁夏，但没有抓到李京。往后的日子里，我就不停地挣钱，汇钱，公安局也就再次去甘肃的南部，去云南，去山西的五台县，还是没有抓到李京，甚至发现的线索又断了。旧的线索断了，新的线索总会出现，李京就是跑到天涯海角，他一定要杀人者偿命。我继续要挣钱，不仅在美容美发店里挣，我通过你看见的那个大老板，给我介绍了一批大老板客户。这些大老板不缺女人，他们起先只是新鲜，到后来知道了我的情况，就每次付多几倍的价钱给我。

小孟，不，孟夷纯，我应该叫她孟夷纯，她毫无保留地把一切说给我的时候，我的肚子是一阵一阵响，似乎整个身子就是个洗衣机，其中的五脏六腑都在搅动和揉搓。她说完了，竟然又笑了一下，胳膊在车帮上撑了，身子要从三轮车上下来，她说：我想你不会让我再坐你的车了。刘高兴怎么会是那样的人呢，我让她继续坐住，负责要把她送到美容美发店去。她看着我，我也就看着她，她的嘴唇干裂，刚才说了那么多嘴唇有了白沫，我想给她买一瓶矿泉水喝，但周围并没有卖矿泉水的商店。而马路斜对面的那个巷口的过街天桥上是一个小型劳务市场，孟夷纯在说话前那里还站着坐着许多初进城的农民，随着暮色降临，一些人被招工走了，一些无望者自去寻找住宿了，还留着一个姑娘坐在那里，面前放着一个包袱，包袱上放着十几个苹果。我跑过马路，姑娘就眼巴巴望着我。她年龄不大，丑丑的。

我说：卖苹果的，这是哪里的苹果？

她说：我是来寻活儿的。

我说：寻活儿的还带了苹果？

她说：自家树上的，来时带了些。

我说：那你还没寻到活儿？

她说：没人要么。

我说：这苹果卖吗？

她说：卖，卖，卖了我就能吃碗面了。

这又是一个进城的女子，她和她的苹果却没有推销出去。但我只能买一颗，挑来挑去，苹果都小，而且有的已经腐败，我扔下了五元钱，拿起一颗苹果跑回到马路这边。

孟夷纯接过了苹果，并没有吃，一直握在手里。我蹬起了三轮车，蹬得再不快了。到了美容美发店的巷口，她下车，我去扶她不让扶，几次试探着把那只崴了的脚往地上踩，就站住了，说她可以慢慢走。我掏出了五十元钱给她。我的身上只有了这五十元钱。她说：咹，你给我钱？我没付你车费你倒给我钱？我说我不是大老板，我要是大老板我会一次给你五万十万让去破案的。孟夷纯说了一句：你会当个大老板的！突然眉眼一动，流泪了。

我掏出五十元钱给孟夷纯是我毫无思索的行为，但她一流泪，我却慌了。她是一直看着我从口袋里往出掏钱，几乎掏遍了身上四个口袋，掏出的尽是些零票子，她的眼睛就慢慢变圆变深，眼睫毛在一眨一眨。我心里还说：快流泪了，快流泪了。可我不敢说出口，一旦说出口怕她就真的要流泪了。在那一瞬间，我有了极满足的快感，因为我不假思索地掏钱给她，是我并没有鄙视一个妓女，而深深地同情了一个比我还悲惨的人，我盼望着能感动她。但是，当她的眼皮重重地一闭，两股眼泪夺眶而出时，我手脚无措了。我给她钱就是为了她这样吗，五十元钱对于那么大的案子能起什么作用呢，她的眼泪让我承受不起。

我急急地蹬着三轮车就走，就像是出逃，已经逃出巷口了，孟夷纯在叫我。高兴，高兴！她没有连名带姓地叫，她只叫我高兴。我停下来，她一跛一跛过来，我只说她要退还五十元或者给我说什么，她却在我脸上亲了一口。啲！我怎么知道她会来亲我，慌乱中我避过了头，她亲得响声很大，口红蹭在了我的衣领上。

孟夷纯是妓女，只有妓女才这么大胆地当街亲我。

但孟夷纯的这一亲，却使我有了前所未有的受活。

我是这样想的：

我是从来没有一个女人给我说过知心话，也没有被亲过，而说了知心话又亲了我的又是我所爱上了的孟夷纯。她是在爱我还是感谢我还是在回报我，这些都不管，起码它增强了我活人的一份自信。我说过我原本是城里人，果然是，我怎么就适应城里的生活呢，我怎么就没像五富黄八那样总是骂骂咧咧呢，我的爱情也真的就在城里发生了吗？

她是妓女，但她做妓女是生活所逼，何况她是牺牲着自己去完成一件令人感慨万千的事情。我不是也想着去鬼市倒腾那些偷窃来的赃物吗，不是也去收过医疗废品吗？她不清白，我也不清白，在这个社会，谁生活得又清白了呀？！

孟夷纯绝对不是坏人，瞧她多漂亮，顶尖地漂亮！顶尖地漂亮就不是坏人吗？是的。房子盖得周正了房子就牢固，向阳通风住着舒服，只有歪歪扭扭的房子才潮湿、阴暗，又容易倒塌。她只是处境不好。污泥里不是就长出了荷花吗？

她和我应该是一路人，生活得都煎熬，但心性高傲。

孟夷纯收了五十元钱，按说，她也不稀罕那五十元钱，而她收了说明她对我是认同和好感的，那么，我会有这么个女人让我念想的，我就要隔三差五地去看她了。

我回到池头村，极力控制自己的情绪。一个人有了苦不要对人说，有了喜也不要对人说，有了喜越是能控制着不对人说就越是了不起的人。晚饭开始添水生火，五富却迟迟坐在那里用菜刀削一双女式旧凉鞋的鞋跟。他笨得很，两个鞋跟老是削不齐。

我说：咋还不做饭？

他说：这鞋能留给你嫂子穿，是平底就好了。咱还有些饼子，泡着凑合一顿吧。

今日还凑合什么呀，我决定吃一顿捞面。可去擀面条时，面粉袋里仅仅剩下了半碗面，只能拌稀拌汤喝了。原本该美美吃一顿，竟比往日伙食还差。豁出去了，我掏十元钱让五富到前边街巷商店去买鸡蛋，在拌汤里煮荷包蛋。五富，要买买双，四颗！

但是，五富从街上回来并没有买鸡蛋，粗声骂着人的个头不长，鸡蛋怎么就不停地涨价呀，原先一元钱两颗的，现在三元钱才能买四颗！他买回来了一小袋土豆。五富说：煮土豆比荷包蛋好吃！

拌汤里煮土豆，土豆刮了皮后不用大火，那就文火煮着，五富不停地揭开锅盖，用筷子捅土豆熟了没有。我说慢慢煮么，肚子饥成那样？五富说：你要不做饭我还不觉得饥，一做起来肚子就咕咕叫哩。

五富是一回来便脱了上衣的，我不脱，以为五富会发现衣领上的口红印儿，五富眼里没水，就是看不出来。他说：你捂蛆呀不脱衣服？你掏钱买了土豆，我给你洗衣服。

我这褂子不洗，再也不洗！侧过身，将那印了口红的衣领朝着他，他还是没反应。

五富说：明日咱改吃两顿饭吧，能省一点是一点。说毕又骂：他娘的，人家吃肉哩，咱连一顿面条都吃不起了！

楼下的杏胡又在包羊肉饺子，连黄八也买了一捆排骨在熬着，一会儿从锅里拿一根尝着，一会儿又拿一根尝着，惹得杏胡说：没熬熟你就尝完了！

我开始给五富开导，咱这一顿没吃好，不等于咱永远吃不好么。等到哪一天咱有钱了，咱到大饭馆里去，吃鱿鱼，吃海参，吃鲍翅。五富说：我才不吃那些的，我见不得鱼腥味，前几天我在夜市上见有人吃虾，那大虾是海里来的，咱没吃过，不知啥味，可有人在吃小蛤蟆，咱清风镇泉里就有那种蛤蟆，去泉里打水，把水担回家了，如果发现桶底有一只两只蛤蟆，我会把整桶的水倒了重担的。我说那你想吃啥？五富说除了海鲜外你给啥吃啥，啥都能吃。

给啥吃啥，啥都能吃，还不成了猪吗？凤凰之所以是凤凰，凤凰是挑食的，它只吃竹实只饮甘露。而我，虽然知道吃饭穿衣要看家当，可我在收破烂时，那些高楼的电梯里贴着的菜肴照片我就爱看，要仔细辨认什么是鲍翅和木瓜血燕，我是在吃米吃面吃苞谷糁中想象着鲍翅燕窝的味道。五富说：我才不给眼睛过生日，我就爱糊汤面，糊汤面我没吃够过。我说：清风镇的糊汤面是苞谷糁里下面条，县城那一带是苞谷面里下面条，你觉得哪一种好？五富说：都好。哼，凡是能吃的，他没有说不好的。我爱吃苞谷糁里下面条，面条可以是麦粉做的，也可以是豆粉做的，也可以是红薯粉做的，最好是杂面，一半麦一半绿豆磨出来的粉。五富说：你吃过没，把土豆切片晒干和麦子一起磨出来的粉擀面条，颜色是不好看，吃起来才香哩。我就弹嫌前天中午做的糊汤面味道差得远，五富说：是酸菜不行么，咱那儿酸菜是萝卜缨子酸菜，这儿的酸菜是芹菜叶子，还有，西安的葱不好，个头大，没呛劲儿。我说：你记住，以后做糊汤面你得煮些黄豆，要煮土豆，不能切片儿，切滚刀的。

我们太热烈而又专注地讨论着美食，杏胡在我们身后嘎嘎嘎笑起来，说：不就是个糊汤面么，不嫌人家城里人听了笑话！

她端着一碗饺子，手里还捏着一疙瘩蒜。

五富说：糊汤面就是好吃！

杏胡说：有饺子好吃？放一碗饺子一碗糊汤面你吃啥呀？

我说：吃糊汤面！

杏胡说：我本来给你们端了饺子的，这么说我还是端回去了。转身下楼梯台。五富哎哎着，我拧了五富一下，说：就那几个饺子，能塞牙缝呀？五富也便争气地说：就是糊汤面香！杏胡已经走到梯台一半了，却突然回过头，说：高兴，你让我看看，你衣服上是啥，红红的？

鬼狐子呀！她走近看了。呀，口红么！哪个女人亲你了？

我一下子脸红，狼狈不堪，就拿勺在锅里搅，说：胡扯哩，谁亲我？你亲啦？！土豆已经烂了。

杏胡说：也好，要不三十多岁的人了还是童子身！你出力了，给你补补呀，放下饺子碗，又折身将饺子倒在了我的碗里，她把自己的空碗拿走了。

吃完饭，我们都拍着肚皮说吃饱了喝涨了跟大款老板一样了，我就留了一勺水涮嘴，五富的屁不断，放了一串还故意再努出一个来。我让他也涮涮嘴，他却歪过头悄声问：你又去美容美发店了？

嗯。

你几时也带我去。

你去干啥？

让我……五富嘿嘿地笑起来，人家都说妓女和老婆不一样，老婆是一堆死死肉，妓女活泛得很，能给……

你过来我给你说。

五富脸一凑过来，我打了他一个巴掌。

但五富仍嬉皮笑脸，我的英雄气概就没了，终于发现我不是个多么了不起的人物，藏不住喜悦，就把白天的奇遇一五一十地告诉了。

我也答应带五富去见孟夷纯。

三十三

我是将五富带着去见了孟夷纯。面对着美容美发店里众多的浓妆艳抹的女人，他紧张得言语含糊，满脸流汗，却时不时用唾沫去压平翘起来的一撮鬈发。他的头发已经长得很长，笨人的头发总是疯长，又硬如猪鬃。孟夷纯要免费给他理发，五富却希望剪短一些就是了，那不行，我还是让孟夷纯给他剃个光头。也就是刚刚剃完头，孟夷纯的手机便响了，孟夷纯在电话里说：哦，你到了吗，我马上就出来。我扭头往门外看，巷道外停了一辆小车，车牌号见过了的。我说：是他吗？孟夷纯说：实在不好意思，我还得出去一下。我便有了想法，说：能让我认识一下吗？孟夷纯说：那你得给我保证，不能让他知道也不要让他看出我告诉了你关于他的事。我点点头。

我没有让五富去，我和孟夷纯去了巷外，开了车门坐进去，这样不易让来来往往的人看见。孟夷纯把我介绍了，介绍我是她的一个乡党。那男的一直是戴着一副墨镜，见我进车后似乎有些不愿意，但却很快摘下墨镜了，没有什么埋怨和不满。我也终于知道他叫韦达，年龄和我差不多，但他比我俊朗，我是颧骨有些凸，显得皮薄，他腮帮丰满，嘴唇肉厚，要比我沉稳。我的肾就是给了他吗，他的身体里就装着我的肾吗，他就是另一个我吗？我微笑地看着他，他也报以微笑，嘴角显出几个小小的酒窝。他伸出手来和我相握，我感到我们的脉搏跳动的节奏一致。在那一瞬间，我产生了奇妙的想法：冥冥之中，我是一直寻找着他，他肯定也一直在寻找着我。不，应该是两个肾在寻找。一个人完全可以分为两半，一半是阴，一半是阳，或者一个是皮囊，一个是内脏，再或者一个是灯泡，一个是电流，没有电流灯泡就是黑的，一通电流灯泡就亮了。这些比喻都不好，我也一时说不清楚。反正是我们相见都很喜悦。

我完全可以把话挑明，说丢失的皮夹就是我捡的，但这话无法解释清韩大宝讹诈三百元的事，我就不说了。而对于肾，我差点儿就要表明我是卖肾人的身份，甚至要询问我的肾被移植过去之后是否合适，有没有排异现象，现在是否还每日服药，但我也强迫自己不说了，当着孟夷纯怎么好意思说呢？我有力地拍韦达的肩，我说：哦，韦达，韦总，祝你身体健康，恭喜发财！

韦达说：你的名字叫高兴，我见到你也高兴。认识就是缘分，小孟，我和刘高兴可以算朋友了吧？

孟夷纯看我，我说：我们是朋友！

韦达说：那几时有空了请你去我们公司玩玩去呀，今天有个事，我得接小孟出去一下，你们正说话么，你不会介意吧。

我的心扎了一下，怎么能不介意呢，他要把孟夷纯接到哪儿去呢，去干什么呢？但我能说些什么呀，我只有说谎：噢，我也是路过这儿了随便看看她，没事，你们忙吧。我推开车门往下走，身子不稳又跌回到座位上，孟夷纯扶了我一下，我一下车就把车门咣地给撞关了。

小车立即钻进了车流里，我无法再分辨出来。繁华的兴隆北街，两边的楼房对峙高耸，天空只剩下一条。对面的一家什么商务中心又召开了贸易会了，几十条大红布一条挨一条地从楼顶垂落在地面，像彩云流泻。在震耳欲聋的锣鼓和鞭炮声中，小车一辆连着一辆，而那些黄色的出租车就在车流中的空隙里歪来拐去，如同疯狂了的老鼠。突然间，我瞧见了一部小车底部有着一些牵挂的麦草，又是一部小车的底部牵挂了麦草。

麦草。夏天里农村的麦子收割了，农民会将麦子铺在公路上让来往的车碾轧。这些小车是从城外来的？哦，麦子收割了。我们已经进城差不多三个月了。

返回美容美发店，五富已经在店门口蹴着，五富说：你怎么让她走了？我说：走了。五富说：你爱上她了，你还让嫖客把她接走？我捂了五富的嘴，说：你胡说！掉头扑沓扑沓地朝巷的那一头走。我是爱上了她，五富他看得一点儿都不错，可我能把她占为己有吗？能拯救了她吗？能不让她出外她又挣什么钱呀？五富撵上了我，说：高兴高兴，我是胡说了，你生气了？我说：来时我就给你说过要尊重她！尊重她！她出去就是干那事吗？咹？！五富说：算我冤枉了她，那男的是谁呢？我说：我知道是谁？！我不想告诉五富那是韦达，就是身上有着我的肾的韦达，可令我难受的是韦达就是嫖客，是他接了孟夷纯去出台了！我觉得我那时一下子瘦了，那件西服宽大得如同披了件被单。五富心疼了我，说：兄弟，我请你喝酒去，咱喝酒去！

我突然想到了锁骨菩萨，已经是很久很久以前的事了，这会儿蓦地就出现在我的脑海中，我想领五富去塔街看看锁骨菩萨的碑文，只有锁骨菩萨在这时能宽慰我，我也可以给五富说清我的怨恨、痛楚和怜惜。但是，我回过头面对了五富，我却说：乡里开始割麦了。

割麦？五富说，不会吧，今天是几号啊？

我说：我看见小车底缠着有麦草了。

五富再不提喝酒的事，跑进一家米面凉皮店要看日历。米面凉皮店的墙上贴着一张画，左边是丰乳肥臀的女人，右边是日历，五富用一只手遮住了女人，另一只手指着日历数，神情就黯淡了，说：收麦天，咱在这儿……

我说：不是有你老婆吗？

五富说：她一个妇道人家……收麦天阴雨多，不及时收割回来，风把麦一吹倒，麦就生芽了……咱是不是该回去了？

我说：就那几分地，你老婆还收割不完？你要是死了人家还不活啦？！

五富说：你说的啥话？呸呸！他朝天上吐唾沫，唾沫又落在了脸上，又说：那你家的麦子谁割？

我说：谁想收谁收去，没人收了就烂在地里。

我话这么说着，其实又怎么不操心那五分四厘的责任田呢？清风镇人多地少，分给我的五分四厘地，二分是坡地栽了红薯，三分四厘是种着麦子，走时托付了邻居，讲好我能回去就不说了，若不得回去就让邻居收，收来能给我一斗麦就行了。三分四厘地种的是秦川三号麦种，来时又施过肥，浇过水，起码可以收获二百斤麦子的，如果让邻居收了，仅仅只给一斗四十斤，岂不觉得亏？可如果回去，来回折腾几天，收下的麦子又能值几个钱呢，不够车票费。这个账我算得清。五富却在地上用木棍加减乘除，算了一遍又一遍，口里喃喃道：是不划算，是不划算。抬起头了可又说：农忙不回去是不是那个呀？

我说：哪个？

五富说：你想想，刘百斗每年还回去给他爹上坟的，咱农忙……

刘百斗是清风镇出的最大的官，现在县城当着一个局长，而且全家也搬到了县城的小四合院里，但刘百斗每年清明节倒真是开了小车回去奠祖坟的。哼，刘百斗是刘百斗，我们是我们，我要是刘百斗，我不仅清明节回清风镇，月月都回去的。五富，咱是人，刘百斗是人物，人一旦成了人物才说故乡是世界上最美的地方，才认为父母是天下最伟大的，才尊师敬祖，才走到哪儿都爱抱抱小孩子，才和最不起眼的人握手，嘘寒问暖。

五富还在说：咱是农民，农民在农忙时都不回去，这还是……

我火了：现在就不是农民，是城里人！在城里拾破烂也就是城里人！

我的话永远是权威，他五富不得违抗，尤其在关键的问题上。我也知道五富是不敢违抗的，谅他即使要回去，他还弄不清在哪儿搭乘又怎样搭乘去清风镇的列车。五富吸了吸鼻子，不吭声了。

我是在准备领五富去塔街时突然说到了收割麦子的事，我只说着收麦天可以分散我的痛苦，而收麦天却又惹得我们不安宁了。以各种理由强调着不回去收割麦子，是为了说服五富也是在说服我自己，而一旦决意不回去了，收麦天的场景却一幕一幕塞满了我的脑海！简直可以说，我都闻见了麦子成熟的那种气味，闻见了麦捆上到处爬动的七星瓢虫和飞蛾的气味，闻见了收麦人身上散发的气味。这些气味是清香的，又是酸酸臭臭的，它们混合在一起在黄昏里一团一团如雾一样，散布流动于村巷。啊啊，迎风摇曳的麦穗谁见了都会兴奋，一颗麦粒掉在地上不捡起来你就觉得可惜和心疼。还有，披星戴月地从麦茬地里跑过，麦茬划破了脚脖那儿感觉不出痛的，血像蚯蚓一样在那里蠕动着十分好看。还有呢，提了木锨在麦场上扬麦，麦芒钻在衣领里，越出汗，麦芒越抖不净，你的浑身就被蜇得痒痒地舒服。我想给五富说些让他高兴的话了，就说：咱去郊外看看麦去！

苦皱难看的五富的脸，顿时如菊开放。

其实麦田离城区并不远，出了西大街往南，再从西南角的那条大道端端骑四十分钟，还往西拐，麦田就看到了。西安城对于我们来说，那是世界上最大的城市了，可城里人总是抱怨之所以城内泥多尘大，是农村包围着城市，它不如北京上海，进城的汽车轮胎上带着的泥土可以带到城中心来。我们急切地要去郊外看麦，就把三轮车架子车停放在了瘦猴的收购站里，瘦猴作践我们不好好拾破烂要去看麦：是国家干部吗，去游览观景有收入吗？他还算是从乡里来的，哼，探望老娘也要报酬吗，吃饭还嫌牙累吗？一顿饭没吃好人就不来精神，不去看看麦怎么都不受活，浑身地不受活！

我们看到了一望无际的河畔麦田，海一般的麦田！五富一下子把自行车推倒在地上，他不顾及了我，从田埂上像跳河潭一样四肢飞开跳进麦田，麦子就淹没了他。五富，五富！我也扑了过去，一片麦子被压平，而微微的风起，四边的麦子如浪一样又扑扇过来将我盖住，再摇曳开去，天是黄的，金子黄。我用手捋了一穗，揉搓了，将麦芒麦包壳吹去，急不可待地塞在口里，舌头搅不开，嚼呀嚼呀，麦仁儿使鼻里嘴里都喷了清香。

五富几乎是五分钟里没有声息，突然间鲤鱼打挺似的在麦浪上蹦起落下，他说：兄弟，还是乡里好！没来城里把乡里能恨死，到了城里才知道快乐在乡里么！

我不嚼麦仁了。五富的话让我心酸，后悔带五富来看麦子。五富，不能让五富说这话，说这话就在城里不安心了。

我说：城里不如乡里？

五富说：城里不是咱的城里，狗日的城里！

我说：你把城里钱挣了，你骂城里？

五富瓷住了，看着我，他说：不自在。

我说：咋不自在？不自在慢慢就自在了，城里给了咱钱，城里就是咱的城，要爱哩。

五富说：我爱我老婆……她可怜。哭声拉了出来。

四十多岁的人，动不动流眼泪。五富，你羞，没出息！

我是没出息。五富说，你说咱活的啥人么，一想起来我就想哭。

哭吧，哭，这儿没人，要哭就美美哭一场。

五富真的哇哇哭起来，嘴里胡乱说着，你听不来说了些啥，狼吼鬼叫地哭。我站起来离开了那片麦田，顺着河往前走，前面的一个斜坡地里麦子已经割了，割下的麦子束成粗捆立栽着，无数的麦捆栽成了队列。我在麦捆里穿行，发现了麦捆和麦捆发生着关系：或是呢喃私语，或是左右盼顾，或是相背怄气。转过身，身后却是五富，他跟着来了，脸上挂着泪水。

咋不哭了？我说，你哭得像你爹死了。

五富说：我爹死的时候你在镇上吗？我爹得的是肝癌，硬硬疼死的，可我爹咽气时是笑了一下，走了的。

我说：你爹死时都笑的，你就不会笑笑？

五富却嘟囔起来，说他是看着他爹笑了一下死了，他仍在哭。我不想听他的嘟囔，从斜坡地里走出来，地边有几株苦菜花很鲜艳，掐了一朵，花茎流着白汁，立即就变黑了。五富把那些苦菜全拔出来装进兜里，说可以煮锅，却又说：兄弟，我要死了谁会给我哭的？你哭我不？

我说：不哭！

五富吃惊地看我，我仍说：不哭！他恨了恨：你不哭？不哭算啦！他自己倒哭了一下，像呻吟，又像在苦笑。

三十四

离开麦田后我们就回到了池头村，夜里并未早早歇息。莫名其妙的一种欲望得到满足后，另一个急逼的事是去麦田毕竟耽搁了拾破烂，必须把损失补回来，不回去收麦的内疚才能完全平复。我们去村前街的夜市上去转悠，但愿能收到一些破烂，或许能碰上什么装车卸货的事。五富说：今天就是偷，也要偷回十元钱！但是，夜市上没有谁家装车卸货，也没有谁买了重物要往楼上送，空啤酒瓶是不少，差不多都被吃喝摊的小老板自己收拾了。我们仅拾到几十个空矿泉水塑料瓶。经过一个沙锅店，五富突然说：哎，韩大宝在里边吃烤肉哩。我折身又到店对面，果然看见韩大宝在里边坐着，面前是一个沙锅，一盘羊肉串，还有一捆啤酒，自酌自饮。我要进去见见，五富说人家正吃喝的，咱进去了肯定让咱也吃喝，咱就是不吃不喝，酒肉钱还不是咱掏？我说掏就掏么。五富说那你去，我到前面转转，真的就走了。我进了店，韩大宝还热情，让吃让喝，就说起我侄儿刘良来找过他。

良子也来了？这消息让我吃惊不小，这小子一定是和他爹又闹翻了来的。韩大宝说：他没寻过你？我告诉了你的住处，他没去？

我说：他找你也要拾破烂吗？

韩大宝说：他不愿意干，正好我一个朋友在我那儿，他去人家煤店里卖煤了。你记着，他在丰庆路仁义巷七号。这小子像我，能在城里弄出个名堂。

刘良，狼虎人么，生来和他爹就是冤家，为了上学父子俩没有一天不闹的。我哥对我说，他不是学不进去，压根儿就不学么，整天好高骛远！我说好高骛远这好么，安分孩子省事但没出息，捣蛋鬼到了社会上却能翻江倒海的。我哥说都是受你影响，是一路子货。就是这小子，他到城里来肯定也是学我的，而学我的来了明明知道了我的住处却不来见我，能见韩大宝不来见我，他倒瞧不起我了！

我有些生气。

气的还有这韩大宝。韩大宝在清风镇我没把他当什么角色，现在倒成了清风镇驻西安办事处主任了，成神了！把他的，你韩大宝算什么呀，沙锅烤肉吃完了，偏大声喊：结账！可喊结账却并不掏出钱来，我只说了句我来结，他挪着身子就要站了起来。你吃喝了，我偏不给你结！我先站起来，用右手按住了他的左手，而左手到右边的裤子口袋里掏钱，说：我结，我结！左手在右裤口袋当然难以掏出，他的右手便在他上衣口袋掏了两下没掏出钱包，第三下总算掏出来了，把一张百元票子递给了老板。

我说：怎么让你掏，应该我替你掏！

他说：屎，你有多少钱？！

一百元退回五十五元，韩大宝把钱往钱包里装，故意展开钱包，他是用大拇指和食指拉出那么厚厚的一沓，把零钱夹进去，又放进钱包里。

就在韩大宝给我显摆的那会儿，夜市东边的巷道里一片嚷嚷声，吃喝的人还疑惑怎么回事，两个警察就押着一个人出了巷道。巷道口停着一辆三轮摩托车，警察将那人手扭在后边解他的裤带，裤带是一条棉麻绳，解了半天解不开，解开了，裤子就溜脱下去。那人说裤子裤子，警察在骂你还知道羞耻？用裤带绑了他的手，提起来装进摩托斗里。他的头在扭动，似乎在寻找什么人，喊了声：德成还欠咱三元五角钱！他一定是在给他的老婆喊的，众人在人窝里瞅，但没有发现哪个女人是他的老婆。警察把他的头往车斗里塞，塞了几下，脖子硬着塞不进去，警察一戳他的胳肢窝，他头一缩，就被塞下去了，屁股高高地撅出在车斗外。周围人都哄地笑起来，警察仍是严肃，摩托车便呼啸着开走了。

消息立即传开：被抓走的是一个拾破烂的，偷铰了一个柱式广告牌上十二米电线。一听说被抓走的是个拾破烂的，我就脸烧了，幸亏旁人没认识我的，却认得韩大宝，小老板就说：破烂王呀，刚才抓走的那是你的兵？韩大宝说：住在那个巷道的不属于我管。韩大宝竟然说这话，我觉得没水平。小老板又说：拾破烂的都是些贼么！韩大宝又噎住了，说：别人说抓走的是拾破烂的，你就能肯定他是拾破烂的？他站起来匆匆就要走。韩大宝原来是门背后边的霸王！我就说：你说，这夜市上的吃喝摊有没有偷税漏税的？！我只说我这话要惹了小老板了，没想他却说：说得好！说得好！你是干啥的？韩大宝这才说：这才是我的兵！出了沙锅店，他说：你比我反应快，这些小老板仗着他是本地人，还欺负咱外来人哩，他占得了便宜？！我说：人家都能认识你？他说：那当然么！我想笑，但没有笑，咳嗽了一下。

我和韩大宝走到巷道里，韩大宝说：最近收入怎么样？我说：马马虎虎吧。韩大宝说：我就见不得不说实话，你跟我到三号巷子去，你看人家怎么样说的。到了三号巷，巷中站着几个拾破烂的，一见韩大宝就问韩大宝你吃了没？韩大宝说什么时候了我还没吃饭？便对其中一个说：这一月咋没见你去我那儿？那人说：我已经准备了，明日就去的。韩大宝又对一个秃子说：给你那儿再安排一个怎么样？秃子就赶紧说：这不敢，这不敢，再来人我嘴就吊起来了！他把韩大宝往一边拉，偷偷摸摸地行事，韩大宝却说：这是做贼吗，该交的你就光明正大地交，交给他，让他拿着。秃子拿给我的竟是一百元钱。韩大宝又领我进了三个院子，他的到来，又有三个拾破烂的分别给了一百元，韩大宝还是让我拿着，从三号巷子出来，我把四百元给了韩大宝，我明白了他的意思，我说：我和五富还没去看过你哩。韩大宝说：你知道了就好。

我是把韩大宝送到了他居住的巷里，返回到剩楼，五富已经回来，还没有睡，坐在床上数他的钱。五富的整钱都是交给我保管着，而零用钱一直用一块儿布包着，又套了个塑料袋塞在墙角那个窟窿里。零用钱尽是些一元两元和一堆角钱硬币，正清点着突然电灯灭了，忙拿被子捂了床上的钱，跑出来站在门口，以为他数钱时被谁看见了，电灯熄灭就是要趁黑行窃。他站在了门口，喊：种猪！种猪在楼下东边屋里应了：哎！他又喊：黄八！黄八也应了：咋？他们是没有行窃的迹象的。五富就说：怎么没电了？！正说着电灯又亮了。五富以极快的速度查看了楼的前后左右，确认无人时返回屋里又数钱，发现少了一个硬币。

五富头钻在床下寻找，屁股高高撅着，裤裆开了缝，露出了那一吊难看的东西，我进去踢了一脚，说：干啥哩干啥哩？他爬出来又开始抖被子，被子里掉下一枚一元钱的硬币，在地上蹦着跳。他赶忙捂住捡了，说：狗日的，到我这儿来了又想跑哩！

我说：你咋早回来了，看见警察抓人吗？

抓人？五富竟然不知道。

我说了那个铰电线的拾破烂人，五富说警察咋不把池头村所有拾破烂人都抓了，连韩大宝也抓，就只剩咱两个。

我说：剩下你一个也赚不了钱的。

他说：咋赚不到？今晚上我最少赚了二十元。

这让我惊奇，赚了二十元？他说：你是不是替韩大宝掏饭钱了？最少二十元吧？我没掏不等于是赚了！

我不愿意再和他说话，回到我的屋里睡下。睡下了又爬起来开灯看衣领上的口红印，又将已经包起来放到床下的那双高跟鞋取出来重新放到了架板上。也就是从这天晚上起，我开始了一种习惯，每次睡前都对着高跟鞋轻轻唤孟夷纯的名字，想象着她就在这屋子里，就睡在我的床上，手也有意无意地摸到了下面。

我知道这样不好，甚至也怀疑我在对孟夷纯耍流氓，可我一睡到床上就没法控制自己。种猪说他为了戒纸烟曾经买瓜子吃，结果瓜子也吃纸烟还是没少抽，这我相信。那天夜里我送韩大宝到他的巷里，韩大宝问过我的性生活怎么解决，我说没性生活，实在憋得不行了用手，又怕用手对身体不好，就再憋，只好还用手。韩大宝说你舍不得钱去歌舞厅么，我教你个办法。他就教我有了想法了就用树棍儿掏耳朵，转移注意力。我是掏过耳朵，也传授给五富掏耳朵，可掏过之后，一看见那双高跟鞋就又不行了。孟夷纯是个毛毛虫，它尽往心里钻么。

三十五

天已经很热了，夹克穿不住，单衫子穿了也不想系扣子。五富稍一动弹就一身水，他光着上身，裤腿挽到膝盖上。我的胳膊上没有腱子肉，一呼一吸，肋骨又历历可数，就买了一件红色的 T 恤衫穿了。傍晚从兴隆街回来，路过一家茶馆时，发现门口有一大堆装修后的废木条，就捡了一捆要做烧饭的柴火，而五富却在木条堆里捡了块电子手表。手表不走，怎么摆弄也不走。五富把手表给了我，说：你这 T 恤衫一穿比城里人还排场，这块表不走，你戴了谁敢说你戴了块不走的表？我把表戴了，我也就不推那辆驮着柴捆的自行车了。一个排场的城里人和一个农民同行，怎么能让城里人推驮柴火的自行车呢？这就是木匠刻出个木佛了，木匠你就跪下给木佛磕头吧。五富说：行，行。走过池头村前巷的丁字口，有人进了一家话吧，背影好像是黄八，但黄八怎么能穿了一件样子时尚的夹层休闲上装呢，可能不是黄八吧，我们再没多想就回到剩楼了。

杏胡在楼下水池子洗塑料桶盖，桶里是窝了浆水菜，有些白花了，刚撇去了上面一层沫。杏胡说：回来啦，热得王朝马汉的，喝浆水呀不？五富说喝么，先喝了一勺。我把驮回来的柴火给她撂了一些，又给黄八的门口撂了一些。杏胡说浆水酸得很，想做浆水面了随时来舀。我说：好。却问黄八还没回来？杏胡说早回来了，刚才还在骂着老家收麦了，熬煎家里没劳力，是不是给老婆打电话去了。

听说黄八给老婆打电话，五富脸上又堆上了苦愁，我拿眼瞪他，他说：

我不打电话，老婆累就累去，她权当我是死了！杏胡说：你没回去收麦你却在外面挣钱么，要是有心，明日给老婆汇些钱去！说起了钱，杏胡说黄八不给家汇钱，倒给自己买了一件好衣服哩，只是啥样的好衣服让黄八都穿得没了个样子。我和五富对视了一下，证实那话吧门口见到的就是黄八，五富说：他哪儿舍得买好衣服，是不是偷的？我训五富别胡说，杏胡也说最近治安紧了，好像专门收拾咱这一行人的，千万不敢说偷不偷的话，就又作践黄八是个烧包，刚才穿了好衣服给她显夸了半天，过会儿回来肯定还要给你们夸耀呀！我说：咱让他夸耀未遂，他回来了，谁都不要提说衣服的事。

话刚说完，黄八就回来了，脸上凶巴巴的。我倒吓了一跳。咋啦？

黄八说：钱跛子，我日你先人！

钱跛子？我说钱跛子是谁？

黄八说：我把电话打回去，村邮电所的钱跛子就是不去叫我老婆来接，只一里路么，他懒得去叫！要我老婆骂我呀？！

杏胡说：你老婆忙着收麦哩，要骂你还没空！

黄八说：肯定骂哩，我今天耳朵烧得很！

杏胡说：还是不是了你老婆，她骂你？

这话说得低，黄八没听见，他在水池子洗了脸，在我们面前晃，又骂市长坐在办公室里不知道都干啥哩，街上灰尘那么大，也不想想办法整治？！一边骂一边啪啪啪拍打衣襟。我们都视而不见，五富忍不住要笑，我使个眼色，五富蹴下去，再不看黄八。

黄八就有些丧气，向杏胡讨浆水喝，杏胡却不让喝，说：你还知道渴呀，这么热的天，穿那么厚是穿寿衣呀？

黄八说：我有么，咋不穿？！立眉瞪眼的。

杏胡说：哎，你吃枪药啦，说话恁躁的？！

黄八说：我热么，我不躁？

大家哄地大笑，围上去把那件衣服硬给扒了，五富趁机擦了一下鼻涕抹在了上边。

吃过晚饭，屋子里的蚊子太多，就都不开灯，用茅草煨了烟熏，坐在楼下说话。我们的话题总是很乱，先是说城里人都有蚊帐，所以蚊子都跑到咱们这儿来了，后来就在不知不觉中把话题转移了，说到村口那家熟食店有一种牛肉，叫张飞牛肉，好吃。这期间，黄八几次说到衣服，我们故意不接他的话，争论开为什么那种牛肉名字叫张飞牛肉呢？五富说张飞是粗人，那牛肉也粗，是不是水牛肉？杏胡说这种牛肉是做出来颜色发黑才叫张飞牛肉的。她说过了，瞧不起五富，说：死笨！五富在脸上拍蚊子，拍死了一只，说：还是个母蚊子！杏胡就说：你骂我？黄八说：五富没骂你，这蚊子是花蚊子，城里人讲究穿，蚊子都是花道道蚊子。杏胡说：今黑不准说衣服！

我就笑了，说：再不让说衣服黄八就憋死了！黄八，那件衣服是哪儿来的？

黄八说：我不憋，你们才憋哩！

黄八给我们讲关于衣服的故事，但这故事实在大煞风景。他说他早上经过东大街南边的那条巷时，一幢八层楼的楼顶上有人要跳楼自杀，楼下围观了好大一群人。跳楼自杀这事儿在城里发生了多起，自杀人其实并不想自杀，他们都是民工，干了活儿老板不给工钱，想以自杀来让社会给老板压力。他当时还想：老用这种办法就不灵了。但他没有想到楼下围观的人竟在起哄：跳呀，怎么不跳呀，跳呀！甚至抛上石子去掷打那人。他就看不下去了，说：哪有让人死的？！但没人理会他，他要那些有手机的人快拨打110，让警察来解救那人，仍是没人理会。楼下的煽惑声更大了，跳呀，跳呀，惹得那人不跳都不行了，就转过身，作了个揖。这个揖是向他作的，当他才要还个揖，喊叫快下来快下来，那人却转向了起哄的人群那边，一弯腰就真的跳楼了。那人跳下来的时候，外套在半空中被风脱了，落在了楼角的花丛里。那人最后是躺在水泥地上，半个脑袋就碎了，围观的人立即跑散，只有他还在那儿，是他用架子车上的一块儿硬纸板盖住了尸体，他说：你真傻，他们让你死你就死了？！后来是警察来了，尸体拉走了，没有再拿这件外套。

五富叫起来：你拿了人家衣服？！

黄八说：那警察没拿么。

五富说：警察没看见，你也不给警察说？

黄八说：他死前给我作了个揖，这衣服肯定是他要送给我的，要么怎么就在半空中被风脱了，落下来又偏偏落在楼角的花丛里？

我在旧杂志上读过一篇文章，是写一个土匪的，土匪抢劫杀人后用石头砸死者的牙，因为有一颗镶了金的牙。如果在兵荒马乱的年代，黄八绝对是会当土匪的。

黄八说：这是件好衣服，能值几百元吧？

我们立即就向空中吐唾沫，让黄八坐远点，那衣服上有凶死鬼呢。黄八说：就是有鬼，鬼去寻老板哩，你们是嫉妒我。

谁都再没了话，一时鸦雀无声，槐树上蚊虫又在尿尿，而不知什么地方有了一下叫，叫得凄厉，五富说：是不是猫头鹰叫？杏胡说：这里哪有猫头鹰？我的脑海里还是那个跳楼的人，怎么楼下会有那么多人怂恿他跳呢，这跳楼的是个民工，城里人对一个民工的死就像是看耍猴吗？我不愿意再提说这件事了，转移话题，我说：哎，这西安城里有多少打工的？杏胡说：有五十万吧。种猪说：五十万挡不住，有一百万。五富就说：一百万人不收麦呀？！我赶紧再岔话，说西安发展得这么快，连西安的老户都认不清了一些街巷，城里的所有出力的活儿哪项不是这一百万人干的！黄八说：咱把力出尽了，狗日的城里人还看不起咱！我说：你不是也看不起吗，人家怂恿着那人跳楼你就拿那人的衣服！我怎么又说到跳楼事？！站起来去看屋中烟熏得怎么样了，屋中蚊子已没有，却呛得我直咳嗽。我端了一碗水出来，五富先拿去喝了，说：如果我是领导，我让一百万人都不来城里，把城里人饿死！杏胡说：不来城里咱饿死得更早！大家想了想，也是这个理儿，就又哑口了，你拍腿，他拍脸，觉得蚊子到处都在咬。我说：谁看过这几天的报纸了？都说没看过。我说：整天收报纸哩不看报纸？报纸上说要在公园里为民工塑像呀，正讨论着塑什么样个形象好。杏胡说：就按黄八和五富的模样塑。五富说：我不行，刘高兴长得好。杏胡说：按刘高兴的样子塑出来，那就不像个民工。五富那雀儿头，又一身疙瘩肉……五富就生气了：我难看，塑个你去！杏胡说：塑个我又咋啦？本人长得不咋样，声音嘹亮，个头有点矮，但却有身材！做了个挺身仰头状，奶翘得多高。五富哼了一下，起身到楼上去装排气扇。

五富拾破烂时拾到了一个旧排气扇，拿回来插上电，扇叶还转，就清理了油垢一直当风扇用。但排气扇排出来的风是一股子，风力又弱，吹着并不觉得凉快，他便在床头墙上钉一个木架，把排气扇平放上去，可以睡觉时吹头。五富的头瓷实，他一直不枕棉枕头，枕着砖，所以也不怕风直接吹。楼下的人还坐着说话，他不爱听了，故意把钉木架的声音弄得生响，叮叮咣，叮叮咣，像戏台上的吵场子。我就上来训五富。

事情就是这么巧，这时候出了事了。事后我问五富你怎么就想着上楼来钉排气扇，是有什么预感吗？五富说：预感？我当然有预感！谁和我作对谁就没有好下场，他这是完全在吹牛！我警告了他，这话再不要说，咱们四户说是说，骂是骂，可谁出了事都得照应。

所出的事是这样的，当我上来训五富，楼前的巷道里有了汽车响，而且白光直晃，槐树的影子就忽大忽小地照在五富的屋墙上。我说：这影子像鬼！五富说：有鬼都是黄八带来的。话未落点，一阵脚步声，楼下一声惊叫，接着噉里哐啷跑上来两个人，开口就问：谁是朱宗？来人都穿了便衣，气势汹汹。五富的屋门原本半开着，他们还是用脚踢，踢开了门又弹过来，再踢一脚，拿出一个小硬本儿，那么一晃：警察！我没看清硬本儿是什么，以为是强盗。

我后退了一步，靠在窗台，窗台上有一把小铁锤。我说：我们拾破烂的，我们没钱，同志！

来人又问了两声：谁是朱宗？谁是朱宗？

那个一米八左右的人解开上衣用衣襟擦汗，我已经清楚他在震慑我们：裤带上挂着一副铐子。五富就哆嗦起来了。

我说：朱宗？我们不是朱宗。纸烟呢，五富你的纸烟呢，给警察同志发纸烟。

排气扇从木架上掉下来，哐啷响，两个人没有理会排气扇，屋里的烟雾呛得咳嗽，蹬了一下门要让烟雾出去，门再一次反弹过来竟关上了。

五富说：这不是故意的，门是走扇子门。他拿了烟卷儿，烟卷儿开裂，用嘴抿了一下，递向两人。

两人不接，说：你们叫什么名字？身份证拿出来！

身份证是随时装在身上的，就防备着突然被检查。我很快就掏出来了，而五富的身份证在褂子口袋，褂子脱了搭在墙上的木橛上，也掏出来了。我说：我叫刘高兴，他叫五富。

挂着铐子的那人说：哪儿有个刘高兴？

我说：噢，噢，刘哈娃是我原名，进城后改了，改成刘高兴。

那人说：不许改！

我没吭气。怎么能不许改呢，我连我的名字都不许改？！

那人又看五富。看一下五富再看身份证上的照片。五富赶忙解释照片是他害病时照的，照得难看。那人只问朱宗。朱宗住哪儿？

我迟疑着，五富说：我们和朱宗不是一伙来的，他住在楼下东边屋。

楼下的杏胡在尖叫。叫得像杀猪。有人说：住嘴！杏胡就不叫了，却在哭。楼上的两人就嘁里哐啷又跑下去。一片响动，有训斥声，哭声，盆子或者碗的破碎声，接着是咣的一下，一切声音又都没了。然后，开始了问答，问一句，答一句，夹杂着在拍案板，有什么东西被踢飞了，有节奏地在院里滚动。黄八变脸失色地跑上楼，说：犯事啦，又犯事啦！黄八说好像说谁被杀了。

朱宗是杀了人啦？

我们不敢下楼去，神魂不定。一直等了半个小时，那伙人出门走了，但他们并没有把朱宗和杏胡带走。当我们三人下去看时，杏胡瘫坐在屋地上，浑身筛糠，而种猪竟然还是老样，说：没事，没事，警察来让我辨认个照片，问了些情况，没事的。

五富说：你真的没杀人？

种猪说：我能杀了人？！对杏胡说：你起来么。

杏胡站不起来，她尿了裤，尿都把地湿了。

种猪说明是他的一个同乡在北关拾破烂，被人杀了，已经查出凶手是另一个同乡。被杀的那个同乡来西安十年了，十年来在一张信用卡上存了十二万元钱，凶手和他还是朋友，两人常在一块儿喝酒。被杀的同乡去银行自动取款机上取款时，杀他的那个同乡厮跟着，偷看了密码，就杀人取款跑了。警察在死者的屋里找到一个电话本，电话本上没有朱宗的电话，却有居住的地址，警察就来询问被杀人的情况的。

种猪还笑了一下，说：他们拿了一张死人照让我认，我开头哪里认得出？头肿得有斗大了，一颗眼珠子掉出来，眼珠子原来还有个系儿的，吊出来那么长！还有舌头，舌头……

大家毛骨悚然，就不让种猪再说下去：没事了就好。

三十六

那个晚上，应该说是最晦气的一个晚上，黄八说了个跳楼自杀，种猪说了个被人谋杀，都说得让人心里发瘆。一切恢复了平静，杏胡当然又骂种猪，什么人你不能交识，交识杀人犯，还给杀人犯留地址，警察来了一次，只要案不破，保不准还要两次三次地来，你就让我少活几年呀？如果那个逃犯也逃到了这里，肯定警察要认定你是窝藏犯，窝藏犯也得坐牢和杀头的，你是寻死呀？！她就哭，眼泪鼻涕流着哭。种猪他没杀人也没窝藏杀人犯，他不害怕警察，但他害怕这女人，女人一哭闹，他说那咱卷铺盖回老家吧。杏胡又破口大骂：回去喝风吃屁呀？黄八多了嘴，说走也不是不走也不是，哪有你这号老婆！杏胡就又怪黄八，是黄八拿了死人的衣服才带来这祸事的，她说：警察再来，我就要检举你拿了死人衣服！黄八说：你敢！你要检举我，我就检举你在鬼市上的事！杏胡先看我和五富的反应，我也拿眼看她，她脸就白了，扑上去拧黄八的嘴，黄八先一脚踹倒了她。种猪见状便寻案板上的东西，案板上有刀，他没动刀，举起个火柴盒，说：我砸死你！场面已经要失控了，五富愣在那里不动弹，只有我出来力挽狂澜，我说：都不要闹啦！这是我试验一下我的权威，我果然有着绝对的权威，他们就都不闹了。但我并没有数说谁是谁非。你怎么作判决呢，我们就是一个家窝，家窝里的事是糊涂账，理不清，只能抹。而我就在那个晚上定下了两条规矩，这规矩便一直延续到我们彻底散伙，离开了那里。

规矩是这样的。一、家丑不可外扬，谁也不能说咱这儿的事。比如，五富再要说黄八的衣服是拿死人的，大家就都说是五富拿了死人的衣服。比如，黄八说杏胡和鬼市上的人勾结，大家就说勾结鬼市上的是黄八，黄八为小偷销赃。二、谁也不能领陌生人到剩楼，谁也不能把剩楼的住址告诉给外人。如谁违规，大家就联合把谁轰走，不许再住在这里。

定下了规矩，黄八嘴还噘着，种猪就搂住了他，说：你嫂子有口无心的，你计较呀？黄八说：男不跟女斗，我不计较，可你还要砸死我？！种猪说：我不向着她能行吗，好了好了，今黑哥不睡了陪你下棋去。杏胡说：咹？！但种猪还是拥着黄八出了门，到黄八的屋里去了。才过了一会儿，种猪却回来了，说：我哪里和他下棋，我只是哄他回去睡哩。他给杏胡笑，杏胡不笑，他就去厕所取尿盆了。

我真可怜了种猪。

杏胡是个能干人，每次她也上街，回来饭都是她做的，但她爱吃米饭总是做米饭，没有菜，拌着酱油吃的还是米饭，而种猪喜欢吃面条就是吃不上。我曾给种猪出主意：她再不给你做面条吃，你就晚上不干那事，罢工！种猪确实罢工过，可第二天杏胡就对我说：高兴你出馊主意？你朱哥罢工失败了！我问怎么失败了，杏胡说：他不干，我说给钱干不干？他问多少钱？我说一次两元，他说那我得要新钱。

种猪取了尿盆回来，我并没有返回我的房间，我知道一场吵闹是结束了，而他们面临的难题仍未解决，便出主意：以防逃犯可能来找和警察再来查问，是得暂时离开这里。到哪儿去？我提供了我侄儿的地址。这主意得到杏胡的认同，杏胡就叮咛我帮她看紧门户，她放着的那几捆废塑料管谁也不能动，台阶上的那堆柴火也不能少了一根两根。

我回屋睡觉时已是半夜，做梦却梦见了孟夷纯。按理说，晚上经了那一场惊吓，梦里应该是杀了人被警察追捕的事，但我偏偏梦的是孟夷纯！或许因发生了杀人案件使我联想到了孟夷纯哥哥的死，应该如何劝慰孟夷纯，但我偏偏梦着孟夷纯是在和我谈情说爱！

我是和孟夷纯坐在了一家咖啡馆里，我说来两杯茶吧，服务生说一杯茶二十元，这不是宰人吗，茶是金子银子呀，这么贵？但我就买茶，买最好的茶。而孟夷纯却说她要喝咖啡，咖啡有什么喝的呀，苦得像中药，奇怪的是咖啡馆里坐了那么多年轻女人，每人面前都是一杯咖啡，还翻开一本印满了俊男美女和汽车服装家具的杂志看。噢，孟夷纯和她们是一样的，她是应该喝咖啡的。我偷偷看着孟夷纯。看女人不能死眼儿看女人的脸，那就是流氓，让人家反感的。我一碰着孟夷纯的目光就赶忙躲开眼去，假装外边有了响动往窗外看，假装椅子没放好，挪一下椅子。我瞧见了她的脚，穿着凉鞋，脚指头一根一根像地窖里土豆生出的芽子，白白胖胖的嫩。我说不出的一种感觉，自己倒耳脸通红。孟夷纯说：你还害羞呀，你害羞起来蛮可爱的么。这话让我高兴。真是好女人。我看着她了，她竟一直静静地看我。我长得不好，脸就是太长，嘴却太大。我抿住了嘴。孟夷纯说：你嘴长得好，我的太薄，你瞧我是不是苦命相？她怎么能是苦命相呢，她长得太美了。我在猜想，她那头发有多少根呢，鼻子怎么那样圆润，脸上光洁得没一个疙瘩，如果摸上去，肯定像摸在了玻璃片上。我告诉她，和人说话的时候不要太近，因为你五官精致，小心别人老看！她噘着嘴说：讨厌！我最爱听她说讨厌这个词了。但是，丑人做怪脸倒觉得滑稽，而漂亮人一做怪脸却有点恐怖，我叮咛她以后不要做怪脸。她说：我问你呢，我是不是苦命相？我说，她的相不贫，如果命不好，那是长得太美了才命苦的。为什么人长得美了命运不好呢，这就像花，花开得鲜艳了蜂也来蝶也来，人经过了就忍不住拉过枝条要闻一闻，当然就也有人要摘它。孟夷纯说：我命苦，也带累我哥……孟夷纯一讲起她哥，我便不知道怎么安慰她，说什么话都是没用的，我就陪她一块儿郁闷。孟夷纯说：我哥的仇要报了我恐怕也就老了。孟夷纯，这话又怎么对你说呢，我现在开口说我爱你，我不敢说，开口说等你老了我娶你，这话也说不出口。唉，如果孟夷纯是个残疾人就好了，那我就可以娶她了，就是不娶她，同意让我一生专门伺候她也行。我想象我每日去拾垃圾，回家了说：夷纯，我回来了！给她买了衣服，给她捎一个油饼，我们坐在屋里一边手拍打着蚊子一边说话，讨论我们的屋墙上应该重新粉刷了，窗子前得放个沙发呀，沙发要那种棉布的，坐上舒服。对了，买个洗衣机，有洗衣机就不让她洗衣服。厨房窗上得钉上一排挂钩，挂熏肉，挂豆腐干。浆水菜瓮往哪儿放呢？是不是还养几只鸡，养个小狗，对，养个哈巴狗，我去拾破烂了有哈巴狗陪伴她。哈巴狗要那种黑毛的，一般人喜欢白毛，我觉得黑毛比白毛好看，要黑毛。当然喽，我们也吵架，吵架这也是正常的，能吵架那就是一个家了。我绝不会让她伤心流泪的，一旦吵架得厉害了，我就要忍住，去哄说她，或者拿起箫给她吹。

整整一个夜里，我的梦没有断，在梦里曾经产生了一个想法：这是梦吧，这一定是梦。但就是沉醉在梦里不醒。尿憋醒了我，我意识到一醒来就没梦了，我希望梦不断，就没有睁眼皮而摸着从后窗把尿尿出去，赶忙爬到床上一动不动。糟糕得很，梦没有续。而在重新睡着时是又做了梦，却不是我和孟夷纯在一起了，是我梦见了我从兴隆街回来，一进屋却没见了架板上的高跟尖头皮鞋。鞋呢，鞋呢，我大声叫喊，一低头我脚上也没了鞋。我光着脚在城里跑，跑遍了所有大街小巷，我还是没有鞋。等到五富咚咚敲门，才彻底惊醒，我是一身的汗水，太阳已经从窗子照进一大片白光。

五富告诉我，他一夜也没睡好，起得很早但没有再去等驾坡垃圾场，一直在想：那个拾破烂的就是手里有钱才被杀害了的，咱积攒的钱是不是得及早汇回老家？我说：你是不是还想着把钱汇回去要给老婆一个慰劳？就把代管的积蓄取出来交给了他。一共是一千五百元。他把一千元用纸包好，装在一个黑乎乎的布兜儿里，上边又放着一些废纸。我说：拿好！五富说：拿好了。在废纸上再放了一双臭鞋。我同样积攒了一千五六百元，也从中抽出了四百元装在口袋。

你给谁汇？五富就奇怪了。

我说今日心慌慌的，装些钱镇镇。

五富说不是吧？

我说不是啥？

五富眼窝得像蝌蚪，你要去……

我说有屁你就放！

我知道五富要说什么，但我一吓唬，他什么都不说了，换上一双布鞋，布鞋前面一个窟窿，大脚趾钻了出来。

我也换衣服。当然要穿那件西服，要穿那双皮鞋，要拔净下巴上的胡子，而且专门在手里还拿了一本旧杂志。

出门了，五富还在嘟囔：咱挣个钱不容易哩，不容易哩。我说：你嘟囔得像个婆娘？！瞧我手里拿本书，是不是像个有文化的？五富说：嗯，是个老师。

去邮局汇款，我们搭乘了出租车。五富先是怎么也不坐出租车，嫌贵，可为了安全，他还得听我的。让他坐到后座，我提了布兜儿坐在司机边，这样就不让五富掏车钱。司机看见我提着布兜儿坐在旁边，他没有言语，过了一会儿却摇下车窗，说：你放屁了？我说：你才放屁！对这号人你不能客气。他说：那咋这么臭的！我知道这臭来自布兜儿里的那双五富的鞋。哼，你要是知道臭鞋下是人民币你就不嫌臭了！我开始看杂志，我觉得我很斯文。

下车的时候，我付钱，司机一张一张检查着钱的真伪，他的认真劲让我生火，我说：你看看我，是真人还是假人？！付清了钱原本我是不要车票的，但我偏要，结果一拿了车票，人下来了，却忘了拿布兜儿。

下了车，我说：你学着点，出门在外谁要下眼看咱，就要以其人之道还治其人之身！五富说：兜儿呢？我才发现布兜儿没拿下来，急忙大喊：布兜儿，布兜儿还在车上！出租车已经开走了。我们发了疯地追赶，我穿着皮鞋，跑不快，五富的鞋跑掉了，像一头猎豹。或许是司机听见了叫喊，或许是司机从倒光镜里瞧见了我们追赶，车速慢下来，但并没有停，布兜儿从车窗里扔出来了。

司机恶心着那个脏乎乎的布兜儿吧，他扔了出来，一双臭鞋就一只摔出很远。五富首先是捡着了布兜，先打开一看，钱还在，咧了嘴给我傻笑。

受了这一惊，我觉得对不起了五富，就再也不敢手离开布兜儿。在邮局把钱汇走后，我们去收购站取了架子车和三轮车，一到兴隆街口，我说：五富，瞧瞧我头发乱不乱？五富说：不乱。我说：再看看后边。五富到身后看了，说：不乱。就嘿嘿地笑。我说：笑啥哩？五富说：我知道你要见人呀。我说：见谁呀？五富说：我不说。却还是说：你身上有钱哩，你把钱看好。拉着架子车去了他的辖区。

这五富，那么憨的，倒提醒起我了，难道看出我的心思了？看出来就看出来吧，我就是去美容美发店的那条巷呀，去了偏就要给孟夷纯送点钱的。

三十七

种猪说他打麻将一输钱就想起该给老娘寄点钱了，给孟夷纯送钱，我却是蓄谋已久。我是自孟夷纯说过了身世就生出给她送钱的心思的。一有了心思便不能放下，但送多少，怎么个送法，我心里没底。

那条巷里，大多的门面还没有开张，人却已不少，一堆一堆聚在那些小吃摊上。西安的小吃多，这全国人都知道，而小吃也就集中在早晨和晚间。往日里我经过那些卖甑糕的卖油茶的和卖豆腐脑的摊位前，总是禁不住香味的诱惑，口腔里要生出一汪唾液，现在却全然视而不见。一路走来，已是耳烧脸烫的，走到孟夷纯她们的店门口，店门紧闭，竟然有一种庆幸和轻松。见不着孟夷纯还庆幸吗？在那一瞬间真的是庆幸。在五富和黄八的眼里，我刘高兴是硬弓射箭，箭射出去就不回头，但他们哪里知道我内心深处常常也逃避，我也是有不出息的地方。只是我比五富和黄八有涵养，我气质好。

没见到孟夷纯倒轻松，可我是来干什么呀？我使劲儿敲门，没有动静，待趴在门缝往里瞧，才看清了门上挂了牌子，明明写着十点钟开门营业。我推了三轮车站在了一边，看对面楼房的栏杆，在心里说：来一只鸟吧，来一只鸟了孟夷纯就会上班的。但是，栏杆上没有鸟飞来。有人从身边经过，我问几点了，那人没有停步，一边走一边看手腕上的表说十点。十点了怎么还没人呢？那人说话时露出了牙齿，牙齿上粘着才吃过馅饼留下的一片韭菜叶，我就用指甲剔自己的牙缝，擦了擦眼角。一阵鸟叫，呀，栏杆上果然停着一只鸟了，我正抬头看着，孟夷纯坐着一辆摩的过来了。孟夷纯首先看见了我，她叫我刘哥！摩的刚在对面街上停下，她就蝴蝶一样飞过来了。可她忘记了付摩的钱，司机在后边追：喂，钱，没给钱哩！她噢噢地折身过去，说：多少钱？司机说：你坐车不给我钱？！孟夷纯说：我实在忘了。司机说：我看不是忘了，你跑得那么欢的！孟夷纯说：多少钱？司机说：五元。孟夷纯说：这段路都是三元的。司机说：我绕了一个巷。孟夷纯说：我知道你多绕了一个巷，我搂着你的腰，你是故意多绕的，你还多收二元？放下三元又跑了过来。司机还要来追，我挥着拳头，说：你过来，过来？！他不追了，冲着巷道这边吐唾沫，我也吐，吐得比他远。

我说：坏司机！

孟夷纯说：嘻嘻，今日没你在，就得多付二元钱了。

我说：以后谁再欺负你，给我说！

孟夷纯说：其实，是我赖了人家。

我是听见她对摩的司机说我搂了你一路，觉得这话不好，但我没说什么，她又有了一句我赖了人家，我也就什么也不说了。孟夷纯还没吃早饭，我要陪她去吃豆腐脑，她却急着要开店打扫卫生，我便去给她买包糕点去。巷口外一家食品店，我才挑选糕点，孟夷纯却也跟了来，说要买她掏钱，我立即把一张百元钱拍在柜台上，说：来一斤软糕！孟夷纯要从自己口袋掏，怎么能让她掏呢，还不给我个表现机会吗？我们就拉扯起来，售货员将软糕称过也包好了，说：五元钱，交五元钱！我说钱给你了呀！售货员说钱给谁了？我说钱放在柜台上呀，一百元的，柜台上却没了钱。柜台边一直趴着一个人，瘦瘦的，脑门上染着一撮红发，他在吹口哨。钱呢？我说钱放在这里的怎么没给钱？售货员说我哪收你的钱？！我看那个红头发，红头发还趴着，眼光盯着柜台里的高架上的财神爷，还在吹口哨。我恨恨地窝了他一眼，没有再和售货员争辩，又掏出五元钱把软糕买了。

来到美容美发店，别的店员还没有来，孟夷纯说你把钱放在柜台上了？我说绝对放在柜台上的，好过了那个红毛鬼。孟夷纯就要去找那个红头发，我把她挡了，贼没赃硬如钢，能要回来吗，算了，不就是一百元么。孟夷纯说：你倒不心疼！

我何尝不心疼呀，我是不愿意当着孟夷纯的面为一百元吵闹不休，红毛鬼肯定掌握我的心理才渔翁得利了。我让孟夷纯吃软糕，我替她拖地板，孟夷纯是用手捏着软糕一点一点送进口里，而不影响她的口红，漂亮的女人这么吃食，我觉得那样子很雅致。孟夷纯也让我吃，我不吃，她捏下一块儿往我嘴里喂，我一摆头，喂在了鼻子下，我伸舌舔吃鼻子下的软糕，软糕是世界上最好吃的点心。

孟夷纯也说软糕好吃，她完全享受起好滋味了，坐在椅子上，两条腿长长摆开，身子微仰，脸上洋溢着喜悦。

她说：今日出来得这么早呀？

我说：往常还要早。

她说：我看你车上什么也没收到么。

我说：我是直接来找你的。

她说：有事吗？

我说：有事。

她说：啥事？

我说：我给你拿来了四百元，一百元让贼偷了，只有三百元。

孟夷纯用手沾着掉在膝盖上的糕屑，站起来要去给我倒开水，她面对着热水壶，说：我收你什么钱呀？我要你的钱？！

我放下了拖把，把三百元装进了孟夷纯的提兜里，提兜里有化妆盒，有一卷卫生纸。我把提兜链条重新拉好。我说：我来我来。夺过了纸杯在接开水，纸杯很软，差一点儿水倒出来。我能听见孟夷纯的呼吸了，她是停止了咀嚼，在静静地看我，然后去拉提兜链条，把钱取出来放在了靠拖把的桌子上。我没有转身，我说：我也没钱，你不要嫌少。说过了，转过身，孟夷纯还在看着我，我再次走到桌前把钱放进她的提兜，我说：要是你没事，我还向你要钱的，而你在困难期……

孟夷纯重新吃起软糕了，不停地嚼着，嚼着嚼着不嚼了，突然起身去把店门关了，解她的上衣，说：那你来吧，刘哥，我总不能白拿……

咹，咹，我的脑子嗡的一下，压根儿没想到孟夷纯能这样！如果说我刘高兴对她没有那种想法，那是假话，可这个早晨我给她送钱却绝对没有想要她的意思，绝对没有！孟夷纯，我是乘人之危吗，我是嫖客吗？我之所以并不特别敬佩那些大款老板们，他们是多给着孟夷纯的钱，但都是在孟夷纯身上发泄了性欲之后为基础的，他们是嫖客，他们是有善心的好的嫖客而已。

我说：不，不，我不是嫖客……

我这样推开她，孟夷纯一下子神情蔫了。看着孟夷纯蔫了，我后悔自己一急竟说出那种话来。这是什么话，你不是嫖客，那孟夷纯就是妓女了？你是在提醒你：她是妓女！也在提醒她：你是妓女！你这个混蛋呀刘高兴！

我立即纠正着，不，不，我……

孟夷纯却静静地说：我知道你不是嫖客，可我是妓女，我只有用身体来感谢你。

我匆匆跑出了美容美发店。

在决定来送钱的时候，我预料到孟夷纯是不肯轻易接受的，必然推推搡搡，我甚至考虑了我将钱最后放在地上扭头就跑的情景。而现在，孟夷纯并没有再追来，我就站在街上为完成了一件重大任务而兴奋不已。我没有料到，我们又谈到了妓女的话题，这我是极力回避的，但既然又谈到了妓女，我是不免又有了一点无耻：她是妓女，我给她这点钱是同情她还是帮助她，是有价值的行为吗？念头一冒出，我就把我的念头否决了，是的，我是在同情她也是在帮助她，更重要的是我喜欢她、爱她。我的钱是拾破烂一分一分攒的，而孟夷纯收下钱后，我们的关系就更近了，钱虽代表不了感情，但你爱着一个人你就会想方设法地为她花钱呀，钱是我走近孟夷纯的独木桥。

但是，但是，我怎么眼前又是孟夷纯要给我宽衣解带的样子，妓女这两个字永远不要说破，孟夷纯却偏偏把纸捅破着。

我心里一阵不舒服。这种不舒服从来没有过，想哭，哭不出来，想恨，又能恨谁呢？就是不舒服。我蹬着三轮车经过了兴隆街十字路口，低头往十道巷走。有人在叫：拾破烂的，拾破烂的！巷北的水泥台上坐着的正是红毛鬼，他在吃油条，面前的一张报纸上还放着三根油条。

叫你哩，你聋了吗？红毛鬼也认出了我，他问我：你是拾破烂的？

我放下车子，向他走去。

他说：我这里有构件，收不收？把衣襟一掀，腰里系着一根铁丝，铁丝上挂着两个建筑工地上搭脚手架的构件。卖给别人一个四元，两个你给五元，咋样？

我说，行么，走到跟前，往报纸上的油条唾了一口。我说：借几根油条，我还没吃饭哩。

红毛鬼把油手在腿面上擦，越起身来要打我，我一把揪住他的衣领，竟把他提了起来，我说：钱呢，把我的钱拿出来！

红毛鬼说：我没拿你的钱。

我说：拿出来！拿出来！

红毛鬼从口袋里掏出七十元，说：买了油条，买了一包纸烟，就这些了。

我一松领口，红毛鬼跌坐在地上。转身走了两步，担心红毛鬼扑过来报复，回过头说：你把我认清，我干你这行的时候你还在你爹大腿上转筋哩！

故意慢慢走，眼睛的余光扫着左右，没有红毛鬼撵上来的身影。我一腔闷气总算出了，觉得很畅快，三轮蹬在那片小公园里，坐在那里吃起了豆腐乳。

一切都冷静了，我开始回忆美容美发店里的情景，倒后悔自己怎么就匆匆跑开了呢？刘高兴，你要孟夷纯怎么对你表态呢，她宽衣解带或者是她要真诚待你，她有什么不对呢，你让她该怎么表态？！

我担心我那么跑掉，带给孟夷纯的只能是刺激她，伤她的心。

我想返回美容美发店再去看孟夷纯，但最后还是打消了这一念头。三百元算什么呢，如果再跑去安慰她，那就是把三百元看得太严重了，我刘高兴也太矫情了吧。她需要钱，我挣钱给她，这是很正常的事么，有什么可再解释呢？一旦把孟夷纯看作了是自己的人，我就有充分理由说服自己的一切不安。

三十八

在此后的日子里，我加紧拾破烂，把每日拾破烂的时间一直要延长到天麻麻黑，每每积攒下三百元，就去美容美发店给孟夷纯。孟夷纯当然还是不收，后来就全然接受了。

记得第二次去店里，孟夷纯不在，我把钱让老板转交，老板问我是孟夷纯的什么人，她把我当成了嫖客，竟然询问我孟夷纯出台了几次，怎么孟夷纯就没有交纳出台费呢？这个臭婆娘！我知道事情坏了，忙解释我不是嫖客，一个拾破烂的即使有贼心也没贼款呀，我只是孟夷纯的乡党，为了给家人看病曾经向孟夷纯借过钱的。我这样解释让我也觉得我窝囊，没有敢作敢为的气派，但我确实是那样解释的，我没有办法。

第三次我是在孟夷纯上班的路上等着了她，我给她三百元她拒不接受，还将上次给她的钱要还给我。我把钱放在她面前的路沿上掉头就走，我说我这一走她会把钱拿了，但她竟然也掉头走，在我走出一百米回头一看，她已经走得没踪没影了，我只好把钱捡起来。但是，我发现前次转交的钱卷了一卷儿，第一张钞票上有了刘高兴的字样，字写得很小，却是连写了八遍的。我的心噔噔跳，想象着她在写我名字时是什么情绪又在什么时候，闻了闻，觉得世界上最有故事的是钱，每张钱都有着许多故事，而这张钱的故事应该是最美丽的。我保留了那张钞票，将其余的包了纸包，就在天黑时她下班，纸包放在路上要让她看见。她果然是捡着了纸包，发现里边的钱后立定身子左右看，而四周无人，才把钱拿走了。

这办法确实是好。于是我再一次把三百元又包了纸包放在路上让她捡，她怀疑了，依然四周张望，这次她发现了远远一棵树下停放的三轮车，便大声叫喊：刘高兴——！

嘿嘿嘿。

露馅了，我走出来给她傻笑。

嘿嘿嘿。

她也冲着我一笑。

我才抬脚靠近她，她脸突然定平了，冷冷地说：噫，你钱多得很么，刘高兴！你父母你老婆孩子让你出来打工，你就这样把钱打水漂儿地糟蹋着？！

我老实地说了我没有了父母，也没有老婆孩子。我愿意给你钱，这我愿意。

她说：就那几百元？！

我说：我不是老板。

她说：你还知道你不是老板呀？！

我说：可我总得帮帮你么。

她说：你帮不了我，我也不会让你帮，你是在戏弄我，看我的笑话！

我说：我不是。

我着急地表白着，但我又表白不清，脸憋得涨涨的，竟然口吃。孟夷纯站在那里呜呜地哭了。

她说：你一个拾破烂的能挣多少钱，我要你的钱？你图啥呀，刘高兴，我是这样的一个人，你能图个啥结果呢？

我说什么呢，我说了一句：给你了我心就不慌了，我不图啥，图我心不慌么。

她说：你个傻呀，你！

她骂我傻呀，就像她骂过我讨厌，我觉得受活。我给孟夷纯又是嘿嘿地笑，她叹了一口气，也就笑了。

经过了这一次，我再给孟夷纯钱，孟夷纯不再说什么，接受了。每次把钱交给她，她都问我给自己留了多少，我说我虽不能赚大钱，但每天都有进账的，我够吃够喝的。孟夷纯却还是要抽出一张要我拿上，我就把那一张拍在她手上，说：甭操心我！五富曾告诉我，他在外边挣钱了，就要喝醉，然后回家把所有的钱往老婆面前一扔，说：妈的 ×，钱！五富给我说这话的时候我还笑他粗鲁，而我现在能体会了那不是粗鲁，是得意，是逞能，是快乐得不能自制！我便和孟夷纯坐在三轮车上，给她讲这一天有什么见闻，又有着什么意外的收获。孟夷纯静静地听我讲，随着我的情绪而变幻她脸上的表情。她那时很乖巧，眉里眼里都是温柔。我就轻狂了，说我给你唱个歌吧，她说你唱，我唱的是清风镇古老的民歌：三十里山坡四十道水，我跑着来看我妹妹，一个月跑了十五次，把我跑成了罗圈腿。她说：你有趣得很！就剥了一颗口香糖塞到我嘴里。但我受不了口香糖的薄荷味，嚼了两下就吐了。

有了一个女人，我的城市生活变得充实而有意义。夜深人静了，躺在木板床上拿孟夷纯的长处比所有见过的女人的短处，我当然想入非非，总是鼓足勇气在再见着她了要怎样怎样，但是每一见到了孟夷纯我又庄严了起来，只是和她没完没了地说话，说乡下事，说县城事，说西安城里的事，观点完全一致，常常两人同时就说了一句话，她兴奋得拿双拳在我背上捶。有一个下午，我陪她去邮局给他们县公安局汇五千元，返回的路上碰着一个陕南人提了一兜儿核桃卖，我买了十多颗给她吃。我让她坐在街心花园的条椅上，自个儿蹴在地上用石头砸核桃，她坐在那里，脸和花一个颜色，我就走了神，石头把一颗核桃砸脱了。这颗核桃一定是充满了灵性的，被砸脱后竟咕噜噜滚向了她，停在她的双腿下，我便走过去捡核桃，在俯下身时脸几乎要碰着她的脸，她突然地耳脸通红，头发明显地在颤动。这种羞涩我可是从来没见过。她以为我这一切都是精心安排的吗，以为我会去吻她一下吗？我很快捡起了核桃，竟又拿了核桃返回原地用石头砸。我不会占你便宜的，孟夷纯，因为我在帮你。石头又没有砸正，这一次砸着了我的手。

唉唉，都是第一次送钱时有过了拒绝她的行为，从此不愿意把送钱和乘人之危连在一起，窗户纸便难捅破？！

我不知道我是个什么人了，既为自己的高尚而骄傲，又为没敢去吻孟夷纯感到窝囊。

我是有个毛病的，一旦沮丧了就啃指甲。我砸完了核桃让孟夷纯吃着，我就拿牙啃指甲，啃得咔儿咔儿响，孟夷纯就笑了：咯咯咯咯。我说：你笑啥。孟夷纯说：你咋啦？我说：没事，没事呀！孟夷纯说：没事你啃指甲？我赶紧不啃了。孟夷纯说：啃指甲是心理不成熟。一句话说得我无地自容。我是心理不成熟，我在孟夷纯面前就是心理不成熟。

我说：我心理不成熟？

孟夷纯说：不成熟。

我喃喃起来，语无伦次，孟夷纯就说：瞧我一句话你就这样了，还算是心理成熟？她把一瓣核桃仁塞进我的嘴里，提出了要去我居住的地方看看的要求。

要跟我去池头村？

什么叫始料不及，什么叫喜出望外，什么叫受宠若惊，我那时是全领会到了。

但是，我领着孟夷纯走进了池头村的巷道，我心里暗暗叫苦了。我完全可以违背我们定下的不准带陌生人到住处的规矩，却担心孟夷纯看到了居住的环境，会不会觉得那环境太恶劣也恶心了我？

豁出去了，刘高兴！如果孟夷纯因居住环境而恶心我，那就恶心吧，拾破烂的能住什么好环境？或许，她不是那种人，她是最应该知道什么是出污泥而不染的。

我用脚踢开路面上的砖块石子。我指着一摊污水，说：有水。一堆乱七八糟的木板条子就在巷道，我用脚去拨开，木板条子上有钉子，把我的腿划破了，我没吭声。北京常常有大官到西安，那是警车开道的，孟夷纯享受不了那种待遇，但如果是过去的朝代，我那时就这么想的，孟夷纯坐在马上，我就会在马前牵缰绳。

到了剩楼前，我大声叫喊黄八，其实我害怕黄八在屋里，看见我领了一个女人来会怎样看我。多好呀，剩楼上黄八并没有在，一只长尾巴的鸟在槐树上叽叽喳喳叫。今天是个好日子！

上厕所吗？我给孟夷纯指着楼下的厕所。我的意思是让孟夷纯去厕所了，我就可以最快的速度先上楼整理一下房间，最起码，得叠叠被子，再把没有洗的锅盖起来。但孟夷纯不去厕所。

我们上了楼，我说：屋里乱得很，你别笑话。

走得一身热汗的孟夷纯一进屋就坐在床沿把高跟鞋甩脱了，她说蛮整洁么，新奇地四处张望。屋子里没有开水，没有水果，寻不出什么东西招待。孟夷纯说：你怎么不坐呀，你不累吗？我终于从窗台上拿来了晾晒的一块儿锅巴，这是我们昨晚吃搅团的锅巴。没吃过搅团锅巴吧，你尝尝，看着不怎么样，吃着香哩！

孟夷纯接过锅巴就吃起来。她说：我们老家也吃这种锅巴。

这就好了，我站在她面前看着她吃。

香不？

香。

那就好。

你也吃么。

你吃，你吃。

孟夷纯将锅巴又咬了一口就把剩下的让我吃，这动作和那次在美容美发店里吃软糕一模一样，但这时候的我哗的一下有了一股血涌上了头脑，我恍惚起来，只记得孟夷纯把锅巴塞过来而我的嘴并没有吃住，锅巴掉到了地上，猫却一口叼走了。猫是隔壁院子里的猫，从来没有到过我的屋子里来，怎么我们进了门它也就来了？去，去，我用脚拨猫，要把锅巴捡起来，孟夷纯按住了我的肩膀，向我噘嘴，一片锅巴一半在嘴里一半露在嘴外，意思要再给我。我完全是迷糊了，竟就去吃那露出的锅巴，锅巴也在瞬间掉了下去，我的嘴碰着了她的嘴，嘴里的一条舌头滑得像一条鱼，我把鱼噙住了。

至于什么时候我们手脚并用，如何地就相互剥脱了衣服，我全然糊涂着，当我清醒过来，看见床上的被子掉在了地上，孟夷纯光溜溜地平摆在木板床的竹席上，我第一个念头是：这种事咋就在不知不觉中进行了？

差不多的晚上，我都想象着几时能有今天，那根东西就如木棍一样坚挺不弯，可是，当我抱着孟夷纯亲了一遍，再亲一遍，而东西却怎么也不得起来。越是急，越不行，满头大汗。孟夷纯说：你还是童子身？我说：我没有这事，真的没有。孟夷纯坐起来安慰我，轻轻地揉搓。竟然猫还没有走，在屋角卧着，睁了荧光眼看我，我把枕头边的一包纸烟掷过去打它。孟夷纯又搂着我躺了一会儿，那东西仍像醉了酒沉沉不醒。

我不是这样，我能行的，今日怎么就这样？

孟夷纯说：你太紧张，这床也太垫了。她爬起来给我擦汗，我看见她的背上全是竹席垫出的一道一道人字纹。我说：垫疼你了？她说：是有些疼。我觉得委屈了她，这样的屋子这样的床原本就不宜她做这种事的。孟夷纯，真是对不起。我再一次亲她，头不抬地把每一块儿身体都亲遍，孟夷纯突然说：那是谁的一双高跟鞋？

她看见架板上的鞋了！我说：那应该是你的。

孟夷纯说：这话我爱听，但你不是真话吧。

我就说起了以前长长的一段故事，说得孟夷纯眼里有了一层水汽，她抱住我，说：谢谢你！在我的额上吻了一下。我站起来从架板上取了高跟鞋，我说：如果我命里注定要碰上你，这鞋就一定合你的脚！我给她脚上穿，天神，竟然不大不小！

我让孟夷纯把这双高跟鞋穿走，孟夷纯却要脱下来，说她接受这双鞋，这就算是她的鞋了，还是放在这里，你想我了可以看鞋么。我不，我把孟夷纯的旧鞋放在了架板上，我看着这双旧鞋更能想念她，她穿着那双新鞋回去还可以也能想着我。

三十九

我，刘高兴，终于有了性生活！

孟夷纯走后，我在床上发现了她的一根长头发，小心地捡起来，用纸包了压在枕头下。但是，孟夷纯穿着崭新的一双高跟尖头皮鞋咯噔咯噔下了楼刚到巷道，偏偏碰着黄八回来，他目送着孟夷纯出了巷道，就跑上楼来找我。

我把孟夷纯送下楼后返回屋里，屋子里突然无数的星星闪烁。真的是无数的星星，明明对着一颗星走近去，却什么也没有了，就再次返回原位，星星又在闪烁了，而且床席上更多。这些星星当然不是大星星，一点一点，却光亮得很。我觉得奇怪，后来醒悟一定是孟夷纯脸上涂抹了什么而掉下来的，于是蹴在那里看见一个小光亮点了就去捏下来，而捏下来十几个了，以为没有了，一扭头又发现了十几个光点。黄八就进来了，站在门口给我笑，还舔着手。黄八是回来时在巷道买了块油糕，看孟夷纯时糖汁流到了手上。

黄八说：你招了个小姐？

我瞪他。床席上还有一个光点，我坐了上去。

黄八说，我还没见过这么好的小姐，好小姐都是在大宾馆里，你竟能把她带到这里！

我抓起枕头还没砸过去，那只猫却扑过去抓黄八的脚，脚面抓出了血。

轰走了黄八，我才记起枕头下压着的纸包。幸亏没有被黄八发觉。在门口捡起了枕头，听见黄八并没有恼，一边下着楼梯一边还说：贵人吃燕窝，崽娃子吃饸饹，你嫖得好！

我是嫖客吗？我可能是嫖客，因为孟夷纯本身就是妓女，不管是什么原因当了妓女，毕竟她现在干的是妓女的事儿，如果我不是一次一次给她钱，她能到我这里来吗？我自以为我是比韦达他们那些大老板们高尚，可我不也和孟夷纯有了性交吗，虽然性交并未成功。

我突然地理解了那些大老板，也理解了韦达。

但我理解了那些大老板和韦达了，我却有了说不出的自豪感。孟夷纯和他们有交易，而我就那么一点钱，不是孟夷纯也到我这儿来了吗？孟夷纯仅仅是为了那一点钱吗？所以，孟夷纯她来到我这儿她就不是妓女，我在孟夷纯面前也绝不是嫖客。

我坐在床上喘息，床是太硬了，是该换换这张木板床了。

那一个下午，我没有了再上街去拾破烂的意思，坐在床上从后窗看天，天瓦蓝瓦蓝的。西安城的上空从来都是灰蒙蒙的，而那个下午清澈得能望见远远的终南山麓。我取了箫吹。奇怪的是当我吹箫的时候，那下边的东西却突然地英雄了起来！该需要它时它是懒，没用武之地了它竟逞能，真气死我了！我蓦地想起了锁骨菩萨，难道孟夷纯就还真是个活着的锁骨菩萨？锁骨菩萨。锁骨菩萨。我遇到的是锁骨菩萨！大声地喊黄八：黄八，黄八！

黄八在他的屋门口分类着拾来的破烂，弄得满手满脸的黑。

我说：你知道不知道有个塔街？

黄八说：知道，那里有个塔，但我没去过。

我说：想不想去？

黄八说：你想去，我陪你。

我带着黄八真的就去了一趟塔街。黄八要拉架子车，我没让拉，我掏的钱，搭乘了出租车。穿过那一片卖古董的平房，来到了锁骨菩萨塔下，塔下再没见到那个大胡子，我就买了一支铅笔和一个小本子，蹲在石碑前抄那碑文。黄八并不认为这塔有多好看，他说你虽然掏了出租车费，你还得请我吃饭，我说为啥，他说你刚才有了好事么。我瞪他一眼，抄我的碑文，我要把抄的碑文就贴在那个架板之上。黄八说：你肯定是第一次，我第一次就是事后打胡基，平时打胡基一个小时就得歇下，那天晚上，我一气打到后半夜，我没觉得累。我骂黄八：我好心请你出来看塔，你倒胡说八道！黄八不敢再说了，看我抄碑文，问我碑文写的是些什么，我念给他听，他一句也听不懂，我就告诉他，这塔叫锁骨菩萨塔，塔下埋葬着一个菩萨，这菩萨在世的时候别人都以为她是妓女，但她是菩萨，她美丽，她放荡，她结交男人，她善良慈悲，她是以妓之身而行佛智，她是污秽里的圣洁，她使所有和她在一起的人明白了……

我滔滔不绝地给他讲着锁骨菩萨，黄八先还有听着的样子，后来就目光游移，发现了不远处有五个空啤酒瓶子，跑去拾了过来，说：你说。

我给他说个屁！我怎么就带了他出来，他比五富更差劲儿！

黄八见我生了气，便把空啤酒瓶子扔了，又拿石头把瓶子全砸碎，说：这些瓶子卖了能买个肉夹馍哩，我拾不成别人也拾不成！

我说：你就只知道个破烂和吃，是我把你叫出来的，我给你买个肉夹馍，吃去！

我收拾了笔和本子就往古董市场上去，穿过古董市场，前边是有一家肉夹馍的小店的。黄八却撵上来，说：你要真对我好，肉夹馍我不吃，咱到芙蓉园逛去，要看景儿那里比这儿好。

我还能再生黄八的气吗，不生气，反倒笑了。当池头村夜市上的噪音让我睡不着的时候我曾经变个思维去欣赏过噪音，现在我也就觉得黄八太好玩了。我说可以呀，咱去逛芙蓉园，你还想去哪儿？黄八说：是不是芙蓉园花了十亿元？我说：广告上这么说的。黄八说：咱们国家是不是很有钱啦？我说：你看西安多繁华么，南大街又要盖金融一条街呀。黄八说：我就想不通，修一个公园就花十亿，体育馆开一个歌唱会就几百万，办一个这样展览那样展览就上千万，为什么有钱了就只在城市里烧，农村穷成那样就没钱，咱就没钱？！黄八又骂开了，他骂开来是胡骂，既没水平又把他气得不行，我就对着一家古董店的玻璃窗整理我的衣服，玻璃窗上有了另一个我，我在笑黄八，另一个我也就笑黄八。

我说：黄八，你咋有这多的怨言呀，你是不是有病？

他说：我没病。

我说：你过来看看这玻璃窗。

他过来看了，说：看啥么？

我说：你看你。

他说：我见不得我的白癜风。

我说：你笑笑。

他笑了笑。

我说：咱在这城市生活，就像这玻璃窗，你恼它也恼，你笑了它也笑！

黄八不言语了。

到了芙蓉园广场，我告诉黄八，我现在可是在陪你了，其实我也想好好进去看看，上一次和五富没进去成，这一次已经想好了，要在园里最好的景点上都要写上一句：到此一游。

但是，当我叮咛黄八逛完园后，回去绝对不能给五富提起，就看见了石热闹。

事后我想，在我的城市生活里怎么就老能碰着石热闹呢，或许是人以类分？不，我和石热闹绝不是一类人！而总是碰上他，肯定是上天的一种安排，要我一步步历练，真正成为一个城里人吧。

石热闹当时是站在芙蓉园门口的台阶上，他还是那么胖，衣服更肮脏，手里拿着一个很大的硬纸板，上边写着：我是混票者！出出进进的游客经过他身边，都看着他，他满脸油汗，一颗大脑袋垂在胸前。

热闹！我大声叫他，你这是干啥？

旁边人说，这脏胖子没票往里混，芙蓉园里常有人混票，抓住了就要让在这儿示众的。我一下子勃然大怒，过去就把石热闹手里的纸板夺过来撕成碎片，说：你站在这儿干啥，你不嫌丢人吗，没钱没票就不看了么，你丢的人干啥？滚！

石热闹看看我，又扭头看看不远处的收票处的人。他没有动。

我说：还不快滚！

我是一脚踢在石热闹的屁股上的，石热闹走开了，是倒着身子一边看收票处的人一边走。收票处的人看到了这一切，他们没有什么干涉，石热闹撒腿就跑。

我反抄着手，咯吱咯吱地走开了，这不是在故意要装成一个什么领导，我感觉我就是一个领导。阿嚏！打了个喷嚏。

黄八小跑地撵上我，说：高兴，高兴，你把石热闹放走了，人家怎么就没反应？

我说：那是我的气势唬住了他们！

我是拾破烂的，如果没有和这个城里最漂亮的孟夷纯有了关系，我能有这种气势吗？

四十

我已经说过，我制定了我的城市生活规划，而眼下要实施的就是买床。我是这样谋算的，即便一时没能力买床头架，也一定得买张沙发床垫。逛了好多家具店，询问了，一张床垫最少都是五百元。但买床垫绝不能影响按期给孟夷纯三百元，这就逼着我想法儿多挣钱。到哪儿去挣这多余的钱呢？以往的早晨，我是看不上五富和黄八去等驾坡大垃圾场上捡垃圾，现在只好也与他们一道去了。

我压根儿没有想到，在大垃圾场上竟会有成百人的队伍，他们像一群狗撵着运垃圾的车跑，翻斗车倾倒下来的垃圾甚至将有的人埋了，他们又跳出来，抹一下脸，就发疯似的用耙子、铁钩子扒拉起来。到处是飞扬的尘土，到处是在风里飘散的红的白的蓝的黑的塑料袋，到处都有喊叫声。那垃圾场边的一些树枝和苞谷秆搭成的棚子里就有女人跑出来，也有孩子和狗，这些女人和孩子将丈夫或父亲捡出的水泥袋子、破塑料片、油漆桶、铁丝铁皮收拢到一起，抱着、捆着，然后屁股坐在上面，拿了馍吃。不知怎么就打起来了，打得特别地狠，有人开始在哭，有人拼命地追赶一个人，被追赶的终于扔掉了一个编织袋。我茫然地站在那里，不知所措，倒后悔我不该来到这里，五富和黄八也不该来到这里。五富在大声喊，他在喊我，原来他和黄八霸占住了一堆垃圾。我跑过去，五富弓着身在那里扒拉，他满脸脏泥，又出了汗，脸就像个戏台上的大净，而他撅起的屁股，那缝上的裤裆又开裂了，露出那一吊东西，但这一切在这里却并不显得刺眼。他扒拉出什么了就给我扔了过来，我一件一件整理，那些纸箱片全是湿的，废铁丝上又都连着未砸碎的水泥块，塑料鞋编织袋破铝壶铝盆臭气难闻，而一只没了耳把的沙锅也扔过来了，锅里的一截发霉的鸡肠就摔落在我的头上。喂、喂，你捡这沙锅能卖吗？！他又扔过来两只鞋，我生气地把两只破鞋日地朝旁边的一个坑里丢去。五富说：那是我的鞋！他原来穿着鞋在垃圾中行动不便，而且土钻进鞋壳儿使脚拐来拐去又怕拐坏了鞋。我只好又从坑里捡了回来。黄八是没有参与扒拉和整理，他提着一根木棍在旁边警卫。许多人一直在远处的地方站着看我们，一只狗就狂吠着企图过来，黄八抡着木棍反迎着狗扑过去，狗在后退时竟跌倒在地上，那伙人才散去了。

我们终于安全地扒完了那堆垃圾，收获还算可以，但人已经不像了人，是粪土里拱出来的屎壳郎。

每次从等驾坡大垃圾场回来，五富和黄八要再夹着咸菜和辣子吃两个蒸馍，然后才再拉架子车进城，而我必须洗澡。我洗澡是在厕所里洗的，一只有着一个窟窿的壶就挂在厕所的屋梁上，水灌进去再漏下来冲洗得特别舒服。可惜的是一会儿水就漏光了，得不停地叫喊五富来给壶里添水，五富和黄八就奚落我卫生，说：洗，洗，再洗能把农民皮洗掉吗？

在这一点上，我们永远没有共同的语言。比如，进城去兴隆街，我要换一身衣服，他们不换。我要拔净嘴唇上的胡子，他们蓬头垢面。我路过商店橱窗时爱逗留着看里面的时装和穿了时装的塑料模特，他们说：那不是真人！我爱评说这一座楼样子如何而那一座楼的窗子如何，碰着街上交通戒严了又热衷打问来的是外国的元首还是北京的高官，他们就说：得了得了，这与拾破烂有屁相干？！五富和黄八在叽叽咕咕议论起我的不是，我已经感觉到只要我们三人在一块儿，五富有点远离我，喜欢和黄八打打闹闹。鱼群里是有鲸的，鸟中也有凤凰，我没有生他们的气，但他们生活贫贱，精神也贫贱，真替他们可怜。

可怜他们，却绝不离弃他们，这就像我和孟夷纯一块儿在街上走，我的丑陋只能陪衬得她更加美丽，她的美丽又遮蔽了我对丑陋的自卑。我和五富、黄八也是这样。

黄八的优点是他毕竟能守口如瓶，他始终没有给五富说过我带领孟夷纯来剩楼的事。五富一直迟钝着，当他发现我以前出门怀里只揣一块儿豆腐乳而现在要揣两块豆腐乳，我越来越喜欢吹箫，我没事就照镜子拔胡子或用牙签儿剔指甲缝里的泥垢，他说：你最近收入好？我说：好！他说：我也可以，就是再没人送我衣服。我说我捡到了一件圆领老头衫，但后背上印着一个红颜色的5字，可能是谁参加过什么比赛而丢弃了的你穿不穿？五富就跑进我的屋来拿。他拿衫子时终于看见了架板上的新高跟女式皮鞋换成了旧高跟女式皮鞋，还以为杏胡临走时偷偷换的而我不知道。我如实地告诉了一切，他惊讶得目瞪口呆。既然话已说开，我就抑制不住了兴奋，极力给他描绘那天孟夷纯是如何如何地漂亮，但五富不在乎漂亮不漂亮，他说：脱了衣服还不都一样吗？甚至他认为孟夷纯压根儿就不漂亮。可他绝不相信我和孟夷纯没有做成那事，一个劲地为我不再是童子身而高兴。

他说：后来呢？

我说：她就走了。

他说：你给钱了？

我说：给钱了。

他说：你都没做了还给钱？

我说：给钱就为了做吗？

他说：再不要给了！

我说：为啥？

他说：不管孟夷纯怎样，她毕竟是妓女。我老婆给我生第一个娃，难得很，生第二个娃时容易得就像拉了一泡屎，孟夷纯是妓女，她做那事值个啥，可你送她钱，不停地送她钱，你钱赚得轻省吗，那是拾破烂一分一分攒的！

我说：你懂什么呀？我郑重告诉你，不要把孟夷纯想得那么坏，她早不干那事了，不准你再说妓女这类话！

五富说：她就是妓女！

我就火了，不再理他，两天两夜不理他。我知道他每一回到剩楼就主动做饭，而且饭做稠，也知道我感冒了突然案板上有了生姜是他买来的，我故意还是不理他。我就将带回来的几张旧报纸给黄八念，黄八他没兴趣听，不行，须让他听我念，但五富一走近我就不念了。我还弄来了一撮兰草，分开养在两只碗里，一碗放在我屋里的窗台上，站在楼台上给黄八说：黄八，送你一碗兰草吧！黄八说：我要碗不要草。而我听见五富在他的屋里哭。

他一哭，我觉得我事情做得过分了。那一顿饭是我做的，下了挂面，还去巷口商店买了两颗鸡蛋煮在里边。饭熟后我盛了一碗，把另一碗盛好放在那里，五富出来端着吃，吃到一半发现了碗底的荷包蛋，他说：你买了鸡蛋？我说：不爱吃了你放进锅里。他嘿嘿地笑，然后一口把荷包蛋吞了，噎得差点儿出不来气。

我再没有给他说过孟夷纯的事，他也是我们一起要经过美容美发店那条街巷时，就借故绕道走了。我们已经有几个黄昏没有相厮着从兴隆街回池头村，我知道他在给我提供去见孟夷纯的机会。可我后来发觉我往往回池头村了，他却没回来，黄八也没回来。巷对面的老范一次对我说：刘高兴你昨晚没去呀？我说：去哪儿？老范说：五富没告诉城隍庙后街的舞厅？！我说：舞厅？老范的老婆从对面过来，老范就不说了。第二天经过城隍庙后街，特地留意街上门面，真的看到了有个大众舞厅，猜想五富和黄八原来狼狈为奸着来这里厮混。他们一定是在背后议论了我，而且羡慕了我有了孟夷纯，心就不甘吧。这两个东西！将心比心，我就假装什么都不知道。

我暗中观察他们的变化，是都精力充沛，而且话多，但五富却越来越欺负起了黄八，使我觉得纳闷。

一天傍晚，我正在楼上做饭，五富和黄八在槐树下玩象棋，说好谁也不能悔棋，输一盘掏一元钱，两人就较了真，互不相让，吵吵闹闹的五富是输了一盘，人就急起来，开始骂黄八把鞋脱了，臭脚熏得他注意力不集中。黄八穿好鞋，说允许输家发脾气。五富却要再下，一盘两元钱，结果又输了。黄八拿了钱，起身要走，五富说：不准走，再来，一盘四元钱！下着下着，五富说嘴干，要黄八去倒一碗水来，黄八去倒水，他偷挪了马位，最后就赢了。但是黄八不愿掏四元钱，只给一元，两人就吵，又给了一元，五富便扑上去夺。五富个头大，却没黄八有力气，夺不过，一巴掌打在黄八的脸上，黄八就生气了，将手中一元钱撕了，碎纸摔在五富脸上。我在楼台上看得清楚，说：打呀，咋不打啦？！黄八骂骂咧咧进了他的屋，五富却把碎钞票片捡了，上来说：他那猪脑子还想赢我哩！龇着牙笑。我说：还笑呀？五富说：他再不走，我还要打他哩！我说：你也只能欺负个黄八！盛了一碗饭让他端给黄八。五富说：给他端饭？我恨了一声，五富端饭下了楼，饭是捞面，用指头捏起一根先自己吸了，走到黄八门口，饭碗放在门口，说：喂，听着，赖了账还有饭吃！又捏了一根面条在嘴里吸了。

第二天傍晚，他们又恢复了玩象棋，但已不赌钱了，谁输了买酒来喝。赌使人疏远，酒越喝越近，我没有阻止他们。结果黄八输了，买了酒，他自己说酒是他买的就得自己喝够，喝醉了。黄八喝醉了不像五富那样总是唠唠叨叨他老婆，然后便哭。黄八是乱骂一阵了就瓷着眼不吭声，像傻了一般，一进他的屋便倒在地上。这一倒直睡过了一夜，天明我去上厕所，他趴在地上刚睁开眼，他说：我还以为仍在五富屋里喝酒着？我说：你死了你都不知道！他说：真的，人死了肯定和这喝醉一样，死了还以为仍在喝酒哩。就爬起来又骂五富，嫌五富在他喝醉了没扶他睡到床上，而且门没拉上，让蚊子吃了他一夜。

四十一

又是十天的光景吧，那日一早又下了大雨，起来后五富就指天发狠：不能上街了，又得白活一天！我说：坐着想心事么。五富说：有啥想的，我尿一泡了再睡呀，吃饭时不要叫我。他去了厕所，我从床上取了喝剩下的半瓶酒，喝着喝着就想起孟夷纯，一个人在那里偷着乐。五富从厕所回来，说：没个下酒菜喝什么呀？我在心里说：回忆是最好的下酒菜。五富却低了声，说：高兴，你得去救救黄八！

我说黄八怎么啦，五富说黄八屋里空着。黄八不在屋里？五富说你没注意他这几天夜不归宿吗？黄八夜不归宿，这我没料到。咹？！我拿眼睛瞪着五富。

这个时候的五富，扭捏得像个女人，脸色通红，不敢正眼看我。他或许是感到了羞耻，也感到了事态的严重性，承认了他和黄八去过城隍庙后街的大众舞厅，他们是花十元钱解决过问题。五富说到这儿，反复地抱怨去舞厅是巷对面的老范教唆了黄八，而黄八又勾引了他，也是他出来这么久了，实在是扛不住了，黄八一勾引他就上了钩。说罢拿眼睛看我。我清楚他那目光的意思：你能找孟夷纯，我们只是找了那些低等的妓女。我不计较五富，显得很平静，我说：不说这些了五富，说黄八，黄八怎么啦？

五富提供的情况却一下子使我心紧起来。

五富提供的情况是这样的：黄八在舞厅结识了一个女的，四十多岁，牙有些突，嘴唇子老盖不住牙。黄八向人家吹嘘他是工厂的工人。那女的不相信，说工人没有像你这么黑的，黄八就说他是锅炉工，二十年的工龄了，厂里的福利非常好，十天就发一双手套、毛巾和肥皂，还发一袋米。那女的便叫他黄哥，让黄哥到她的住处去。女的是住在北城墙洞里，黄八去过一次后又带了五富也去过一次，那些洞是七十年代挖的防空洞，里面用树枝和苞谷秆扎的隔墙，隔出了无数个小屋子。那女的屋子是最里边一间，凉爽是凉爽，光线不好，空气也不好，像坏了的酸菜味。女的晚上在舞厅看脸色还白白的，白天里看了脸又黑又青，没一点光泽，牙更突着，牙是黄牙。

我说：牙是黄牙？你不是说脱了衣服都一样吗？

五富说：你咋还记着这话？我不是说那女的好不好，那城墙洞里人乱得很，黄八老往那儿跑，说不定会出事的！

我继续喝酒，觉得事情是有些严重。

五富说：他昨夜没回来……到现在还没回来……

我没有让五富喝一口，我独自喝。

五富一直看着我，像等着念宣判书。我把那些酒全喝完了，我说：做饭，做饭。五富不高兴，但还是去做饭了，他熬了一锅糊汤，糊汤咕咕嘟嘟冒泡响，他咕咕嘟嘟地说什么，我也听不懂，我也不想听，糊汤熬好了，他说：你吃吧，我睡去。

我说：你得吃！吃了带我去城墙洞。

五富是用自行车驮着我去了北城墙，他领错了三次路，才在哗哗啦啦的雨中寻着了那女的居住的洞口。钻了进去，果然洞子深长，而两边搭隔的房间无数，我们不停地碰着了几个废油漆罐儿和空啤酒瓶，洞里就回响着连绵不断的破裂声。总算见到了脸色黑青的女人。黄八没有在，女人在熬中药，中药袋上写着乙型肝炎的字样，有一个男人就坐在地铺上，鞋上沾满了泥水，使劲儿地在腿上抓痒。男人看我们的眼光是绿的，他说：他们是谁？我不在你就和他们也狗连蛋吗？他没看女人，女人打了个冷战。

女人说：不，不，我不认识他们。

我立即感到了危险。这男人的气味和声音让我怀疑他霸占着这个女人，而且他像是逃犯，即便不是逃犯也是刑满释放了没有找下工作的人。我说：啊，我们路过这儿，来寻个乡党的，你们见过黄石头？壮壮的，光头，是鬼剃头的光头。

男人骂：滚！

五富却强硬起来，他以为我在旁边，但我是和人硬碰硬的角色吗？没眼色！五富要惹祸了，他说：咋这样说话，会不会说话，你是谁，你让我们滚？！

男人从地铺上往起爬，说：我是谁？你过来，我告诉你。

我拉他没拉住，五富往近走，男人一把揪住了五富的领口，五富那么高的身架，人家一揪就像揪了个苞谷秆捆儿。男人说：我砍过人，公安局抓我，我跑出来的。这女人是我用的，我要用就来用，我不用谁也别想沾她，知道不？抽了五富一个嘴巴。

到了这个时候，我能不出手吗，显然我无法打倒他，但我还是扑了上去。那男人是土豹子生的，我还没靠近他，他就将我掀倒了，我的西服剐在一根木桩上，他又过来踢我，西服就拉扯了一个大口子。他弄坏了我的西服！我一下子怒从胆生。我使出了清风镇妇女们同男的打架的阴招，就是一头撞过去双手抓他的生殖器，用力一握，他哎哟一声窝在那里不动了。

五富被那个巴掌抽得转了一个圈儿，在地上寻找石头，地上没有石头。洞中的一间屋子门口有一个木杆，杆头上拴着绳子连接了另一间屋子的门框上，他去拔木杆，三拔两拔木杆不动。我跳起身叫道：你敢打人？好么，你打么！也跑过去帮五富拔木杆，却一拉五富猫腰就跑。

跑出十多丈了，回头看看，男人没有追出洞口，五富还不甘心，又在地上寻石头。我说：你不想呀，还要去打呀，你没看那是个亡命徒吗？

五富擦嘴，嘴上有了一股子血流下来。他说：你拉我跑啥的，咱两个还收拾不了他？我说：再打你没命了我也没命啦，城里水深着哩，要学会保护自己。

五富说：今日不爽！

我心疼着我的西服，但我说：咱能改变的去改变，不能改变的去适应，不能适应的去宽容，不能宽容的就放弃。

五富说：这谁说的？

我说：报上说的。

五富说：让别人知道了咱丢人么。

我说：咱不说谁知道？

五富说：咱知道。

我说：忘掉！

两个人沿着城墙根下的马道走，雨还下着，有点儿凉。过去的事就过去了，要做得像什么事情也没发生。我说，五富，我教你唱秦腔，他大舅他二舅都是他舅，高桌子低凳子都是木头，唱！五富说他嘴笨，唱不了，却又问我：黄八咱就不管了？我说：咋能不管？！黄八肯定不知道那女的住处来了个凶神恶煞，如果他再去，瞧他那个笨样，小命就没了。

可雨哗哗地下，黄八人在哪儿呀？

西安城虽然不是清风镇，西安城也仍是说鳖就来蛇的地方，我和五富已经决定了就在城墙根一带转悠着等候黄八出现，刚一到马道口，黄八便从北城门口一摇一晃地走了过来。他拉着架子车，车把上挂着一副羊肠子，见了我和五富，忙把草帽往下按，要钻另一个小巷。

我把他喊住了：你以为草帽能隐身呀？

黄八嘴里像噙了核桃：那……那……你们怎么在这儿？

我问你，黄八，你怎么在这儿？

我，我……买了副羊肠子，这羊肠子不好买，我赶了个大早……咱们炖肠子胡辣汤。

不是吧？

怎么能不是呢？

恐怕是去城墙洞吧？！

黄八的脸先还是黄，现在黄成表纸了，他知道五富把一切都给我说了，恨五富：你是个婆娘嘴！便从怀里掏一根纸烟给五富，五富接时他又不给了，给了我，说：高兴，你听我说，那女人……唉，都是出门在外……

我说：你知道不知道她有病，你要是染上病了还想活呀不活？

黄八说：你说得邪乎了，高兴！嘿嘿，那是个好女人，会伺候男人哩。她有什么病，她只是感冒了熬些中药喝……五富是吃不上葡萄就说葡萄酸。

五富说：我说葡萄酸？那你去吧，现在她那儿还有一个男人，等着卸你腿哩！

黄八说：你们去她那儿了？还有人？五富你别诓我！

五富说：谁诓你，× 他娘！

黄八的脸都变形了。

那男人是她丈夫？不知道。哪来的野汉？不知道。肯定是野汉！在那里我是见过有一双四十三码的胶鞋的……把他的，别人能去，咱就不能去？去，去，去送你的小命吧！五富叙说了城墙洞里的一幕，黄八扑沓蹴在了地上。

我们回到了池头村，那副羊肠子，黄八洗了也炖了，要让我和五富一块儿吃。我去得晚，去时他们已吃开了，肠子似乎没炖熟，五富嚼了一阵嚼不烂，黄八说咽了咽了，五富从嘴里把一截肠子拿出来，看了看又放进去，一梗脖子咽下去了。我突然想起了什么，说：黄八，你近日身体好不？黄八说：还行，就是瞌睡多。我又问：恶心吗？黄八说：早晨起来想吐又吐不出来。我拉起五富就走。

到了楼上，五富问怎么啦，我说黄八可能染上乙肝了，以后他的任何东西都不要吃，也不要用他的盆呀碗的。五富问乙肝是啥病，这么怕的？我说乙肝是富贵病，染上了你干不了活儿还得吃好喝好多休息。五富说黄八那么穷的得了富贵病？！想把吃进去的羊肠子吐出来，没吐出来，用开水涮了嘴。

在城市生活，我们是没资格得病的，尤其没资格得这种富贵病，而可怜的黄八得上这种富贵病了，我心里不是个滋味，既不能说破，又不能让他去看医生抓药。

而我们越是不吃黄八的东西，黄八越显得比先前热情大方，凡是有了什么好吃好喝的总要给我们端一碗。我们当然说感谢话，待他一离开，那一碗吃喝就倒了。但是，五富却疑神疑鬼了，说他没有和那女的睡过觉，只搋了一回奶，可他是吃过黄八做过的饭，会不会也染上病呢？

我说：你想不想吃肉，红烧肉？

五富说：你买肉啦？

我说：一说肉你眼里放光哩，没事！

五富拉着我问吃肉怎么就没事了，我当然给他说不清乙肝到底是一种什么病，但我知道乙肝在清风镇是叫作鼓症的。我的父亲，患的就是这种病死的。患上这种病了不想吃肉，尤其是肥肉，一提说肥肉就犯恶心。五富高兴了，说他想他不会有事的，家里那么穷，娃娃又小，他染上病了这个家不是就完了？老天爷是不准他害病的！他说他真的想吃肉，昨儿晚上还梦着吃大块肉哩。

为了证明没染上乙肝，也是为了庆贺没染上乙肝，五富买了三斤肉要吃呀。

三斤大肉煮熟了，因为没有白糖熬出的酱色，肉皮上不了色，白花花的，我盛了半碗，五富竟端了一碗蹴在楼梯台上吃。五富吃肉像狼一样贪，一大片肉塞到嘴里咕涌几下就咽，又夹一大片肉往嘴里塞，油就顺着嘴角往下流。他说：高兴，香不？我还没回答，他就说：狗日的肉就是香！瞧他的样子，我彻底放了心，说：你多嚼着，别卡在喉咙憋死了。他说：死了也是吃死鬼！

我们吃着说着，黄八就在槐树下往上看，不停地提示着他的存在。肉煮着的时候，黄八就闻见了香味，但他不知道楼上做了什么好吃的，待到五富蹴在那里吃红烧肉，他隔窗瞧见了五富油光光的嘴，心想我们一定会喊他也去吃的，可喊声没有，心里就发恨，先在屋里哼了一声秦腔，又走出来，说：五富，天上云像瓦片子，明日是不是更热呀？

五富说：热么！

五富蹴在梯台上吃肉，就是要引诱黄八的，如果黄八一见到他吃肉就犯恶心，那就是染上乙肝无疑了。五富说：你吃啦？

黄八说：没哩。

五富说：你吃肉呀不，我做了红烧肉！

黄八说：吃么！嘴巴上流出了口水。

五富吓了一跳，忙看我，低声说：他说他也吃？！我也是吃惊，说：他能吃？那让他吃，锅里的肉都给他。五富就对黄八说：你还真吃呀？你拿碗上来。

五富骂黄八拿上来的是个大碗。你咋不把盆子拿了来？！给黄八的碗里夹了五片，锅盖就盖了。

难道黄八也没染上乙肝？我是眼看着黄八把肉一片一片吃完，最后的那一片掉在了地上，他拿去在水池上冲了冲土，还是放在嘴里吃了。没染上就好。往垃圾桶吐痰，垃圾桶不嫌肮脏，苍蝇从来不怕不卫生的。

四十二

五富和黄八都没染上乙肝，五富和黄八就又厮混在了一起，每日回到池头村，一吃完晚饭就去夜市上晃荡。我警告过别再去舞厅，五富信誓旦旦给我作保证，说他也监督着黄八不去舞厅。我说你现在是越来越不愿和我一块儿待了，五富说黄八是没缰绳的野驴还得我去笼么。五富也知道了使唤人，我就笑了。五富见我笑，他也笑，他是前一天把一颗门牙掉了，笑起来漏气。

这一天傍晚我去收购站交货，瘦猴问五富呢，五富是不是病了？我说你才病了！但五富早上和我一块儿到兴隆街的，他怎么不来交货？我又等了一会儿，还是没见他来，就疑心会不会是黄八下午又勾引他去什么地方浪了，憋了气要回来教训教训。刚一进剩楼，五富和黄八都坐在槐树底下一人端着个碗喝酒哩。五富说：就等你哩，给你留着半瓶！我抓过酒瓶子咣地摔在地上。

五富当下瓷在那里，说：你?

我说：有了几个钱啦？！

五富说：有了。

我更生气了，说：有了几个钱就又胡逛啦？！

五富说：没呀！

黄八却跑去捡酒瓶子，瓶子碎了，瓶底上还有一点酒，他拿起了就吸。这个时候我不骂黄八，黄八毕竟不是我带进城的，我对他没有责任。

我说：没胡逛？没胡逛你拾的破烂呢？

五富说：不一定拾破烂就能挣钱么。

我说：不拾破烂你挣鬼的钱？！

五富说：是挣了鬼的钱。

他从怀里掏出一张五十元的钞票让我看。我会看吗，我才不看。五富把钱放在黄八的窗台上，说：不是冥票，是人民币！但一股风从楼台上溜了过来，吹得钞票悠忽悠忽往天上去。黄八哎呀一声，手在空中抓，钞票被风贴在了厕所的墙上，黄八揭了，说：是人民的那个币，高兴，我俩一人五十元。

五十元？做啥了能挣到五十元？我的气越发大了，能挣这么多钱肯定是五富和黄八又去干什么偷偷抢抢的事，而干这种事我不在，他们两个能保证不出事吗？我拿眼睛瞪着五富，我觉得那时我的眼睛怪异得像蛇眼，老鼠碰见蛇的时候老鼠就软了，不会跑，反倒一步步向蛇靠近。

五富果然就支支吾吾。

说呀，说呀！我得势不饶人，就逼着他。

黄八把五富拉到一旁，塞给了一个萝卜。他们喝酒的时候下酒菜就是两个白萝卜。黄八说：你说么，你不说好像咱是去偷了抢了，不就是有些晦气吗？！你不说我说！

黄八就说啦。他说今日上街后，他去二道巷找五富，他找五富是想让五富一块儿到城墙洞里去看那个女的，他几个晚上都梦到那个女的了。黄八说到这里有点不好意思，偷看我的脸。五富赶紧说：你把话说清楚，我拒绝了没有？黄八说：五富拒绝了。我鼻子哼了一下。黄八说，五富真的不去，我还说请你吃一顿去不去，五富还是不去。就在这时候有人来喊我们，说前边的高层楼上死了人，楼上偏偏停了电，愿出一百元让我们上楼把尸体背下来。我问怎么死在楼上，是病死的还是暴死的？人家说是自杀的。我又问是女的吧，女人气量小，一吵架就寻死觅活呀。人家说是男的。我就说男人自杀？人家说，是个领导哩，你们背不背，话这么多！我们不想去，这领导活着坐车哩，死了也要人背？何况人死了魂三天里不散，背死人晦气，可背一趟能挣一百元，这心又痒痒的。五富说背呀不背？我说一百元往哪儿挣去，背。我们就上楼背了。死人是个胖子，他是用绳挂在复式楼沿上吊死的，舌头伸得老长。我们听旁边人讲，这是位局长，市里查出了一桩经济大案，已经逮捕了十三个干部，专案组把他叫去谈话了一次，他回来就自杀了。

黄八说到这儿，问我：高兴，你说他为什么自杀，一定是也受贿了吧，或者是他一死，线索就断了，他知道他躲不过去，以死保护更多的当官的，那些当官的就可以照看他的家人了？

我说：你这阵咋这聪明的，啥都知道？！

黄八说：我们县上就出了这样类似的事，所以我知道。

黄八接着说，是我背的，五富在后边扶着，人活着百儿八十斤我轻轻松松背的，人一死咋那么沉呀，差点儿没把我累趴下！尤其是那舌头，就耷拉在我后脖上，像死蛇一样瘆人，我说把舌头包住，五富拿了条毛巾来包没包住，旁边人取了个白床单把尸体裹了我重新背上。

我不愿再听下去，说：还有啥说的？

黄八说：我就背下楼了。

五富再没吃萝卜，说：背了死人，我们心里总觉得不美，向人家要了一瓶酒，说喷喷身子，驱驱邪。人家给了一瓶酒，就是这瓶酒。

我嘘了一口气。我委屈了五富和黄八，但我绝不给他们个笑脸的，这样有损于我的威信。我一边脱身上的T恤衫一边往楼上走，我说：我赔你们酒。

五富和黄八立即轻松了。黄八说：狗日的，多死几个贪官才好哩！五富已经会说话了，他说：你赔啥酒呀？打着亲骂着爱，你还不是为了我们好吗？高兴你笑一笑，你笑一笑了我和黄八心就踏实了。

我哼地笑了一下。

五富马上命令黄八：东西呢，还不把东西送给高兴！

黄八从口袋掏出一副眼镜。是墨镜，方框儿墨镜。

城里有好多好多人都戴这种眼镜，戴上这种眼镜看上去很有势。但我们作践过，说远远看去是眼睛被老鸹啖了一样。

我说：这哪儿来的？

黄八说：死人的舌头那么长，我有些不愿意背，人家拿了床头这副墨镜给了我。其实戴上这墨镜我还是能看到那舌头。

屁话，看不见那还叫镜吗？这肯定是死人生前戴的，这贪官可能还有一件黑色的风衣，穿上黑色风衣再戴上这样的墨镜，我在街上见的多了，那阔呀！但我对着墨镜呸了一口。

五富说：你嫌不吉利？

我说：是不吉利，你们不是给喷过酒了吗？

这副墨镜就这样归了我。啊哈，那个局长生前贪污哩，死了不是什么也没了吗，连这副镜都归了我了！我进了自己屋将门关上，戴上墨镜，镜腿子不长不短，合适得很。把西服穿了。把皮鞋穿了。窗台上那块三角玻璃镜片里映出了一个新形象。谁能看出我是一个从清风镇来的人呢？而城里那些人，相当多的一部分，如果给他们穿一身农民的衣服，那就是农村最难看的男人和女人，甚至还不如五富和黄八吧。我在三角玻璃片镜子里总是照不出全身，就把镜片子放到墙上的架板上，人站在了床上，镜子里的人立即完整了，威风凛凛。你是谁？我说：刘高兴！

嘭，嘭，嘭，五富在敲门。

我赶紧把墨镜卸下来，放好。我决定要回报五富和黄八，送给五富摆在窗台上的那只金黄色的塑料帆船吧。这样的帆船在许多店铺里常见，取意一帆风顺，我从垃圾桶里捡来的时候我就喜欢。送黄八什么呢？

五富进了屋，他是端了一碗水要给那碗兰草浇的。

我说：你开始爱这兰草啦？

五富说：这种草在咱清风镇的南山上到处都是，拿到城里就贵重了！

我说：芙蓉园里都是些假山，咱不是也要买票进去看吗？

五富说：城里好多事我搞不懂。

我说：你是搞不懂。爱这兰草了，我送给你，那个一帆风顺船我就送黄八。

五富说：我啥都不要，帆船也不要给黄八。

我说：都看不上？

五富说：你留着，你要顺着。

五富笑，是谄媚的笑，我嗯了一声后，五富又说：你顺了我和黄八也就顺了。

四十三

有了墨镜，我当然想上街，也当然想去孟夷纯那儿，但后半天又起了风。西安什么都好，就是风多，风一刮起，你觉得窗外的空中有狼在嗥，有鬼在哭，有无数的人拿了铁棍榔头和砖头群殴，我就再没有睡着。五富是开门出去了几次，先是喊我把窗子关好，以防窗子吹开了震碎玻璃，后又是出去把放在楼台角的那些分了类的破烂用绳系好，压上砖头，再就喊黄八：黄八、黄八，你还不把伙房上的那些东西取下来，让风飘散啊？！但黄八睡觉死，七声八声喊不应，我就出来了，说：有你喊叫这长时间，你把那些东西都取下来了！五富说：他给我日了孙子啦，我给他取？话是那么说着，他还是去了伙房顶上。伙房顶上放着一大捆塑料袋，还有三包废包装纸，他提了那捆塑料袋往下扔，一脚没踏牢，人和袋捆子就扑通跌下去。我说：五富，五富！他没吭声，吓得我赶忙拉开屋里电灯，让灯光从门里照下去，就往楼下跑，他一丝不挂地坐在塑料袋捆上查看他的交裆。我说：没事吧？他说：多亏袋捆子垫着，× 碰了一下不要紧。我说：你啥都没穿？！他说：我睡觉不穿裤头。就又骂：黄八，黄八，× 要是伤了我和你没个完！而黄八始终没醒来。

天亮，风是小了，却又下了雨，风把尘土吹得天灰蒙蒙的，下了雨当然是好事，但雨是泥雨。五富光着膀子在楼台上站了一会儿，身上满是黄点，像只梅花鹿。这样的天气上街还能有什么破烂拾呢，五富就牢骚：只说多挣了五十元，没想又要歇一天！他问我干啥呀，我说能干啥？就怀念起清风镇那间大牛棚了。大牛棚以前饲养着三十头牛，后来土地承包了，牛没了，大牛棚成了雨天雪天村民聚众闲谝的场所。唉，西安城里如果有那么个大厅专供打工人在这样的天气里去享用就好了，那我们就可以见到更多的乡党，去说话，去诉苦，去打闹，各自带了小食品去交换着吃。西安城不为我们着想，那还是喝酒吧。

但是，五富昨天才喝了酒，今日又喝是不是奢侈啦？他不想去买，又不敢让我去买，就喊黄八去，黄八说每一次咋都是我去买？五富说：好啦好啦，我去，哪怕明日嘴吊起来哩，今日我得喝酒！他走到楼梯下边却不去了，说：心躁躁的喝的啥酒？咱划拳喝浆水吧。我看着他笑，他真的就上来从酸菜盆里舀浆水，舀出一大碗了，喊：黄八，把豆腐干贡献出来！

黄八是昨天挣了五十元后买了一包豆腐干的，但黄八在他的屋里没有吭声。

五富说：昨天夜里我替你收拾东西差点儿都没 × 了，你连豆腐干都舍不得了吗？！

噔噔噔跑下楼，黄八在屋里的后窗上歪着，从窗缝里往外看。五富说：看啥哩？黄八扭过头向他招手，五富近去从窗缝看了，隔壁院的屋墙上也有一个窗子，窗帘没拉，一男一女在里边正做那事。那男女不停地变换姿势，黄八和五富腿都站麻了，人家还不结束，他们就生一肚子气，不看了，提了豆腐干上了楼。

浆水我是不喝的，五富和黄八却喝得香，一口一句：喝呀，喝，往醉里喝！喝着喝着，黄八说：那东西还能吃呀？！我说：吃啥的？黄八说：吃红萝卜。我说：红萝卜咋不能吃？他们哈哈地笑，笑得流了眼泪。五富说：这事不敢哄高兴。便说了刚才偷眼的事，感叹结婚这么多年了竟不晓得还有那么多的花样，农村人和城里人到底不一样，城乡差别啊！正说着，咣当一声，风突然把门吹开，楼台上的那些塑料硬管掉到了树下。我说这风咋又紧了，不会是要沙尘暴吧？五富说：下了雨不会来沙尘暴的。黄八往门外看了看，骂道：刮你娘的 ×！他的陡然躁恼使我和五富都吃了一惊，想训他，又忍住没训，三人一时都没了声，听巷道里什么东西被刮倒了，喊里哐啷地响。五富终于把剩下的浆水泼了，说：喝啥哩喝，胃都快酸烂了！便提议到村前的街巷里转转，那里店铺多，或许有东西被刮下来让咱拾着。黄八说池头村是韩大宝他们几个人承包着，先前他在村前的街道上收过破烂，韩大宝就警告过一次，咱现在再去人家会罚款的。五富说咱不拉架子车，提个麻袋，就那么巧能碰上韩大宝？我当然是不去的，看着他们提着麻袋出去走了，却收拾起了自行车。

收拾自行车，我是要去进城看孟夷纯呀！天阴天下雨的时候，不知怎么我就老想着孟夷纯，是不是人和这天一样，天地交汇了人也冲动着要阴阳结合呢？刚才黄八和五富在，我不好意思出门，这下他们走了，阿弥陀佛，我就叫了一下：孟夷纯！

城里的大街上空荡了许多，我和自行车倾斜了三十度在风雨里骑行，如果这风雨来得再猛一些，我就会被刮得贴在那堵围墙上，如果风突然一息，我又会一下子跌倒在泥水里，我觉得我在耍杂技。在这么恶劣的天气里去见孟夷纯，孟夷纯会是怎么个感动呢？她会怨恨我为什么这个时候来看她，是傻猫，是蠢猪，是不要命呀，却又心疼地替我擦头上的雨水吗？女人又恨又疼的时候是要举一双拳头在我怀里捶的，那不是一双拳头，是棉花锤儿！小心，孟夷纯，别打坏了墨镜。我便要从怀里掏出墨镜，一定要做出毫无显摆的样子，是不经意地掏出来的。而孟夷纯立即就惊叫了，哇，多漂亮的墨镜呀，给我戴上，左一下右一下地乐。这全是我脑子里想的，一路上脑子没有停过，甚至想象我赶到美容美发店了，天上最好下起刀子，下石头瓦块，孟夷纯看见了我，啊的一声，兴奋得昏了。但是，我终于推开了美容美发店的门，孟夷纯却没有在。怎么没有在呀，是没有来上班还是去了别的地方？店里人说不知道，反正两天没来了。又打问孟夷纯是住在哪儿，店里人又始终不肯说。我要给孟夷纯打手机，美容美发店里没座机，只好跑到一家杂货铺里借人家电话，手机是通了，传过来的声音低沉而沙哑。

我说：喂，喂，我是刘高兴，是我！

电话里的声音依然含糊不清。

我说：咋啦，你怎么啦，哭啦？咹，咹？！

电话里说：没，我没。却有了哽咽。

我着急地问孟夷纯你现在在哪儿，孟夷纯就是不说。怎么能不说呢，到底在哪儿？我在劝说，在安慰，在询问和埋怨，杂货铺的老板一直在看着我，他挪开了电话机旁的一个花瓶，因为我的手在空中挥舞，他担心撞倒了花瓶。末了我向他要笔，笔在手心写孟夷纯告诉的地址，笔尖戳伤了手心肉，然后一放下电话推了自行车跑。一跨腿骑上了车座，他娘的，链条掉了。

骑过了两条街，钻过了一条巷，我不晓得还有没有风雨，而我的浑身如落汤鸡一样。我将车子放在了一幢楼下，爬上了十三层楼，门推开了，小小的套间屋里，一个小电视，一个小衣橱，一张矮脚床，孟夷纯坐在床上抹眼泪。

孟夷纯告诉了我，她是在县公安局再一次通报有了罪犯新的线索后寄去了一万元，办案人员是跑了一趟汕头又跑了一趟普陀山，结果又是扑了个空。他们返回到西安后给她打电话，她去见了，要她再付宾馆住宿费、伙食费，还要买从西安到米阳县的火车票。孟夷纯说：我哪儿还有钱，我的钱是从地上捡树叶吗？到底是破案哩还是旅游的，便宜的旅馆不能住吗，偏住四星级宾馆，要抽纸烟，要喝茶，还要逛芙蓉园，我到哪儿弄钱去？！

床上摊着七张印着毛主席头像的人民币，孟夷纯点着了一根纸烟，她竟然吸纸烟，狠劲地吸，两股浓烟就喷出来直冲着床，人民币成了晨雾里霜打了的树叶。

我说：夷纯，夷纯。

她不看我，一直盯着人民币，竟把烟头对着一张人民币，人民币上烧出了一个洞，突然说：毛主席，毛主席！你咋不爱我呀？！眼泪吧吧吧地滴下来。

我去扶她，她一下子趴在我的肩头上哭，她是把所有的重量都压在我肩上，我想站起来，因为我浑身湿着，但我无法站起来，我身子也坐在了床铺上，床铺立即也湿了一片。那一刻我有些慌，想抱住她给她安慰，又怕这样不妥，就一动不动着姿势，任她哭，而眼光看到了墙上唯一的一张男人的照片。照片上的男人应该是她的哥哥，他们有着相似的高鼻子。我默默地给照片说：你如果地下有灵，你真要是个鬼，你咋不追索罪犯？你追罪犯索命，罪犯就慌了，就容易露出马脚了，啊？啊？！

我说：这太不像话了！我去找他们，他们住在哪个宾馆？

孟夷纯说：你去了没用，韦达去了。

这么说，韦达也来过了，或许是孟夷纯已经去找过了韦达。孟夷纯一遇到重大困难，她都是要告诉韦达的？孟夷纯到底还是信任韦达。

韦达去了？我重复着她的话。

孟夷纯还在我的肩头上哽咽，鼻涕眼泪湿了我的脖子。甭哭，夷纯，咱再想想办法，办法总会有的。我在口袋里掏，掏出了三百元钱塞进了孟夷纯的手提兜里。往常送钱，我都要说许多话的，现在我没说，钱捏成了一卷儿，似乎羞于让人看见。孟夷纯当然是看见了，她也没有说什么，仍像以前一样，她取出那卷钱，一张一张数，都是些一元一元的零票子，有一张少着一个角儿，以为是破损的，抠了抠，角儿才是折着，她压平了，又数了二十张返回给我，说：你没吃饭的。

我说：就这点钱，还给我留什么呀？

但孟夷纯硬是把那二十元装进我的上衣口袋，并系上了扣子。

孟夷纯重新坐好在床垫上，我就坐在她的对面，她脚上穿的正是我的那双高跟皮鞋，而我没有了以往最容易逗起的那种急逼。韦达去了？我心里又泛上了这句话。我在孟夷纯的心中位置仍还不如韦达，我也真的不如韦达，尤其这关键时刻。我们默默地捡着那些摊开的人民币，枕头边的小闹钟嘀嗒嘀嗒响，每一声响都像是锤子在我心上砸。

楼道里开始有了脚步，似乎有人在走上来。

是韦达？孟夷纯抬起了头，让我去开门。

我将门开了，门口并没有人，而下边一层有门响，是别人从楼下回家了。我回坐到床边，孟夷纯低着头用指头缠绞她的发梢。这双手是棉花做的，会越握越小，但我没有握，只是按了按，我说：那，我走呀。

孟夷纯这才说：噢，今日风雨这大的，你还上街了？

我说：没有。

孟夷纯说：那就是特意来看我的……我这儿一有事，你就有了感应。

我说：可我没本事……

我走到了门口，门口放鞋的地方有一袋垃圾，我提了要给她捎带到楼下去。孟夷纯却叫了一声：你来！

我放下垃圾袋又走过去，她说你没事就不急着走么，却从手上卸戒指。她有一枚很漂亮的戒指。卸下来了，竟又戴上。

我说：有让我办的事？

孟夷纯说：算了。这戒指五年前我三千元买的，想让你打问着有谁肯买，二千元我出手的，一想到你到哪儿去打问呀，算了。你帮我把这台电视机卖了吧，能卖几个钱是几个钱。

我说：那你不是没电视看了？

孟夷纯说：你不是也没电视看吗……以后再买个大的吧。

我把电视机抱起来，但我的怀里装着墨镜，担心把墨镜压坏了，我说你在我怀里掏一下。她伸手掏，掏出了一包塑料纸包着的豆腐乳，掏出了一把一角钱的零票子，掏出了墨镜。她对墨镜并没有惊奇。她还到我怀里掏，我说：没了，没啥掏了。她看着我，轻轻地说：还有心哩。

她的眼睫毛上挂着泪水，我那时又恍惚了一下，似乎回到了清风镇的池塘边，池塘边的茅草上满是露珠，我往池塘里一望，里边就有了一个我。

我伸头把她亲了一下。她说：下楼小心点。

我小心地把电视机抱下楼，走了近二里路才在一家电器修理部卖掉了。为了够二十元，我和修理部的老板争吵得红脖子涨脸，他甚至辱骂我刁，是刁民，刁民就刁民吧，你就得要付够二十元钱。

四十四

把卖掉的电视机钱交给孟夷纯后，我回到了池头村。五富他们已回来了，都湿头土脸的，好像要给我说什么，我吊着脸，不愿搭理，进屋就睡了。

我是被饿醒了的，醒来却已是半夜，自己起来从案板上拿了个萝卜啃起来，就把所有的积蓄放在床上数，仅仅只有一千元。取出了四百元装在口袋里，把六百元重新装了包藏好。睡到床上了，又爬起来把藏好的包取出，从中再取了一百，说：你真小气，一人一半！想着明日再去给孟夷纯送五百元，一时却茫然起来：这五百元能济什么事呢，如果靠我这点去破案是放屁添风呀。韦达，我叫着我的另一半，你为什么不给孟夷纯掏十万八万呢，那些老板为什么不一次资助孟夷纯的破案费呢？我刘高兴是没钱呀！

钱呀钱，我叹了一口气，钱真难住了我。

重新睡下，我就做梦了，我只说我会做出有关钱的梦，甚至在迷迷糊糊之际想着我如果有钱了，我会抱一大堆钱去见孟夷纯，如果孟夷纯的房子里有韦达和那些大老板最好，我不指责他们，也不嘲笑他们，什么话也不说，只是把钱往孟夷纯的床上放，放了一沓又一沓，钱垒得高到了我的鼻尖。但我的梦里竟然丝毫没有梦到钱，而又是我光脚在大街上跑，一直就跑上了十三层楼，孟夷纯说你来啦，我说我来啦。孟夷纯说我才要给你打电话呀，你就来了？！我说我有感应的。孟夷纯就和我商量她要换住处，说这座房子租金太贵了，让我帮她寻一处更便宜的房子。我就说那你住到我那儿吧。她说住你那儿？住你那儿算怎么回事呀？！我那时真不好意思了，但我突然就勇敢了，我说咱们就住在一起么，夷纯，这话我可能说得太早了点，可我就是这么想的，我想以后我们肯定要住在一起的！她看着我，但她摇头了。我说你嫌我那儿条件太差吗？她还是摇头。我说夷纯，我爱你，我真的爱你，咱们就住在一起吧。她说我知道你爱我，但我们不可能。我说为什么不可能呢？我配不上你吗？她说我已经不适应你，不是你不好，是你养不活我，也不会容忍我。我当时就闷住了，我说你不要去美容美发店了，凭你的容貌和才干还愁找不下个工作吗？如果找不下，咱一块儿去拾破烂。她说：干什么工作能挣大钱？没钱怎么破案呀？！又叹了一声，说我走不回来了。我说那我容忍，你做什么我都容忍。她仍然在摇头。我说那你爱韦达？你什么都找韦达，你想嫁给韦达吗？她说我是依靠他，我也爱过他，嫁他也是不可能，他也不会容忍我。她就站在那里看我，我也看着她，但她突然就不见了，而地上只剩下那一双高跟鞋。

醒来了，我一时弄不明白这是在梦里呢还是现实发生的事，但我是躺在床上的，胃里作酸，像猫在里边抓。是梦。梦里我和孟夷纯怎么就说了那么多话，而孟夷纯的每一句话都是那么清晰？这是一种什么暗示吗？这样的暗示令我无法接受。都是梦，都是梦，梦是反的！我挥着手，从床上爬起来，又使劲儿打我的脸，我让我能清醒些。

五富起来得早，他做好了饭，是熬了锅南瓜和土豆，他说：高兴，天晴了！

我说：嗯。

五富说：你没啥事吧？

我说：好着哩。

五富说：那你昨天回来脸色难看得很，吓得我都不敢吭声。

他给我盛南瓜土豆，盛了一大碗，把筷子在胳膊下捋了一下，而同时龇牙咧嘴着。

我说：净筷子都让你捋脏了！咋啦？

他说：胳膊有些疼。

我抹起他的袖子，胳膊上一大片青色。我说：嗯？！

他说：我不敢给你说，说了怕你骂哩。

我生气了：和人打架了？我给你说过多少回了，你瓷脚笨手的就不要惹事，就是不打架也不要看别人打架，自己没眼色，别人打架自己倒平白无故地带彩！

五富的一脸憨相就下来了，他说：我上次看别人打架多了一句嘴让人打了，吃一亏我还不长一智？！这是昨天我提了麻袋在村前巷里遭人调了包，我恨我，把胳膊在墙上磕的。

我拿眼看他，他说池头村来了很多坏人，专门欺负咱拾破烂的，黄八也说了，黄八就碰上过两次，是两个小伙子挡住了要五十元钱，黄八说没有五十元，两个小伙子说那就给三十元。黄八说三十元也没有。两个小伙子便提了半块砖，说你还想在这儿待不待？黄八把口袋全掏出来，只有十元钱，两个小伙子骂句穷鬼，把十元钱拿去喝啤酒了，还不让黄八走，要把空啤酒瓶子给黄八。

我说：你说你的，说黄八干啥？

五富说：我才要说我呀么。

他说昨天我正提着麻袋走着，一辆摩托车就忽地在我身边停下，车上是个男的，后边还坐着个女的，摩托前放着两个麻袋，男的问我：收铝不？我说：收么。男的说：一斤铝多少钱？我说十八元。男的说：我这是铝锭子，最好的铝。我说：铝都一样，十八元。男的下了车，把一个麻袋提下来，解开了让我看，里边确实是铝锭子，一过秤，十斤。一斤十八元，十斤一百八，我给人家付钱，钱都是零钱，分散装在几个口袋和鞋壳儿里，数了三遍，把钱交给了人家。

我说：后来呢？

五富说：我受过诈骗，我特意观察这一男一女，他们脸上没有横肉，我才收了铝的，十八元一斤收的，交收购站一斤二十二元，这是一笔不错的生意，我还在心里说你刘高兴不来，你没运气么。所以摩托车走时，那女的给我说看把你淋得湿的，我说你也淋湿了么。但是我把麻袋提起来时，觉得怪沉的，莫非刚才称得少了？就提了麻袋到僻背处，生怕他们又撵回来复秤，等解开麻袋看时，铝锭子成了石头。

五富哭腔下来了：日他娘的调包了，是在我数钱时调包了！你说我窝囊不窝囊？

我说：窝囊。

五富说：狗没逮住，狗把链绳还带走了，你说我咋就老遇着这样事吗？

我说：你想占便宜么。

五富勾下头，突然说：吃，吃！本来早上熬米汤的，不熬啦，咱吃干的，吃，高兴！

我吃了两碗，五富吃了三碗。

吃完了，五富却嘎地喉咙里发出响声，我说你气着还吃那么多，憋着气吃那么多生病呀？！他说我不生气，不就是百十多元吗，权当我半个月没上街，杏胡也说他们成月天没上街啦。

好长日子没杏胡的消息了，我说：你见着杏胡了？

五富说：他们回来啦，昨天下午回来的。

我说：他们没事啦？

五富说：看样子是没事了，只是都瘦了，杏胡瘦得没见奶了。我问他们这么多日子不上街拾破烂吃啥喝啥，杏胡说白天睡觉，晚上到北郊给人卸水泥。

五富是无意地说，我也是无意地听，只是临出门的时候，杏胡站在楼下朝我喊：吃搅团呀不，我弄了些新苞谷面，筋得很！我说：你们回来啦？她说：昨天就回来的，你也不来看看我们是死啦活啦，你这没良心的，人一走茶就凉！我就笑，说：我一回来就睡了哪里知道，如果早早通知，我和五富、黄八到巷口迎接你哩！她果然是瘦了一圈，长头发也剪成了短发。黄八也端了碗，筷子敲着说：杏胡杏胡，我吃米粥，你吃不？杏胡说：你要吃搅团你就把碗拿来，我才不吃你的米粥，你那锅洗不净。黄八就把碗里的米粥倒在锅里，去让杏胡盛搅团。黄八一口搅团还在嘴里，说：前，前，前儿晚上……杏胡说：把搅团咽了再说。黄八说：这么烫呀！咽了，再说：前儿晚上我梦见你了，你就回来了！种猪出来说：你梦见我老婆？黄八说：雨下得大，把咱的楼下塌了，我背了她往巷道里跑，跑了一夜。杏胡说：小心把你累死了！

杏胡还是那个热闹劲，我却没空也没心情和她打情骂俏了，匆匆到了兴隆街。

四十五

这一天里收入还是不好，眼看着日头过了晌午，只收到了一捆旧报纸和一只破了的铝质洗澡盆。斜对面有个家具店，看见有人往出抬沙发床垫，想起我曾经的筹划，去看看吧，一时买不了，也可先看看样式呀，就停下车子，趔了进去。床垫真好，一坐上去就扑哄扑哄闪，这样的床垫孟夷纯躺上去就不觉得硌了。家具店里不停地有人买了床头和床垫，立即就有帮运的工人，帮运一次似乎价钱不低。我就去要帮一个顾客运货，但还没说好价钱，店门口跑进来三个运货的人，问我是哪儿来的驴头，到马槽里来吃食了，是想打架吗？我说：好，好，我不岔你们行，但我也告诉你们，胆敢拾破烂，瞧我又怎样收拾你们！就又回坐到店对面的三轮车上。

天沤热得要命，我完全是蔫了。街上依然车水马龙，无数的大鞋小鞋平跟的高跟的在我面前来来去去，没有一双肯停下来。我又想起了梦，梦里我怎么老是没鞋呢？而孟夷纯在梦里看着我的时候怎么就消失了，只剩下那双高跟鞋呢？我抬起头希望有人给我说话，但来来往往的人没有一个能注意我。街道上的热气像火一样往上长，我觉得我被烤流了，先是脸在融化，模糊了五官，再是胳膊也没了，腿也没了。

刘高兴！刘高兴！还有人在叫我刘高兴？

是茶馆门口蹴着的那个收停车费的老头，他给我招手。

我走过去，他说：喝水呀不，刘高兴！他叫我刘高兴，我就得高兴呀，我给老头笑了一下。

老头说：想啥哩，我看见你坐在那里发呆半天了。

想啥哩，我想到了孟夷纯，哼，满街人都没注意我，孟夷纯肯定能想到我。孟夷纯，你现在怎么想起了我呢？

当一个人想着另一个人，另一个人就也在想着这一个人，这是我的经验。因为上次我给孟夷纯电话，孟夷纯就说：吓，我正在想起了你，你的电话就来了！

老头说：最近收入得好？

我说：好。

好个屁呀！每次给孟夷纯三四百元能顶什么作用呢，孟夷纯的冤情何年何月才能伸张啊？！

老头又要我给他说乡下的事情，我已经没有心情和他拉呱了，我得加紧转街。我蹬着三轮车又转了两条巷，收到了一堆烂铁丝网，再往前蹬，腿沉得像灌了铅。你怎么啦，不转街你不是更挣不来钱吗？吭哧。吭哧。这时候路面若是个坡儿，不，就是碰上一个小石子儿，我就再也蹬不动了。但我还得蹬。

我蹬了七道巷，总算收到了两个变了形的窗户防盗网，正往三轮车上装，就遇见五富拉着架子车也从那边走了过来。他同我一样，收到的破烂只装了半车，而且没一样是赚钱的东西。我们相视笑笑，都没有吱声，就站在那里。我递给了他一根纸烟。

我说：咋没个风呢？

虽然风雨才结束了一天，我们仇恨过那场风雨。

五富说：来龙卷风！来沙尘暴！

我们就一起看天，天空上一片乱云，没有风。近旁的一处建筑工地上，六座楼分别盖起了几十层，机车轰鸣，人似猴子一样在脚手架上走动。每次路过这里，我们都多停一会儿，因为常有工人在怀里偷揣了构件或铁管什么的卖给我们，而现在没有。

五富说：咱再等一等。

我们把三轮车和架子车往一棵树下停放了，这样工地上的工人就可以看到。一个巨大的水泥搅拌机发动了，噪音震耳欲聋，一队手推车就等在下边，搅拌好的水泥浆咕里咕咚拉稀一样装满一车，车就推走了。推车人都是光膀子，晒得乌黑，细细的腿飞快地跑，像是一群黑蚂蚁。一个推车人在经过树前那个土堆时没有控制好，喊：拉不住了，拉不住了！但他手仍不松，车子就直戳戳冲了过来，而他也被车把拨打着倒在了一边。我和五富却啊地叫了一声，五富就去拦车，我忙喊：五富，五富！五富是把小推车拦住了，水泥浆没有翻倒，五富却跌坐在地上。五富爬起来了，那个推车人也爬起来了，都没事，只是手擦破了皮。

我训斥那推车人：你是咋推的？咹！

甭喊甭喊，你让工头看见了扣我钱呀？推车人向我发狠，却从怀里掏出个大螺帽丢到三轮车上，说：这可以了吧？快给我一根纸烟！

太阳下小年轻笑得很可爱，我说小伙子这里还要不要小工？他说你也要推车呀？我说一天能挣多少钱？他说十元。我说如果临时来能挣多少钱？他说要来就吃住在这儿哪有说来就来说走就走的？！我给了他一根纸烟，他说：明日天黑了来，我能卖给你三根钢管哩。他走了，五富却问我是不是咱也要打小工呀？我说如果有空来拉拉车还行，若专门来还不如拾破烂哩。五富说：可人家能偷东西卖哩。我说：那又能偷几个钢管？！我把那个大螺帽又扔到架子车上。

在收购站里，瘦猴又坐在门口的石桌前抿小酒儿，他又开始嘲笑我们交售的货少。知道王老九吧，他说，又抿一口酒，鼻子皱得像一疙瘩蒜，是紫蒜。五富说：王老九？瘦猴说：也是你们商州人，来西安六年了，人家拾破烂拾得在北郊买了房子，没见过你俩这笨的！五富说：腿都跑断了，收不到么！转过脸对我说：人和人咋这么不一样，都是弄破烂的，人家小酒喝的！

瘦猴说：你记着，世上有坐轿的就有抬轿的！

我恼得不理瘦猴，他怎么这样烦呀！

过秤的时候，五富的报纸捆儿下边有一条绳，五富暗中踩着绳，重量多了三斤，我看见了咳嗽了一下，五富给我丢眼色，我就再没言传。付钱了，瘦猴应付十四元的，五富说：你给十五元，我给你找。十五元拿了，却说：我没一元零钱，一元钱你还要呀？瘦猴说不行，五富说：小气！我替他掏了一元钱。

出了收购站，五富埋怨我不该给瘦猴掏那一元钱，我说为一元钱和人家嚷能划得来？五富要把一元的钢镚给我，我没要。

五富就将那钢镚在手里玩弄，抛得高高的用手去接，问：有字的是正面还是有花纹的是正面？我说有字的是正面。他又抛起来，用手接了捂住说：明日要是运气好就是正面，明日要是运气不好就是反面，高兴，你说是啥面？

手掌打开，是正面。五富兴奋地叫起来，就用食指和大拇指夹着钢镚吹一口气，拿到耳朵前听，又拿牙去咬。我说那不是银元！往前走我的路，五富一时无声，突然叫：高兴，高兴！

我回过头，他脸色变了。咋啦？

他说：钱掉到肚子里了！

那么大个钢镚，掉到肚子里去了？！我们都紧张起来，我让他往出吐，吐不出来，让他用指头在喉咙抠，抠恶心了再吐，他吐出一摊饭菜，里边没有。钢镚是沉的，装在胃里怎么办，会不会憋死他，即便胃大没事，如果滑进肠子里，在肠子里卡住又怎么办？我们就赶紧回，回去喝菜油。在我的经验里，清风镇的孩子不小心将大人的顶针吞到肚里了，就是喝生菜油屙下来的。

我们没菜油，一星期做饭没见油花了。黄八有，黄八把他的菜油瓶拿来，杏胡也端了半碗油，五富是喝了黄八的油，又把杏胡的半碗油也喝了。

杏胡说：你就爱占小便宜，喝这么多就拉得提不住裤子了！

很快，五富就上厕所，他拉在厕所里杏胡的尿盆里，然后冲了水捞，没捞着钢镚，自己就哭了：会不会屙不出来？没想又拉第二次，第三次，都没有寻着钢镚，臭气从厕所飘出来，熏得我们都捂了鼻子。五富还在里边屙了一泡又一泡，我们都在厕所外提心吊胆，杏胡说这像守在产房门口。终于，叮当一声，钢镚碰得尿盆响，五富满头大汗出来，手里拿着一元钱。

没事了，大家松了一口气，就拿五富开玩笑。我说五富你要一天能屙一元钱就好了，我们就把你养起来，像养一只鸡！杏胡说还算命大，要再屙不出来，天亮就死得硬硬的了，过去人寻短见就是吞金子，钢镚和金子一样的。黄八说死了也是吃钱死的，不丢人。嘻嘻哈哈了一阵，就不再说五富的事，也不让五富坐到我们跟前，还是嫌臭。五富也是屙得浑身没了劲，自个儿上楼去寻吃的，杏胡就开始讲他们离开的这一段时间的五马长枪。我问我那侄儿待他们怎样？杏胡说良子人还算客气，但并没介绍他们在煤场落脚，他们是在煤场附近寻了个简易棚住着的。我当下脸上就挂不住，觉得对不住他们。杏胡说：那有啥呀，良子又不是老板！可那小子精得很，送煤倒比咱们拾破烂强。我问：能强到哪儿？杏胡就也支支吾吾说不出个子丑寅卯，末了说：反正有一件西服穿着，动不动就去吃烤肉串喝啤酒，一个人能吃五十串肉十二瓶啤酒哩，比你潇洒！我说：贼东西挣一个花两个！我问他们这一段日子靠啥生活的，杏胡说：总得活呀，白天没事干，晚上了去北郊卸水泥。

杏胡又一次说到了卸水泥，我就感兴趣了，我让黄八给杏胡取个扇子来，让杏胡扇着蚊子慢慢给我们说卸水泥的事。杏胡接了扇子却敲着黄八的头，说：我走后你是不是动我台阶上那一摞纸箱板了？黄八说：没。杏胡说：没？！黄八说：不就是抽了三块么，我再赔你。杏胡就说：高兴，你问卸水泥的？你也想去卸水泥？我说：只要能多余挣钱，当然想么。杏胡说：咋啦，有什么事啦，觉得钱不够用啦？黄八说：钱有啥够不够的！杏胡说：你知道个屁！

四十六

我们决定着集体去卸水泥。

知道什么是卸水泥？听听杏胡是怎样介绍的。

都去过东西南北城墙外马路边和那些大大小小的过街天桥下的劳务市场吧，那里永远挤着从乡下来的男男女女，他们拿着铁锤、刷子、锨、钩、锯子和瓦刀，眼巴巴地等待着城里人来招募。招募人不是老板就是包工头，如面对着一群牲口，要问你的年龄，要看你的身份证，要量你的身高，要测你的力气，然后在你屁股上一拍，就像是相骡相马，你，要了！有被一来就要了的，那就是运气好，有被十天半月没人肯要的，就每日啃些带来的干馍吧，或随地摆开还带来的一些枣子菜花苹果出售了维持生活。这些土特产和人一块儿在推销，而往往土特产已经腐烂了，他们还低头坐在那里的路沿上。乡下人就是这么向城里拥，拥进来要挣城里的钱，原本是城里人自己要干的活儿城里人就不亲自去干了，或者不再干那些肮脏笨重的活儿了，比如拆旧屋、挖地沟、开路面、疏通城河、拉沙搬砖、和泥贴墙、饭馆里洗碗、伺候病人。城里人再不愿干那些肮脏笨重的活儿了，那些单位和私营老板从铜川进购的水泥、煤炭也就需要乡下来的人卸货。铜川是中国著名的水泥和煤炭产地，每日有上百辆卡车给西安运货，而市管委又不允许大卡车白天进城，晚上这些煤炭卡车就集中在了城西郊，水泥卡车集中在了城北郊，那里就有了一大群没找下活儿干的乡下人争抢着这些车辆，然后坐上去再到送货的单位和工地卸车。卸一车水泥二十元，卸一车煤炭是三十元。这些人越来越多，而来的水泥和煤炭车有限，每个晚上城西郊的大圆盘附近和城北郊的大圆盘附近就成了战场，吵呀嚷呀争呀抢呀，乱得像一锅粥。

杏胡和种猪是经人介绍去的城北郊卸水泥车，他们对那里的情况熟悉，我们也就去了城北郊卸水泥。

我们是晚上拾破烂回来，做了稠饭吃，一定要吃稠饭，吃饱了拍着肚子，五个人赶到大圆盘。杏胡指挥着种猪五富黄八坐在大圆盘边不能走散，却要我跟她到大圆盘前一百米的地方了，就站在路边。我们都穿着最烂最脏的衣服，背上还披着一件麻袋片或塑料纸，她却衣着新鲜，又拿了小圆镜就着路灯光往脸上涂粉，说：漂亮不？我说：漂亮。她说：装嫩呗！一有车来，白花花的车灯打过来，她就能知道来的是运水泥的卡车，一把推我到灯暗处，自己跳到路中央，奓了胳膊也奓开腿，车一停，就喊：师傅，师傅！师傅差不多就说：是卸车的吧，你细皮嫩肉的能卸了车？她说：反正有人给你卸的，我给你压车行不？司机说：你给我泄火！她说：瞧你这张嘴！就拉了车门上去，说：让我坐到你头上！司机说：头上？我坐到你身上！她说：汽车头，汽车头。向我一招手，我爬上后车厢。车到大圆盘，无数的人撵着车跑，刚一停住，已经有人往车上爬，我说：有卸车的，有卸车的了！但还是有人往上爬，杏胡就死狼声地喊：黄八，五富，把他们往下拉！没世事了，我们的车谁让他们卸？！黄八、五富和种猪在下边拉爬车人的腿，我在车上扳爬车人扒在车帮沿上的手，爬车人便掉下去，黄八、五富和种猪也就爬了上来，车日的一声开动了，大圆盘上一片骂声：狗日的女人比男人强，她不就是比咱多长个东西吗？接着有人说：不是多长个东西，是少长个东西！哄地浪笑。

车到了交货地，一大卡车的水泥一袋一袋卸下来，那工作量实在够呛。如果买主是随地下货还好，往往他们要求把水泥袋再搬进一个房间去，那就倒大霉了。杏胡是不亲自劳动的，她陪着司机还坐在驾驶室说话，我和种猪从车上往下卸，黄八、五富负责搬运，我感觉黄八、五富就是骡子马，站过来低着头，我和种猪把水泥袋往他们肩背上一放，他们就小跑着走了。黄八比五富力气大，五富一次扛两袋，黄八扛三袋。我说：行不行？他说：行，只是肚子饥。水泥袋虽然缝口，但一搬动，粉末乱飞，不一会儿我们就面目全非，用手巾包住口鼻，出力又憋得难受，就把手巾咬在嘴里。问题是眼睛碜，用手背去擦，越擦越碜得疼。可怜的黄八和五富汗流浃背，水泥灰就真成了水和泥，黄八喊：我眼睛眯住了，眯住了！他脏手擦不成，我和种猪也脏手擦不成，杏胡从驾驶室出来用袖子给他擦，翻开眼皮吹一口气，说：行了！反身又坐到驾驶室去。

一车水泥总算卸完了，我们几个人没了人样。眉眼分不来，杏胡拿了钱给每人分，叫种猪，五富也应，黄八也应，大家就笑。杏胡说：没累趴下，还有劲嘛！五富说：有钱就有劲啊！杏胡说：那好，咱再去卸一车！我们搭车又到了大圆盘。

卸一趟车，卸费二十元，五个人平分一人四元。每个晚上最多可以卸四车，有时就只能卸一车。半夜里回来，乏乏地一倒在床上就睡着了，睡着了像死了一样。

白天里，我们照样去拾破烂。

在大圆盘一带，我们这五个人差不多有了名声，因为我们抢到的活儿最多，因为我们有杏胡。我打趣说：杏胡老嫂子……自从卸车以来，我开始叫她老嫂子，我一叫她老嫂子，黄八五富都叫她老嫂子。

杏胡说：是不是嫌我老了？老牛还要吃嫩草哩！

我说：那就叫小嫂子！小嫂子，这钱得给你多分些呀！

杏胡说：是这个理儿，挣钱的不出力，出力的不挣钱么。可我不要，你有这个心小嫂子就满足了！

我说：小嫂子，你在驾驶室里可要小心，那些司机长年在外，都不是老实东西了。

杏胡说：你朱哥都放心，你不放心呀？你以为小嫂子傻呀？！前日晚上那个毛胡子把手搭在我腿上，我拧了他一下，他就不敢了。瞧他那模样，满头是脸，满脸是头，他还想吃我豆腐？！

我说：昨日晚上我看你对那小伙不错么。

她赶紧给我挤眼，低声说哪壶不开你揭哪壶，你朱哥夜里就和我吵哩。小伙子没结婚么，他在我怀里摭了一下，他没见过么，摭就让他摭么，那有个啥？我也是试试我是老了，没吸引力了？

她眼睛热辣辣盯我，我就蹴下来紧鞋带儿。她却嘎嘎嘎笑起来，说：我这么老皮了，是什么金奶银奶，我还不是为了给咱揽活儿？！

卸车的活儿在干过十天后就艰难了，那些旧卸车人有的再不来了，而新来的却来得更多，劳务市场上似乎在风传卸车能赚钱，他们去了的来，来了的去，来来去去，都以为这里是挖金窖，大圆盘一到晚上人多车乱，实在像个匪窝。而且来的人差不多都是一帮一伙，每帮每伙里又都有了女人。这样，每天晚上为了争抢车辆少不了吵架斗殴，发生流血事件。在一个晚上，我们已经爬上车了，又被另一伙人把我们往下拉，双方你把我拉下来，我把你拉下来，比的是力气和敏捷。五富在拉下了几个人，自己往车上爬却几次没爬上去，下边的人就抱住他的腿，他腿在蹬，脚上的鞋就被拽脱了扔到黑地去。五富没了鞋，跳下去和人家打，他是咋呼着说：寻打呀？寻打呀？人家早一拳戳在他肚子上。他喊我：快给我拾块砖来，高兴！高兴！那伙人已上了车，说：挨了打他还说高兴？！全拿了木棍向我们耀武扬威。这是我们抢活儿最窝囊的一次，待那辆车开走后，杏胡大骂五富成事不足败事有余，你那一身力气到哪儿去了，他把你鞋扔了，你的手呢，你不会去打他，你个猪头，猪！一边骂，一边到黑地里去寻鞋。我说是我不让五富动手的，要打架，你打不了，种猪没个头，我是不会打的，那五富黄八只有死了。杏胡说：你不会打？我说：我文斗可以，武斗不行。杏胡说：战争年代你就是逃兵！说完她倒笑了，说：瞧我带的这队伍！又指挥着寻鞋。直寻到后半夜，终于把鞋寻着了，杏胡又骂了：我以为是啥鞋呢，就这一双前头裂了口子的鞋，你害得大家挣不来钱也睡不成觉？！

而就在她把鞋扔给五富的时候，她一脚踩了一个坑窝子，把脚崴了。

杏胡崴了脚不能再去，我们就更难抢到活儿。后来更糟糕，我们晚上去，而一大批人白天就待在那儿占地盘，个个手里提一根木棍，威慑着我们不能靠近大圆盘。我上前论理，说天是大家的天，地是大家的地，大家一块儿来寻活儿么。他们说：一个饼子，就那么一个小饼子，你吃一口，我不是就少吃一口？我说：事情也有个先来后到，我们在这里卸车的时候你们还没进的吧，你们不能仗着人多势壮就欺行霸市呀？他们说：先来后到？城是大家的城，城里咋不给你工作？我说：既然都是乡下来的，都是下苦人，咱好好说么。他们立即掀我一掌，把我掀得后退了几步，我当然没有倒，靠在了电线杆上。

他们说：甭给我说这话，上课呀？你是谁？！

我说：我是刘高兴！

他们说：这儿没你高兴的！

我说：你恐怕是饿的？

他们说：就是饿着，你肯给一碗还是肯给半碗？

嘿，嘿嘿，我笑着离开了他们。西安城里的人眼里没有我们，可他们并不特别欺负我们，受欺负都是这些一样从乡下进城的人。我过来给五富他们说：回吧，咱好歹还有拾破烂的活路，这些人穷透了，穷凶极恶！

四十七

我们就这样，快快活活每人多赚了五百元钱，咯噔，赚钱的大门就关了。差不多的晚上习惯了卸车，大家那么紧张和兴奋，突然间没了事干，人就像吹起的皮球泄了气，觉得过得没了意思。种猪和杏胡早早关门拉灯睡觉，我也坐在我的床上反刍着，一边擦架板上的皮鞋一边想孟夷纯。蚊子嗡嗡地叫，你把它赶走了它又飞来，咬得脊背上火辣辣疼，放下鞋就在墙上一个巴掌一个巴掌去拍，蚊子的身子被粉碎在那里，把血留在我的手心。血是臭的，是蚊子的血臭还是我的血臭？坐在床上继续擦皮鞋想孟夷纯。我还有个孟夷纯可以想。寂寞的五富和黄八就仍然坐在楼台上说话，他们一边说着曾经在歌舞厅里发生的故事，一边爹起耳朵听楼下杏胡种猪的动静。怎么还没开始呢？他们一定这么想着。他们不睡，继续等着，就又说歌舞厅里的故事。似乎还遗憾着能记得一个两个妓女的脸，但妓女叫什么名字哪里人却全然不知。

把孟夷纯从认识的那一天起所有的言语回忆一遍，把所有的动作，如头发在一转身时的如何摆动，仰头时的小耳朵和耳朵下的腮帮在微微潮红，跳上台阶的腰身，倚了门站着的有点内八字的脚，弯下腰捡东西时的屁股……哎呀，一切一切都电影似的在放映，蜜就灌满了心胸。什么时候睡着的，我不知道，好像这种回忆一直在梦里延续。

早晨起来，做好了饭，五富的门还关着，七声八声把他叫醒，五富出来瞧见种猪已端了饭吃，他说：哎，哎，你两个太不像话！

种猪说：大清早的我可没招惹你啊！

五富说：你们要干那事，就早早干，你三更半夜地才干还让我们睡呀不睡？

我把五富拉进屋，恨他丢人呀不，快吃饭上街去。

五富却将新赚得的五百元全部交给我保存，我说你应该在身上装些收破烂的钱么，他说他还有一百一十二元，蛮够了，多余钱装在身上就装了鬼，怕丢失又怕忍不住又去舞厅。

但是，我是将我的五百元带在了身上要送给孟夷纯的。

我说：五富，今日几号了？

五富不知道，杏胡说：十七号。

我说：好日子！

杏胡说：十八是好日子，十七好啥呀？

事后证明我多么正确，这一次送钱顺利见着了孟夷纯，并且与韦达正式见面了。

我虽然盼望着我能与韦达相识相熟，能成为朋友，但我们俩与孟夷纯的关系却又成了我们交往的障碍。我当然不能确定韦达和孟夷纯是不是有那一种关系，我也从不问孟夷纯，问了我害怕我心里不舒服。我问过孟夷纯是否韦达询问过我的情况，孟夷纯说没有问过。于是，我想，我和韦达都应该是好人，我们都是以各自的能力在帮着孟夷纯吧。五富曾经有一次和我谈起韦达，他说了一句：你是姐夫呢，还是韦达是姐夫？我拧过他的嘴，把嘴都扯了，他侮辱了孟夷纯，也侮辱了我和韦达。

这一次见面，我再一次认定了孟夷纯真是我的菩萨，原来我给她送钱并不是我在帮助她，而是她在引渡我，引渡我和韦达走到了一起。

在美容美发店的巷口，孟夷纯和韦达站在那里说话，我的出现孟夷纯首先看见了，她给我招手，快活地叫：快来，快来啊！而韦达这时也看见了我，他一下子庄严了，礼貌地给我点头。他点头的时候右手按在腹部，微微弯了下腰，微笑着。我当然也文雅了，说：韦总你好？他说：是刘高兴吗？我说：是刘高兴。他说：又看见你了，真好！但他却要告辞。这让我有些意外，他不愿意和我多待吗？不愿意让一个熟人看见他和孟夷纯在一起吗？孟夷纯说：你要走呀？他说：对不起，刘高兴，你们是乡党你们聊吧，我还有点事。孟夷纯说：不行，谁都不要走！好不容易你们又碰上了，我还有话要给你们说的。孟夷纯就拉了我们往马路对面的一家茶馆走，她说：我请客！

在茶馆里，孟夷纯把韦达的公司给我作了详尽的介绍，她也把我怎样拾破烂，又怎样把拾破烂攒下的钱都给了她，统统地都说了。

韦达就惊讶地说：是吗，是吗？

我说：我还不是在学你吗？

韦达手指着自己：学我？

我说：夷纯给我说了，你一直在帮她。

韦达说：还不是为了尽快让她筹集破案费吗？

孟夷纯说：我在西安城里，待我最好的两个人就是你俩了，我提议，你们应该拥抱一下吧。

我和韦达拥抱了，韦达的双手在我背上拍，怀里的墨镜硌着了我，我现在是不敢把墨镜掏出来了。我也是把他用力地搂了一下，我吃过豆腐乳，怕他闻着了怪味，把头侧向一边。我又一次感觉到了他的心跳，也感觉到了他的肾跳，是肾跳，他的那个肾和我的另一个同样节奏地跳。不呀，我的双肾在跳。我看见了茶桌上一盆花在微微地颤，是兰花。

孟夷纯站在一边，她的眼睛眯着，有一种狐气，安静地注视着我们，后来就轻轻拍手。

谢谢你，孟夷纯。如果不是孟夷纯，我怎会见到韦达呢？茫茫如海的西安城里，我的两个肾怎会奇迹般相遇呢？韦达是何等地有钱和体面，我们拥抱着，这一幕为什么五富没看见呀，黄八杏胡种猪没看见呀，还有韩大宝，我的侄儿……清风镇的人都在这儿就好了。

嗨，刘高兴呀刘高兴！我在心里却又叫着我的名字，我以为你是早觉得应该是城里人，你拿势着，骄傲着，常常要昂首行走，有时还瞧不起韦达和有钱的大老板，其实，那是你故意要那么做的，韦达这么一拥抱，你才知道自己真的是乡下人，是城里的拾破烂的。

我推了推韦达，我俩分开了。

我拍打着我身上的土，也拍打了一下韦达身上沾着的我的土。

何必呢，刘高兴，这又是你的自卑和委琐了不是？韦达在看着你，他的眼睛依然温和，他向你又伸过手，把你的手抓住了，拉你在椅子上坐下，你如果再拒绝，或者迟疑，那就是你真瞧不起了你自己，那才是你和五富黄八是一样的货色。把头抬起来，看韦达的眼光，你们是城里的一对兄弟！

你是在哪条街上拾破烂？韦达关切地问我。破烂好拾吗，一天能收入多少？辛苦呀！

我回答着韦达。拾破烂辛苦是辛苦，天上是掉不下肉饼的，干什么事不辛苦呢？韦达的西服真挺。我说我见过一些老板，做房地产的，做药业的，做外贸的，做股票投资的，他们虽然开着小车，带着秘书，出入于豪华宾馆酒店，但我在家属院拾破烂的时候，看见过他们傍晚回家时的疲倦劲，听他们家人诉说过压力。韦达戴了一块儿什么表？右手腕上还有一串佛珠，他信佛吗？你韦达不是也头发稀薄吗，眼圈也发黑吗？年龄并不比我小多少吧，脸色除了白外，皱纹可能比我多吧，还有肾……我说我在兴隆街十道巷那一带拾破烂，平均收入每天十几元吧，挺好的。说不说破拾钱夹的事呢，说不说肾的事呢？还是不说破的好。韦达微笑地给我点头，他说：你说话怪幽默的。我不好意思了，是幽默，但韦达沉稳。你抽纸烟吗？我来一根吧。我起身接纸烟的时候，手先是撑了一下腰，腰怎么又不舒服了？还是不要说破。我知道就是了。

现在，是孟夷纯在说话了，她开始表扬了我的优点，比如聪明，能干，善良，可靠，还有，她在说我长相清秀，有气质，如果我不蹬着三轮车，谁也看不出是个拾破烂的乡下人，说我是不显山露水，说我是藏龙伏虎，说我绝不是地上爬的卧的角色。她这么说，我有些窘。别人说你好话和一个醉汉给你说话是一样的，你既不能附和也不能反对还得认真听着。孟夷纯终于说出她的目的了，她说：韦总，刘高兴怎么能不辛苦呢，何况拾破烂能赚多少钱呢，你能不能让刘高兴也到你们公司去干个事儿？

韦达哈哈大笑，说：孟夷纯原来要给我下任务哟！

孟夷纯说：就是的，得求你！

我赶紧摆手，韦达已经在问我：你干没干过推销？

没。

财务呢？

没。

有什么技术？

我只能下苦力。

韦达低头想了一会儿，说能不能去公司看大门呢，那活儿不重，就是二十四小时都离不得，不知道你能不能坐得住？我可以把现在的门卫辞退，一月给你六百元，愿意不愿意？

孟夷纯先高兴起来了，她扳着我的肩，说你怎么会坐不住呢，六百元就六百元，干得好了，韦总肯定还会加薪的。

我说谢谢韦总，但是。我说了一句但是。

孟夷纯说：你说什么？

我说：我是和五富一块儿来的，他没出过门，处处得靠着我，我要是去了，他一个人拾破烂我不放心。我拿眼睛看韦达，韦达说门卫安排两个人不合适。

我说：能让五富干些别的活儿吗？

韦达明显地为难了。

孟夷纯在瞪我。对不起，孟夷纯，这事我不能听你的。我第一回在孟夷纯和五富中间倾向了五富，我不能重色轻友。

是这样吧，我给韦达说，你让我安排安排五富，如果能把他安排妥了，我立马就去公司，实在抱歉，也让你见笑了，我和五富是一块儿出来的，我得对他负责。

韦达始终在微笑着，他赞赏了我的想法，然后他就告辞走了。韦达一走，孟夷纯又埋怨我。我说：你不能逼着人家给我寻工作么。孟夷纯说：他那么大的公司，安排一两个人算什么呀。我说：他是不是不想让我去？孟夷纯说：人家可是一直笑着让你去的么。我说：就因为他老笑着。他明知我和五富两个，却只让一个去，让我看门，我肯定是坐不住，又只是六百元钱。他知道你把他和你的关系告诉我了吗？孟夷纯说：啥意思？我说：他是不是不让我知道什么，在我面前才一派和气又那么正经？孟夷纯说：你心思就是多！

孟夷纯说这话的时候，她拿指头戳我的额。我就乖乖巧巧地让她戳，然后掏出五百元给她。她收了，还再戳了一下，说：小心眼！

小心眼就是小心眼。我问：公安局那些人走了？她说：我向我老板借了一千元，打发他们回县了。我们就再没有说话，她把五百元抽出一张又交给我，我再把一百元又塞进她的口袋。

四十八

我是到底没有去韦达的公司，因为五富他真的离不得我。我已经说过，前世或许是五富欠了我，或许是我欠了五富，这一辈子他是热萝卜粘到了狗牙上，我难以甩脱。五富知道了这件事，他哭着说他行，他可以一个人白天出去拾破烂，晚上回池头村睡觉，他哪儿也不乱跑，别人骂他他不回口，别人打他他不还手，他要是想我了他会去公司看我。他越是这么说我越觉得我不能离开他，我决定了哪儿都不去，五富就趴在地上给我磕头。

起来，五富，起来！我说，你腿就那么软，这么点事你就下跪磕头？去，买些酒去，咱喝一喝！

五富是提了整整一大捆子啤酒，他几乎将他几天的收入全都买了酒，把黄八和杏胡种猪都叫到他的房间来，说是他过生日，放开喝，往醉里喝，往死里喝。我们就都喝高了。五富要去上厕所，去了半天却不见出来，我以为他醉倒在厕所了，过去看他，他真的坐在厕所地上，立不起身，而手里还提着一瓶酒。他说：高兴，兄弟，我没啥报答你，我喝酒，我把我喝醉……

我说：你已经醉了。

不，我还要喝！他举起瓶子咕嘟咕嘟往嘴里又灌了一阵，高兴，我不是女的，我要是个女的我就让你糟蹋了我，我不是女的，我就让我难受来报答你，把胃喝出血了报答你！

我把啤酒瓶夺了，背着他出了厕所。

我没有去韦达的公司，孟夷纯当然有些失望，但她并没有再说什么。我依然隔三差五地中午时蹬着三轮车去看她，她有时在美容美发店，有时不在。不在的时候我就在店对面那堵墙上用石子画道，这是我们约定好的，她可以知道我来过。只要在，她跑过来手里肯定端一个茶缸要我把一缸茶水喝完。茶缸上有口红印子，我说：我从口红印处喝。她只是笑。

我问：有什么进展吗？

这似乎成了习惯性的问话。先是孟夷纯还给我说点抱怨的话，后来就不再愿意提说这样的问题，她有些躁：你烦不烦呀？！给我一张憔悴的脸。

我不怪罪她，只是满怀激情地去看她，走时心里像塞了一把乱草。

凶案几时才能破呀？我不清楚她到底能挣多少钱，而韦达和她的那些老板们又能给她多少钱，而我给她的钱又能顶什么用呢？想起来，这是我最难受的。开初我去送钱，感觉我像古时的侠士一般，可破案遥遥无期，我再去送钱，没了那份得意，而且害怕在把钱交给她的一瞬间她脸上掠过的一丝愁意，虽然她依然在笑，在说着感念我的话。

我说：或许很快就破了哩。

她说：我怎么就害着这么多人……

这期间我想到了我去一次她的家乡，去追问和催督公安局，和公安人员一起去破案，但这些想法又怎么可能办到呢？我甚至也想到我用纸糊个箱子沿街去募捐。当给孟夷纯提说我的想法时，她哭了，说韦达也曾想过把她的情况通报给报社，她拒绝了，那样或许全社会会募捐一些钱，但也同时社会知道了她的身份，即便是案子破了人们又会怎么看她呢，一切只能暗中筹钱。

可这么筹钱又筹到几时呀？！

我准备把这事告知给五富黄八和杏胡夫妇，希望他们能想些办法。虽然孟夷纯早已是我的菩萨，但他们若知道了孟夷纯的身世，又哪里肯相信一个妓女能是菩萨？我琢磨了几天，琢磨得头疼。于是我以去塔街办事为由领他们去了一趟锁骨菩萨塔，给他们讲述了锁骨菩萨的故事然后说出了孟夷纯的困境，他们就都叹息了。

杏胡说：叫什么名字来？

我说：叫孟夷纯。

杏胡说：是不是你曾经给我说过的早上起来想到的那个人呢？

我说：是她。

杏胡说：你为什么不领她来见我？

我说：我不好意思。

杏胡说：我只说我是苏三的苦，没想还有个窦娥的冤！你准备咋办？

我说：我得求你想想办法。

杏胡说：那我知道了。

杏胡是几次和五富、黄八商量，最后达成的协议是：每人每天拿出二元钱，让我转交给孟夷纯。让五富黄八和杏胡出钱，这并不是我的初衷，但杏胡的权力和能力也只能让五富黄八连同自己来捐款，每人每日二元钱数字并不大，却说明了他们对我和孟夷纯的认可和支持。从那以后，每天晚上杏胡就像个收电费的，她抱着那只曾经装过小米的陶罐儿，挨个儿让大家往里塞二元钱。我也塞了二元钱。杏胡和种猪是一家人，本来只出一份，而种猪犹豫着，还是再塞了一份他的。

我称他们是我拾破烂的朋友，多感激这些拾友！平白无故谁肯给你一分钱呢，去商场里买货，去饭馆里吃饭，少一分钱你能买到一根针吗，能吃到一碗面吗？

五天后，我把他们的捐款五十元交给了孟夷纯，孟夷纯却给我大发脾气。

她说：谁让你把我的事说给他们，你是要让全西安的人都知道我是妓女吗？我就是妓女！我不需要你的那些人同情！我哥做冤死鬼就让他去做冤死鬼吧，这案我也不破了！你不要再来找我！你给我的那些钱我会还你！一分不少地还你！

她语无伦次地嚷着，接着就号啕大哭。我当然觉得委屈，还要解释五富黄八杏胡夫妇绝没有笑话她的意思，孟夷纯还是把钱扔给我，推我出门，她就把门严严实实关了。

孟夷纯怎么会是这样？这种偏执和歇斯底里的性格以前我没有发现呀，或许她隐藏的这种性格正是她走到这一步的原因，她和那个杀人犯，也是她的男友就这样而导致了分手，也使她在案发后又走上了妓女之途吗？

孟夷纯的心里，还是压根儿没瞧得起我吧。

为什么呢，如果她已经认我是自己人，她是不会这样对我发火的。我想起了曾经做过的那个梦，她还是仅仅把我当一个朋友看待的，她给我说她的身世，可能是以她从县城来到西安的身份而滋生了对我倾诉的欲望，肯继续和我交往，可能是我还能和她说到一处，我们有共同的语言。而一旦事情发生了她认为损害了她利益，她就像含羞草一样收缩了，自私了，全然断绝了外界。

孟夷纯，你这样会伤害感情的。

或许孟夷纯对我就没有感情，孟夷纯对任何人都不可能有感情了。

我离开了孟夷纯租住的那座楼，满街的树开始落叶，我没有吹箫，也不吆喝，蹬着三轮车一到兴隆街的十道巷口，一屁股坐在地上，什么也懒得动了。

十道巷口有一棵百年核桃树，树上落下的花絮，如一地的毛毛虫。核桃树落花絮，夏天就要过去，天气该慢慢地凉了吧。怎么把事情弄到了这步田地呢，城市生活咋就把我像打着的一块儿铁，一会儿塞进了火里一会儿又扔到了水里？我盯着核桃絮，核桃絮真的成了毛毛虫，蠕蠕地似乎向我身边爬来。

喂，刘高兴！

有个戴眼镜的在叫我。我认得他是前边的一个家属院的，他要我把三轮车蹬到家属院的五号楼下，他有旧书刊卖给我，说完自个儿就先走了。戴眼镜的一般都是有知识的人，知识分子从来不和凡人说话的，我也没多问别的，待他走后，搓了搓脸，使自己活泛起来，推三轮车去了五号楼。

我是把三轮车停在五号楼下已经多时了，却不见他下来，等到下来了并没有拿了什么旧书刊。他说坏了，钥匙忘在屋里了，门开不开，问我能不能从窗沿上爬过去翻进屋里。我随他上到四楼，而从那么窄的窗沿上爬过去推窗入室，我不敢。那人急得火烧火燎，我说：我帮你开门。

你带身份证了吗？

他没带，我就在我的口袋里找，我的身份证是装在身上的，因为街上的警察一看见蹬三轮车拉架子车的就时常要检查的。

他说：拿身份证开门？

我告诉他，我是听我侄儿说过，用身份证塞进锁子边的门缝处，一边摇门一边往里塞，是能开了门的，但我从未开过，咱们试一试。我就那么试着，竟真的把门打开了，我们都很高兴，他抱出一大堆旧书刊卖给了我。

我是把旧书刊刚刚抱下楼，另一个门洞的那个老太太用自行车驮了一袋米过来，这老太太每次见到我总给我笑笑，我一直对她有好感，就说：你老买米啦？她说：啊，买了米。我说：有人给你掮上楼吗？她说：我等孙子回来。我帮她往上掮，她的家在七楼，掮到了，她说：你是哪里人？我说：商州的。她说：噢，那地方我去过，苦焦得很。我说：还可以。她掏出二元钱要付我，我不要。帮着掮一袋米还收人家钱吗？她说：你不收我就欠你的人情债了，你得收下。这话多少让我听了不舒服，她不愿落人情债，那我帮她的好心就全没了，说起来掮一袋米到七楼也不值二元钱，可如果你要掏二元钱让我掮米袋到七楼我还不愿意掮哩！

我走下了楼，那个我帮他开门的人正和另一个人说话。一个说：教授你把钥匙忘在家了？一个说：可不。一个说：那咋开的？一个说：那个拾破烂的帮我开的，他拿身份证在门缝里塞，塞着塞着就开了！一个说：拾破烂的能开门？他可是常到咱这院子来的，这得防着啊！一个说：人挺老实的。一个说：老实能会用身份证开门？！

我一下子愤怒了，说：你们可得把门看好呀，小心让我偷了！

那两个人显得很尴尬，相互看了看，进了门洞不见了。我往院子门口走，发誓再不到这个家属院来了，而老太太却小跑过来，还是一定要给我二元钱，我头也不回地走，她在后边说：哎，哎，你让我一看见你就觉得心亏吗？

我离开了家属院，把车子蹬到大街上。清风镇有纵纵横横十多个巷道，从哪一个巷道都可以进镇，巷道里你看见了那个帽疙瘩鸡就知道是谁家的，那个撅了小尾巴要拉屎的母猪也知道是谁家养的，那个老头过来了，脖子上架着一个小孩，这老头的亲家是麻脸还是秃头，架着的小孩是孙子还是外孙，你心里明明白白……想这些干啥？谁也没把你用绳子捆到城里来？！到了城里就说城里话！我原准备把三轮车停放在花坛边上，坐在那里要吸一根

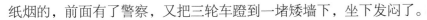

纸烟的，前面有了警察，又把三轮车蹬到一堵矮墙下，坐下发闷了。

孟夷纯。我怎么一坐下来，脑子里还是想到了她。

好事现在是很难做的，孟夷纯就告诉过我，在街上有人看见有抢妇女的手提包而见义勇为去追抢匪，结果被抢匪戳了一刀，有人把街头受伤昏迷的人抱去医院抢救未救过来，而死者家属到医院后却抓着那人不放，说是他致伤的。我帮忙开了门，会不会那幢楼上所有人家要重新换防盗门呢？老太太的话是对的，她掏了二元钱，她不欠我的人情债了。在清风镇可能是靠情字热乎着所有人，但在西安城里除了法律和金钱的维系，谁还信得过谁呢？

你怀疑孟夷纯对你没感情，对所有人没感情，那孟夷纯为什么一而再再而三还和你交往，是看上你那点钱吗，你那是多少钱？！真是小心眼，而且太敏感！还有，刘高兴，为什么你给孟夷纯送钱，为什么每次送给孟夷纯钱了就得意？你是在孟夷纯困难的时候才觉得你不是个拾破烂的而是个英雄！还记得曾经做过一个梦吗，那是你在对一棵树说话，你说：凶案最好永远都在破，又永远都破不了。什么意思？希望她永远是弱者，比你还弱，你就能控制她？卑鄙呀，卑鄙！

那一瞬间，我醒悟了孟夷纯为什么那样反感我把她的事告诉了五富黄八和杏胡夫妇。

我决定了还要去找孟夷纯，她的事我有责任为她守密，我检讨我的敏感多疑和脆弱，我再去送钱绝不对她有别的要求，她就是主动和我怎样，我也不，一切都到案子破了再说吧。

四十九

要想案子尽快破，我只有多挣钱。我想到了杏胡说的良子的情况，就和五富去找了一趟我那侄儿。

良子果然混得比我好，他每日送煤卖煤的车就不是架子车，也不是三轮车，威风着哩，是三轮摩托货车。这家煤场是山西人开的，煤场里堆的煤炭像山，六台煤球压轧机一排儿摆在那里，凡是来买煤的当场压轧成煤球，良子便开车送去，没有买主了，又装上一车沿街去叫卖。良子送煤卖煤已经很有名了，他有名片，上面写着：煤球王。

煤球王对我和五富的到来显得不热不冷，引我们到他的住处后去买了一盆酸菜鱼，又买了一筐蒸馍。这是一间仅有六平方米的棚子，后墙就是院墙，棚顶也是一块儿塑料板，从院墙上斜着搭过来。棚子里有床，一个煤炉子，一条绳在墙角拉着，挂着一件西服，竟然还有一条领带。

我和五富希望在煤场送煤卖煤，煤球王首先反对，他也警告甭找老板，因为老板之所以听他的，是他已经控制了所有送煤的单位和私人用户。知道《林海雪原》中的栾平吗？他说，栾平手里有联络图，我就是栾平。这小子完全不认六亲世故了，但同意我们白天去拾破烂，晚上可以批发一些煤球到东新街的夜市上去卖，这个夜市也属于他管辖。

煤球王在家时学习并不好，也看不出有什么过人处，而到了西安竟出息得没有他不懂的。他领我们去东新街夜市，那里多是卖牛羊肉泡馍的。他问：你们谁晓得秦国为啥打败六国统一了天下？我说：你以为你读过初中？

我还是高中生哩！他说：为啥么，说！我说：秦国有个秦嬴政！他说：看来是不晓得，那我给你们解释一下。他说秦国人爱吃牛羊肉泡馍，战场上，秦国人背着牛羊肉背着干饼子就出发了，兵贵神速，所到一地很快就做饭吃了，而那六国人没有牛羊肉泡馍，才淘米呀，洗菜呀，七碟子八碗地吃呀，秦国人已经杀进营了。秦国人打败六国是饮食打败的！我说：噢。他就骄傲无比，从口袋里掏了一盒纸烟给我和五富各散一根，他自己嘴里叼了一根，不用手，纸烟能从这个嘴角主动移到那个嘴角。瞧他的那个样子，我就没有点燃我的那根纸烟。东新街的夜市，阵势非常大，一部分是有门面房的，每个门面房也就那么一间两间，入深浅显，而更多的则是将摊位支在路边，每个摊前拉个电灯泡，摆一盆洗涮水，摊主就戴顶小白帽，肩上搭条毛巾，吆喝着买卖了。煤球王又给我们讲了，讲中国有八大菜系，西安是没有菜系的，为什么，因为西安是十三朝古都，皇帝在皇城的时候，全国各地都要把他们的菜拿来竞赛，西安就如同是一个大饭桌，各类菜都来摆，慢慢自己就没有什么大菜了。而没有了大菜，小吃却丰富了起来，这就是现在夜市上的羊肉泡、葫芦头、柿子饼、肉丸胡辣汤、粉蒸肉、卤汁凉粉、油泼面、大刀面、涎水面、摆汤面、凉皮、甑糕、麻食、油茶、汤包、油塔。他讲得我们一愣一愣的，五富说：不得了，他咋知道这么多！我说：别附和他，附和了他就逞能得没完没了，人来疯！果然他说着我们都不接应，他就不说了。但我得承认，这小子确实在这里很熟，摊上的人似乎都认识他，说：煤球王今日不卖煤啦？他说：他两个替我卖的，以后多照应啊！人家说：哈，雇小工啦！

小吃摊上是需要煤，但要量很少，他们差不多是现烧现买，不愿意买多了烧不完再搬回去第二天晚上再搬来。煤球销售不好，五富拿眼留神左右摊上有什么破烂，他去收拾那些酒瓶子和塑料饭盒，摊主不给他酒瓶子，只给塑料饭盒，而且要他打扫饭桌。五富很殷勤，塑料盒收了不少。

我们每每是半夜一两点才能回到池头村，几天下来人就疲惫得支持不住。五富能走着路就瞌睡，我不行，他就让我拿个棍，他握一头，我握一头，我在前边走他在后边瞌睡，他瞌睡还起鼾声。夜里街上人少，但车开得都猛，每有车过来，我一停他就醒了，问：还没到？我说：你能睡着？他说：我刚才做了个梦，正吃……他又闭了眼瞌睡了，人瞌睡了五官特别丑恶，我就像拉着一个走尸。

煤球王见我们太累，允许了我们夜里不回池头村就睡在他的棚里，但五富的鼾声像拉风箱，甚至一会儿急促，一会儿却停止了，突然又噗的一声，吓得我们以为他憋住了气要过去了。我神经有些衰弱，煤球王更是难以入睡，先是用棉絮塞耳朵，后来五富鼾声一响他便用顺手的东西去掷，一掷不响了，不掷又响了。天明后五富的身上尽是臭鞋烂袜子和枕头，以及我们所有的衣服。煤球王坚决不让五富睡在他那儿了，五富便每天晚上回池头村。我们说好，第二天早上收购站门口见，而我则是每天早上煤球王送煤的时候，让我坐了他的运货车到兴隆街。

一个晚上，我拉了一车煤去夜市，路过一家宾馆，宾馆的一个人让我给他们送一车煤，我送去了，收煤人说出纳下班了明日来结账吧。这是我第一次卖出了整车煤，就买了一条鱼早早回棚屋炖起来，我要让煤球王看看我的手艺。他回来了，带了一只狗。

他说：今日运气好，尽捡东西。

我说：我运气比你好，卖了一车煤。

他说：你就会吹！

我说：不卖一车煤，我能买了鱼给你？

他从怀里掏出个小坤包，说：你给我买鱼，我送你个包！

街上经常发生抢包事件，我就怀疑他了，像他这德行，容易是坏人。

包儿哪儿来的？

捡的。

该不会是抢的吧？！

你啰嗦得很！

我一下子脸色变了，我有责任管教他，我是他叔。我说：你看着我！

他看着我。

抢的？

捡的！

他比五富强硬。

抢的！

我抢的我还不把包里的东西拿了而把包扔了?

他从锅里把鱼用铲子截了一半，却夹给了拴在门口的狗。

咱还没吃哩你就喂狗?

我就喂了，咋?

他虎着眼，又从锅里夹那半条鱼，我过去拦他，他用力筛我，锅就撞翻了。他抓起包就要从院墙里扔出去。我把包又夺过来。他向我吼：哇哇哇哇哇哇哇!

我笑了，他发火就证明了他的清白，他要是不发火我倒要连夜离开这里，我不愿意和一个抢匪住在一起。我说：咱刘家世世代代没出个贼呀匪的，这包是你捡的?

他说：你要不是我叔，我得揍你!

我说：别以为你叔不如你，论城市生活你还嫩哩！我告诉你，别人抢了包，掏了东西把包扔了，你不要捡，现在抢包的多，你捡了空包别人以为你是抢匪！包里还有啥?

他说：有啥？！一卷手纸，一个小镜子。

我把包儿揭底儿倒，倒出来的也只是一卷手纸一个小镜子，但又掉下来一条项链。项链是用一个小纸包包的。他一把拿过了项链。咦，这玩意儿可以卖几百元吧。

我说：良子，这可是我发现的，最少卖了钱一人一半。

他扔给我五十元，竟然用很鄙视的眼光看一个长辈。

我拿了五十元又去街上重新买鱼，继续做炖鱼。这一顿我们都吃得肚子胀，睡下了，我翻来覆去睡不着，煤球王却拿了钱在被窝里数。他到底有多少钱？只听着刷啦刷啦响。我说要数出来数，被窝里有我的屁哩。他不理我。

我说：你一天能收入多少?

他说：睡你的觉，好不好？!

夜渐渐地深了，门口的狗却不停地叫，叫得真烦。煤球王爬起来把狗放在棚里，狗就在我们被单上跑，又卧在我枕头边，我气得给了它一掌，它又跑到煤球王那头，后来我就睡着了。

这只狗自此成了煤球王的宠物，他每天都给狗买东西吃。我半夜回来冰锅冷灶，狗盆里却总是鱼和排骨，我当然教育他了：咱是来干啥的，能挣钱也要会攒钱，你将来花钱的地方多着哩。他给我翻白眼。我实在不愿在这里待下去了，但我得尽快多多挣钱，我忍了。

可我已经第三次去那个宾馆要煤钱了，还是没要来，先是宾馆人说谁买的你找谁去，我只记得买煤的人五十多岁，头发灰白，他们问了头发灰白的人后出来说有这回事，但现在没钱过几天来，而我过几天再去，门卫死活不让进，我在门口吵，大堂经理就招呼保安：轰出去！我便被轰出来了。

煤球王说：是不是需要我去？

我说：去打架呀？保安一大帮，你打得过谁？

他说：我不打他们我打我自己，用刀片子在我额上划，划个血头羊行吧？

他的额头是有两道白印，当然是治愈得非常好的疤痕。我说：你划过？

他说：市容收过我的车子要罚五百元，我急了，拿刀片在额上划，他们就退了车子，款也不罚了，一个人还说这小子狠，到咱市容队当个补外队员吧，我没去。

他这么说着，我就更不敢让他帮我讨债了，当我再一次被宾馆保安轰出来的那个晚上，我准备好了，要告诉他：煤钱是讨回来了。但他竟然一个晚上都没回来。

煤球王是不会走失和吃亏的，这一点他比五富强，我担心的是他开运货车出事或者与人打架。夜里两点多，我去找煤场门卫，这么晚了煤球王怎么没回来？门卫说你看看运货车在没，我去停车场看了看，那辆红色的三轮摩托运货车在。门卫说你看看西服领带在没，我回棚里才发觉西服领带不见了。门卫说：这就不用管了，只有别人吃亏，你侄儿吃不了亏。

这是什么意思？我回坐在棚里等，他还是没有回来，我就睡了。这一晚上的蚊子非常咬，好像全煤场的蚊子都跑来了。煤场的蚊子都是黑的。我睡不着，就想孟夷纯。蚊子也是咬得孟夷纯睡不着吗？睡不着的孟夷纯在数着筹到的钱吗？数着数着会不会想到我呢？在问：好久怎么没见他了？还是脑子里一想到我立即便念头闪过了，就像是玻璃桌上的水，手一抹就什么也没有了？

咬孟夷纯的蚊子能飞来咬我多好。

五十

第二天早晨，我走的时候煤球王还是没回来，而我又比五富提前到了收购站。五富的衣服脏得看不出个颜色，我训斥他：你少睡一会儿也该把衣服洗一把水么，穿着不难受？他说：不难受。我说：你不难受，别人看着难受哩！他说：白天拾破烂晚上卖煤能干净？我说：厕所里的蛆还白白的哩！我说我本来要带他去见见孟夷纯的，现在不带他去了。五富没有生气，说：难怪你穿得干净！却从怀里掏出了三百五十元，说是杏胡让把大家捐的款转交给我。我已经出来这么些日子了，杏胡还是依旧收缴捐款，这让我感动得眼睛都红了。

我有了一种幸福感。人的运气从大清早的情绪而定的，今天的情绪好，运气可能就来了。可不，离开收购站，我一到十道巷就收了一麻袋的空易拉罐，这是从未有过的事，而且在八道巷又有人把装修剩下的旧钢窗旧防盗网卖给我，还在那个豪华宾馆门前报栏又碰上了那些老头，他们依然在看楼练颈椎，却每人都提了一大包旧报纸在等我。三轮车上破烂垒得高高的，我希望有人能看见，可茶馆门口的收停车费的老头没在那儿蹴着，宾馆的保安也不在门口，小酒馆的门还关着，所有的熟人都没有。我就蹬着车子慢慢地走，不急于去收购站，走过了九道巷，再折头走十道巷，我游行哩。

十道巷的拐弯处，前面有个老头提着鸟笼，老头回头看了我一眼，又把头拧过去继续走他的路。这死老头！但鸟笼里的鹩哥却叫了一声：刘高兴！

这老头每天要遛鸟的，他有时热情地叫我刘高兴，有时见了却冷若冰霜，而鹩哥也认得了我，鹩哥始终如一问候的。我说：你好！

鹩哥说：你好！

我说：唱个歌，唱个歌！

鹩哥说：吹箫！吹箫！

鹩哥比老头知道我的心思，我就取了箫来吹。我吹的是：东山坡呀西山坡，山山坡坡唱山歌……老头却提着鸟笼不停点儿地走了。老头今天心情不好，不好你就不好着吧，我还要继续吹箫。从头来，吹：东山坡呀西山坡，山山坡坡唱山歌，唱得山歌落满坡，幸福生活……

吹着吹着，不吹了，哇，你知道我看见谁了，我看见了孟夷纯，孟夷纯在路对面向我招手哩。

啊，孟夷纯还能向我招手么？！

如果在大街上碰见了孟夷纯，孟夷纯还在恨我，看见了我而不理我，那我会伤心地哭哩，可孟夷纯在和我招手了，态度还是活腾腾的一朵花，我就胆正了，蹬着三轮车横穿马路，行驶的汽车因此停下来了十几辆。

我们是站在了那个垃圾桶前见的面。

她说：不错么，今日这么多收获！

但我站在她的面前，有些窘。因为一切来得太突然，我的头发乱着，蹬三轮车时把裤管挽了起来，又挽得一个裤管长一个裤管短。我怕我身上汗味重，所以站在垃圾桶前。

孟夷纯似乎全然没在乎这些，她脸色红扑扑的，说：我还以为你生了我的气，再也见不到你了！

我说：你那天那么凶的。

她说：我那天凶吗？女人就是过几天脾气好，过几天脾气不好。也怪我不好。

我说：是我不好。

她说：我一凶那你也就不再来了？

我说：我怕你不见我么。

我想不来我能说这句话，而且声调扭捏，像是撒娇。若是听见这话是别人说，我牙根都发酸发麻了，这哪儿是我的风格呢，可我偏偏说出了这句话。我的脸唰地烧了。

又害羞了，又害羞了。孟夷纯又用指头来戳我额，手过来了却拍打了我肩上的土。

还能有什么让我心里舒坦吗？刘高兴毕竟是不懂女人的，女人对你好起来这么好，对你凶起来却那样凶。但我现在得装出很男人的气概了，我扬了头，说今天凉快，又说今天运气不错，再说：你这一身衣服好看得很么！

她说：是衣服好看还是人好看？

我说：人好看。

她说：人好看了你就多看几眼！

我说：我不多看，那边店铺有人往这边瞅哩，我这样子和你在一起辱没了你，你先走，我交了破烂后去店里找你。

她说：我不！

现在是轮到她在撒娇了。

我们就相斯着一起去收购站。那天的街上如果人再多点，肯定要发生交通堵塞了，一个漂亮时尚的女人和一个灰头土脑的拾破烂的说说笑笑并肩行走，身边过往的人都拿异样的目光看我们。我瞄着了一个人噢了一声后鼻子突然流血，流吧流吧，所有人都流鼻血去吧！

我说：这些日子没见，你胖了？

她说：真不会说话，现在兴见了女的要说瘦的！

我说：你真的胖了，胖得更好看！

她说：是不是？可能是有了好事的缘故吧。

我说：案子破了？

她摇摇头，告诉说她又筹到了五千元钱给公安局汇去了，而让她高兴的是韦达终于同意让我和五富一起去公司干活儿，也不是干门卫，而且她从韦达他们那里收集了一大包旧衣服，这些衣服都是好衣服，只是样式有些过时。

我说：真谢谢你！

她说：跟啥人学啥人，我这也是拾破烂吗？

我说：我请你吃饭！

在收购站交货的时候，瘦猴不停地偷看孟夷纯，我拿脚踢他的屁股，他说那是谁？我说朋友。他说你有这样个朋友你就不叫刘高兴了。我说就是有这样的朋友我才叫刘高兴的。他说行呀，商州炒面客到西安也能挂拉上洋马子了！

在一家小川菜饭馆，我们吃到了最丰盛的一顿饭，两个素菜，两个荤菜，还有一个鸡蛋西红柿汤。当然是我埋的单。吃完饭，我们到美容美发店，她果然取出了一个大包裹，里面全是一些西服西裤衬衣衬裤，还有鞋，都是皮鞋。孟夷纯说上楼去你穿着试一试，我不愿意上楼，孟夷纯脸上掠过一丝难堪，没说二话，拉我便到曾经去过的茶馆里，要了一个房间，一关门，一件件拿了衣服让我穿。最后选定了一件衬衣还有一件西服，又给我系上了领带，推我到镜子面前照。她说：没想你还是个衣服架子，哦，像个老板！我嫌领带系着憋气，把领带拉掉了，又要脱下西服，她从后边就抱住了我，我立即挣扎着要反过身来，她说：我是抱衣服的，你别胡想呀！我仍是反过身来搂住了她，她说：我家亲戚来了。我并不知道她家亲戚来了是什么意思，还说：谁来了？手就到处乱摸，摸出了一手的血，她说：你们男人都不是好东西！

我原本并没有想要这样的，是她一挑逗，我就把自己定下的规矩全忘了。她说脏，我说我不嫌脏，她说这样要生病的，我说我不怕生病，她说你不怕生病我还怕生病呢。我就老实了。她却安慰我，几时到池头村去好好给你，可你不能让我受垫噢，我说我一定要买个沙发床垫的。服务员敲门来给茶壶续水，我们就分开椅子正正经经坐了说话。

我说：你怎么给韦达说的，他就能同意我和五富去公司？

她说：具体怎么说的你不用管，反正他同意了。

我说：他同意了，我倒还不愿意天天就见到他。

她说：为啥？

我说：……

聪明的孟夷纯当然很快就明白了我的意思，她是闷了一会儿，最后还是说：你和五富去了就不会像现在这么辛苦么。我弯过身去抓住了她的手，说：夷纯，夷纯！她说：你不要说了，咱不说这些了，今日高兴，咱说说别的吧。

可我们一时又不知道要说些什么。

我在口袋里掏纸烟，手碰到了五富交给我的三百五十元钱。孟夷纯说：也给我吸一根。我把纸烟盒递给她的时候，也递给了三百五十元，再递给她打火机的时候，也递给了我身上的一卷钱，我没有数，可能有二百元。

她说：还给我钱？我已经给公安局汇去了五千。

我说：那五千能够吗？

她坚决不拿。我再一次把钱塞到她的口袋，说：不就是一点钱么，你不肯拿就把它扔了去！

她说：瞧你张狂的，是不是这些天收入好了？

我没敢再说杏胡他们捐款的事，只告诉我在煤球王那里加班卖煤了。

她说：卖煤比拾破烂强么。

也不强，我就给她讲煤球王的故事，给她讲煤场里的见闻，给她讲宾馆如何赖着账不给，孟夷纯眼睛就睁大了，立即拿手机给韦达拨电话，韦达回应说他认识宾馆经理，他要给经理通融一下，宾馆不敢不付钱的。她放下手机说：你明天就去要账，就说是韦达让你去的！我点着头，但我对于韦达的能力半信半疑。

我就是穿着一身西装回到了煤场，煤球王还是没有在，门卫说良子是半早晨回来了，睡了一会儿又出去送煤了。棚屋的门没有锁，其实棚屋压根儿就没有锁子，只是门环上插了一个木棍儿。那只狗拴在床腿上，把床单抓到了地上，而且在上边撒了尿，我把狗拉出去拴在棚外的树上，开始和面要搓麻食。以往搓麻食都是在案板上搓，这天我情绪好，洗了那个草帽在草帽上搓，搓出的麻食是卷状，又有花纹。一直搓到煤球王回来了，我又装大起来，说：昨晚你浪到哪儿去了？！

他说：你会不会文明说话？喝酒啦！

我说：喝酒能喝一晚上？喝酒还拿了那个包儿和项链？！

他说：我爱拿不拿的你管得着？

他走出了棚屋，却突然问：狗呢，狗在哪儿？

我说：不是在树上拴着吗？

他说：在哪儿？！

我走出来，树底下果然没了狗。他在煤场里大声叫：丽丽，丽丽！竟给狗起了这么个名字！但丽丽没有出来。煤球王冲进棚屋发火：谁叫你把狗拴出去的，咹，狗碍你啥事了你拴出去？

我说：丢就丢了，给我凶？你叔不如一条狗？！

他一下子跳起来，把手里的手机摔了。

我怎么受得了他这样，这不是恨嫌我吗，我刘高兴是不吃下眼食的，何况还是我的侄儿！我顺门就走，他说：脱下我的西服！我说：你拿眼再看看，是你的西服还是我的西服？

一走出煤场，我觉得大人不见小人过么，可我已经走出煤场，回头看看，煤球王也并没有撵我，那我就走了。

五十一

在池头村里，我把那些衣物分给了五富、黄八和种猪。

我们四个男人，从此都穿着名牌西服，这在池头村所有的拾破烂人中，我们是独特的。村人见了我们叫：西服破烂。

有人以此怀疑起我们的身份：能穿这么好的西服拾破烂吗？街道办事处的人就曾查询，以为我们是一群对社会不满而故意拉着蹬着装破烂的架子车三轮车上街，如今上访的人多，我们是不是其中的。我们百般解释了，架子车和三轮车是归还了，可又嘀咕我们的衣服是偷窃的。

五富他们就不愿意再穿西服了。唉，沐猴戴不了王冠，穷命苦身子，那我也没办法了。我依然是名牌装束，去村口市场上吃麻辣米线，瞧着韩大宝对面走过来，我故意直直走过去，他竟然身子侧了一下给我让道，已经让过身了，才发现是我，一把扯住说：咋是你？

我说：是我呀！

他说：有了这身行头？

我说：不就是一身衣服么。

他说：瞧这口气！混得比我还像城里人了！

我说：我去找过你几次都没找着。

他说：得是来感谢我呀？

我说：当然感谢，也给你说个事。

他说：噢，还得寻我么！

我就说了，我们在兴隆街那儿很安分，没惹出个什么事儿给你脸上抹黑，也很勤快，收入还过得去。但是，地盘毕竟还有些小，能不能再给我们几条街巷？

我说这些话时心身特别地放松，甚至有些小得意，言辞出奇地顺溜，但我立即意识到坏了，怎么能对韩大宝嬉皮笑脸地说话呢，他是领袖，他是破烂王啊！果然韩大宝乜视着我，说行么行么，脚步却没有停就走过去了。

我应该说一句请他一块儿吃麻辣米线的话，我没有说，这更是我的错。回来给五富提说了这事，五富说人家缺那一口呀？！而我心里总是不安。

人有一事不妥，后来必受此事之累，这如同碗盆一旦有了隙缝，肯定将来就要漏水，我果然得罪了韩大宝。他不但未为我们扩大地盘，而且兴隆街又出现了两个拾破烂的人。这两个人蓬头垢面，怯怯弱弱，一看就是才从乡下来的，本来我们应该亲切他们，可一个萝卜怎么能两头切呢，我们就凶起来，轰撵他们。他们虽不敢和我们打架，却就是不走，说是韩大宝安置他们来的。事情就是这样地糟糕，五富开始埋怨我，我向黄八和杏胡夫妇请主意，黄八就破口大骂，骂现在当官的口口声声是公仆，为人民服务哩，可有一点权就要用手中的权为自己谋利哩！我说你胡骂啥呀，韩大宝是官吗，他不是官！黄八说那咱就轰撵，用武力，我帮你们用武力！杏胡说你又给刘高兴惹麻烦呀，你给刘高兴惹的麻烦还少？！杏胡的分析是如果不是韩大宝安置的，那一轰撵就跑的，既然轰撵不走，那就真是韩大宝安置的，如果是韩大宝安置的，你们怎能轰撵得了？只能去找韩大宝。

五富便反复地催促我去找韩大宝，唠叨得像个妇道人家。何必呢，五富，没有屠户咱还能吃连毛猪？我没有去，拿了箫来吹。

五富说：你不去？

我说：为啥我去？

五富说：你屙的你擦！

他觉得没说好，又说：你是领导。

承认我是领导，那我错了也是应该错的，清风镇有句俗话，掌柜的打了瓮，片片都能用，大的苫墙头，小的塞墙缝！我问五富知道不知道这俗语，五富苦愁个猪脸进屋睡了。

我还是吹我的箫。其实我心里有底，就是：一旦拾破烂彻底无望，我们就可以无牵无挂地去韦达公司干活儿了。去韦达公司的事我之所以没有给五富说，也没给黄八杏胡他们说，是觉得毕竟韦达并不情愿见我，我也不想见着他而勾起对他和孟夷纯关系的不快，再是丢了拾破烂有些可惜，何况还舍不得离开黄八和杏胡夫妇。现在韩大宝一排挤，倒造就我们华山一条路地去韦达公司了。

可怜的五富，他不知道我葫芦里卖的什么药，晚饭也没有吃，一觉睡到第二天，脸浮肿，嘴角起了火疱。我们再次去了兴隆街，街上人说：现在拾破烂的咋这么多！五富就问是不是还看见了两个拾破烂的，一个冬瓜脸，一个粗脖子？那人说：是呀！五富就呼哧呼哧出粗气，从路边拿了一块儿砖放在架子车上。

我说：你别胡来呀！

他说：不打，咱喝风屙屁呀？

我说：要打你打，我可不出手。

他说：不用你打。我打赢了你请我喝酒，喝白酒，打输了，你给我买创可贴。

瞧他傻样！放下三轮车，我钻进一家家具店了。

这是我第五次进家具店。这家家具店的老板长得面善，我和他讨价还价，终于将一张床垫由五百元降到四百元，五富就进来了。我说五富快来看看这床垫，五富一手的油黑，他不敢摸，说：这么好的床！城里人会享福，睡这号床做梦怕都是带彩儿的。我就向他借钱，我只有三百五十元，借五十。五富说你给谁买呀？我说我给我买的，买下了你可以来坐一下。五富嘴张开，拿手在我脸前晃。我说你干啥么？五富说你得是生病啦？咱拾破烂的睡沙发床？老板就训了五富，说：你们是拾破烂的来戏弄我呀？五富说：谁戏弄你了？脖子梗得老长。老板说：你是来闹事的？！我把五富拨开，说：不会说话就不要说，掏五十元！五富说：不掏！我再说：掏不掏？五富说：不掏！

我不能在老板面前丢了人，举了手就要扇五富，五富像牛一样扑过来，抱住了我的腰，竟抱着出了店门。

我生五富的气，但也正是五富这么抱了我出了店门，我才不至于在老板面前再尴尬。五富抱着我还不松手，我就笑了，说：不买就不买了，你见着他们了？

五富说：人没见着，狗日的怕是瞭见我就藏起来了，架子车在路边，我把气门嘴给拔了！

到了这步田地，我又得护着五富了。我嘴上说打起来我不出手，可五富这憨头拔了人家气门嘴，人家真要撵来打他，我能扔下他不管吗？我往四周看了看，没有出现那两个拾破烂的，我说：快走！五富跑得比我欢。

那天，我们基本上没有收到什么破烂，五富急躁得像一头发情的母猪，不安静，又嘟嘟囔囔。我得宽宽他的心了，靠在路灯杆上，我说：天上掉下来个肉夹馍吧！五富竟就往天上看。天上一道一道红云，像犁过的稻田，而路灯杆上忽然有个石头落下来，吓了我们一跳，忙看时才是一只麻雀，小酒盅般的一只麻雀，倏忽又飞走了。

我说：不急五富，好事就会来的，你要信我。

五富说：信你。

但是，孟夷纯几天里没有来通知我们去韦达公司的事。我设想的情景是：买了沙发床垫后，孟夷纯在某一个上午或黄昏从城里来到池头村送通知，她就可以舒服地躺在我的床上了。而床垫没有买成，孟夷纯又迟迟不来通知，这其中是不是有了什么神秘的因果关系？又等了一天，孟夷纯依然没有来，我也就急了，终于到美容美发店去问她个究竟，谁能想到呀，巨大的灾难就降临了。

那是十三号，十三这个数字真的是凶数。

那天我离开池头村去美容美发店的时候天在阴着，手伸出来有些凉。夏天似乎就要过去了，立秋后晚上再没能什么也不盖地睡觉了，而且瓜果吃了容易闹肚子。我临走叮咛五富把夹克穿上，又将窗台上的那碗兰草移放在了墙根，因为窗缝老往里钻风。兰草经过一个夏季，养得还好，但天刚一转凉，叶子就黄蔫了，五富几次说扔了算了，我没有舍得，那个早上我还给兰草说：一定要精精神神活，活到我买了床垫，让孟夷纯能看到你！我这么给兰草说话，咚的一声，墙上的木架板就掉了下来，孟夷纯穿过的那双鞋，一只落在了地上，一只落在了墙根的兰草碗里，鞋湿了，兰草碗也翻了。这都是预兆，不祥的预兆！但我是那样地笨，当时竟然就没有想到这是预兆。

孟夷纯被警察抓走了，并且被抓走了五天。

站在美容美发店对面的那堵墙下，墙上是我来见孟夷纯时所画下的二十多条道痕，孟夷纯却再不见了。我是知道的，孟夷纯从事的那份工作最容易出事，可西安城这么大，从事和她一样工作的人不计其数吧，天上的鸟儿拉屎，偏偏子就落在她的头上？

美容美发店那个胖乎乎的女店员，她是和孟夷纯关系最友好的，她告诉了我，这一条巷里的美容美发店向来都是十分安全的，因为兴隆街派出所所长的两个亲戚也在这里开了店，而每个店的老板都与所里的一些人熟，并定期带着礼去看望他们。但是，偏偏北京的一位负责全国扫黄打非的大官来到了西安，市公安局突击整顿一些舞厅、洗浴中心、美容美发店，而且是专门的一批警察，根本不给各派出所打招呼，突然行动，孟夷纯就倒霉地撞在了枪口上。那天六七个警察进来，吓唬着在楼下的所有人都靠墙站，不许动，老板假装着要去那柜台上取纸烟，她就想按柜台下的电钮，那个电钮一按，楼上的人就会知道有紧急事情能立即隐藏起来的，但警察并没有让老板走动，而三个警察就冲上了楼，把孟夷纯和一个客人带下来了。带下来时孟夷纯是没有反抗，也没有哭，往门口停着的一辆警车上走，老板是拿了一条毛巾往她头上一盖，但孟夷纯是把毛巾取了，她嫌弄乱了她的头发，还回头朝大玻璃镜上照了一下。

胖女子说：这条巷道那天抓走了二十八对，我们店就孟夷纯和那个客人，后来老板也被抓走了。

我说：最该抓的就是老板！

胖女子说：老板已经放回来了。

我说：她怎么放回来了？！

胖女子说：听说那个大官回京了，她有关系，疏通后就回来了。

我立即去找老板，这个平日总在脸上涂一层厚粉的女人，脸上已没了颜色，粗糙而松弛着皮肉是那样地难看。我问孟夷纯现在在哪儿？她说在劳教所里还能在哪儿？！她对我一直态度刁横，我只好软下口气，央求她也疏通疏通关系把孟夷纯放回来。她说她是带着人去疏通过，回话是罚交五千元就可以放人的，你有五千元吗？我哪儿有五千元呀，今辈子手里没有一次性经过五千元。我说孟夷纯是你的店员，也是你的摇钱树，你应该赎她呀！她说你是她的乡党你赎呀！我说我没钱么。她说我也没钱。她坐在那里吃纸烟，吸一口吐一口，还把烟雾往我脸上喷，我真想给她一拳头，但我忍了，不停地求她，几乎什么话都说了，比如，如果赎了孟夷纯出来，孟夷纯绝对会再赚钱还你；比如，我和孟夷纯今生都记你的恩德，来世也给你做牛做马；比如，你要觉得这些许愿都是虚的，我从现在起就来店里干活儿，洗床单，烧炉子，冲厕所，我把你叫姨。她说你要给我五千元，我把你叫爷！她拿了拖把拖地，拖地是启发着我走的，我就抹着眼泪走了。

五十二

剩楼是我在西安的一个窝，我就像一只疲倦而受伤的野兽，只有回到窝里来默默地喘息，舔那伤口的血。

睡吧，睡吧，我心里发闷就想睡觉，一睡着就什么事都没了！可我这回睡不着。这张床使我习惯了无法很快入睡，因为孟夷纯来过这里以后，每次一到床上，我的那个东西就起来了，闹腾得我得用手。我就动它，我只说我累了，麻醉了，迷迷糊糊要死去了，却有了一声响动，扭头一看，还是那只猫，隔壁院子里的那只猫，它钻进来就蹲在床前看我。猫在看我，那一次我和孟夷纯做事它在，这一次它怎么也在？我突然觉得这是什么时候了我还这样，就一脸羞愧，用被子蒙住了头。

孟夷纯是在美容美发店的楼上被抓住的，她是怎样被恫吓着，羞辱着，头发被扯着拉下了陡峭的楼梯？她现在受审吗？听说提审时是强烈的灯光照着你，不让吃，不让喝，几天几夜不让睡觉，威胁、喝骂，甚至捆起来拷打？你不是漂亮吗，他们偏不让你洗脸，不让你梳头，让你蓬头垢面，让你在镜子前看到你怎样变形得丑陋如鬼。或许，他们就无休止地问你同样的问题，让你反复地交代怎样和嫖客的那些细节，满足着他们另一种形态里的强奸和轮奸。这些我都不敢想象下去了。或许，或许孟夷纯现在是一个人被关在一间房子，那间房子没有窗口也没有灯，她就坐在冰冷坚硬的水泥地上，她在想什么呢，想到我了吗？她知道我一定会知道消息的，就盼望着我能去赎她吗？

可我没有五千元!

我只能等待着五富黄八和杏胡夫妇回来，把这一切全告知给他们而筹措五千元。

杏胡夫妇是首先回来的，他们买了麻纸，竟在楼下的水池子旁焚烧。焚烧的火光照着我屋子的窗子，我开门出来，杏胡说：高兴你回来早？我说：你们这是干啥？杏胡说：我昨天晚上梦见老娘了，老娘在梦里给我说房子坏了。我知道这是老娘让我一定要把烧毁的房子盖起来，免得让村里人笑话。我中午就把钱汇回了老家，从邮局回来时买了些麻纸再给老娘烧烧。

杏胡说：高兴，纸灰飞起来是不是老娘把钱收了？

我说：都是这样说的。

杏胡说：城市这么大，老娘还能寻着!

她笑了笑，又说：你怎么早早回来了，没事吧?

我再不能对杏胡说什么筹钱的事了，我说：有啥事？没事。

杏胡在纸灰前磕了个头，却跑上来，她在口袋里掏，掏出了一百八十四元，还扭头看了一下也在磕头的种猪，悄声说：这是我和五富黄八给你的那个孟，孟什么来？我说：孟夷纯。她说：是孟夷纯的钱。黄八定协议的时候满口满应，可今早我让他交钱，他却说怎么又收钱啦？这人不可靠!

我的手抖着，把钱收了。

杏胡说：孟夷纯还好吧，你几时得把她领来我瞧一瞧呀！你怎么啦，没精打采的!

我说：我好着的。

杏胡说：好个屁，我给你挠挠!

她不容分说地把我按在楼梯栏上，手像蛇一样钻进衣服里。

黄八几时回来的，我不清楚，我也不指望了黄八，而天麻麻黑时，我把一进院的五富叫到我的房间告诉了孟夷纯出事，五富没吭一声就蹴下了。

我说：你说话呀。

五富说：你没钱，我没钱，黄八肯定也没钱，你没给杏胡说说?

我说：她比咱强不到哪儿去，何况她才给家里汇了钱。

五富说：那怎么办?

我说：我也不知道了。

五富说：你都不知道了，我更不知道了。她关在哪儿，咱赎不了她也得去看看她。

我说：说是在劳教所。

五富说：劳教所在哪儿？

我说：不知道。

五富说：你不是说西安城里没有你寻不着的巷巷道道吗？

我说：……

五富说：咱咋不捡个钱呢？上次都捡到了韦达的钱夹，咱明日上街就专翻垃圾桶，孟夷纯她要是命大的，说不定再捡个钱夹。

我估摸讨不出五富个什么好主意，果然是白说了一通。我说：你去杏胡那里给我舀一碗浆水。五富说：立秋后不敢喝凉浆水的。我说：我肚里烧。五富拿了碗下楼了，五富刚才的话却提醒了我为什么不去找韦达呢？对呀！应该找韦达，韦达是有能力救她的。老板在和我说话的时候并没有提到韦达，韦达一定是还不知道孟夷纯的事的。

去找韦达！我让五富陪我一块儿去找韦达！

我们没有韦达的电话，我们是第二天查询114，知道了韦达公司在尚义街，就去了尚义街。山穷水尽时突然有了柳暗花明，我的心情开朗了，就感激着五富，五富是个烂套子，烂套子却堵住了漏风的墙窟窿。于是我在路上才说了韦达曾同意我们一块儿去公司干活儿的事，并说了这全是孟夷纯从中撮合的。五富说：孟夷纯好。又说：她长得漂亮还这么好。我说：好就是好，怎么是长得漂亮还这么好？五富说：人都说漂亮人心眼瞎。我说：胡说哩。就又想起我的那个比喻，说人为啥漂亮，就是各部位搭配得匀称，就像盖房子，房子盖得端正了通风透气，阳光能照进来，当然也就牢固，如果房子歪歪扭扭，能通风透气吗？能阳光照进来吗？能牢固吗？五富说：那我就是活不长？我说：你说晦话！五富笑了笑，就去路边一个垃圾桶里翻，翻得两手脏，没翻出个什么。

到了韦达公司，公司门口站着四个彪形大汉，五富拉了我就往一旁走，他说：门口有警察，是不是警察也来抓韦达啦？我说：你看清，那是保安还是警察？他看了，说：这保安穿的比警察还警察？！进了公司大门，但韦达并没有在公司，办公室的人拨通了他的手机，韦达是在一家饭店里，听说我找他，要我接电话，他说：噢，刘高兴！你们到饭店来吧，我请你们吃饭！

韦达是好人。阿弥陀佛！

五富听说韦达请吃饭，嬉皮笑脸了，说：大老板请吃饭，你说能吃什么饭？我提醒他：不管什么饭，吃时不要狼吞虎咽，慢慢嚼，不要咂嘴，不要话多，遇到没吃过的东西了，拿眼睛看别人怎么吃你就怎么吃，看时要不经意地看。

到了饭店，不仅是韦达，还有四五个人，韦达就介绍了这些都是大老板，又介绍了我们是拾破烂的，将要到他的公司干活儿。韦达的那些朋友对我们并没有歧视，这从他们的目光中可以看出，韦达交结的都是有品位的人。他们当然在夸奖韦达，说韦达还有这样的朋友，而且还请吃饭，如果有媒体的人在就好了，应该宣传宣传。于是一个人就讲笑话，说某一个领导也是体察下情的，到山区去扶贫，给了一个老农一床棉被，问老农的一日生活安排，老农听不懂，旁边的乡政府干部解释说，一日就是一天，一天就是一日。老农说，噢，一天一日我还行，一日一天不行了。他们就哈哈大笑。五富没听清，见他们笑他也笑，但我没笑。韦达就喊服务员：加菜，再加一个带荷叶饼的粉蒸肉！五富看了我一下，我没吭声。菜开始端上桌了，也就是除了那一大盘粉蒸肉外，却都是粗粮和素菜：饸饹、莜面、豌豆糊糊、水煮豆腐、烧茄子、炖萝卜、蒸山芋、炒笋尖、蕨粉皮、干豆荚、洋葱木耳、核桃仁、枣糕和香椿，品类繁多，盘盘碟碟，摆满了一桌，而各种豆面擀成的粗的长的短的面条一小碗一小碗，再加上小米糜子绿豆麦仁黑米熬成的稀粥，又是一小碗一小碗，直垒起了两三层。韦达说：慈禧太后每顿摆六十个菜，咱也上六十碗，喜欢吃哪个吃哪个！整个饭局，韦达给我和五富夹了三次粉蒸肉，最后将粉蒸肉盘子直接放到了我们面前，而他和他的朋友少半是吃，多半在说黄色段子，每一个段子一落点，就哄地爆发一阵笑。从韦达的神情中，我看出他果然是不知道孟夷纯出事，但我不能贸然地去问他，可以说也没有我插话的机会。我就不吃了，端端地坐着，又怕坐着走神发呆，暗中掐我的腿，谁只要一看到我，也便礼貌地回以微笑。这么坐了一会儿，腰有些疼，手在后腰处摸摸，又把手放在桌面上，尽量做出平静和安详。五富吃完了粉蒸肉也坐着，他明显是坐不住了，在椅子上辗转不已，我在桌下踩他的脚，他坐直了，手也搭在桌面。哎呀，他的手指甲那么长，又都很黑！我再一次踩他的脚，他低声说：咋啦？我说：听他们说话。他说：他们的口音我听不懂。我说：手！他看看手，手上沾有油，舔了一下。我立即站起来。韦达说：别拘束啊刘高兴，要上洗手间吗？我说：不，上个厕所。韦达说：洗手间就是厕所，服务员，领他去洗手间。我嫌五富丢人现眼，没想我倒丢人现眼了，一时脸烫。我上洗手间完全是为了让五富去洗洗手的，但五富坐着不动，我说：你也去洗手间吧？五富才说，唔，我也尿去。

在洗手间，我让五富洗手，我说：咱把厕所叫茅子哩，而厕所还有一个名叫洗手间。五富说：我还以为是鱿鱼海参呢，没……我说：闭嘴！

回到饭桌上，韦达他们的话题变了，互相在询问着身体状况，天哪，他们都在说高血压、高血脂和糖尿病，说是谁的指标降下来了又上去了，谁谁又成了新三高。韦达就说，都是吃的来，过去吃得太差，现在什么好吃什么，吃出毛病了。五富低声说：吃还能吃出毛病？！我说：别插嘴。一个说，我家的金鱼老养不活，后来才知道是保姆总是喂食，鱼没有饿死的，全是吃死的。一个说，可能咱们的孩子长大了就不会得这些病了，他们吃肯德基麦当劳，长大了吃什么好东西都适应。一个说，唉，过去发愁没啥吃，现在还是发愁不知吃什么着好！就问韦达：韦总，你换过肝后保养得不错么！韦达说：行，还行。

他们说吃饭的事，我忽然明白了这些大老板们因为都太胖又都是患有病了才来吃粗粮素菜的。但是，我吃惊的是韦达换的是肝而不是肾！他不是换了肾？他没有换我的肾？！

韦达说：要不要炖个鸡汤，来一个鸡汤吧。

一个说：要炖鸡炖土鸡！

一个说：你要小姐的时候讲究要洋的，吃鸡却要土的。

我悄声问五富：你听着了那人说韦达换了肝？

五富说：我听着了，韦达换的肝。

我说：真是听着了？

五富说：听着是换的肝。

我一下子耳脸灼烧，眼睛也迷糊得像有了眼屎，看屋顶的灯是一片白，看门里进来的一个服务员突然变成了两个服务员。韦达换的不是肾，怎么换的不是肾呢？我之所以信心百倍我是城里人，就是韦达移植了我的肾，而压根儿不是？！韦达，韦达，我遇见韦达并不是奇缘，我和韦达完全没有干系？！

天呀，世事咋会是了这样的世事！

我已经听不清他们还在说什么了，恍惚里看韦达是那么陌生，也突然变得那么丑陋。我失态了，他们在互相招呼着吃喝，又让我和五富一定要吃好喝好，这些我都没理会。我觉得冷，腿在桌子下哆嗦。韦达说：刘高兴，你怎么不吃呀？吃！吃！我拿起了筷子，夹了一块儿豆腐。

豆腐根本没味，世上还有这么难吃的豆腐？

我怕五富耻笑我，因为我平时给他说得最多的是韦达身上有我的肾，但五富又开始喝鸡汤，喝得很香，一额颅的水。

我又一次进了洗手间。我洗了脸，又坐在马桶上。我听见韦达在问五富：鸡汤好喝吧？五富说：好喝！韦达说：那你连这鸡肉也吃了，刘高兴呢？五富说：去洗手间了。韦达说：又去了，刘高兴的肾不好吗？我担心五富要说出我摘除了一颗肾的事，还好，五富没有说，他嘴里正塞满了鸡肉，说不成话。我立即拉马桶水，哗哗啦啦响，要让外边人听见我是在解大便。

韦达没换我的肾就没换吧！没有换又怎么啦？这能怪韦达吗？是韦达的不对吗？反正我的肾还在这个城里！

洗手间里有一个小窗户，我打开了窗户想透透气，觉得自己太不沉稳了。但是，窗户一打开，外面却是一股风像刀子一样戳了进来。天变了？！我重新关上窗户，站在玻璃镜前直等到我的脸色稍稍好看了一些，走出了洗手间。饭桌上已经在上水果，是一盘切开的西瓜，西瓜瓤并不红，泛着白，像失血似的，我吃了一块儿，连瓜子也吃了下去。

五十三

饭局结束了，韦达的朋友陆续离开，我说：韦总，我要给你说个事。

韦达又是那么文雅地笑着，说：事情不是让小孟都告诉你了吗？再过一礼拜，你们就来吧，沣峪口那片山上已开始修围墙了！

五富说：沣峪口山上？不是说到公司吗？

沣峪口是城南四十里的秦岭一条沟，种猪曾给我们说过，那里现在建了许多度假山庄，还有温泉中心、高尔夫球场、野生动物园，沟里的山民很牛了，光卖土鸡蛋就发财了。杏胡也说过什么时候了我领你们去看看，如果破烂拾不成了，咱也进沟养土鸡去！但杏胡的话今天说过了明天就忘了，我们到底没去过沣峪口。

韦达说：是到公司呀。公司新买了一片山地开发别墅区，三万多亩的面积，圈了五个山头，你们来后的任务就是每天早晨把红旗插到五个山头上，晚上了再把五个山头的红旗取下来……

五富说：就像北京天安门前升国旗？

韦达说：不是国旗，是咱们公司的旗。

五富说：就只插旗？

韦达说：就只插旗！

韦达是领会错我的意思了，我也恨五富这阵话这么多！我说五富，把你嘴擦擦。五富就擦嘴，我悄声说：咱来是干啥的，你狗扯羊蛋？！五富噢噢着就先下楼了，我对韦达说：孟夷纯被抓了你知道吗？

我只说韦达会变脸失色，会一屁股跌坐在沙发上，会泪流满面痛不欲生，韦达却去把房间门关了，又取了个牙签在嘴里掏，他并不看我，说：这我知道。

他竟然知道！他知道了还请客吃饭，还谈笑风生，回答我又这样平淡？！

我说：你知道？

他说：美容美发店的老板给我打过电话了，唉，好好的小孟，她怎么就干了那事呢？

他这话啥意思？好像他才知道孟夷纯是从事那种职业的？！

我说：你不知道她在美容美发店里……的身份吗？

他说：美容美发店的老板打电话了，我才知道。

我说：那你和她……

他说：你说什么？

韦达却矢口否认了。否认了好，但愿他否认。但是，孟夷纯是在欺骗我吗，我亲眼看见他几次用车去接送孟夷纯也是眼睛欺骗了我吗？如果孟夷纯没有出事，我盼不得韦达一口否认，可事情到这一步了，韦达却矢口否认，使我吃惊和气愤。

或许，大老板是要有面子的，他不愿意别人知道他是嫖客。韦达，那我就成全你。我嘘了一口气，我说：不管怎样，韦总，咱们得救救孟夷纯。

他说：那当然呀。你去看过她了吗，你应该去看看她，我给你备些纸烟，小孟她吸纸烟的，你要再去看她的时候代我送上。

我说：五千元就可以赎回她的，美容美发店的老板说了，只需要五千元！

他说：别听那老鸨的话，她哪有实话？能被抓进去就不是用钱可以赎出来的。

我说：可以赎的，老鸨就是赎回来的，你去试试，只需要五千元，五千元就救她了！

他说：刘高兴，你不了解，做事要有个原则。

韦达，韦达，这就是韦达的话吗？孟夷纯把韦达当作了朋友和知己，当平安无事的时候，当满足欲望的时候，韦达是一个韦达，而出了事，关乎到自己的利益，韦达就是另一个韦达了。你可以雇两个人专门每日到山头上插旗，却不愿掏五千元救孟夷纯，九牛不拔一毛是什么原则？！

我说：韦总！韦总！

一个女孩，可能是韦达的秘书吧，端了一杯水和三粒药丸推门进来了，她就站在我和韦达的中间，嘱咐韦达吃药。韦达把药丢进了口里，用水冲下，开始给我说：刘高兴，这事我会处理的，你回吧，回去把三轮车卖了，一个礼拜后就到公司来。我给你写个条吗，你拿条直接找人事部……

吃你的药吧，韦达。我走出了房间往楼下走，楼道拐弯处是块玻璃墙，我以为是门开着，一低头咔嚓把玻璃撞碎了，服务员赶忙跑过来，我说：多少钱，我赔玻璃钱！服务员说：这都怪我们，对不起先生！他扶住我看我头上破了没破，但他一扶，我吐了，吐出了一股酸水。

五富在楼下等我，楼下的风很大，吹得他一脸灰土，见我捂了嘴，忙问怎么啦？我说了韦达不愿意出钱赎孟夷纯，五富说：我说咱和有钱人不是一个道上的车，你总是说韦达好，好他娘个脚！他都是换了肝的人了还能活几年，把钱看得那么重？！韦达，达你娘个 × ！我说：你就和黄八一个样？五富说：不能骂？你是说咱吃了人家的嘴要软？那我也吐呀！五富就啊啊地往出吐，吐不出来，拿指头在喉咙里抠，吐出了一堆。他说：好了，咱不欠他的，现在咱和他黄河里杀羊，刀割水洗！

一路上风还在刮，而且越刮越大，天开始黄起来。我不说话，五富也不说话，我们走得很快。

或许都是命吧，萝卜籽生出来的就是萝卜，白菜籽生出来的就是白菜，白菜籽永远生不出萝卜来，孟夷纯为了案子自己又犯了案子，刘高兴不是韦达，刘高兴只能是刘高兴。走着走着我笑了：哼，哼，哼哼。

五富说：你笑呢？

我说：咱幸运，多亏还没卖了车子到公司去。

刚过了一条街，天就暗得厉害，风刮得更猛。我说到黄昏了？五富说才吃了午饭呀。韦达把我气得糊涂了，我说不是黄昏，怕是天要变了。但我无论如何没有估计到这是一场沙尘暴！

在清风镇的时候，一年要经历三次沙尘暴的，我以为西安城里楼房高，城外都是绿化带，是不会有沙尘暴的，而即使有沙尘暴也不会那么严重吧。可我错了，我和五富才走到了南大街，天上就再看不见太阳，沙尘弥漫，也看不见了远处的楼房，好像整个城市都在淡化，在消失。而街上顿时人车混乱，四处逃散，半个小时后，街上空荡了，连警察也没了，远近是狼哭鬼叫的响声，树叶、废纸、塑料薄板醉汉一样在路上踉跄、滚动。我说：好，好，五富，天怒人怨了！五富没有接应我的话，他跟着那些东西跑，能撵上的就拾起来，撵不上的就骂，往往只骂半句，另半句让风堵了嘴。

我站在一家商店门口，商店已关了门，我把身子紧紧贴着门，眯了眼往空中看，混沌的天空上似乎看见了孟夷纯。孟夷纯，对不起啊，我没办法去赎你，谁也没办法赎你，你就老老实实给人家劳教吧。

这也好，要破案的心结就可以消解了，用不着再去应付那些男人而委屈自己了，走不出来也就从此走出来了。

如果这也是你的命，是天意要对你惩罚，那就忍耐着这种惩罚吧。不就是三个月的时间吗?

等你出来你也就知道谁是对你最好的，韦达，那个换了肝的韦达将再不会成为我的对手。在这个城里，我是真正有一个女人了，这个女人也真正地有了一个人：刘高兴!

我望着天空喃喃自语，当商店的三层楼台上一盆花掉下来，才发觉我的脸上有了泪水。花盆在我面前不足一尺的地方粉碎，我没有感到害怕，弯过身去捡了那粉碎了盆的一枝花，那是棵玫瑰。

哗啦，又是一块儿窗玻璃掉下来砸在地上，五富抱着一堆破烂跑了来，他大声呐喊着让我快离开楼下，我没有动，他放下拾到的破烂，过来拉我，说：风把你刮蒙了吗？你想被砸死吗？但他放下的破烂却又被风刮走了。

我总算清醒了，脑袋清醒的我就训斥五富太咋呼，我是那么容易死吗？我在城市生活才起身，要做的事还多得很，整个楼坍下来我也不会死的！五富再没有撵上被风刮走的那些破烂，他说：风沙要刮就再往大的刮，把地皮揭起来，把西安变成一城的破烂就好了！

我说：五富，咱得赶快回去，咱们跑，看谁跑得快!

我们就跑起来，比赛着跑，风把我们的衣服先是鼓成了包，后来扣子绷掉了，衣襟张扬，就像长了翅膀。我还拿着那棵玫瑰，玫瑰的花瓣被吹散了，我把最后的一瓣放在嘴里咽了。五富跑着跑着风把他吹得掌握不住了方向，他竟向一根路灯杆跑去。我说：路灯，路灯！他收不住脚，咚地撞上了。

五十四

这个晚上，沙尘暴还在继续，我把韦达的那些旧西服，包括我曾穿过的，五富黄八种猪也曾穿的，全拿给了韩大宝。

我给五富讲这样的道理：刚到西安时去见韩大宝，现在再去见韩大宝，都是要重新开始。你有过这样的哀叹吗？一个人从小长大，自一加一等于二学起，终于感到有知识了有智慧了，年纪却也大了即将死去，而你的孩子，你多希望他从你现在的知识和智慧上再学习，可事实呢，你的孩子又得从一加一等于二学起。但是，五富，你要清楚，现在的刘高兴却再也不是刚进城的刘高兴了，我，当然还有你，我们是在积累了丰富的城市生活经验后重新启动的。

我梆梆梆地敲韩大宝的门。

韩大宝隔门问：谁个？

我说：刘高兴！

五富擦了一下鼻涕，他鼻子从街上回来后就觉得不舒服，流清涕，他把清涕抹在了门框上，也说：五富！

韩大宝在屋里开一瓶干红葡萄酒，用刀子撬软木塞，撬不开，又拿筷子使劲儿将软木塞顶进了瓶子里，他说：给人送酒也不送个起子！见我们把那么多的西服拿去，他一一看了牌子，穿着试了，问这些西服的来源。我说这绝不是偷的不是捡的，也不是买了死人或病人穿过的，刘高兴的人品道德你应该相信，当年你离开清风镇时满村巷的人寻着要打你，我可是给你了一个蒸馍让你跑走的。我故意旧事重提，要让韩大宝不得太张狂，以免苛刻我们。果然韩大宝一摆手，说：老鼠再大毕竟是老鼠，再小的猫它还是猫，韩大宝是清风镇浅水里的王八？笑话！推了一下他还得拉他，我说：就是，你现在是城南的破烂王！他说：你以为我仅仅做城南的破烂王？我说：不光你做城南破烂王，你要壮大你在破烂界的势力，形成个咱商州帮！他说：行呀刘高兴，见解不一样了嘛！五富说：我和刘高兴还不是蝌蚪跟鱼浪呀。韩大宝就给我们发散纸烟，说：浪着浪着尾巴就没了！五富说：没了尾巴那就成蛤蟆啦？！韩大宝说：我就是把尾巴浪掉了的蛤蟆，毛主席也是个蛤蟆仙，仙蛤蟆！我说：这你就胡说了。韩大宝说：我没你文化高，可我能背诵毛主席的一首写蛤蟆的诗：坐在池塘如虎踞，柳阴下边养精神。待到明日开春后，哪个虫儿敢出声。我说：嗯，这诗好！韩大宝说：当然好，蝌蚪就要做蛤蟆哩！我拿了镜让韩大宝照看穿了西服的模样，韩大宝肚子大，西服有些窄，五富说：像个蛤蟆！我们就都笑了。我告诉韩大宝，这些西服是一个大老板给的，这个老板钱多得能砸死人，什么西服都有，他穿不过来，就送了我们这些件，但这些西服太高档，我和五富穿上糟蹋了，活该是你穿的。韩大宝说：到了城里，能结识些大款是好事，结识得越多越好，咱那儿的人凡是恨城市的恨富人的，没一个能来这儿待得时间长。我当然附和了点头，我也就说：有个事儿我们得给你汇报的，兴隆街那儿来了两个拾破烂的，娘的，他们竟敢谎说是你让他们去的，你名声大了，什么人都借你的势，狐假虎威，我们得打断他们的腿！韩大宝说：打了？五富说：准备着打呀！韩大宝说：打不得，那两个人是我让去的。我故作吃惊，说：是你让去的，不可能吧？韩大宝说：人家寻到我了，我不能看着他们饿死呀，兴隆街那儿单位多，住的富人多，破烂好拾，让他们去那儿先混住嘴，我再给调腾个地方么。我说：这可使不得的，兴隆街地盘不大，再去两个人……人家有了饭吃，我和五富嘴就吊起来了！五富也说：今天我就只喝了三碗米汤，还没菜。我再说：咱们可是乡党，近水楼台先得月！韩大宝说：那就实话告诉你们，你知道那两个人是谁介绍的？我说：总不会是市长吧？韩大宝说：你这是讽刺我？市长不会寻我，我也不会寻市长，我这辈子只吃破烂饭。可城南的破烂王不是我的志向，现在我和南郊最大的废品收购店老板联合着要吞并那些小收购站，办个收购公司。你想想，那老板介绍了他们老家的人来，我能不安置吗？你们先将就一下，等公司办起来了，我让你们也办个收购分站。五富立即说：大宝，你说话要算话！

我只说拾上三年五年破烂了就能成为韩大宝第二，没想他又谋着大了，韩大宝，日弄鬼，你叫我怎么嫉妒！如果他真办成了大公司，又能让我们承包个收购分站，五富就把老婆孩子接了来，我呢，我让孟夷纯来，对，坚决不让她再去美容美发店了。嫖客韦达，你见鬼去吧！

可孟夷纯现在劳教所。我不能想孟夷纯，一想到孟夷纯我就又蔫了。

我说：大宝，你给我们画了个大饼，但现在饿着呀，你能不能借给我一笔钱，三个月后还，有利息也行。

韩大宝说：借钱？咱那儿的人怎么都向我借钱？！前几天张拴子来找我借钱，张拴子你知道吧，他要买个补鞋机在街头摆摊呀。我的原则是不借钱，我可以给他钱，我给了他一百五十元，我说这一百五十元不要还了！你借钱干什么？

我不借了，我说我一个亲戚来西安住医院，本想借五千元的，可想到你投资公司呀也正用钱，我就不借了。我说了谎。

韩大宝说：刘高兴到底是刘高兴，但我还得帮你呀，这样吧，我让你们先去挣一笔大钱。

我嗯嗯地笑。五富说：小钱都没法挣了，还挣大钱？

韩大宝说：大钱不是谁都能挣的，我让那两人去，他们才到城里，东南西北都分不清，就不敢去么！你们要愿意，陆总今日正好在我这儿，我让他给你们说。

我就看五富，五富说：去不去？

我说：只要能尽快挣到五千元。

五富说：那我跟你，你到哪儿我到哪儿。

韩大宝就拨手机，一会儿一个人就来了，手里拿着一个油纸包，包着一大块腊汁酱牛肉，要和韩大宝喝酒。韩大宝说这是陆总。龇牙咧嘴的人也能当老总呀？五富就没当回事，说他尿呀，就上厕所去了。

我和陆总交谈，他的话我有些听不清，韩大宝说陆总是西府岐山县人，北人南相，公司的实力可是不得了，现在咸阳有一个工地，需要挖一条管道沟，管吃管住，挖一米工钱付十五元，如果愿意去，后天公司还有辆车来池头村，正好可以搭便车。事情谈妥，陆总就叫嚷着让韩大宝拿酒喝，他们让我喝，我没喝，也就去了厕所。

五富在厕所的马桶上坐着，脸上笑笑的，我进去说：你笑啥的？他说：我没笑，我努屎哩！五富平时脸苦愁得像个猪脸，用力拉屎了脸纹却像在笑。我说：那你就真的笑笑。他真的一笑，脸又不好看了。他说：事情能成？我说：挖地沟哩，挖一米十五元。他说：是五元？我说：十五元。他说：拾钱哩？我说：就是一米十五元，陆总的话我听不清，韩大宝说了两次。他说：那一天还不挖三米五米？！他激动得过来用拳头戳我，裤子溜在了脚面。我说：你拉吧。别把心也拉了下去。站在厕所门外，想好事来得是不是太快，快得有些不真实。五富却很快也从厕所出来，我说：拉好了？他说：这几天火结，拉不出来，不拉了。但又说：陆总那个样子，是不是骗咱？他去了韩大宝的门缝朝里看，过来说：狗日的腕子上挂了那么粗一个金链子，可能是真的。咚地在楼道里蹦了一下。否极泰来，我们也该时来运转了，但我告诉五富：脸放平，不要太激动，太激动了陆总就怀疑他吃了大亏，又反悔了。

我们并没有订合同。我那时还没有订合同的习惯，连想法也没有，不就是打工吗，又不是长期在那里干。但我动了一下心眼，就在韩大宝和陆总喝酒吃腊汁酱牛肉时，我们告辞出来，出来了又把韩大宝也叫出来，我说：那里的活儿干完了，我们还回来收破烂呀！韩大宝满口满应。

咸阳是离西安不远，而我们都没有去过，以我的主意，去时把黄八和杏胡夫妇都叫上，人熟了，到生地方不孤单，何况有杏胡，男女搭配着干活儿不累。但五富坚决反对，一个萝卜可不敢几头切，挖地沟的事，你可以少干我能多干，拾破烂还得看人的眉高眼低，这只是个挖地沟么，他说：我一天挖六米！

我完全是信任了五富，也可以说我也有吃独份的私心，就打消了通知黄八和杏胡夫妇的念头，我说：你一天挖六米，那是挖金窖啊！

五富在那里算账，一天挖六米，一米十五元，五六三十，一六得六，六十加三十，天神，那是九十！一天赚九十，那有多少米的地沟呢，三十米？五十米？越长越好，长到一万米！

五富不算了，给我说：这事咱要沉住气。

我说：怎么沉住气？

五富说：你不要给任何人说，馍没熟不要揭笼，漏了汽馍就蒸不熟了。

我需要他指教吗？

五富在他的屋子里收拾衣服，后来又坐在楼台上收拾他的鞋，他的一只鞋后跟掌子掉了，重新钉一颗钉子，嘴一直闭着，脸色通红。黄八又在树下分类新拾来的破烂，分出铁丝螺钉一堆，分出可口可乐瓶子矿泉水瓶子一堆，分出废纸一堆，还有一副铝质窗框，窗框得拆开来，就拿石头砸，砸得咣咣响。五富说：黄八黄八，你知道不知道四难听？黄八说：你说。五富说：杀猪铲锅驴叫唤，石头窝里磨铁锨。黄八说：咦，你能说顺口溜？五富说：你以为哩！砸得我耳朵都聋啦！黄八说：这窗框是铝的！五富说：就是铝锭又能赚几个钱？！黄八说：你口气大，你拾到钢管啦？五富说：我吓死你！五富却不说了。黄八砸开了窗框，就从废纸里拣了一张牛皮纸叠钱包，说：五富，瞧我叠的。五富说：就叠那么小呀？黄八说：咱拾破烂的有多少钱，这还小？五富说：万一赚大钱呢？黄八说：拾破烂的没有万一。五富说：为啥不能一天赚九十，十天赚九百，一个月赚三九二十七，两千七？！我看五富是憋不住了，就咳嗽了一下，他不说了。拿个铁管子钉鞋钉，又要说：黄八你就……铁管子砸了手，把手指塞进口里吮，就彻底不说了。

楼下有人喊：刘高兴！探头一看，是巷道对面的房东老范，穿件大红毛衣，提了一把韭菜，进院上梯台来了。老范平日端个茶壶蹴在门口喝，待我们不理不睬，眼睛长到脑门上去，这会儿他寻我有啥事？

五富在梯台上腿伸拉得多长，挡住了老范的路。老范说：五富，收收腿。五富说：我那次拉车子进巷子，你坐在巷道里也不收腿么！老范说：这事我咋记不得？五富说：你记不得，我记得！老范说：咦呀，五富你咋啦，突然就牛啦？！我说：五富五富，瞎狗都不挡路的！我骂五富，其实也骂老范。

老范上来亲热地抱住我要给我说话，我让他高声说，就在这儿说，他却拉着我进了屋，才是向我借钱的。他说他老婆是个母老虎，平日管着钱，老婆回娘家了，他要向我借二百元。我立即拿了二百元给他。老范不让我出声，就走了，下梯台时，摸了五富的头，五富的头一甩。

老范一走，我兴奋得就跳起来，又拿了箫吹，吹了：从草原来到天安门广场，各族人民齐声，高，唱——！五富说：咋回事？我说：你知道老范来干啥了？五富说：我不愿理他，不就是有一院子房能出租吗？！我说：他向我借钱了！五富说：他向你借钱了？我说：向我借钱！五富说：你借了？我说：借了。五富说：你都向韩大宝借钱借不来，你还借给他钱？我说：咋不借？就是只剩下五百元了，我也要借给他二百元！五富说：是不是咱要挣大钱呀你才借的？你不是说咱不能张狂吗？我说：这不是张狂，你想想，他来借钱说明了什么？五富说：说明了什么？我说：说明在他眼里我是有钱的人了！五富还疑惑地望着我，我拿了箫敲他的脑门。

五富的头发又长了一脑袋，又粗又卷。笨人发重啊。

五十五

那个中午，我和五富把剩下的面粉烙了饼，饼子里垫了从村口花椒树采下的椒叶，又把剩下的米做了干饭，还买了些豆腐做了水煮豆腐。给黄八了一块儿饼，一碗米饭和豆腐，给杏胡了一块儿饼，一碗米饭和豆腐。杏胡说：高兴你过生日？我说：不过生日也不能吃些好的？五富说：这都猜不来呀！我们要……我在他屁股上拧了一下，说：平日没少吃你的，我们得回报一下呀！这五富，还讲究让我沉住气，他动不动就冒气，既然决定不让人家一块儿去，何必说出来让人家嫉恨？再好的朋友，人家喝稀的你吃稠的，朋友心里总还是不平衡么。

第二天一早，五富要我把他积攒的钱全拿出来，说既然去挣大钱呀，得把攒的钱寄回家吧。我同意，主动去邮局帮他汇款，我说留一半汇一半吧，他说不留，都汇回去。钱不多，总共六百元，他开始扳指头算，算出一共寄回家有两千八百元了。他说：我吃的和你一样，喝的和你一样，我攒了近三千元，你却手里还是空空。我说：你能行么。他说：高兴，你说说，我这人会过日子吧，对得起老婆和孩子吧，这一生是个好人吧。我说：你是要我给你盖棺论定呀！

说完这话，我就觉得这话用词不当。

五富说：这话没啥，盖棺就盖棺，再去挣一笔大钱了，清风镇没人敢说我是窝囊鬼了！

我嫌我用词不当，五富却又这么说，我就批评五富目光短浅，志向不远，以前已经告诫他要作那长远的规划，怎么就满足了？！但是，我并没有意识到五富这话是一种兆言，以致后来就发生了天崩地裂的惨事。

咳，聪明一世，糊涂一时，我那时的糊涂，是一塌糊涂！

糊涂还在继续着，在给五富汇过了款，我竟然就一出了邮局大门直奔了兴隆街北边的美容美发店，我以前每次帮五富寄过了钱就要去美容美发店的，这好像成了一种习惯，而这一次我走到了美容美发店门口了，才醒悟孟夷纯已不在了店里，心里难受了一阵，默默地在店对面的墙上画了一道，又给店老板说：孟夷纯回来了，你让她一定来找我。老板说：她还能回来吗？我说：怎么能不回来，或许三个月回来，或许明天就回来了！老板见我凶狠，她说：到哪儿去找你？

到哪儿找我呢？我这是要去咸阳，我又没有电话，孟夷纯会怎么找我呢，我无言以对，扭头就跑出那条街巷。身后的老板骂我神经病。

我跑着跑着脚步慢下来，突然一个人撞了我的肩头，我下意识地避了一下，还是小跑，那人又伸出棍子绊了我的腿。定睛一看，是石热闹。

城市这么大，却老碰着石热闹，石热闹是城里的鬼缠我？

石热闹又是乞丐的装扮了，跛着腿，拄着竹棍儿，拿着的还是那个瓷缸子。

我说：我没钱给你！

石热闹说：你要挣五千元哩，你没钱？

我说：我哪儿有五千元？

石热闹说：你嘴里嘟囔着你要挣五千元的，一定会挣五千元的，你能没钱？

我说：我刚才这么嘟囔了？

石热闹说：就这么嘟囔了。

我拿眼睛看着他，看了他一分钟，我踢他的腿，他站直了。

我说：你不是卖乐器吗，做些小生意总比你乞讨强呀，你这么乞讨就得装跛子，装跛子你就真的站不直腿了。

前面的街上，正有人迎亲，十几辆彩车停在那里，一群人簇拥着新娘从一座楼的门洞里出来，鞭炮噼里啪啦响。

石热闹说：我不装跛子了。他把竹棍儿扔了。却说：你能给我带来好运气，遇上婚礼了，你等着，我要喜去，要下了给你一个红包。他就向婚车走去，回头还对我说：你等着啊！

石热闹于婚车前坐在了地上，我听不见他在说什么，反正不停地拱手不停地说，就有人给了一个红包。他不行，又是拱手和说话，又得了一个红包。他拿了红包嬉笑着让道，再拱拳恭喜。迎亲的车队离开了，石热闹跑过来，一定要给我个红包，我不要，不要不行。红包拆开，里边是两元钱。我说：你讲究拱手恭喜哩，就为这两元钱？跟我去咸阳打工去吧，我和五富去挖地沟呀！

石热闹说：挖地沟呀，多辛苦的，你给我根纸烟。

我说挖一米十五元，你还不去？一根纸烟给他，他吸溜着把纸烟叼在嘴里。他说：出那么苦的力干啥？

我从他嘴里把纸烟夺了，说：那你去要饭吧。转身就走。

世上咋还有这种人，你要是因贫穷而乞讨，那我也会帮你的，你却懒得怕出力，饿死在街头那活该！但是，我走出去了十米远，石热闹却跑过来，说他要跟我去的。

他是真去还是哄我？我说：这事我还不叫任何人哩，叫你去是为了救你！

石热闹认真地给我点头，我就把那个瓷缸扔了，扔了又怕他再捡起来，用脚踩了。我说：往前走，端直走！他往前走，走着走着腿又跛了，我说：腿！逼着他走直。

我把石热闹带到了剩楼，五富对我意见蛮大，带石热闹不如带黄八。我开导五富：黄八在城里有营生干，你忍心让石热闹要一辈子饭？五富说：你是政府啊？！其实，我之所以要带石热闹，除了帮他救他，还有一点，就是石热闹比五富黄八有趣。真有意思，有些人对你有好处，甚至是你的恩人，但他没趣，你就不愿和他待在一起，而有些人，明明是你的拖累，是你的灾星，但他有趣，你却就是想和他在一起。

到了下午，我们准时到了韩大宝那儿，果然那儿早早停放着一辆大卡车，大卡车上装了煤，陆总没来，只有个司机。只说会让我们坐到驾驶室后的座位上，我第一个爬上去，司机却说：下来下来！我说：不是这辆车吗？司机说：往后车厢去！我说：让我们坐在煤上？司机说：那你们还要坐到金銮殿去？！司机领了一个女的，女的坐在副驾驶座上。

他娘的，不就是有个女人吗，驾驶室的后排椅空着也不让我们坐，司机不是个善辈。我们上了后车厢，石热闹说：我和五富坐这儿，你怎么也坐这儿？我说：坐在司机楼里我头晕！石热闹说：我也头晕。煤上盖了一张帆布，我们就坐了，五富说他头不晕，低声骂司机重色轻友，他午饭吃得多，屁不断，骂一声司机努一个屁。算了，五富，那女人不坐在驾驶室难道让她坐到后车厢上吗？何况即便让咱们坐在驾驶室后排椅上，司机和那女人觉得不自在，咱看着他们就自在吗？

五富说：那算什么好女人！高兴你看见了吗，你说她长得好不好？

我说：她脚脖子粗，穿不了裙子。

五富说：你连脚脖子都看到了？！

石热闹一坐上去就寻了个坑窝儿把身子躺下了，他说：我对女人没兴趣！

车开出了池头村，穿过西安的大街小巷往咸阳开。平日在城里拾破烂，看的都是街巷两边的建筑和门面屋，坐在了车上，又经过一座一座立交桥，哇啊，城里又是另一种景象！我说过，清风镇那儿是山区，镇子之外山连着山，山套着山，城里的楼何尝不也是山呢？城里人说我们是山里人，其实城里人也该是山里人。五富大呼小叫，不停地指点：那不是大雁塔吗？从这儿都能看见大雁塔呀！啊啊，那不是五十五层的城中第一楼吗？听说过没见过，果然是高啊！石热闹说：五富你可怜！五富说：我可怜？石热闹说：可怜！五富说：噫，我可怜？要饭的说我可怜？！那我问你，你认识城南破烂王韩大宝吗，你认识大老板韦达吗？石热闹说：不认识。我认识公安局长和市长。五富说：小心牛皮吹扯了！你怎么认识公安局长和市长？石热闹说：我在收容站里见过公安局长，公安局长陪着市长问我话，我把上访信交给了市长。想不想知道市长长了个什么样的脸？五富斗不过石热闹，就说：黄八！黄八！他习惯性地要黄八帮他，才意识到自己在车上。石热闹说：黄八是谁？五富就不理他。

我看着他们笑，就问石热闹：你给市长交上访信，你上过访？石热闹说：我上访了八年，我是老上访户。我说：为啥上访的？石热闹说：不说了，我上访的是啥，我都忘了。我说：忘了？石热闹说：上访上成西安城里人了，我还记着上访内容干啥呀？他不说了，闭上了眼。我也不问了，不管他是为啥上访的，上访又是干啥的，反正现在他是要饭的。

车驶过了城区，进入西郊的高速路上，司机把车开得真快，车上的风森冷森冷，像耳光子在扇我们。冷还不要紧，我们都穿了毛衣，恼气的是铺在煤上的帆布不停地被吹得鼓起来，似乎随时要把我们卷起来撂到车下去，我们就用身子紧紧地压住帆布靠前的一头。先是五富压一个角，石热闹压一个角，都有些压不住，五富和石热闹就和解了，五富索性把帆布角裹住了身子，一只手死死抓着车帮，双脚使劲儿地蹬，蹬不实，石热闹就也伸过脚去，和五富脚蹬脚，说：用劲蹬，把我往死里蹬！我就趴在了他们中间，抓住他们的胳膊，帆布就压住了。

车翻过一个梁儿，石热闹整个身子就蹦了起来，又重重落下去。我让他起来，那样躺着太颠，也太危险。石热闹说：猫腰悬蹴着，我的痔疮犯了！五富说：就你事多！把帆布上的绳子系在石热闹的腰里，自个儿一手抓着车帮，绳头又缠在他另一条胳膊上。

风越来越大，加上颠簸，煤灰就腾起来，眯得我们都成了黑人。那个黑呀，只有眼睛是白的，五富的牙平时总发黄，现在张开口白生生的。石热闹说：高兴你说老板给咱派专车的，这就是专车吗？我说：有车坐就可以啦，人家不拉你又咋的，你还不得花钱去搭车？五富说：咱不骂老板，只骂司机，司机你把车开得这么快是急着进火葬场呀！石热闹说：不敢咒司机，司机死了咱就不得活了。五富就骂驾驶室的那个女人。

如果要骂，我是最应该来叫骂的，煤灰眯了我的头和脸，下来后洗洗就可以了，可煤灰眯得我的西服没了样子，我就把西服脱下来，脱下来又冷，再把西服穿上。我说：谁也不准骂了，咱说说别的事，石热闹给咱说说要饭的事吧，这要饭怎么个要法？

石热闹来劲了，说：想知道我们要门的事？那得给我点根纸烟！我说：风这么大吃什么纸烟？！要门，要门是什么意思？石热闹说：要饭的在江湖上就称作要门，这就像你们拾破烂的，应该叫拾门。五富说：要饭的，还起这个中听的名儿，好像你有学问似的。石热闹说：你以为呀，你知道要门里分几个行，你知道什么叫善要和恶要，还有喜要？就说喜要吧，那不是能讨要顿饱饭就满足的，我们志向高远，更需要幸福，更需要沾染结婚的过寿的过满月的考上大学宴请老师的喜气！

于是，石热闹给我们讲了乞丐的文行和武行，文行靠吹拉弹唱行乞，武行靠杂耍、自虐行乞。善要里有丢圈党，就是叩头作揖；有钻格子党，就是沿街挨门挨户敲门；有观音党，就是带老婆孩子做可怜状；有诉冤党，装相党，他装跛子就是这种。恶要不好，他不使用，恶要有顺手牵羊盗窃钱物；有伏虎，偷鸡摸狗；有捍疙瘩，开锁撬门。石热闹说完了，问五富：你的职业知识有我丰富？五富说：要饭的没好人！石热闹说：你敢说你没偷没盗？！五富还要强辩，一张嘴，呛了一口煤灰，也就不言语了。拾破烂的哪有不偷不盗的，走长路的能鞋上不带泥？这话不能继续说下去，我就让石热闹说别的事，石热闹问：去年城里开全国煤炭会的事知道不？

要饭的真是什么都知道，我说你说吧，石热闹又讥笑我们什么都不知道，就说去年的煤炭会开了一星期，全国来了十几万人，一下子妓女的生意红火了，会结束了十天，妓女们尿尿还都是黑的。一说妓女，我就想到孟夷纯，不愿意他再说下去。五富就接茬儿了，听过了，听过了，都是胡说哩，开会的都是老板，老板又不亲自去挖煤，妓女尿什么黑水？石热闹瞧不起了五富，说：没幽默，没水平！五富不服气：谁没水平？石热闹说：你没水平！五富把绳子一头丢了，石热闹一下子从煤堆上往后溜，五富趁势踹了他一脚，石热闹从煤堆上爬起来，但爬起来又跌下去，爬起来又跌下去，手就抓住了五富的腿，五富也倒在煤堆上。

五十六

到了咸阳，我们在公司的楼道厕所里洗的脸，洗完脸到三层的办公室去见陆总。陆总与我们初次见面简直可以说成了两个人，我们给他笑，他不笑，却对他手下的人说：带他们出去吧，出完了就去工地。

这态度让我生气，而且使我在五富和石热闹跟前很没了面子。五富和石热闹就看我，我说：咱出去吧。一出门五富说：知道他摆架子，我就不给他洗脸了！

我问带我们出来的人：陆总这是怎么啦，我们是他招来的工人，他让我们出去？

那人说：不是出去，是吃去。

我说：明明是让我们出去，怎么是吃去？

那人说：陆总是岐山县人，岐山县人说吃去发音就是出去，是让我带你们吃过饭了到工地去。

哦，原来是这样，我就对五富和石热闹说：误会啦！

石热闹说：岐山县人发音这难懂的！

那人说：这就需要我给你们交代了，陆总是岐山县人，才到咸阳时他常常因发音遭人耻笑，但他把事业弄大了，他要求公司里的人都必须学岐山发音。

五富和石热闹就乐了，说：好，咱们出去，出鲍鱼，出鱼翅，出红烧肉！

那人说：出扯面，扯面好出。

我说：岐山县人发音还有啥特点？

那人就开始教我们：二不是二，是饿，啥不是啥，是傻，猪不是猪，是只，入不是入，是日……

石热闹说：广东人富了，广东人把八念发，全国人都把八念成了发，咱现在入了陆总的伙，咱就日陆总……

我们那顿饭，真的吃了扯面。

从此，我们一天三顿都是扯面。公司管待我们吃饭，我们只能吃扯面。

我们的工地是正在施工建设一个大型粮库的工地，那里已经盖起了四五个高耸的圆筒仓，又有几处正做地基处理，一台一台很奇怪的像是高架着的大夯在砸着地面。要挖的地沟在一排新楼后，新楼还没住人。穿过地沟后的一片荒野地，路过一个村庄，村庄最东头的一座废弃楼，那就是安排的我们的住处。我们每天早上从废弃的楼里去工地，每天晚上从工地回到废弃楼，都要经过村庄。这村庄如池头村一样，居住的都是农民，池头村已经成了城中村，而这个村庄在大型粮库建成后也即将城市化，村人就家家加紧临时盖房，企图拆迁时赢得多的补贴。乱七八糟的村道里布满了各种小吃店，但我们按规定只能吃扯面，好的是扯面量大，调和重，合乎我们口味。石热闹总是吃完扯面了还要喝汤，喊：原汤克原食，来一碗汤，汤烫些！我催他快走，他说：催耕不催食，总得让我把汤喝够！

我和五富起身就先走了。我们得回废弃楼上睡一觉。

废弃的楼看得出原是个什么单位，因为废弃了，差不多的房间门窗都被挖去，我们就住在二层东北角的空房里，唯独那扇门还在，却没门锁，一个大木棒从里边顶住。我们睡着是万无一失的，其实有什么可失的呢？每人一个被子卷儿，我和五富的被子还可以，石热闹的被子几乎油腻得看不清那大牡丹花，他没有枕头，头油大，头热，不是枕他的鞋就是枕砖头。

才住进的第二天，午睡一会儿，门没用木棒顶，有人就进来了。我们被门的咯吱声惊醒，进来的是一个小伙，他看了看就转身走，一动门，门又咯吱响起来。我说：你要走吗，你把盆子里的水往门合页上淋淋就不响了。我知道这是个小偷，我们有什么可偷的呢，我想幽默。小伙子看着我，说：贫嘴！把塑料盆一脚踢出门，水流得像蛇，竟窜到我的铺前把我的鞋泡湿了。

我们继续睡觉。

石热闹睡不着，他把衣服脱得光光的还是睡不着，说：五富你去把门顶上，进来个女人了不好看。

在这楼上，是曾经进来过三个女人，两个是我们刚搬进来时撞见的，她们正从楼西边的一个房间出来，一见我们慌慌忙忙离去。我们觉得奇怪，去那房间看了，原是她们在那儿尿尿。后来石热闹说他又发现一个女的在一楼的一个房间里解大便，而一楼北边那几个房间更成了公共厕所，过路的人，村庄的人，紧急了都进去方便。这让我们对陆总安排的居住条件极为不满，几次和负责监工的交涉，结果仍在这里住宿，但多了三块稻草编的草垫子，比以前睡觉暖和。我就在一楼门洞的墙上用煤块写了：严禁大小便，违者必罚。写了并没禁住，再写：危楼闹鬼，小心缠你。从此才没人进来。

地沟挖到第五天，我们已经知道，我们是上当了。

前三天里，一切进展得顺利，一共挖出二十米。二十米就是三百元，每人可以分到一百元。这可是我们从来未有过的平均日高收入啊！我当然计算着以这么个数目下去，何时能达到赎回孟夷纯的五千元，并且向五富说好，一旦两人收入加起来到了五千，我就先独自回西安去赎孟夷纯，然后再返回来，我将以后所挣的钱还他。五富说：那你一走只有我和石热闹了？我管不住他！我说：也就三二天么。他说：那你回来了给我买一包腊汁酱牛肉，陆总那晚上吃腊汁酱牛肉看得我眼馋。当然用五千元赎孟夷纯的事我和五富是不会告诉石热闹的，石热闹说：你们是给嘴过生日，钱呢，钱在哪儿？五富把我拉到一边，却说：够五千元了你回西安，可钱还不够五千元时咱把钱放哪儿，这里没箱子没柜，门上又没锁子，我不敢信任石热闹。我说：那就装到你裤衩的口袋里。五富说：我睡觉都是脱光的。那就穿裤衩睡。

五富不信任石热闹，石热闹却对五富最好，他一直说他要请五富喝酒，要把每天所挣的钱花掉只剩十元，他的原则是身上只保证十元钱。

但是，陆总并不是按天结账。五富的裤衩兜里没有钱，石热闹也没有十元钱，他总是向我讨纸烟。

挖到第四天，地沟下面尽是石头，一个上午竟然没挖下几尺。村庄里的人告诉我们，挖地沟曾经雇用过两次民工，都是干了几天嫌太吃亏就走掉了。天上没有掉馅饼的，我去找陆总，当然找陆总我尽量学说岐山县发音，我的意思大致是两点：一、提高工钱和吃住条件。按目下的挖地沟进度，收入根本还不如在西安拾破烂，一天三顿又都是扯面，扯面再好吃，也吃厌了，现在一打嗝儿都是一股酸烘烘的杂酱味，再是住在废弃楼里，天越来越冷了，怎么还能睡得住？二、若不增加工钱和改善吃住条件，那就付过这几天的工钱后我们走人。陆总的眼睛原以为就那么小，瞪起来却大得出奇，但他话音不高，叽叽咕咕说了一堆，我听着是西安城的那条塔街的古董市场上有数百家店铺摊子，每年二十多家就退吃（出）了，又有二十多家又进日（入）。

我说：你舍（说）这是傻（啥）意希（思）？

他说：傻（啥）意希（思）？你们太不吃（知）足，你当农民一天能管出（吃）管住了还净落十几元钱？你失（拾）破烂还能赚多少钱？挖地沟不挖出石头挖豆腐呀？！

我说：出（吃）亏可以，总不能大出（吃）亏么！

他说：你考虑，日（入）党退党都自由哩，我不拦你，但走了人那这几天的工钱就没了。

我是以很强硬的口吻和陆总谈判的，但陆总软沓沓地回应我，他的软不是棉花包，是棉花包的都是针。是的，永远不要和老板摊牌，摊牌必须是你能拿住他，否则只会自取其辱。我谈判失败，回去却怎么给五富和石热闹交代呢？我蹲在陆总的办公桌前，无言以对，陆总说：就世（是）这意见，你回去考虑吧。我往起一站，头撞在桌角上，桌角把我头撞破了，两滴血滴在地板上。陆总没让我擦地板上的血，我顺手把桌下的那盆假山石上放置的一个微型小塔攥在手里拿走了。

这个小塔是我蹲在办公桌前时就看见了，它使我当时心中一怔：锁骨菩萨塔！其实并不是锁骨菩萨塔，但这小塔的造型太像那个锁骨菩萨塔了。我的血不能白流的，我得拿走这个小塔，何况这小塔让我清醒若不在这里挖地沟，回去又没了拾破烂的地方了，五千元怎么赚？

我回到了废弃楼，五富和石热闹在吵架，石热闹埋怨五富看见一个女人跑进一楼房间去方便却不制止，五富强辩人家不怕楼内闹鬼，何况已经在房间里方便了怎么制止。石热闹说：你还不是想看人家屁股吗？五富说：人家的屁股就是像白石头么。我骂了他们，告诉我流血谈判的结果，可我隐瞒了许多真相，我说：陆总虽然没有松口增加工钱，但也没有完全拒绝，让我们继续干下去，干完了，这一段下边没有石头就不说了，如果后边石头还多，就以难度适当地增加工钱，而伙食一时无法改变。

石热闹说：永远吃一样的饭我受不了。

五富说：你吃百家饭把嘴还吃馋了？！扯面就扯面吧，可他说如果后边石头多了就以难度适当增加工钱，他没说怎么个适当？

我说：他倒没具体说。

五富说：那等于没说。

我说：怎么是等于没说？如果后边还有石头，他敢再不增加工钱？这次是不小心撞出了血，下次我就当面给他碰出个血头羊来！

我一说血，五富就抱了我的头看，从被子里掏出一疙瘩棉花点着烧成灰敷在伤口上。

我说：没事。陆总临走送我了一个塔。

我把小塔带到了工地，放在一块儿四四方方的石头上。

有了这个小塔，我觉得孟夷纯就看着我。

我们又继续挖地沟，一整天下来，手指蛋全都磨破了皮，三个人没有敢休息，挖了三米。傍晚监工员来验收，却说我们挖的深度不够，还得返工，又一直干到了晚上。回到住处，我浑身就散了架，腰酸背痛，站起来坐不下去，坐下了又站不起来，我的身体确实不如五富和石热闹。五富说：我给你挠挠背。我说我背不痒，只是皮肉绷得紧，你给我拍拍。他拍起来却总是掌握不了节奏，而且拍的不是地方。往下，往下，左边，你不知道左右吗？我趴在那儿，他的手拍下去习惯把掌弓着，真笨！让他干脆用鞋底子拍打。

五富却害怕用力太重，你让他重些重些，他仍是不敢使力。我就说让石热闹来，五富就生气了，打，打，他嘴里吐纳着。啪，啪，啪，脊背扎痒扎痒的，啪，啪啪，感到每一块儿骨头都松开了，疲倦从骨头缝里往出透。他越打越快，越打越重，他已经在仇恨我了。

咹？！我鼻子哼了一下。

拍打声又不轻不重地均匀了。

五十七

又挖了两天，地沟里的石头是少了，却出现了石层。石层虽然是那种麻石层，但它是整块儿，镐挖下去弹起来，石层上只显出一个白窝儿，就只有拿八磅锤和钢钎先砸出一个茬面，然后用镐慢慢去撬。石热闹抡八磅锤是总抡不到钢钎上，让他撑钢钎，他又怕八磅锤砸了他的手，我就撑钢钎，砸出茬面了，他拿镐去撬。天已经很冷了，又扫着溜溜风，五富的虎口就裂开血道口子。五富对监工员说：能不能给我些猪板油。监工员说：要猪板油干啥？五富说：抹些猪板油在裂口，用火烤烤，裂口就好了。这种办法是清风镇的偏方，冬天里凡是脚上手上风寒出裂口了，都是用这种偏方治愈的。但监工员说现在到哪儿去弄猪板油，用胶布缠缠就行，便要去村庄里的小药店买胶布。石热闹却要去买，我说：你好好干活儿，你去干啥？石热闹说：我以为你领我上天堂，才是来下狱么，再这么下去，我挖地沟就是给我挖坟墓了！

石热闹去买胶布，中午没有回来，下午也没有回来。他走了。这个乞丐，干什么都觉得没乞讨自由自在了。人是没有贱的，贱却自生，这道理我现在知道了。石热闹的离去，我担心影响到五富，五富还好，五富说：他就不想过正经日子！

白天里不知石热闹出去干了什么，晚上他却摇摇晃晃回来了。他给我们讲他多半天讨要了二十元钱，十元钱在饭馆里吃了烤肉又喝了啤酒，还净落十元。他说：啥力都不出还落了十元！

五富说：都不要脸了么！

石热闹说：你倒要脸，脸瘦成巴掌大了！

五富摸自己脸，对我说：我是不是瘦啦？

我说：别听他胡哇哇！我就训石热闹：我是叫你来做个正经人的，你倒来咸阳要饭了？你就要一辈子，最后死在街头人不埋狗不吃的？！石热闹说：人不埋狗不吃了就让我臭去！我就火了，骂道：那你就滚，晚上不要再回这里来！我是平常不发火的，发了火就厉害，石热闹就胆怯了，说他再不出去了。他过来就给我拍脊背，我不让他拍，他说不拍不行，抓起我腿一拉，一反，我趴下了，他骑上去就拍打。他拍打得倒比五富还到位。但他却说：刘高兴，你是不是党员？我没理他。他说：你是党员，我就跟党走！

可第二天一早要上工，石热闹说他要上厕所，又跑了。跑了一天晚上再回来，而且连续着早出门晚上回来，我对他彻底失望了，也怀念黄八。黄八嘴臭，爱骂人，但黄八干活儿踏实。有心让黄八也来，却苦于黄八那儿没电话，无法联系。五富说石热闹这样也好，他毕竟还干了几天，咱就不给他发那几天的工钱了。

我说：你要是老板，和陆总一个样！

五富说：我要是能打过石热闹，我早把他打成……

五富不说了，石热闹又回来了。石热闹见我们骂他，知趣地不吭声去睡觉，他一躺下就脱内裤，把内裤扬手一丢，丢在了那个烧开水的壶上。我们又要骂，见他赤光光的身上，生殖器上竟然还套了个安全套。这使我们大为惊讶，扑过去捶他，问他还戴着安全套回来是不是来给我们显摆的？石热闹交代了，他没干坏事，可他白天去红灯区讨要，那里的钱好讨，他怕有了钱了也想干那事，却怕得性病了怎么办，便买了个安全套。我们把他压在了铺上，硬把安全套拽下来，让他吹成气球，最后拿脚踩了个爆响。

闹腾了半夜睡下，五富和石热闹鼾声如雷，我却睡不着想孟夷纯。把小塔从口袋里取出来，放在窗台上，这样躺在被窝里就借着夜色幽幽忽忽地能看到。我不知道我是什么时候睡着了的，再睁开眼，吓了一跳，孟夷纯就在窗口那儿站着。孟夷纯！我叫了一声，定睛看时才发觉是月光将楼外的那一棵法国梧桐树的影子反映在了窗上。影像在风里散乱了，五富和石热闹还在沉睡，我把头埋在被窝里哭泣。

以前为孟夷纯流过眼泪，但我没有哭出过声，这次竟然哭出声来。我想我半夜里醒来想到了她，她也会半夜里醒来想到了我，我们分别在冰冷的黑屋子里，思念着却不能见面，凭的就是这个小塔。小塔能让我在陆总的办公室看到又拿来，这一定是一种天意的安排，那么相信了天意的安排，也就相信着我和孟夷纯一定会重逢，我们会挣到五千元，很快重逢。

黎明我就起来了，独自看楼后那法国梧桐，一树凋敝，我吹起了箫。箫声里，有两只鸟，红头白尾的那种鸟，飞来了就投入树上，再没看见它们的身影，却咕咕地鸣叫。

箫声里五富和石热闹也都起来了，五富问：你眼睛咋啦？我说：好着呀！五富说：我夜里梦见孟夷纯了……我说：你不要提她！五富说：不提她？这五富，你让我提她如何提起，可我放下她又如何放下？！我说：去吃饭吧，吃了饭加紧开工。

到了工地，我又把小塔放置在那个四四方方的石头上，我们忙忙迫迫地就干了半天活儿，休息的时候，我拿了箫给小塔吹，五富跑到村庄的杂货店里买了个背夹子。

背夹子是把煤块往住宅楼上背的那种木头架子，五富是越来越会用脑子了，他却想到用背夹子从地沟里往外背挖出的大石块。但五富去买背夹子的时候却在村道上拾了一大捆废塑料管子，气喘吁吁地抱了过来。他说：高兴，这村庄没有拾破烂的，咱晚上吃饭后也能收一收的。我有些生气，说：狗忘不了吃屎，来这里是挖地沟的就好好挖地沟！五富不吭声了，拿了背夹子就跳进了地沟。都是我心情不好，对他发脾气，我又觉得委屈了他。

我说：五富，歇一会儿。

五富说：我不累。

他背了一块儿大石头从地沟往沟沿上，吭哧吭哧的却回头给我笑一下。

我说：憋住气，别笑。

他说：我想起我老婆了。

我说：天没黑哩想什么老婆？脚蹬牢！

五富把大石头背出了地沟，咚地撂到了沟沿外，他踢了一下石头，说有一年春上他和老婆去深山换苞谷，就是春上粮食不够吃，碾了米到深山里的人家那儿用米换苞谷，一斤米可以换一斤八两苞谷。那天正好是老婆生日，因为在深山里没办法给老婆吃长寿面和荷包蛋，他就把老婆背起来上到坡里，又从坡里背着下来。五富说：我老婆胖，我背这石头就想起她了。

五富的话让我感动，但我没有说话，拿箫又吹，却怎么也吹不响了，想：等我接孟夷纯出来的时候，我一定用三轮车拉上新买的床垫，让她就坐在床垫上，我从北大街拉到南大街，从东大街拉过西大街！

远处的另一处工地上，十几个钢架上在往下砸着铁砣，震天动地，这响声在呼应着我的誓言。

地基怎么是这样的处理法呢？清风镇盖房，都是用石夯捶地的，西安城里也多是用电夯桩基，哪有这么大的铁砣，那简直是个碌碡，不，比碌碡还大的铁砣子从钢架上往下砸！五富走过来开始歇，我给他倒水喝，钢架下一个人也走了过来。五富说：他过来干啥呀？我说：是不是口渴了想喝咱的水？那人就已经站在了地沟沿上，说：你们是拾破烂的吗？我和五富面面相觑，我说：你说啥？你没长眼睛看见我们挖地沟？

那人说：我姓牛。给我们扔过来两根纸烟，我没有动，五富在半空中接了。牛同志说：那怎么听说你们是拾过破烂？！

我说：你们是在处理地基？

牛同志说：当然是处理地基。

我说：哪有这样处理地基的？！

牛同志说：这是新技术呀，去看不看？你们没拾过破烂？我还真以为你们拾过破烂？

我说：你这是啥意思呀，是不是看我们穷看我们长得难看就认为我们是拾破烂的而拾破烂是最下贱的事？！

我火气有些大，五富也不喝水了，去拿了钢钎，准备要打架。

牛同志却笑了，说：不是啥意思，不是啥意思，我也做过环卫工，我想如果你们真是拾过破烂，咱们应该是同行，大的同行。

五富说：高兴，他是弄垃圾的，拾破烂比弄垃圾还强么！

五富沉不住气，他把我们的身份暴露了，牛同志就从地沟沿跳过来，亲热地说：我就感觉我们能成朋友哩！

牛同志果然成了我们的朋友。他一有空就从那边工地上过来和我们聊天，也领我们去看他们处理地基。他确实干过环卫工，而且他们那一帮人中就有三个当过环卫工，一个也拾过破烂，但现在他们是一个公司，叫地基基础工程有限责任公司。这使我和五富极为兴奋，弄垃圾的拾破烂的竟还能办起一个公司，且从事的工作仍然没有脱离原先的行当！牛同志，我们的新朋友，他告诉我，公司的董事长是一位高级工程师，发明了地基、环卫、机械领域内的专利技术，他们专业施工队就采用了他的专利技术。承担的这座大型粮库的地基，属于强风化辉绿岩的石坡上，基岩深浅不一，软硬不均，不能以桩基或分层强夯来处理，只能实施DDC。什么是DDC，我不知道，但我感兴趣的是他们处理地基用料广泛，凡是无机固体材料，也就是说任何固体垃圾都可使用。

那天收工的时候，我给五富说：天上出太阳了！

五富说：天才黑了哪里还会出太阳？

我说：你没上过高中，不知道天再旦。

五富说：天下蛋？！

我不愿意辅导他了，我说：五富，好好干，拾破烂的韩大宝要办大公司，处理垃圾的这帮人搞起了DDC工程，咱将来说不定也鱼龙变化哩！

五富说：咱办收购分站，瘦猴是三间房的院子，咱弄四间房的院子！

我说：目标就是收购分站？

五富惊讶地看着我，突然说：人有多大胆地有多大产？我亲你一下！他要扑过来，我制止了，他站在那里给我皱嘴啷的一声。这憨人也学会城里人的飞吻了，我用手做个接受的动作，却重重扔在地上，说：臭！

两人哈哈大笑起来。

五十八

牛同志给我们带来了欢乐，这欢乐一直持续了数日，天就更凉起来，但天却愈发晴朗，所有的树叶子变红变黄，红黄的颜色使我们废弃楼周围、使工地周围一派艳丽。黄土地上怎么就有这么艳丽的颜色让树木表现了出来呢，我觉得这都是给我和五富准备的。

好事还没完，就在村庄口的那个银杏树也变成一身金黄的第二天，陆总给我们了一桶酒。

那天的中午，我和五富在村庄的小饭店里吃扯面，五富去饭店的后院上厕所，回来给我说后院里有一堆废铁皮桶应该便宜收了。他已经是每日拾了好多破烂拿回到废弃楼上，准备什么时候拉到咸阳的收购站卖掉。我是曾反对过他在这儿收破烂，但他已执意收起来了也就随他去收。他和饭店老板谈价钱，虽然价钱不贵，可我们身上的钱所剩无几，即使不留备用，也不够收这批破烂，五富就埋怨干了这么多天陆总还是不发工钱，是不是起了故意拖欠工钱的黑心？五富一埋怨，我也就急了，因为五富毕竟是我鼓动来的，如果陆总真要起了故意拖欠的黑心，那就得采取措施。我对五富说：这事你不要管，下午我找陆总去。

在我们这二十天里，陆总是来工地了几次，他一来，我们就翘着舌头说岐山县话，希望他能满意我们，给我们发工钱。但陆总第一次给每人发了五元，第二次给每人发了三十元，第三次只说能把所欠的工钱一次发完，仍是每人给发了六十元。当我下午再找到陆总，我的口气就硬了，只要求他给我们回西安的路费，再付清二十天的工钱，即便不按每米十五元，就以每天二十元，权当还是拾破烂的收入算了。我这样说既是无奈，也是威胁，就看陆总的态度。陆总还是那么声不高，黏黏糊糊，说他绝对不会亏我们的，地沟工程彻底完成就付全款。他这么说着，却从柜子里取出一个塑料桶，桶里装着三斤白酒。

陆总说：再停（穷）不能停（穷）教育，再肯（亏）不能肯（亏）小姐，我能肯（亏）你们？把活儿往完里干，干下去对我好对你们更好，一米十五元总比一天二十元强吧，和钱志（置）气吗？这桶酒我送你们，拿回去喝吧。

陆总话说到这里，又把自己的酒送给我们喝，我心稳了也软了，提了酒回来。

那天晚上，月亮很亮，也没有风，法国梧桐树上的鸟叽叽咕咕的，我和五富就在废弃楼里喝酒。五富说：你说陆总这人还行？我说：不是陆总行不行，是咱运气好了啥事都顺着咱们的。五富说：那咱就喝！我说：喝，你能喝多少就喝多少！我们是好长时间没有喝到白酒了，三杯下肚，觉得酒真香，喝着喝着就喝高了。石热闹是我们喝过一半酒了还没见回来，我说：要饭的怎么还没回来？五富说：他只要没死，肯定回来的，瞧你招的啥人？咱喝，趁他回来前咱把酒喝完！我们就开始划拳。五富出手笨，对数字老记错，我就趁机赖他。他说：我划不过你，咱们打老虎杠子！他还是赢得少输得多，他就眼睛眯得睁不开了。楼外有了脚步声，他突然把酒桶塞在被窝里，说：要饭的回来了！可脚步声并没有响到楼上来，扑沓扑沓又传远了。他说：狗日的没回来，他死在外边了。取出酒桶又喝了一杯，五富却说：要饭的会不会真的死在外边了？我说：他这么多年哪有固定睡处，今日就死啦？死不了，要饭的有九条命哩。五富说：你说要饭的最后是不是就死在外边？我说：那还不就死在要饭的路上了。五富脸苦愁了，他的脸一苦愁真像个猪脸，我说：瞧你难看样儿！他却突然就流下眼泪。我说：五富你喝多了。他说：我没喝多，那咱是不是最后也就死在打工的路上呀？咱要死在外边了那可咋办？我说：石热闹就不想这些。他说：石热闹没老婆没娃，他不想我想哩。他说这话我不爱听，我也是没老婆没娃么。我说：你都死了你还咋办？！他说：那不行，你得管我！我说：活着我管你死了我还管你？他说：我不能不埋在清风镇吧，我不能不是清风镇的鬼吧？我说：喝多了，喝多了。他说：不多！又喝了一杯，说：你把我带了来的，你现在让我回我寻不着路，那我的鬼能寻着路吗？你要管哩！我说：好，好，你死了我送你回去行了吧？他就嘿嘿嘿地笑，他一笑就没完没了，疯了地笑。我说：醉了，醉了！其实我也醉了，跟着他的笑我也笑。他说：喝酒喝酒！我说：喝！喝！我们碰了一下杯。他说：哎，刘高兴！你是，两个刘，刘高，兴！用手指我，指到了旁边。我也看见五富是无数的五富，就像孙悟空用猴毛变出了一堆孙悟空，一样的高低胖瘦，一样的鼻子眼睛嘴，在房间里游离移动。但不久，无数的游离移动的五富里却又有了黄八，有了杏胡和石热闹。

我说：你是五富，你也是黄八杏胡石热闹！

五富说：我是你！黄八杏胡石热闹都是你！

我说：都是我！都是刘高兴！

我们就相互追逐纠缠，嘎嘎嘎狂笑。后来我看见五富是倒下了，立即无数的五富都倒下，黄八杏胡石热闹全都倒下。我说：你装蒜，你装蒜哩！我也就扑沓下去了，扑沓得像一摊泥。

我们在欢乐的醉酒中不知道了风是怎样刮掉了窗子上糊着的板纸，不知道了走扇子门如何呻吟不已，直到有重重的东西击打着我的后腰，我觉得是孟夷纯，是孟夷纯穿着那双高跟尖头的皮鞋踢我。果然是孟夷纯，她站在铺前，说：这么冷的天，怎么睡地铺呀……高跟尖头的皮鞋又踢着我的屁股，我不嫌疼，皮鞋上有一点土，我把土揩了。孟夷纯你怎么到这儿来了，我没有告诉说我到了咸阳，我是要挣一大堆钱赎你的，还要给公安局的破案费的，你怎么寻得着来了？！孟夷纯的脸突然变粗变宽？咹？！我一愣怔，才看清面前站的是监工员。

我说：你不是孟夷纯？

监工员说：你还要往猛的睡？！

我说：噢……这是什么时候了？

监工员说：快吃午饭呀还不去开工，要睡觉回家去睡呀！

我爬起来，才知道我们从昨天夜里一直醉到现在了。五富仰面睡在墙角的地方，身上的衣服也没脱，张着嘴，浑身是土，表情狰狞。我赶忙去推他，他眼睛还是不睁，说：黄八，那里还有一张……监工员踢了他一下，说：起来，起来！

事后，也就是我们离开房间后，五富告诉我，他做梦正拾钱哩，他是和黄八在街上拉着架子车，看见有警察追赶一个罪犯，罪犯突然在人群里撒了人民币，人民币像雪片一样飞舞，街上的人群就炸窝了，抢着拾，警察就无法通过了。他是先拾了一张，他真傻，还对着太阳耀，看是不是假钞，再拾时，就见地上已没了人民币。他叫着：毛主席，毛主席！因为人民币上有毛主席的头像，他就叫着，真的也发现一张人民币如同蝴蝶一样飘过路边的铁护栏，他喊黄八去拾。然后他俩跨腿往过跃，护栏卡住了他们的裆，磕碰了他的卵子，疼得就势坐在了护栏上。

五富睁开眼，说：钱呢，我的钱呢？

监工员这一次踢在了五富的腰上，他把鞋踢掉了，一边单脚跳着去找鞋，一边骂：做梦都拾钱呀，不挖地沟你拾冥钱去！

我有些愤怒，我说：你骂谁的，我们是来打工的，不是你贩的黑奴！

我在电影里看见过外国人打骂黑奴，我把监工员的那只鞋踢出更远。

狐假虎威的监工员，那个弯鼻梁的小人，他欺软怕硬，不吭声了。

我说：五富，把扣子系好，咱干活儿去。

监工员说：另一个呢？

我说：他早都不干了！

监工员说：不干了？话说清，那就没他的钱！

我说：他就不爱钱！

我这才醒悟，石热闹压根儿一夜没回来。

五富是把所带来的衣服全穿在了身上，又从石热闹的破被子里掏出一团烂棉絮塞在他的鞋里，这样脚能暖和些，就和我拿了镐、锨、钢钎、八磅锤走出了房间。我们是偏不厮跟着监工员，等他先走了再下楼梯。出了楼道，刚刚下了楼道外的台阶，五富的左腿就挪不动了，咚的一下，身子靠在了墙上。

我说：还没清醒呀？

五富说：我的腿呢，我的腿呢？

我说：你的腿不是长在你身上吗？

我把他拉起来，一松劲，他却扑沓坐在了地上。

五富说：这不是我的腿，我使唤不了它了。

是麻了，睡的时候蜷着酸麻了，我说：我给你揉揉。

我给他揉腿，他没有反应，脸却蜡黄，淌着汗，汗都是稠的。

我说：你给腿说说好话。

这办法我是一直使用的，我常常在睡觉时或闲着没事时就给我的身子说好话，比如眼睛、鼻子、喉咙，比如胳膊腿和心肝脾胃，我整天干体力活儿，又没吃好的喝辣的，这些部位还在好好地为我工作，我要给它们说好话，感谢和鼓励。我的肾只剩下了一个，它承担着两个肾的功能，它之所以还让我很健康，这都是我给肾说好话的原因。

我靠在那棵法国梧桐上，一树法国梧桐叶子比昨天更多了一些颜色，红的分成了血红和朱砂红，黄的分成了铜黄和佛黄，还有深绿浅绿，还有蓝的，海蓝色和土织布的靛蓝色。天上是灿灿的阳光，一片叶子落下来，是画着半圆的线往下飘。我说：说说好话就好了。

五富在那里说：腿，腿，你动一动，你可不能吓我，你不动我就活不成了！

我嘲笑地看着他，五富也学会矫情了，五富你是会矫情的吗？五富还在给腿说好话，反复说了三遍，努力地要抬起腿，腿只抬起四指高，人累得头上滚水豆子。

我觉得不对，忙过去说：还真的不行了？五富说：高兴，我心瞀乱得很，我头痛。就彻底地跌坐在了地上。我立即有了不祥的感觉。

五十九

看着五富不行了，我大声喊监工员，但监工员却不知去了哪里，我想背五富去医院，又不知道医院在什么地方，就放下五富往村庄跑，跑到一家小卖部拨打120电话，再跑回废弃的楼前，五富已经趴在那里，脸和土一个色。

医院很快来了一辆救护车，把五富弄到车上了，五富的脖子有些撑不住头。我抱住他，说：五富，你撑一下，到医院去了就会好的。五富的黑眼仁竟然没见了，我害怕得很，又叫：五富，五富！黑眼仁又回到了眼中，他看着了我，说：去医院干啥，咱能住医院……我说：这你不用管，你这病得莫名其妙，不敢耽搁。五富说：我是不是要毕呀？黑眼仁又跑进眼角里，不见了。五富，五富，我再叫他，他不回应了，眼角流泪，泪像脸上的汗，也是稠的，流得不快。

不但他掉泪，我一路送他去医院也掉泪。五富这到底是怎么啦，多壮实的人，多能吃能喝能出力的人，怎么毫无迹象就病了，病又来得这么急！是监工员踢了他的缘故？这不可能。是酒喝多了？这也不可能呀，他起来不是已经酒醒啦？！天呀，五富千万不要出事！我给救护车的司机说，开快点，再开快点！或许一到医院，五富就好了。我有这么个经验，每每病了，到医院坐在候诊室的椅子上排队，排着排着，还没有轮到看医生，头或者肚子就不疼了。任何病都害怕医生。

到了医院，却诊断五富是脑出血。医生问：谁的病人？我说：我的病人。医生说：我得开病危通知书了。我五雷轰顶，浑身立不起了筒子。医生在写病危通知书，我给医生下跪，我从来不给人下跪的，但我扑通就跪在医生面前，求他一定给五富做手术。那个医生是个年轻的女人，她看着我，答应去和另一个医生研究一下，她说：你给他擦洗干净！五富在路上就大小便失禁，裤裆里一摊脏物，臭得难闻。我给五富擦了，又拿手巾蘸湿给他洗，另一个老医生就进来又检查了一遍，说：脑疝已经形成了么。我不懂脑疝是什么，我说：谁都可以死，五富不敢死！老医生说：手术意义不大，维持治疗。就催我尽快交钱办理入院手续。

有钱的人，在医院是可以维持治疗的，我们没钱，一个小时要三十元钱，还得有别的治疗，如果加药，那就得六十元一个小时，而住院先缴两万元。这些我都问过医生了，我们哪有这么多钱呀？五富，你没有挣钱的本事，怎敢就得了这么大的病呀？！监工员，那个出了楼去远处地坑里大便的监工员，是我打了120电话回来后他才和我一块儿送五富来医院的，他现在老实了，不停地问我：五富平常患高血压吗？五富家族有心血管病史吗？我知道他在尽量把自己的责任推开。我说：这你得赶快去告知老板，人命关天，老板他得管呀！我没有说与他有没有干系，我得把他拽住。监工员给了我一盒纸烟，又拍着五富的脸说：你可别吓我呀！就出了医院去请示陆总。等拿来了八百元，他一张一张让我数了，并打了收条，他说他去上个厕所，人就没了踪影。

好的是来了石热闹。

石热闹是出去了三天三夜，偏偏在这一天又回来了。事后他告诉我，他原本是不准备再来见我们了，要回西安去，就在去西安的车站上，刚进了一条巷，巷里有人喊：抓小偷，抓小偷呀！便见一个人骑着自行车过来，后边有人追。他说：我能得很，就猫腰在巷口的一棵树下等到骑自行车人经过，捡了路边一团棉纱扔向前车轮，车子就倒了。车子一倒，挂在车扶手上的皮包摔出多远，那人爬起来捡包，他用脚踩住了。那人说：好过你了！急忙骑车又跑走了。他说：我不要你的好过！唾了一口唾沫，脚并没有动，一直踩着皮包，看着后边人赶来。他说：我哪儿能想到，皮包里竟然有那么一厚沓钱！追赶人抽出了两张百元票，说谢谢你呀！他说小气了吧，那么多钱只给了二百，你看我是什么人了，我是要饭的？那人说对不起，我不是打发要饭的。又给了他一张。他说我就是个要饭的，可我现在是见义勇为的英雄！那人说你是要饭的？他说：我是第一次看到有人对我这个要饭的惊讶，那人还行，就要请我吃饭！那人问他吃什么饭，他是故意说现在什么饭最好，是鲍鱼翅吧？那人就真的请他吃了一顿鱼翅。他是在吃鱼翅的时候想到了我们，他不是想到我们没吃过鱼翅也来尝尝，而是想到要给我们显摆。他就在吃了一半后用塑料袋装了三分之一提了回来。在废弃楼的房间里，他看见了酒桶，酒桶已没有了酒，他骂我们没有给他留。这骂声正好让进楼取铁镐钢钎和八磅锤的监工员听到，监工员向老板要了八百元，老板让他把丢在楼道的工具收拾好，偏巧刚碰上了石热闹，然后一块儿来到医院。

五富开始嘴角吐白沫，不停地哼哼，后来就一会儿清醒一会儿昏迷了。住院缴两万元这是不可能的，我和石热闹商量，现在只有和石热闹商量：放弃维持治疗。石热闹说：不维持治疗那五富就死了。我说：维持治疗也维持不了几天呀。石热闹说：反正是死，就让维持治疗，治疗中他死了就死在医院，咱就不闪面了么。我说：咱再不闪面？石热闹说：人死了给你个死尸呀？！我说：尸体我也得背回去！我作出了这样的决定，突然想起昨天夜里喝酒时五富的话，真的就按他说的话来了吗？这更让我觉得我的决定是正确的。我把八百元在身上装好，石热闹就大声呼叫五富，五富竟然睁开了眼。

石热闹说：五富，五富，你狗日的喝酒哩不叫我！

我说：你咋能说这话？！你不回来到哪儿去叫你？

石热闹说：你们心里没我，我心里有你们。就又给五富说：五富，吃过鲍翅没有？

五富对没有给石热闹留酒有些不好意思，他的眼睛有些羞涩，说：啥？啥叫鲍翅？

石热闹说：你活得啥质量吗，连鲍翅都不知道！我给你买了的，你吃吧，城里人讲究吃这个！

石热闹从裤带上解下塑料袋，没有碗，也没有筷子，我就去找筷子，到处寻不到筷子，走廊里有个水房，水房里有一把扫帚，我折了两根竹棍儿，又觉得竹棍儿不干净，吃鲍翅怎么能用竹棍儿？又跑到院子，专门在一棵桂树上折了树枝儿。石热闹从袋子里夹出了几根鱼翅。

石热闹给我说：高兴你吃一口？

我摆了摆手。我也是第一次见到鱼翅，但我说：我吃过。

五富张嘴吃了鱼翅，却吐了出来，他说：是粉条，我没吃过粉条呀？

石热闹说：傻呀你！这哪是粉条，一碗四百元哩！

五富舌头伸出来又把嘴边的鱼翅勾进去吃了，一下一下地嚼。嚼着嚼着就不动了。石热闹说：香吧，香吧，你再吃，你再吃，你现在是你们村第一个吃鱼翅的人了！高兴你也吃过？我没有理石热闹。五富还是不动，黑眼仁不见了。我拿手在他面前晃了晃，没有反应，用手试试他的鼻孔，鼻孔里已经没任何气息。

五富死了。

听别人说过，人死的时候是要咯地咽一口气的，或者蹬蹬腿挣扎，但五富吃着吃着就死了，他没有咯的一声也没有蹬腿。一根鱼翅还在嘴角，我把鱼翅取下来，竟从口里拉出了那么一长截。我和石热闹都慌起来，我说：热闹，他死了，五富死了！

石热闹就摸五富的头，又摸五富的胸，一直摸到脚，石热闹说：死了！

五富就死得这么快，这完全出乎我们的意料。我抱着五富就哭，哭了两声，我不哭了，我也不让石热闹哭。我那时的想法是哭不得，一哭医院人就知道了，知道了就得送太平间，送进太平间那就得去火化。我给五富做了承诺的，他死了要回清风镇，要埋在他父母的坟旁边，他的妻儿得按乡俗过七七四十九天，以后的冬至清明要有烧纸祭奠的地方，我得把他送回去！我给石热闹说：不哭！快离开医院！

六十

我们开始实施送五富回老家的行动。

其实，对于当时在医院里到底是什么时候作的决定，怎么作的决定，我现在都混乱了。事后很多人追问我，我答不出那么多个为什么。比如，为什么不打电话通知五富的家属？为什么不多留一阵儿，让医生开个死亡证？为什么不雇人运送？为什么不找老板？为什么不找有关部门？等等，等等。他们这么追问，我就有些急，话也说得颠三倒四了。在这个时候我才知道我刘高兴仍然是个农民，我懂得太少，我的能力有限。五富一向把我当作依靠，是百事通，是十二能，我也以为我很了不起了。刘高兴，你是个，我伸出小拇指来，在小拇指上呸呸地唾。面对着种种追问，我没了伶齿俐嘴，没了幽默，舌头发僵，支支吾吾，似乎五富就是我害死的。待到追问的人散去了，我才想起，我应该这样说呀：对于一个连工钱都不知道能不能拿得到的拾破烂的、打工的，一个连回家的路费都凑不齐的乡下人，在一个陌生的城市里，突然发生了死人的事，显然是大大超乎了我的想象和判断。是的，我是五富的依靠，是我把他带出来的，而且生前五富一再要求我，我也给了他承诺，我就有责任要把他的尸体运回家去。生要见到他的人，死了要见到他的尸，这是我的信念，也是清风镇的规矩。当时事情的突然发生，彻底的慌乱，脑子里一片茫然，自始至终却只有一个念头清晰，那就是不管怎样，我刘高兴要为他省下钱，要和他一起回去！

当我运尸在火车站广场被警察发现后，他们审问过我，以为我是杀了人，转移尸体，或者以为我是为了阴婚在偷盗贩卖尸体。现在好多出外的人常有死了的，他们都年轻，没有结婚，家里人就买尸体也埋在亡人的坟里，这就是阴婚，一具尸体可以卖到几千元上万元，于是有了从医院太平间或掘墓偷盗尸体的生意。我出示了我的身份证，让警察调查，警察排除了我的犯罪，但在笔录时也在问：为什么不把他在医院停放几天，然后等家属过来？

我说：一天要几百元的，老板不肯付钱，五富家穷成那样，能拿钱吗？

警察说：你是担心在医院停放久了，欠的钱多了，他们家没办法负担？

我说：你这话是？

警察说：还不明白？！

我明白了，警察终于看出我是正经的好人，但事情到了这一步，五富的家属肯定要弄清事情的原委，他们在为我洗清没必要的嫌疑和麻烦。

我说：嗯，五富的老婆没什么钱，她要再去咸阳看尸体，又得花路费和吃住钱呀，我那时想，五富活着的时候钱抠得紧，他死了也是吝啬鬼，我只能减轻他们的负担，直接送到家去。

警察说：你那会儿想过吗，如果，比如说你们换个位，你是五富，五富是你，他像你这样做，你会埋怨他吗？

我说：我如果是五富的话，那怎么办？我，我还要谢他的吧。

我这么说着，手撑到了后腰。只有在派出所了我感觉我的腰是那么疼。我再说一句：五富应该谢我！

我一直觉得五富会谢我的。

因为五富死了，五富的鬼一直在看着我是如何为送他而耗费心机，又是那么地艰难。

当时决定了要背五富尽快离开医院，但是由谁来背呢？石热闹是有力气的，可我不能让他背，既然自己作了主张，也就由我来背好了。

石热闹说：刘高兴，人死了会不会就变了鬼？

我说：当然变了鬼，就在这房子里。

石热闹四处看，他没看到鬼，但他觉得鬼能看到他，他说：我有些冷。

我说：就是变了鬼，你还怕五富的鬼？！

我这么说着，其实也是给我壮胆。我在五富的脸上唾了一口唾沫。五富，你要有良心，就是变了鬼你也不是厉鬼！

我把五富扶起来，五富的头就骨碌歪到左边，我再一扶，头又骨碌歪到右边，脑袋像个西瓜。

中午的一点左右吧，医院病房的过道上没有人，一个护士经过我们的门口去了厕所，她随便朝我们望了一眼，石热闹为了掩饰，头侧过去擤鼻涕，护士说：不要在房间擤！我赶紧用脚蹭鼻涕，说：不擤，不擤。护士一走，我就背起了五富。我体重是一百二十四斤，五富是一百五十斤吧，平日里我一百五六十斤重的东西是没问题的，可五富是死的，他不配合，似乎却重得厉害。我把他一背起，他就把我压趴在了地上。石热闹帮着把他从我身上掀开，我们又合力将他拉到床沿，这时的五富好像脸上有些笑。

石热闹说：高兴，你看他是不是笑？

我说：是笑着。

石热闹说：他是不是觉得他还在吃鱼翅着？

对于五富死后脸上出现的表情，我有了一点安慰，这说明五富死得并不痛苦，又说明他知道我要送他回家他是坦然的乐意的。

我重新把五富背起来，石热闹把五富的胳膊搭在我的肩上，做出了一个重病人的样子，我双手在后搂着五富的屁股，屁股上的裤子是湿的。石热闹在前边开路，他像贼一样弯着腰小跑，我说：你在后边扶着，你把腰直起！原本我们要乘电梯，电梯口有人，我赶紧说：你忍着，忍着呀，咱去拍个片子！迅速从四楼通过楼梯到了一楼。不能走大门，穿过医院家属院，七百多米，那里有个后门，出了后门就安全了。

五富是越背越沉，我实在背不动了，站着歇气，腿哗哗哗地抖。在路上遇到几个人，他们看了看，没再理会，他们哪里知道我背的是尸体呢？五富不停地往下坠，搭在我肩上的胳膊也滑脱了，我得猫了腰使劲儿把他往上一耸一送，我说：你不要往下坠，再坠别人就发现了！果然走出医院家属院他再没往下坠。

但石热闹迟迟撵不上我，我觉得他是故意的，怕跟得紧了万一被人发现脱不了干系，就恨他：关键时刻看出一个人的品德了！真后悔来咸阳时带他不带黄八，黄八在，黄八会把五富背得妥妥帖帖的。回过头来我瞪石热闹，他却张着嘴，虽然没有哭，却满脸泪水。我低声训斥：流啥眼泪哩，你这个样子是让人看出破绽吗？他说：我心疼，心口跳得疼。

我何尝不也是心跳得噔噔地疼。

背出了医院，我让石热闹搭出租车去我们住的废弃楼上取行李，虽然来咸阳每人只提了个包儿装着换洗衣服，但老板让我们用的薄被子一定得拿上，他不给我们工钱，总不能便宜了他吧，而且带一条被子得盖五富呀。

石热闹搭车一走，我想起把一件事忘了告诉他，就是五富拾到的那一堆破烂还在废弃楼，是让石热闹处理给地基工地上那个牛同志呢还是再便宜卖给村庄的什么人？石热闹肯定是不会想到那些破烂的。他不处理就不处理吧。

石热闹拿来了三个布包和一条薄被，而且还把我的箫和那个小塔也带来了，但是他忘了拿晾在过道的五富的内裤。五富是前天晚上洗了内裤，是我让他晾在楼道的栏杆上的。我说：五富的内裤晾在那里你没看见吗？石热闹说：没有，烂内裤还要着干啥？五富昨天出门是光屁股穿了长裤的，他没内裤回老家，我觉得遗憾。

来咸阳是坐了公司的便车，返回西安就只得坐出租车了，我们用被子盖着五富，在被子上洒些白酒，把尸体伪装成一个醉汉，在等出租车。我的肚子已经饿得前腔贴了后腔，掏了三元钱让石热闹去买几个烧饼，石热闹去附近的小吃街巷转了一圈，拿着烧饼，却把三元钱给我，他说：吃烧饼还掏钱呀，我讨要的。却又对我说：我刚才想了，高兴，咱看着五富鼻子没气了，如果让医生给他做人工呼吸的话，五富会不会还能活过来？

咹？！我心里咯噔了一下，石热闹怀疑我们所做的事？我说：医生做人工呼吸，也救不活的。

石热闹说：假设……如果有万分之一的希望……假设。

我说：假设？不能假设！

石热闹睁着眼看我。

我说：我们没有钱，哪能等来万分之一的希望？

我说了，突然觉得非常害怕。石热闹说的难道没道理吗，如果当时立即叫医生来抢救，或许五富就会好了哩。我眼睛红起来，盯着盖着被子的五富，似乎觉得那被子在动，而且有一种声音在说：我能活的，我能活的。我一下子揭开被子，五富的脸色乌青，一动不动。我把被子又给他盖上。

我再一次对石热闹说，也是给自己说，我们是尽我们的能力去做了，我们拿不出两万元怎么住院，医生写了病危通知书，五富是救不活的。我背的时候，他的腿都变冷了，人没死腿不会变冷，他变冷了所以就是已经死了。

石热闹说：那好，他是死了咱才背的。

我们把烧饼吃在肚里，没有尝出烧饼是什么味。

拦了一辆出租车，我们把五富往车上放，司机问：他咋了？我说：噢，喝多了，我们去饭馆吃饭，给的发票刮出了五十元奖，他一高兴又买了两瓶酒，就喝多了。司机说：有几个钱就喝酒？我说：你说得对，没钱，越是没钱才喝酒哩，不喝酒人就愁死啦！车开动了，五富坐在后排座位的中间，我和石热闹分坐两边，石热闹悄声给我说他害怕。我说：你看窗外的景色。深秋的平原上天是蓝的，云是白的，公路两旁的树和树下草地上的花是红黄青绿紫迅速往车后闪，各种颜色就变成了流动的线条。五富死了，我们偷运着五富的尸体逃窜得如丧家之犬，天应该是暗淡的，气氛应该是悲惨的，但天地都是这样明艳，令我大为吃惊。但这样的景色五富再也看不到了。石热闹看着窗外后头一直再不扭过来，五富在车的颠簸中靠住了他，他说：高兴，你把五富往你那儿挪挪。我说：你帮着挪。他又说：我害怕。我不害怕，甚至觉得五富坐在那里好像是一个活人，在恍惚间还觉得五富怎么没打鼾呢？冷不丁清醒我用手搂住的是一具尸体，心里说：五富，我不怕你。

六十一

出租车到了西安城里火车站，我们将五富背到了车站广场，就去买票，准备乘坐去清风镇的列车。但是，去清风镇的火车八点二十分才开，我让石热闹看守尸体，我去买盒饭，石热闹说他不能看守，自个儿站起来去买饭。真是贱骨头，他一到人稠处就习惯了讨要，又一瘸一跛，叫着叔叔婶婶可怜可怜残疾人吧，瞧着他那个熊样，我的气就不打一处出，怒吼着把他叫回来。

他顶碰我，说：我丢我的人，我又没丢你的人，你争什么气呀，你争气也就不把个尸体要往回背！

狗贼！我一下子捂住了他的嘴。

我现在太后悔让石热闹和我一块儿背尸体了！我只说有他在，可以帮我，可以给我壮胆，可以让我支使，但就是他惹出了麻烦！我去捂住了他的嘴，他不服气，他完全是个傻子，不明白我捂他嘴不让他说话，反而以为我在打他，就拿牙咬我的手。这就把我气坏了，虽然他很快醒悟了我的意思，但我买酒再一次喷了五富身上的被卷儿，再去给五富买那个妇女的白公鸡时把火气发泄到卖鸡人的身上，为白公鸡的斤两我和她吵嚷，巡逻的警察就跑过来训斥，接着发现了用绳子捆绑了尸体的被卷儿。

警察说：这里边捆的什么？

我说：农民工能有什么，行李么。

警察说：行李？行李捆成这样？

我说：是捆成这样的行李。真是行李。

警察踢了被卷儿一脚，又拿警棍来戳。

警察说：咋软软的？！

石热闹说：我们买了一扇猪肉。

石热闹又明显地说漏了嘴，再笨的人也不相信一扇猪肉还用被卷儿严严实实捆着。警察说：咹？！又拿警棍戳，被卷儿绽开一角，露出来的不是猪蹄，是五富的脚，脚上鞋破了一个洞，还塞着一疙瘩脏棉絮。石热闹撒腿就跑，警察一下子跳起来把我扑倒了。

我是从来没有进过公安局派出所，也尽量不与警察打交道，警察将我的手铐在车站广场的旗杆上审问我，我那时是真害怕了，如实地把事情的经过说了一遍。警察说：蠢！他在骂我，我蠢吗？

我不蠢。按法律上来讲，我是错了，但我凭我自己的良心，我没做错。警察做了笔录，又带我和五富去了派出所，又是审问。那个夜里我和五富同待在一个空房子里，第二天，五富的尸体随即被送往西安城的殡仪馆，同时通知了清风镇政府，让五富的家属前来处理后事。警察对我说：你可以离开了。

我离开了？我怎么能离开？五富被送往殡仪馆我怎么能离开？！我不离开，我说：五富是要被火化吗，五富生前是坚决不让火化他的！警察说：只要死在城里的都得火化！我说：五富不是城里人，是我领他来到城里，我一直照应着他，他一个人在火葬场烧了，我带一把骨灰回清风镇吗？清风镇从来是土葬的，人不入土他就是孤魂野鬼，这么大个西安城，做了鬼还能寻得着回清风镇的路吗？警察大声呵斥着让我离开，我抱着派出所院子里的一棵树，树上有一个鸟巢，他们使劲儿扳我的手指头，扳不开，用拳头砸，树上的鸟巢就掉了下来。我说：鸟巢鸟巢！他们就势拉开了我，推出大门，铁门就哐啷关上了。

我只好又回到车站广场，因为派出所已经通知五富的家属来处理后事，我怕五富的老婆赶来寻不着地方，只能在广场上等她。

等到了天黑，五富的老婆没有来，商州到西安的所有列车都进站了，晚上她是不可能再来的，最早也是该坐明日一早的车吧。我就决定着先离开广场。

我之所以离开广场，还有一层意思，是想找找城里的关系，或许这些关系有能认识车站派出所的人，通融着不让五富火化。我得做最后的努力呀。我第一个念头想到的就是韩大宝，对，只有韩大宝有这种可能。但是，搭乘了出租车赶到了池头村，韩大宝的门上挂了锁，拨他的手机号，手机又是无法接通。什么叫命运，这就是五富的命运，平日韩大宝都是在池头村，即使白天去忙乎别的事可晚上肯定就在他的租住房里，需要他帮忙的时候，他偏偏就不在。我在心里怨恨着韩大宝为什么这时候不在，又怨恨五富这么命苦。离开韩大宝的房门口，我只好到剩楼去，我们的租屋并没有退，屋里的用品完好无缺，奇怪的是才离开个把月，屋里竟然有一道蜘蛛丝从五富的床头拉挂在窗户上。我收拾着五富的东西，无非是一些换洗的衣物和被褥，卷起来用绳子捆好。锅盆勺碗就不拿了。床头的排气扇也不拆了。还有床下一双条绒布鞋，后跟磨成斜坡，本不想再要了，我回坐在我的屋后，耳朵里却总响着一种声音：我的鞋，我的鞋！便去五富的屋里又拿了那双鞋塞进被褥卷儿去，发现鞋壳儿里藏着五十元钱。五富喜欢把钱藏在鞋壳儿里，但他去咸阳时并没有取这些钱，也没让我保存，是我料想不到。是不是别的什么地方还藏了钱呢？我再次检查他屋里所有的砖块下，墙缝里，席子底，没有。墙上被拍死的蚊子血斑斑点点，那不是蚊子血，是五富的血，那块遭过刀砍的车模画上写着一长串数字，我揭下来，叠好，也塞进了他的被褥卷儿里。

我开始认真地清算五富让我保存的钱数，一笔一笔都写在纸上。他应该还有四百五十元，但我因去咸阳前借给巷道斜对门的老范钱，而在咸阳我又花了我们共同的钱，已经拿不出这个钱数，又怎么给五富的老婆交代呢？我从楼上跑下来，希望能见到杏胡夫妇和黄八，先向他们借借，但杏胡夫妇不在，房间里却住了另一个陌生人，黄八的门又锁着。

我问陌生人：杏胡呢？

陌生人说：谁是杏胡？

我说：你不知道杏胡？

陌生人说：你是谁？

我是谁？我说：我是楼上的，最近出去了。

陌生人说：哦，我是新搬来的。你也拾破烂吗？最近出去了？我说这两晚上楼上老是响，还以为有了鬼。

我说：是鬼。

我走出来，正站在树下发呆，黄八回来了。黄八身上套了几件衣服，鼓鼓囊囊的，袖着手从巷道过来，瞧见树下的人影，他说：谁？我说：我。他一下子跑过来抱住了我的腰，又拿拳头打我，埋怨我和五富去哪儿了，竟个把月没了人影，他晚上回来话憋得没人说，他想死我和五富了！五富，五富！他朝楼上喊，你说你们干啥都要叫上我的，你狗日的背信弃义，不叫我！我说：不喊了，五富没了。他说：怎么没了？我说：五富死了。他脸上还诡诡地笑，笑就停止不动，说：你咒他？你们吵了架？！我说了五富的事，黄八呜呜就哭。

黄八一哭，陌生人从屋里出来，我就抱了黄八不要哭，拿袖子给他擦眼泪。

黄八说：五富还欠我五元钱哩。

我说：你是为五元钱哭哩？！

我生气了，一把将他推坐在地上，陌生人过来要劝，我又一把扯了黄八就往楼上去，我指着五富床头架着的排气扇，指着一个铁锅，两个碗，一个塑料盆，还有屋角一堆易拉罐和塑料管，我说：这些都给你，顶得住五元不？如果不够，你去收购站拉了他那辆架子车！

黄八说：我不是为五元钱，他人都死了我还要他还五元钱吗，我是猪狗呀？我是念他可怜，在这个城里，最能和我说话的就是五富，他死了谁还肯和我亲呀？！

黄八张着嘴哭，嘴大得能塞进个拳头，我就蹴在那里也掉眼泪。

黄八突然问：五富一死，你没给他烧倒头纸吗？

我说：没有。

黄八说：怎么不给他烧？黄泉路上关口多，你不给他烧买路钱？！

黄八就跑下楼，抱上来一大捆整理好的废报纸，一沓一沓铺在地上了，问我：你有没有一百元钱？我掏出了两张百元票子，他挑了一张崭新的，在废报纸上一反一正换着拍打，口里说：要烧纸哩，不，要给五富钱哩，五富五富，这一张是十个一百，十个一百是一千，这有上百张，你就有一万元万万元了，五富！

黄八就在五富的屋里烧起了纸，我也走过去，一起跪在那里烧，屋子里立时烟雾弥漫，但我和黄八长跪不起，还在烧。一捆子废报纸全烧完了，我和黄八再没说话，一直看着火苗由大变小，火焰开始纤细，颤颤巍巍地跳，后来就突然地灭掉，再后来纸灰由红变黑，又闪了一下红，彻底地黑了。

我说：起来吧，黄八。

黄八说：让我再跪一会儿。

我说：杏胡呢，怎么又搬来了别人？

黄八说：他们这次真的被公安局抓了。

我说：那个杀人犯还真的来找了他们，他们窝藏了？

黄八啰啰嗦嗦地说不是的，那个杀了人的同乡并没有来找他们，他们也不是有了窝藏罪，而是几个吸大烟的人偷了东西卖给他们，他们收了，公安局就查出来了，五天前被抓走的。他说：你偷些自行车那倒还没人管，就是偷些下水井盖，也可能没人管，吸大烟的竟然一夜把南城门外的马路上铁护栏偷了二百米，这影响就大了，能不犯事吗？他们也太贪了，能克化的吃，不能克化的也吃，我早说过，迟早要出事！

黄八对于杏胡夫妇的遭遇并不同情，他还要给我说些他们近期的是是非非，我就不耐烦了，我得急着再去看韩大宝回来了没有，黄八却磨蹭了一会儿，从床下取出一个纸包给我。我说：这是啥东西？黄八说：是五富的，你给五富拿上。拆开纸包里边是五富曾经削过后跟的那双半新的女式塑料鞋。我说：这是五富准备给他老婆的，怎么在你这儿？黄八说：他放在窗台上，我拿了。我说：你偷他的东西呀！黄八说：我不是偷，我是抵债的。我说：就抵那五元钱？黄八说：不是的，话说到这儿，我就给你说，房东来收租金时你们不在，我不能说你们不在，怕他不让你们住了，我知道你们肯定回来，我就替你们交了租金，给你交了五十元，给五富交了五十元。本来我要给你们说的，可五富都死了，我就不说了。我说：你替我们交了？我五十元五富五十元？！黄八说：你五十元五富五十元。我心里腾腾地跳，想到五富的那双破鞋里藏着的五十元钱，难道这五十元就是要还给黄八垫交的房租？我掏出了一百元给黄八，黄八迟疑不收，我说：这房租你要收，一定得收！

黄八陪我又去了韩大宝的居住处，韩大宝的门仍锁着。我急躁起来，想到了煤球王良子，可良子同黄八一样，他哪里会有什么门路呢？我又打消了念头。现在，唯一能认识的，并且可能通融的，只有一个人，那就是韦达。但我又否决了韦达。如果孟夷纯在，我还可以厚着脸皮去寻他，而孟夷纯不在，我实在不愿意再找他，一个给了我希望又让我失败的人，我用不着再找他。

可怎么办呢？我没有办法，我只能再赶回火车站广场，准备明日一早接五富的老婆了。黄八要跟我一块儿去，他说接到五富的老婆了，他也要到火葬场去最后看一眼五富。我不让他去。我告辞了他，用我们那辆自行车驮了五富的被褥卷儿独自往城里骑。过去总是五富驮着我，现在我驮着五富的被褥卷儿，觉得被褥卷儿就是五富，我说：你坐好五富，让我好好驮你一回！

六十二

骑车进了城，城里是白夜，所有的街灯都亮着，所有的高楼上都闪烁了霓虹灯，那些夜总会、酒吧、茶厅、洗浴中心的门口停满了小车。男男女女勾肩搭背，一拨出来了，一拨又进去了，歌声笑声打情骂俏声飞扬。我低着头骑车子，不愿意在人多热闹的地方停留，骑过了西大街，我突然改变了主意，我说：五富，为什么不让你看呢，西安城的夜景这么繁华，我要让你多看看！我就毫无了目的地把自行车骑进一条巷，又从巷里骑到另一条大街，骑，骑，哪里有灯火就往哪里骑，哪里人多就往哪里骑！

骑到了一条街中，我看见了一个立体的灯架，我就往立体灯的灯架那儿骑，一个巷口突然有人拉着架子车走了出来，把我吓了一跳，那人低着头，弓着腰，样子简直就是五富么！我停下车看他，那人也停下车看我，我说：喂，喂！他突然拉起架子车就跑，那也是装着破烂的车，一捆什么东西就掉下来。我赶紧也骑上车走了，一口气往那立体灯架处骑去，骑到立体灯架前了，我才发现那不是什么立体灯架，是锁骨菩萨塔，塔的八面棱角和每一层都装了彩灯。

我怎么到这儿来了！是脚习惯性地带了我来的，是五富还关心我特意要来再见见孟夷纯，还是孟夷纯以什么神灵指示了我来的？我把自行车靠在一棵树下，蹴在那里望着塔，我想，我们就是为了五千元去的咸阳，五富死在了咸阳，但五富没有恨孟夷纯，他还要来告诉她帮不了挣五千元吗？而如果是孟夷纯的神灵指示着我来又能做些什么呢？我点着了一根纸烟。塔是在一堵墙内，树的阴影幽暗了整个墙根，唯有我的烟头的光亮，我一边吸着一边盯着烟头的光亮，竟不知不觉中纸烟从口边掉了下去。我开始拨电话，电话立即就拨通了，一个声音响起：喂，谁呀？是孟夷纯！她的声音虽然不清脆，可能还在睡眠中吧，听见铃响从被窝爬出来，迷迷糊糊抓起了手机，但她的声音像磁铁一样把我吸住了。如果在千人万人之中，孟夷纯在里边，我会一眼就能看到她，即便是风雨交加，孟夷纯的一个叹息，我也会立即听得出来。

是我。我说，声音都有些颤了。我是刘高兴！

刘高兴呀，怎么是你，你怎么就消失了？

没有，我没有消失，我想给你个惊喜，我去咸阳打工了，我想挣五千元……我停住了，我能挣一笔钱给孟夷纯吗，钱呢，挣的钱呢？我哽咽起来。

刘高兴，刘高兴！孟夷纯在电话里急促地呼叫，接着一声碎响，她是从床上已经下来，撞着了床头柜上的茶杯了。

嗯，我在呢。

你怎么啦，有什么事吗？

你要救救五富！

我在电话里讲述着我们在咸阳的遭遇，讲述了五富的尸体被运往了殡仪馆，她在电话那头沉默了。我这是给孟夷纯添乱，我该是要帮助她的，却现在把这事说给她，有了欢乐可以说给自己心爱的女人，让一个欢乐变成两个欢乐，而苦难说给了她，一个人苦难了还要她再苦难吗？刘高兴，你个孱头，男人应为女人遮风挡雨，你却让女人给你来打伞披衣？！

刘高兴，刘高兴！

嗯。

不要急，你给韦达说过这事吗？

我不愿找韦达。

为什么呢，韦达活动面广呀，为什么不找呢，你恨他了？

我用不着恨。他过他的日子，我过我的日子。

你这不对，社会就是这社会么。

……

要找的！你去找韦达！

一片白，一片白。

我猛地清醒过来了，真的是一片白，一辆车呼啸着从巷中驶过，灯光直射着我，在白光中我睁眼看不见任何东西。

我回想刚才是梦还是瞬间出现的恍惚，是不是孟夷纯的神灵在暗示着我必须找韦达？

那就找韦达吧，找韦达。为了五富，找韦达。

韦达，这不是我要找你，是孟夷纯要找你，是五富要找你！

我站起来找电话，有电话的店铺全都关着门。天又渐渐地亮了，我得到车站广场去，到那里打公用电话。

车站广场上依然灯火通明，睡在候车厅外台阶上的人开始醒来，睁着浮肿的眼去公共厕所，那个公共厕所门口排起了长队。一个男人在女厕门口的队列中，排到他了，他就大声叫远处的老婆，老婆拢着头发跑来了，却说：纸呢，纸呢，给我一张纸。那女人腿很长，走路像孟夷纯。

在公用电话亭，我给韦达拨电话。

韦达的手机通着，没有接。我有些庆幸。

庆幸什么呀？应该再拨！

韦达接电话了，问是谁，我说我是刘高兴，是孟夷纯让我给你个电话。韦达说孟夷纯出来了？我说她没有出来。韦达说那你去探视她了，你代我问候了吗？我一时无语。韦达说刘高兴，刘高兴你说话呀。我说我想见你，你能来吗？韦达说找我？你在哪儿？我告诉了我在车站广场的公用电话亭。韦达说你不要走远，你等着，我来看你。

但是，韦达迟迟没有来，一个小时后，从商州来的第一列车却提前到了，我看见了五富的老婆，还有五富的妻弟，急匆匆从车站门口跑出四处张望。我喊住了他们。五富的老婆差不多是满头的白发，我们离开清风镇的时候，她的头发黑漆漆的，现在却花白成这样！我把五富的被褥卷儿、布包儿和咸阳陆总给他的八百元交给了五富的老婆，并说明我还为五富保存了四百五十元，我编了谎，说钱存在银行，等从银行取出来了，就立即给她。她蘸着唾沫把钱数了一遍，又让她弟再数了一遍。她弟询问了事情的经过，虽然没有过分地责备，但他说了一句：及时能通知家里就好了。

我脸是有些发烧，一块儿去的派出所，三个人再没说话。我本来想让他们先去派出所，我在广场等韦达，但话说不出口，说出来五富的老婆和她弟会有误会。派出所的人让五富的老婆在好几份资料上签名，并按了指印，至于提出要把五富的尸体运回清风镇，派出所却不同意，说按规定尸体是不能出城的，何况尸体已运到了殡仪馆。我们从派出所出来，五富的老婆软得就走不动路。

她对我说：五富就这么要烧了？他是活蹦乱跳地和你一块儿走的，你好好的，他却要成一把灰了？！

我说什么呢？我和她弟一人架着她一只胳膊，她身子沉得像一桩米袋往下坠，我几乎是抱住了她的后腰往上拉。

她说：五富没留下一句话吗？

我说：事情太突然了，没有。

她说：他给我说的最后一句话，是说，我要去西安城呀，给我四十元钱。他……

她弟眼泪哗哗往下流，说：姐，姐。

她突然号啕大哭，就坐在了地上，双拳在腿上砸：你们是一块儿出的门呀，你说你要把人交给我的，人呢，人呢，我拿个灰盒子回去？

我是对得起良心的，天呀，如果能掏出心让五富的老婆看，我就要掏了心给她看。石热闹你跑到哪儿去了，你不来给我作证！五富，五富，你的鬼在哪儿？我已经无力再辩解什么，我也再不辩解了，我说，是我对不住了五富，是我对不住了五富的老婆，我惭愧，不光彩，啪啪啪地扇自已脸。

当五富的老婆终于不再哭泣，我为他们找了个出租车，让他们先去殡仪馆最后一次看望五富，然后火化，而我答应去废品收购站卖掉五富的那辆架子车和从银行取出四百五十元后，也会去殡仪馆。送走了他们，我再一次到车站广场的公用电话亭下，韦达已经站在那里了。

要求通融不让火化五富的事用不着再提说了，我只好对韦达说我去探视了孟夷纯，孟夷纯在劳教所还可以。可能会提前释放出来。

韦达说：这是好消息，太好了，是小孟让你来告诉我的？

我嗯了一下。

韦达说：你怎么啦，脸色发黑？

我说：我本来黑。

韦达说：上次说好来公司怎么没来，还拾破烂吗？

我说：等孟夷纯回来吧。

韦达说：那好，你和那个五富都来，来公司多稳定的工作，只要公司不破产，你们就永远会待在城里！

我说：谢谢。

去不去韦达的公司，我也会待在这个城里，遗憾五富死了，再不能做伴。我抬起头来，看着天高云淡，看着偌大的广场，看着广场外像海一样深的楼丛，突然觉得，五富也该属于这个城市。石热闹不是，黄八不是，就连杏胡夫妇也不是，只是五富命里宜于做鬼，是这个城市的一个飘荡的野鬼罢了。

初稿写毕于二〇〇五年十月四日下午

二稿写毕于二〇〇六年四月十一日晚

三稿写毕于二〇〇七年一月十七日晚

四稿写毕于二〇〇七年三月二十日早

五稿写毕于二〇〇七年五月二十四日上午

后记（一）

我和高兴

三年前的一个下午，我在家读《西游记》，正想着唐僧和他的三个徒弟其实是一个人的四个侧面，门就被咚咚敲响。在电话普及的年代，人与人见面都是事先要约好的。这是谁，我并没有在这个时候约任何人呀，我就故意不立即去开门，要让这不速之客知道我是反感这种行为的。咚，咚，门还在敲，而且声音越来越大，最后是哐的一下，用脚踢了。

我有些愤怒，一把将门拉开，门口站着的却是刘书祯。

他说：哎呀，我还以为你不在家哩！

我说：是你呀，几时进城的？

他说：我已经城市生活啦！

他的嘴里永远没有正经话，我就笑了，让他进屋坐下，说：书祯，你个嘴儿匠！

他说：你不要叫我书祯，我现在改名高兴了，你得叫我刘高兴！

这就是刘高兴。这也就是我第一次见到过着了城市生活的刘高兴。

如果读了《秦腔》，而且还记得的话，《秦腔》书中的书正就是他的原型。我们是一块儿长大的。小的时候，我并不热惦他，他头发有些卷，鼻孔里老流着黄涕，但我崇拜他大。我们那儿把父亲都叫大，因为他大不是贾族人，叫叔时前边要加上名字，就是五林叔。五林叔不识字，但出口成章，能背戏本子，能讲三国和岳飞大战朱仙镇。尤其一米八的个头，在骂老婆的时候，要盘脚搭手坐在蒲团上，骂得没有火气，却极尽挖苦，妙语连珠，像是在说单口相声。“文革”中我和书祯又是一起从初中辍学回乡务了农，后来他去当兵，我上了大学，再后来我是逢年过节回老家看望父母，他已经在乡政府做起饭，但人家嫌他不卫生，又常常将剩菜剩饭要送回家喂猪，就辞退了他。再再后来，我写我的书，他做过泥水匠，吊过挂面，磨过豆腐，也三六九日的集市上摆过油条摊子。他几乎什么都干过了，什么都没干出个名堂，日子过得狼狈，村里许多人都在笑话他。但我一回去，他逮住消息了，天晴下雨或黑漆半夜，肯定要跑来看我。我们便嘻嘻哈哈谈说几个小时，不累不困，直到我母亲做过饭一块儿吃了，他嘴里叼着纸烟，耳朵上再别上一根，才走了。

我喜欢和他说话，他说话有细节。

有一年夏天回去，儿时的伙伴来了几个，却没见他，我问书祯呢，他们说可能在西河地里插秧吧。那时节村里的麦早收过了，秧也开始浇二遍水，书祯竟然才插秧？他们说还不是娃们都小，就他一个劳力，地里活儿啥时候干到人前去？！到了晚上，月光一片，我去西河滩地看他。地是个窄长溜，他弯着腰在那头插秧，隐隐约约像是鬼影，这边地堰上却放着个收音机，正唱宋祖英。我大声喊他，他哗里哗啦蹚着泥水跑了过来，说：咱回，咱回！我说：你插你的秧！他说：反正黄瓜菜已经凉了，看它还能凉到哪儿去？他的家就盖在半硐上，门口没有场地，但门框上还保留着过年时写的对联，一边是张开口除了吃喝还要笑；一边是一闭眼都在黑里就睡美。我说：词儿你编的？他说：不对仗。就在牙上刮牙花子，把左联翘起的一角粘上，说：我在村里宣布了，谁揭我房上瓦可以，谁揭这春联，我打断他的腿！

一进院门，他就喊老婆烧开水，说城里人讲究喝开水不喝生水的，把水往滚着烧！开水端上来了，他从柜里取了一包白糖，抓一把就放进去。又对老婆说：快炒上几个鸡蛋来！他老婆愣了，说：咱没养鸡哪儿有鸡蛋？！他说：没鸡蛋？我赶紧圆场说这么晚了吃什么鸡蛋呀。他嘎嘎笑起来，说：你这老婆不会来事，没鸡蛋你就说我给咱借去，你一借再不闪面不就完了，你偏说没鸡蛋！说得我也笑了。他说：不吃鸡蛋了，咱不吃鸡屙下的东西，总得让平凹高兴呀，你把咱钱柜子拉来！老婆还是没配合好，说：钱柜子？他说：母猪还不是钱柜子？没脑子！结果已经关了圈的猪又放出来，这是头拖着大肚皮的母猪，一赶进屋他就搔猪后腿，母猪立马舒服得卧了，参起了四条腿。而十二个猪崽也一溜带串儿从门槛上往里翻，一翻一个肉疙瘩，一翻一个肉疙瘩。他说：不得了啊，一个猪崽五十八元，五十八元哩，你算算，十二个猪崽是多少钱？

那天我们谈说得非常久，原本他后半夜插秧也没去成。问起村里的事，他说了，咱这儿啥都好，就是地越来越少，一级公路改造时占了一些地，修铁路又占了一些地，现在又要修高速路呀还得占地，村里人均只剩下二分地了，交通真是大发达了，可庄稼往哪儿种，科学家啥都发明哩，咋不发明种庄稼？他说了，村道里你还看见有几个小伙姑娘？没了，都出去打工了。旧社会生了儿子是老蒋的，生下姑娘是保长的，现在农村人给城里生娃哩！他说了，狗日的 ××× 总算把两间屋拆椽卖了，老婆病成那样，是要人呀还是要钱呀？！他说了，×× 终于结束光棍生活了，那女的是三个娃，丈夫从树上摔下来成了瘫子，他被招夫养夫了的，不出力就有三个娃了！他问我有没有认识治精神病的大夫？我说咋啦？他说知道 ××× 吗，我说我记不起了，他说 ××× 你记不起？就是咱小时偷人家的杏，让人家撵得咱掉到莲菜池里的 ××× 么！我说 ××× 疯了？他说两口子苦命，成年磨豆腐卖供儿子上大学，儿子大学毕业了不愿意回县来教书，在西安做盲流，文化盲流。这还罢了，那小女儿出外打工，出去了两年没音讯，××× 没疯，他老婆疯了，你介绍个大夫给治治，要不我不敢从他们家门口过，她不知了羞耻，动不动不穿裤子往出跑，我眼睛没处瞅么。听了他的话，我就叹息了，他说：你叹息啥哩？我说：农村还这么苦。他说：瞧你，苦瓜不苦那还叫苦瓜？！

先前他来过西安，曾费尽周折寻到了我家，但我去外地开会，回来听孩子讲有一个自称是我同学的人来了，来了一身的土，倒茶不喝，要到水龙头接喝生水，在地板上吐痰，吐了痰，又用脚蹭，说了一堆他们听不明白的话，后来就起身走了。我听了，觉得肯定是刘书祯，就埋怨孩子慢待了他。家乡生活苦焦，苦焦人心事多，最受不了的是城里的亲朋好友慢待，如果你待他们好，他们便四处给你扬名，你是个科长也会说你就是局长，坐小车，住洋房，读砖头厚的书，即便吃豆面糊糊里边也放着人参燕窝。他们还会竭力保护你的老屋，院子里的梨不会少一颗，清明节去上坟，也要在你家的祖坟上培几锨土。如果你慢待了他，他们就永远记仇，你就是在外把事情干得惊天动地，那是你的事，与他们无关，来了人问起你，他们说：噢，他那人呀，该怎么说呢，不说了吧。你回去了，他们避而远之，避不及的，最多说一句你回来了，脚不停就走了。你在老家过什么红白事，摆上酒桌他们不来，来了就提个水桶，吃一碗往水桶里倒半碗，把一桶剩菜剩饭提回去喂猪。我们邻村就有一个在县上当局长的，慢待了老家人，他坐着小车进村，村道里有人铺了席晒苞谷，就是不肯收席让小车过去，而后来小车轮子碾着了苞谷，拦住车须要数着被碾碎的苞谷，一颗赔一元钱，不赔不行。所以，我告诉孩子，以后不管我在家不在家，凡是老家来了人，一定要笑脸相迎，酒饭招待，不要让他们进门换鞋，不要给人家纸烟了又把烟灰缸放在旁边，他们说话要看着他们，认真倾听，乡里人有乡里人的不文明，他们却有城里人没有的幽默和智慧。

我只说孩子慢待了刘书祯，刘书祯再也不会来城里找我了，但他这一次又来了，而且他成了刘高兴。

他这次进城投奔的是他的儿子。他的儿子多年前就来到西安打工，在一家煤店里送煤。他的儿子没有继承他和他父亲的乐观幽默，总是沉默寡言，又总是愤愤不平，初中毕业后一直谋着要出外打工，他就让儿子去打工了。他说：父子是冤家，让狗日的去吧，饿不死就算成功了！可当儿子春节回来过年时，儿子却穿了件西服，每次打扑克小赌，输掉一元钱了就从怀里掏出一指厚一沓百元钱来取出一元，然后把那沓钱装进怀里，再输一元钱了，又掏出那沓钱再取出一元。但儿子没有把钱交给他。他说：我这个人民咋就没有个人民币？！也就出来打工了。他已经五十三岁了，一张嘴仍然是年轻的，腰和腿却不行了，跑不快，干活儿就蔫。他在儿子的煤店里干了一个月，他说和儿子住在那个塑料板搭成的棚子里，热得他夜夜在地上泼了水，铺上张竹席睡，这些他都不在乎，恼气的是儿子和他想法不一样。他是有了钱就攒，儿子有了钱就花，他要儿子把钱交给他，他在老家给儿子盖新房，儿子就是不给。父子俩矛盾了，大吵了一顿，他一气出来单独干，单独干只能拾破烂，他就拾起破烂了。

拾破烂？我可是从来没有关注过这个行业，甚至作想也没有作想过。事后琢磨，虽然我在西安三十多年了，每天都看见城里有拉着架子车或骑着三轮车拾破烂的人，也曾招呼着拾破烂人来家收过旧书刊报纸，但我怎么就没有在脑子里想过这些人是从哪儿来的，为什么来拾破烂，拾破烂能顾住吃喝吗，白天转街晚上又睡在哪儿呢？城市人，也包括我和我的家人得意我们的卫生间是修饰得多么豪华漂亮，豪华漂亮地修饰卫生间被认为是先进的时尚的文明的，可城市如人一样，吃喝进多少就得屙尿出多少，可我们对于这个城市的有关排泄清理的职业行当为什么从来视而不见，见而不理，麻木不仁呢？这就像我们每时每刻都在呼吸着，却从不觉得自己在呼吸一样吗？我也时常在鼓呼着要有感恩的意识，可平日里感动我们的往往是那类雷锋式的好人好事，怎么就忘记了天上的太阳，地上的清水？！

那天，我们谈论的就尽是有关拾破烂的事，而且，他的拾破烂的经历似乎成了他考察了解西安和来西安打工者的过程，他见我惊讶的神色越发得意洋洋，盘脚搭手坐在沙发上一边口水淋漓地吸纸烟一边慢条斯理地排说。他让我知道了在这个城市打工的哪儿人都有，但因各地的情况又不相同：关中的东府和西府，经济条件相对还好，人也经见得多，他们多是在经济开发区的一些大公司打工。陕北来的人体格高大，又善于抱团，更多的是聚集在一些包工头手下，去盖楼，去筑路，或在宾馆和住宅区里做保安。陕南的三个区域，汉中、安康人貌如南方人，性情又乖巧，基本上都是在一些服务行业做事，如在店铺里卖货，如在饭馆、茶楼、洗脚屋里当服务生。而商州呢，商州是最贫困也最闭塞的地方，既不是产粮区也没有石油煤炭天然气资源，历来当地挣钱的门道就是开一个小饭店，偏又普遍地喜文好艺，尤其注重孩子上学，上学的目的就是早早逃离这山地。比如我们县，三十万人口，年财政收入两千多万，而供大学生上学，每年几乎从民间都要付出一亿元。每年一亿，每年一亿，老百姓就是一捆子谷秆，被榨着被拧着被挤着，水分一滴滴没有了，只剩下了一把糠渣。这些学生大学毕业后却极少再回原籍，他们就在城里的一些单位、公司做临时工，不停地跳槽，不停地印制名片。可怜的商州山区水土流失了，仅有的钱被学生带走了，有了知识的精英人才也走了，中国出现了历史上最大的一次人口迁徙，迁徙地就是城市，城市这张大口，将一碗菜汤上的油珠珠都吸了。刘高兴说：新衣服都穿上走了，家里扔下的是破棉袄！商州的经济凋敝不堪，剩下的人也还得出走呀，西安在他们的心中是花花世界，是福地，是金山银海，可出走一没资金，二没技术，三没城里有权有势的人来承携，他们只有干最苦最累最脏也最容易干到的活儿，就是送煤拾破烂。但凡一个人干了什么，干得还可以，必是一个撺掇一个，先是本家亲戚一伙，再是同村同乡一帮，就都相继出来了，逐渐也形成以商州人为主的送煤群体和拾破烂群体。

自从刘高兴这一次来到了我家，我们的往来就频繁了，每到下雨天——下雨天他就空闲了，他说那是他们的节日——要么到我家来，要么叫我去他租住处。从他的口里，我也才知道我们贾姓族里其实有很多晚辈都在城里打工，但他们从来没有和我联系过，或许是我当年不回去和他们隔远了，或许他们都混得不好，觉得羞愧不愿见到我。我也曾想，即使他们来找我，我虽有文名但无官无权无钱的又能帮他们做些什么呢？刘高兴之所以来找我，他不想求我什么，他也知道我的处境和性情，又因为年龄相近，他需要说话，我需要倾听，所以我们就亲近了。当我有什么大的活动，比如给母亲祝寿，为女儿举办婚礼，我当然得通知他。他的衣着和容貌明显地和所有宾客不一样，就像苹果筐里突然有了一个土豆。但这个土豆是欢乐的，他的大嗓门和类似于周星驰式的笑使大家不习惯，可得知他的身份后惊奇着他的坦然和幽默，又兴致勃勃地与他交谈。他就会说许多乡下的和在城里拾破烂中的奇闻轶事，他说得绘声绘色，等大家都听得一愣一愣的，他却一脸严肃了，说一句很雅的古句：爱读奇书初不记，饱闻怪事总无惊。于是那些教授却感慨了，说：刘高兴，你形象思维好啊，比老贾还好！他说：我在学校的功课是比平凹好，可一样是瓷砖，命运把他那块瓷砖贴在了灶台上，我这块瓷砖贴在了厕所么！然后又是嘎嘎大笑，擦了一下鼻涕，说：我是闰土！我赶紧制止他，说你胡比喻，我可不敢是鲁迅，他说：你是不是鲁迅我不管，但我就是闰土！

他不是闰土，他是现在的刘高兴。

现在的刘高兴使我萌生了写作的欲望。我想，刘高兴和他那个拾破烂的群体，对于我和更多的人来说，是别一样的生活，别一样的人生，在所有的大都市里，我们看多了动辄一个庆典几千万，一个晚会几百万，到处张扬着盛世的繁荣和豪华，或许从他们的生存状态和精神状态里能触摸出这个年代城市的不轻易能触摸到的脉搏吧。当这种欲望愈来愈强烈，告知给我的一位朋友，朋友却不以为意：历史从来是精英创造的，过去是帝王将相才子佳人，现在是管理层的实业界的金融行的时尚群的叱咤风云人物，这样的题材才可能写出主流的作品，才可能写出大的作品。朋友的话是没有错，但我有我的实际情况，以我生存环境和我学识才情的局限，写那样的题材别人会比我写得更好，我还是写我能写的我也觉得我应该写的东西吧。我在这几年来一直在想这样的问题：在据说每年全国出版千部长篇小说的情况下，在我又是已经五十多岁的所谓老作家了，我现在要写到底该去写什么，我的写作的意义到底是什么？我掂量过我自己，我可能不是射日的后羿，不是舞干戚的刑天，但我也绝不是为了迎合和消费去舞笔弄墨。我这也不是在标榜我多少清高和多大野心，我也是写不出什么好东西，而在这个年代的写作普遍缺乏大精神和大技巧，文学作品不可能经典，那么，就不妨把自己的作品写成一份份社会记录而留给历史。我要写刘高兴和刘高兴一样的乡下进城群体，他们是如何走进城市的，他们如何在城市里安身生活，他们又是如何感受认知城市，他们有他们的命运，这个时代又赋予他们如何的命运感，能写出来让更多的人了解，我觉得我就满足了。

在一次会上，有个记者反复地在追问我：你下一部作品写什么呢，下一部作品写什么呢？我不耐烦了，说了我的计划，不想这位记者就在报上发了消息，闹得到处的报纸转载，都知道我要写进城农民工的作品了。而这时，一个陌生人，可能是读者吧，他寄给了我一封信，信里什么也没说，只是两个纸条，一条写着："看山是山，看水是水，看山不是山，看水不是水，看山还是山，看水还是水。"一条写着："每有制述多用新事，并以文采妙绝当时。"这些话都是古人的话，而陌生人这个时候将此话抄寄给我，我知道这是提醒，这是建议，这是鼓励和期望。这就让我感动，也很紧张，有了压力。原本动笔写便觉得我仅仅了解刘高兴而并不了解拾破烂的整个群体，纯是萝卜难以做出一桌菜的，我得稳住，我得先到那些拾破烂的群体中去。

于是，我开始了广泛了解拾破烂群体的工作，这项工作我请了文友孙见喜先生给予帮忙，因为以前听他说过，他的老家村里几乎有三分之一的人在西安拾破烂。老孙也是商州人，好冲动，又极热心，他立即联系在西安拾破烂的一个亲戚，并实话实说是我想去他们租住处看看。这位亲戚第一个反应是：贾平凹？是那个写书的吗？老孙说：你还知道贾平凹呀，是他，他想去看看你们。这位亲戚沉默了，说：他来看我们？像看耍猴一样看我们？！老孙说：不，他不是那样。这位亲戚说：要是作为乡里乡亲的，他啥时来谝都行，要是皇帝他妈拾麦图个好玩，那就让他不要来了。

老孙把这话转达给我，我想起了以前摄影界曾引起了一场争论的一件作品。那个作品是一个骑自行车人在马路上摔倒的瞬间，画面极其生动，艺术性非常地高，但这个作者是为了拍这张照片，特意在马路上挖了一个洞而隐身于旁拍摄的。我告诉老孙：咱们虽然是为了更丰富写作素材去了解他们的，但去了就不要再想着要写他们，也不要表现出在可怜他们同情他们甚至要拯救他们的意思，咱们完全是串门。我们就去了，没有带笔记本，没有带录音机，也没有带照相机，而是所有口袋里都装了纸烟。

那是一个傍晚，我们按照老孙亲戚提供的地址寻去，没想在西安南郊城乡接合部的村子是那么多，这个村子和那个村子又没特别的标志，我们竟进入了另一个村子，这村子又有几十条巷道，两个小时过去了还没寻出个眉目。去问路灯下那个蹴着吃纸烟的人：这村里有没有个叫 ××× 的租住户？那人说：满天都是星星，你问哪个？我又问：住没住拾破烂的？那人说：前边那条巷里都是拾破烂的！我们走进去，果然巷道里有许多架子车，有妇女在那里分类着破烂，而两个男的端了碗在门口灯下吃饭，苞谷糁稀饭里煮着土豆，土豆没有切，吃的时候眼睁得老大。我们问知道不知道个 ××× 的，只摇头，不说话。钻进一个院子，四边的房像个炮楼，几十户人家门上都吊个门帘，看着如中药店的药屉，老孙放声喊：×××！有人揭了门帘出来倒水，说屋里有个病人哩，你不要喊。老孙说：我找 ×××。那人说：这里没个 ×××。

我们到底没有寻到 ×××。但是，也就在那一夜，我们以找乡党为名，钻进了十多个院子，接触了十五六个拾破烂的人，看了他们住的怎样，吃的什么，大致询问了他们各自的进城的原因、时间和收入状况。他们大多目光警惕，言语短缺，你让他多说些，他说这有啥说的或说我不会说，哧啦一笑就躲开了。他们中没个刘高兴，这让我遗憾。还好，最巷头的那个院子里一个瘸子健谈，他接过了我给他的一包纸烟，拆开了就天女散花一样分别给站在各个门口的人扔去一根，扔去的纸烟没有一根不被在空中接住，然后就围过来说：吓，贵纸烟么！瘸子说他是老破烂，来西安十年了，院子里的人都是他先后从村里带出来的，就像当年闹革命，一个当红军了，就拉了一帮人当了红军，现在他们村就叫破烂村。老孙说我们老家村里有个老者，儿子孙子里七个人当兵，人叫老者是兵种，那你是破烂种了！没想一句笑话，站在另一个门口的妇女却说：他算什么破烂种，连个老婆还没有哩！说得瘸子顿时尴尬，领我们到他的住屋，一边拍打着床沿上的土让我们坐，一边说：我又不是没有过老婆，我是有过三个老婆哩，合不来，都是不到一年我就撵走了。那是肮脏不堪的十平方米的小屋，没有窗户，味道难闻。老孙翻人家的被褥，揭人家的锅盖，又把人家晾在床头木板上的几块干馍掰开来说霉成这样了还能吃呀，再就是在枕头底下发现了一本杂志，老孙说：还看杂志？他说：看么。老孙说：知道不知道有个作家……我忙制止了老孙，把杂志拿过来，杂志上却有一半张页粘在一起揭不开。问怎么粘成这样，他一时脸面通红，支支吾吾说睡下胡思乱想哩就动了手，又嫌弄脏了褥子，就……把杂志夺过去又塞进枕头下。我没有反感他，也没有说什么话取笑他。我问了他的名字，他说白殿睿，不是建设的建，是宫殿的殿。名字起得很文雅。

我记住了白殿睿，过后又去找过他几次，他已经是拾破烂中的老油条了，我拿给他一条纸烟，他要把他拾来放在床头的一扇铝窗送我，我没接受。他问我是干啥的，是不是记者，是记者了给他拍个大照片，登到报上多好。但再次去我拿了照相机，他却病了，拉肚子拉得趴在床上不得起来，拒绝了我给他照相。

而老孙的那个亲戚，我们再次联系，终于弄清了那个城中村的位置，这次同我和老孙去的还有一位美术教授，他有私家车，说他也想画画拾破烂的人。车一到村口，××× 已经在那里张望，穿了双皮鞋，但腿老弓着。老孙说：这鞋是拾的吧？他说：哪能拾到这么新的鞋，人家送的，本来要留给儿子的，你们要来就穿上了，有些小。却低声问：穿西服的是贾平凹？老孙说不是，用手指我。他说：个子不高么！我当然还是带着纸烟，但他说他把烟戒了。进巷道，入一户院门，后边是一座六层简易楼，××× 就住在顶层，而顶层一共七个房间，分别住了他的六家亲戚。他们都是才从街上回来，正生火做饭。我去每一家看的时候，他们也都是笑脸。后来我们就坐在 ××× 的屋里，屋里小得打不开转身，天又热，一股子鞋臭味。美术教授就待不住了，他说他下去转转，要走的时候给他打个电话。美术教授是没在农村生活过，我生活过，我就脱了鞋坐上了床，问这房的租金，问他在哪条街上拾破烂，那么远的路早晨怎么去晚上怎么回来，就自己取了碗从保温瓶里要倒水喝。他脸上活泛多了，但回答我的话都是些通用话，比如，他说这租金合适，我们能接受，在朱雀门外那一带拾破烂，收入挺好，他有一辆自行车早上带老婆进城，架子车却是存在收购站上的，日子比才来时好，日子会越来越好。老孙说：你不要那么正经，你想说什么就说什么，胡谝！他说：还真胡谝呀？我说：胡谝！三个人就都笑了。我们就乱七八糟地胡谝了，他竟是那样健谈，虽然没有刘高兴说的那么形象，但拾破烂中的一些事记得很准确，一件一件连时间地点都说得清，我先还真会逗引，逗着他说，后来完全沉浸在他的故事中，随着他的高兴而高兴，随着他的难过而难过。他老婆在门外炉子上做饭，进来说：你只排夸你出五关斩六将哩，咋不说你走麦城！你出来。他出去了，又进来说：老婆问你们吃了没，没吃了就在我这儿吃？我说：就在你这儿吃。他就对老婆说：在咱这儿吃哩，你去村商店买些挂面。我赶紧说：买什么挂面？做啥我吃啥。我就又问了怎么个走了麦城？他讲了三宗，一宗是他在建筑工地被人家打了一顿，一宗是被街上的混混骗了三百元，一宗是被市容队没收了架子车。饭做熟了，是熬了一大锅的苞谷糁稀饭，给我盛了一大海碗，没有菜，没醋没辣子，说有盐哩，放些盐吧，给我面前堆上了一纸袋盐面。筷子是他老婆给我的，两根筷子粘连在一起，我知道是没洗净，但我不能说再洗一下，也不能用纸去擦，他们能用，我也就用，便扒拉着饭吸吸溜溜吃起来。××× 一直是看着我吃，把那个风扇从床下取出来，那是个排气扇，吹过来的风是一股子，而且电线断了几处重新接上没缠绝缘胶布，我担心他触上了电，他说：没事。不停地转动着排气扇的方位给我吹。我把一大海碗饭吃完了，他说：够了没？我说：够了。他说：我估摸你也够了。

老孙的这位亲戚，后来虽然和我称不上朋友，却绝对成了熟人，他常到老孙那儿去，而他一去，老孙必定会给我电话，我也就去了。他有时拿着一些拾来的好东西送给我们，比如一个笛子，一个老式的眼镜盒，我们付给他一百元钱。他知道我喜欢收藏，有一次拿来了一个小黑陶罐，以为是个古董送我，我欣然接受，但我知道那是个几年前才烧制的罐子。我给他付钱的时候，他坚决不要，却说：要是今日我只收入十元钱，那我会收你的钱的，可我今日已经收入了十八元了，这就够够的了，我只求你帮个忙。原来他的一个兄弟拾破烂时把架子车停放在了马路边，而那一段马路立了牌子不准人力车通过，他兄弟不识字停放了，市容队就拉走了架子车，他兄弟去讨要，市容队说罚五百元了才能把架子车拉走。他求我能不能帮着把架子车要回来。

我说：我给你要回来。

他说：真能要回来了，我请你喝酒！

其实，我和老孙哪有疏通市容队的能力呀？但我必须得帮他要回架子车，就叫来了电视台的一个朋友，商量出一个计谋：让他带着摄像机，如果他们不给架子车，便威胁着媒体要曝光这种粗暴对待弱势群体的行为。我们是一路上都在给自己壮胆，可万万没想到的去了市容队，那里竟有人认出了我，对我的到来兴奋不已，我成了座上宾。那就好，寒暄之后，我便说了情况，架子车不费吹灰之力要回来了。××× 激动地抱住我，说我牛，牛得很，并要了我的名片，说以后谁再欺侮他，他就拿出我的名片，说他是我的表哥。便问我：我能说是你的表哥吗？我说：是表哥！

几个月后，我终于写起拾破烂人的故事了。

但我没有想到，写起来却是那样地不顺手，因为我总是想象着我和刘高兴、白殿睿以及 ××× 的年龄都差不多，如果我不是一九七二年以工农兵上大学那个偶然的机会进了城，我肯定也是农民，到了五十多岁了，也肯定来拾垃圾，那又会是怎么个情状呢？这样的情绪，使我为这些农民离开了土地在城市里的贫困、卑微、寂寞和受到的种种歧视而痛心着哀叹着，一种压抑的东西始终在左右了我的笔。我常常是把一章写好了又撕去，撕去了再写，写了再撕，想为什么中国会出现打工的这么一个阶层呢，这是国家在改革过程中的无奈之举，权宜之计还是长远的战略政策，这个阶层谁来组织谁来管理，他们能被城市接纳融合吗？进城打工真的就能使农民富裕吗？没有了劳动力的农村又如何建设呢？城市与乡村是逐渐一体化呢还是更加拉大了人群的贫富差距？我不是政府决策人，不懂得治国之道，也不是经济学家有指导社会之术，但作为一个作家，虽也明白写作不能滞止于就事论事，可我无法摆脱一种生来俱有的忧患，使作品写得苦涩沉重。而且，我吃惊地发现，我虽然在城市里生活了几十年，平日还自诩有现代的意识，却仍有严重的农民意识，即内心深处厌恶城市，仇恨城市，我在作品里替我写的这些拾破烂人在厌恶城市，仇恨城市。我越写越写不下去了，到底是将十万字毁之一炬。

我不写了，我想过一段时间再写。恰好这一段时间发生了一件特大的事，几个月就再没去摸笔。事情还是出在老孙的那伙拾破烂的同乡里，一个老汉，其实比我也就大那么几岁，他们夫妇在西安拾破烂时，其女儿就在一家饭馆里端盘子，有人说能帮她寻一个更能挣钱的工作，结果上当受骗，被拐卖到了山西。老汉为了找女儿，拾破烂每当攒够两千元就去山西探，先后探了两年，终于得知女儿被拐卖在五台县的一个小山村里。老汉一直对外隐瞒着这事，觉得丢人，可再要去解救女儿时没了路费，来借钱，才给我和老孙说了。我和老孙埋怨他出了这么大的事为什么不及时报案，也为什么不给我们说，而且凭你单枪匹马一个人去能把人解救回来？我们当即带他去报案，但他租住地的派出所却以他不是当地户口为理由不理睬这事，是老汉和他们吵了一场，案是报上了，派出所却强调要让去解救可以，但必须提供准确无误的被拐卖人的地址，并提供最少五千元的出警费。为了确凿地址，老汉再次去了五台县，我们给他出主意，叮咛如果查访到女儿，一定要稳住那家人。十几天后他回来了，哭着给我们说：我只说咱商州穷，五台县的深山野洼里比咱那儿还穷，一年四季吃不上白馍。咱女儿年纪那么小，整天像牲畜一样被绳子拴在屋里，已经给人家生了个娃了……他哭，我和老孙也流眼泪，拿了钱去给派出所，派出所却说当时警力不够，要等一个月后才能抽出人手。我和老孙又联系老孙老家的派出所，那里的派出所有认识的人，派出所所长答应亲自去解救，花销还可以减到三分之二。几番折腾后，组成了解救队伍就出发了。那个晚上，按计划是应该到了五台县的村，被拐卖的女儿能不能见到，那家人和村民会不会放人，可能发生械斗吗，去的车辆夜里走山路能安全吗，我和老孙心都悬着，一直守在电话机旁，因为事先约好，人一解救出来就及时通报我们的。九点钟没有消息，十点钟没有消息，十一点了还没有消息，老孙拿出一小筐花生，说：应该没事，派出所所长有经验，他解救过三个被拐卖的妇女哩。我们就以吃花生缓解焦虑，但花生已吃完了，花生皮也一片一片在手里都捏成了碎末，十二点电话仍不响。我说：电话是不是有毛病？检查了一遍，线都好着，拿手机打了一次，立即就响了。老孙的母亲一直也陪着我们，七十多岁的人了，紧张得就哭起来，说那女儿多水灵的，怎么就被四十多岁的丑男人强迫着做媳妇生娃娃，如果这次失败了，肯定人家就转移了那女儿，那就永远不得回来了！老孙说：你不要说么，你不要说么！他母亲还在说，老孙就躁了，母子俩都生了气，屋子里倒一时寂静无声，只有墙上的钟表嗒嗒嗒地响。到了十二点二十一分，电话铃突然响了，老孙去接电话，老孙的母亲也去接电话，电话被撞得掉在了地上。电话是派出所打来的，只说了一句：成功啦，我们正往沟外跑哩！我和老孙大呼小叫，惊得邻居以为发生了什么事，咚咚地过来敲门。到了一点，老孙说他想吃一碗面条，他母亲竟然就擀起面来，结果老孙吃了两碗，我吃了两碗。

这次成功解救，使我和老孙很有了成就感，我们在三天内见了朋友就想说，但三天后老汉来感谢我们，说了解救的过程，我们再也高兴不起来。因为解救过程中发生了村民集体疯狂追撵堵截事件，他们高喊着：我们为什么就不能有老婆？买来的十三个女人都跑了，你让这一村灭绝啊？！后来就乱打起来，派出所所长衣服被撕破了，腿上被石头砸出了血包，若不是朝天鸣枪，去解救的人都可能有生命危险，老汉的女儿是跑出来了，而女儿生下的不足一岁的孩子没能抱出来。这该是怎样的悲剧呀，这边父女团圆了，那边夫妻分散了，父亲得到了女儿，女儿又失去了儿子。我后来再去老汉那儿，老汉依然在拾破烂，他的女儿却始终不肯见外人。

我还是继续去那些拾破烂人租住的村巷，这差不多成了一种下意识，每每到城南了，就要拐过去看看，而在大街上碰上拾破烂的人了也就停下来拉呱几句，或者目视着很久。差不多又过去了一年，我所接触和认识的那些拾破烂人，大都还在西安，还在拾破烂，状况并无多大改变。而那个供着孩子上大学的，孩子毕业了，但他患上了严重的哮喘病，已不能再拾破烂又回到老家去。其中有一个攒了钱，与人合伙在县城办了个超市，还在老家新盖了一院房。他几乎是拾破烂人的先进榜样，他的事迹被他们普遍传颂。当然，也有死在西安的。死了三个，一个是被车撞死的，一个是肝硬化病死，一个是被同伴谋财致死。

当那个被同伴谋财致死的消息见诸了报纸后，我去了白殿睿租住的那个村子，白殿睿不在，碰上了一个年轻人，他是拾了两年破烂，我们说起那个被致死的人，他说他见过那个人，他想不通受害人拾了十年破烂积攒了十万元为什么不在西安买房呢？我说：那你有了钱就首先买房吗？他说：肯定要买房！买不了大的买小的，买不了新的买旧的，买不了有房产证的买没房产证的！我说：再不回老家啦？他说：我出来就在村口的碾盘前发了血誓，再也不回去！

刘高兴当然还在西安，身体似乎比以前还要好，他是一半个月了回去照料一下地里的庄稼，然后又来到西安，每次来了不是给我个电话说他又来了，就是冷不防地来敲门。他还是说这说那，表情丰富，笑声爽朗。

我就说了一句：咋迟早见你都是恁高兴的？

他停了一下，说：我叫刘高兴呀，咋能不高兴？！

得不到高兴而仍高兴着，这是什么人呢？但就这一句话，我突然地觉得我的思维该怎么改变了，我的小说该怎么去写了。本来是以刘高兴的事萌生了要写一部拾破烂人的书，而我深入了解了那么多拾破烂人却使我的写作陷入了困境。刘高兴的这句话其实什么也没有说，真是奇怪，一张窗纸就扑地捅破了，一支只冒黑烟的柴火忽地就起了焰了。这部小说就只写刘高兴，可以说他是拾破烂人中的另类，而他也正是拾破烂人中的典型，他之所以是现在的他，他越是活得沉重，也就越懂得着轻松，越是活得苦难他才越要享受着快乐。

我说：刘高兴，我现在知道你了！

他说：知道我了，知道我啥？

我说：你是泥塘里长出来的一枝莲！

他说：别给我文绉绉地酸，你知道咱老家砖瓦窑吗，出窑的时候脸黑得像锅底，就显得牙是白的。

是的，在肮脏的地方干净地活着，这就是刘高兴。

他说得比我好，我就笑了，他也嘎嘎地笑。那天我们吃的是羊肉泡馍。

我重新写作。原来的书稿名字是《城市生活》，现在改成了《高兴》。原来是沿袭着《秦腔》的那种写法，写一个城市和一群人，现在只写刘高兴和他的两三个同伴。原来的结构如《秦腔》那样，是陕北一面山坡上一个挨一个层层叠叠的窑洞，或是一个山洼里成千上万的野菊铺成的花阵，现在是只盖一座小塔只栽一朵月季，让砖头按顺序垒上去让花瓣层层绽开。

我很快写完了书稿，写完了书稿是多么轻松呀，再没有做最后的修改，我就回了老家一次。老家的那条一级公路在改造之后，许多路段从丹江北岸移转到了南岸，过去的几十年老是从北岸的路上走，看厌了沿途的风光，而从南岸走，山水竟然是别一样的景致。每次回老家，肯定要去父亲的坟上烧纸奠酒，父亲虽然去世已有十八年，痛楚并没有从我的心上逝去，一跪到坟前就止不住地泪流满面。这一次当然不能例外，但这一次我看见了父亲的坟地里一片鲜花。我的弟弟一直在父亲的坟地里栽种各类花木，而我以往回去却都不是花季，现在各种形态各种颜色的花都开了，我跪在花丛中烧纸，第一次感受到死亡和鲜花的气息是那样地融合。我流着泪正喃喃地给父亲说：《秦腔》我写了咱这儿的农民怎样一步步从土地上走出，现在《高兴》又写了他们走出土地后的城里生活，我总算写了……就在这时，一股风吹了过来，花草摇曳，纸灰飞舞，我愣了半天，蓦地又觉得《高兴》还有哪儿不对。从坟地出来，脑子里挥之不去的仍是父亲坟地里死亡和鲜花的气息，考虑起书稿中虽然在那么多拾破烂人的苦难的底色上写着刘高兴在城市里的快活，可写得并不到位，是哪儿出了问题，是叙述角度不对？我当然还没有想得更明白，但已严重地认为小改动是不行的，要换角度，要变叙述人就得再一次书写。

我终止了还要到商州各县去走一圈的计划，急匆匆返回西安，开始了第五次写作。这一次主要是叙述人的彻底改变，许多情节和许多议论文字都删掉了，我尽一切能力去抑制那种似乎读起来痛快的极其夸张变形的虚空高蹈的叙述，使故事更生活化，细节化，变得柔软和温暖。因为情节和人物极其简单，在写的过程中常常就乱了节奏而显得顺溜，就故意笨拙，让它发涩发滞，似乎毫无了技巧，似乎是江郎才尽的那种不会了写作的写作。

这期间，刘高兴又来过几次，他真是个奇怪的人，他看我平日弄些书画玩的，他竟也买了笔墨在旧报纸上写起了书法，就一张一张挂在他租住的屋里。更令我吃惊的是他知道了我以他为原型写这本书，他也开始了要为我写文章，在一个纸本上用各种颜色的笔写出了我和他少年时期的三万字的故事。我读了那三万字，基本上是流水账式的，错别字很多，但过去的事写得活灵活现。我能对他说什么呢，写这样的文章发表肯定是不行的，他在那样的条件下写了只能是一种浪费精力和时间，可我能让他不写吗？我说了这样的话：刘高兴，如果三十多年前你上了大学留在西安，你绝对是比我好几倍的作家。如果我去当兵回到农村，我现在即便也进城拾破烂，我拾不过你，也不会有你这样的快活和幽默。

但是，就在我写到了四分之三时，一个不好的消息传来，几乎使我又重新改写。那是一个文友来聊天，我一激动，就给他念写好的前三章，他突然说：你开头写了民工背尸回乡的事？我说：这开头好吧。他说：这材料是哪儿来的？我说：是看了凤凰卫视上的一则报道而改造的。他说：你看过电影《叶落归根》没？我说：没看过，怎么啦？他说：《叶落归根》就写了背尸的事。我一听脑袋大了，忙问那电影是怎么个样儿，这位文友详细讲了电影的故事情节，我心放下了。电影可能也是看到了那个报道，但电影纯粹演绎了背尸的过程，我的小说仅仅是做了个引子罢了。文友说你最好改改，我不改，在二〇〇五年我在初稿中就这么写了，怎么改呢？电影是他的电影，小说却绝对是我的小说，骡子和马那是两回事。

又是过了二十多天吧，那天雨下得哗哗哗，我正在写小说的结尾，电话就响了，我烦这时候来电话，不去接，可过一会儿电话又响了。我拿起电话，说：谁？！声音传过来是刘高兴，他说：怎么不接电话呀？我说：我正忙着……他说：知道你忙，我不能贸然去敲门，可我打电话约时间你又不接！忙什么，是不是忙着写我，什么时候写完呀？我说：快完了，还得再小改小改。他说：你写东西还这么艰难，我可写完你的传记了！说完他在电话里嘎嘎嘎地大笑。

其实他就在我的楼下打电话。

于是我放下笔，开门，刘高兴就湿漉漉地进来了。

贾平凹

二〇〇七年五月二十七日

后记（二）

六棵树

回了一趟老家，发现村子里又少了几种树。我们村在商丹川道是有名的树园子，大约有四十多种树。自从炸药轰开了这个小盆地西边的牛背梁和东边的烽火台，一条一级公路穿过，再接着一条铁路穿过，又接着修起了一条高速公路，我们村子的地盘就不断地被占用。拆了的老院子还可以重盖，而毁去的树，尤其是那些唯一树种的，便再也没有了，这如同当年我离开村子时那些上辈人使用的那些农具，三十多年里就都消绝了。在巷道口我碰到了一群孩子，我不知道这都是谁家的子孙，问：知道你爷的名字吗？一半回答是知道的，一半回答不知道，再问：知道你老爷的名字吗？几乎都回答不上来。咳，乡下人最讲究的是传承香火，可孩子们却连爷或老爷的名字都不知道了。他们已不晓得村子里的四十多种树只剩下了二十多种，再也见不上枸树、槲树、棠棣、栎、桧、柞和银杏木、白皮松，更没见过纺线车、鞋耙子、捞兜、牛笼嘴、曳绳、梿枷、檐簸子。记得小时候我问过父亲，老虎是什么，熊是什么，黄羊和狐狸是什么，父亲就说不上来，一脸的尴尬和茫然。我害怕以后的孩子会不会只知道了村里的动物只是老鼠苍蝇和蚊子，村里的树木只是杨树柳树和榆树？所以，就有了想记录那些在三十年间消绝的花草树木、飞禽走兽、农耕用具的欲望。

现在，我先要记的是六棵树。

皂角树。我们村子分涧上涧下，这棵皂角树就长在涧沿上。树不是很大，似乎老长不大，斜着往涧外，那细碎的叶子时常就落在涧根的泉里。这眼泉用石板箍成三个池子，最高处的池子是饮水，稍低的池子淘米洗菜，下边的池子洗衣服。我小时候喜欢在泉水里玩，娘在那里洗衣服，倒上些草木灰，揉搓一阵子了，抡着棒槌啪啪地捶打。我先是趴在饮水池边看池底的小虾游来游去，然后仰头看皂角树上的皂角。秋天的皂角还是绿的，若摘下来最容易捣烂了袪衣服上的垢甲，我就恨我的胳膊短，拿了石子往上掷，企图能打中一个下来，但打不中，皂角树下卧着的狗就一阵咬，秃子便端个碗蹴在门口了。

皂角树是属于秃子家的，秃子把皂角树看得很紧。那年月，村人很少有用肥皂的，皂角可以卖钱，五分钱一斤。秃子先是在树根堆了一捆野枣棘，不让人爬上去，但野枣棘很快被谁放火烧了，秃子又在树身上抹屎，臭味在泉边都能闻见，村人一片骂声，秃子才把屎擦了。他在夹皂角的时候，好多人远远站着看，盼望他立脚不稳，从涧上摔下去。他家的狗就是从涧上摔下去过，摔成了跛子，而且从此成了亮鞭。亮鞭非常难看，后腿间吊着那个东西。大家都说秃子也是个亮鞭，所以他已经三十四五了，就是没人给他提亲。

秃子四十一岁上，去深山换苞谷，我们那儿产米，二三月就拿了米去深山换苞谷，一斤米能换二斤苞谷，秃子就认识了那里一个寡妇。寡妇有一个娃，寡妇带着娃就来到了他家。那寡妇后来给人说：他哄了我，说顿顿吃米饭哩，一年到头却喝米角粥！

但秃子从此头上一年四季都戴个帽子，村里传出，那寡妇晚上睡觉都不允他卸下帽子，邻居还听到了，寡妇在高潮时就喊：卫东，卫东！村人问过寡妇的儿子：卫东是谁？儿子说是他爹，他爹打猎时火枪炸了，把他爹炸死了。大家就嘲笑秃子，夜夜替卫东干活儿哩，秃子说：替谁干都行，只要我在干着。

村人先是都不承认寡妇是秃子的媳妇，可那女人大方，摘皂角时看见谁就给谁几个皂角，常常有人在泉里洗衣服，她不言语，站在涧上就扔下两个皂角。秃子为此和女人吵，但女人有了威信，大家叫她的时候，开始说：喂，秃子的媳妇！

秃子的媳妇却害病死了，害的什么病谁也不知道，而秃子常常要到坟上去哭。有一年夏天我回去，晚上一伙人拿了席在麦场上睡，已经是半夜了，听见村后的坡根有哭声，我说：谁哭哩？大家说：秃子又想媳妇了。

又过了两年，我再一次回去，发觉皂角树没了，问村人，村人说：砍了。二婶告诉我，秃子死了媳妇后，和媳妇的那个儿子合不来，儿子出外再没有音讯，秃子一下子衰老了，五十多岁的人看上去有七十岁，他不戴帽子了，头上的疤红得像烧过的柿子，一天夜里就吊死在皂角树上，皂角落得泉边到处都是。这皂角树在涧上，村人来打水或洗衣服就容易想起秃子吊死的样子，便把皂角树砍了。

药树。药树在法性寺后的土崖上，寺殿的大梁上写着清康熙初年重建，药树最少在这里长了三百年。我记事起，法性寺里就没有和尚，是村小学校，铃声是敲那口铁铸的钟，每每钟声悠长，我就感觉是从药树上发出来的。药树特别粗，从土崖上斜着往空中长，树皮一片一片像鳞甲，村人称作龙树。那时候我们那儿还没有发现煤，柴火紧张，大一点的孩子常常爬上树去掰干枯了的枝条，我爬不上去，但夜里一起风，第二天早晨我就往树下跑，希望树上的那个鸟巢能掉下来。鸟巢是可以做几顿饭的。

药树几乎是我们村的象征，人要问：你是哪儿的？我们说：棣花的。问：棣花哪个村？我们说：药树底下的。

我在寺里读了六年书，每天早晨上操听完校长训话，我抬头就看到药树。记得一次校长训话突然就提到了药树，说早年陕南游击队在这一带活动，有个共产党员受伤后在寺里养伤住了三年，解放后当了三年专员，因为寺里风水好，有这棵龙树。校长鼓励我们好好学习，将来也成龙变凤。母亲对我希望很大，大年初一早上总是让我去药树下烧香磕头，她说：你要给我考大学！

但是，我连初中还没有读完，“文化大革命”就开始了，辍学务农，那时我十四岁。

我回到村里，法性寺小学也没了师生，驻扎了当地很大的一个造反派的指挥部。我们从此没有安宁过，经常是县城过来的另一个造反派的人来攻打，双方就在盆地东边的烽火台上打了几仗，好像是这个造反派的人赢了，结果势力越来越大。忽然有一天，一声爆炸，以为又武斗了，母亲赶紧关了院门，不让我们出去，巷道里有人喊：不是武斗，是炸药树了！等村人赶到寺后的土崖上，药树果然根部被炸药炸开，树干倒下去压塌了学校的后院墙。原来造反派每日有上百人在那里起灶做饭，没有了柴火，就炸了药树。

村里人都傻了眼，但村里人没办法。到了晚上，传出消息，说造反派砍了药树的枝条，而药树身太粗砍不动也锯不开，正在树上掏洞再用炸药炸，队长就和几位老者去寺里和指挥部的人交涉，希望不要炸树身，结果每家出一百斤柴火把树身保全了下来。

树身太大，无法运出寺，就用土掩埋在土崖下，但树的断茬口不停地往出流水，流暗红色的水，把掩埋的土都浸湿了，二爷说那是血水。

村人背地里都在起毒咒：炸药树要报应的！果不其然，三个月后，烽火台又武斗了一场，这个造反派的人死了三个，两个就是在药树下点炸药包的人，而“文革”结束后，清理阶级队伍，两个造反派的武斗总指挥都被枪毙了。

我离开村子的那年，村人把药树挖出来，解成了板，这些板做了桥板就架设在村前的丹江上。

楸树。高达二十米，叶子呈三角形，叶边有锯齿，花冠白色。楸树的木质并不坚实，有点像杨树。这棵树在刘新来家的屋后，但树却属于李书富家。刘新来家和李书富家是隔壁，但李书富家地势高，刘新来家地势低，屋后的阴沟里老是湿津津的，很少有人去过。楸树占的地方狭窄，就顺着涧根往高里长，枝叶高过了涧畔。刘家人丁不旺，几辈单传，到了刘新来手里，他在外地工作，老婆和儿子在家，儿子就患了心脏病，一年四季嘴唇发青。阴阳先生说楸树吸了刘家精气，刘新来要求李书富能把楸树伐了，李书富不同意，刘新来说给你二百元钱把树伐了，李书富还是不同意。

刘新来的老婆带了儿子去了刘新来的单位，一去三年没有回来。那时候我和弟弟提了笼子拾柴火，就钻进刘家屋后砍涧壁上的荆棘，也砍过楸树根。楸树根像蛇一样爬在涧壁上，砍一截下来，根就冒白水，很快颜色发黑，稠得像胶。我们隔院门缝往里看，院子里蒿草没了台阶，堂屋的门框上结个大蜘蛛网，如同挂了个筛子。

李书富在秋后打核桃的时候从树上掉下来，把脊梁跌断了，卧床了三年，临死前给老伴说：用楸树解板给我做棺材。他儿子在西安打工，探病回来就伐倒了楸树，伐楸树费老了劲，是一截一截锯断用绳吊着抬出来，解成了板。李书富一死，儿子却没有用楸树板给他爹做棺材，只是将家里一个老式板柜锯了腿，将爹装进去埋了。埋了爹，儿子又进城打工了，李书富的老伴还留在家里，对人说：儿子在城里找了个对象，这些木板留着做结婚家具呀。我也要进城呀，但我必须给他爹过了百天，百天里这些木板也就干了。

百天过后，李书富的儿子果然回来接走了老娘，也拉走了楸木板，也在这一天，刘新来家的堂屋倒坍了。

香椿。村里原来有许多椿树，我家茅坑边就有一棵，但都是臭椿，香椿只有一棵。这一棵长在莲菜池边的独院里，院里住着泥水匠，泥水匠常年在外揽活儿，他老婆年龄小得多，嫩面俊俏。每年春天，大家从墙外经过，就拿眼盯着看香椿的叶子。

男人们都说香椿好，前院的三婶就骂：不是香椿好，是人家的老婆好！于是她大肆攻击那老婆，说人家走路水上漂是因为泥水匠挣了钱给买了一双白胶底鞋，说人家奶大是衣服里塞了棉花，而且不会生男娃，不会生男娃算什么好女人？

三婶有一个嗜好，爱吃芫荽，她在地里种了案板大片的芫荽，每一顿饭，她掐几片芫荽叶子切碎了搅在饭碗里。我们总闻不惯芫荽的怪气味，还是说香椿好，香椿炒鸡蛋是世上最好的吃食。

“社教”的时候，村里重新划阶级成分，泥水匠原来的成分是中农，但村人说泥水匠的爹在解放前卖掉了十亩地，他是逮住要解放的风声才卖的地，他应该是漏划的地主，结果泥水匠家就定为地主成分。是地主成分就得抄家，抄家的那天村人几乎都去搬东西，五根子板柜抬到村饲养室给牛装了饲料，八仙桌成了生产队办公室的会议桌。那些盆盆罐罐都被砸了，院子里的花草被踏了。三婶用镰割断了爬满院墙的紫藤蔓，又去割那棵香椿，割不动，拿斧头砍，就把香椿树砍倒了。

从此村里只有臭椿，臭椿老生一种椿虫，逮住了，手上留一股臭味，像狐臭一样难闻。

苦楝树。苦楝树能长得非常高大，但枝叶稀疏，秋天里就结一种果，指头蛋儿大，一兜一兜地在风里摇曳，一直到腊月天还不脱落。

先前村里有过三棵苦楝树。一棵在村口的戏楼旁，戏楼倒坍的时候这树莫名其妙也死了。另一棵在涧上的一块儿场地上，村长的儿子要盖新院子，村长通融了乡政府，这场地就批给了村长的儿子做庄宅地。而且场地要盖新院子，就得伐了苦楝树，这棵苦楝树产权属于集体，又以最便宜的价处理给了村长的儿子。这事村人意见很大，但也只能背后说说而已，人家用这棵苦楝树做了椽子，新房上梁的时候大家又都去帮忙，拿了礼，燃放鞭炮。

最后的一棵苦楝树在村西头，树下是大青石碾盘。碾盘和石磨称作青龙白虎，村西头地势高，对着南头山岭的一个沟口，碾盘安在那儿是老祖先按风水设计的。碾盘旁边是雷家的院子，住着一个孤寡老人。我写完《怀念狼》那本书后回去过一次，见到那老汉，他给我讲了他爷爷的事。他小时候和他娘睡在上屋，上屋的窗外就是苦楝树和碾盘，夏天里他爷爷就睡在碾盘上，那时狼多，常到村里来吃鸡叼猪，有一夜他听见爷爷在碾盘上说话，掀窗看时，一只狼就卧在碾盘下，狼尾巴很长，直身坐着，用前爪不断地逗弄着他爷爷，他爷爷说：你走，你走，我一身干骨头。狼后来起身就走了。我觉得这个细节很好，遗憾《怀念狼》没用上。

这棵苦楝树是最大的一棵苦楝树，因为在碾盘旁可以遮风挡雨，谁也没想过砍伐它。小时候我们在碾盘上玩抓石子，苦楝蛋儿就时不时掉下来，嘣，一颗掉下来，在碾盘上跳几跳，嘣，又掉下来一颗。述君和我们玩时，一输，就用脚踹苦楝树，他力气大，苦楝蛋儿便下冰雹一样落下来。

苦楝蛋儿很苦，是一味药，邻村的郎中每年要来捡几次。后来苦楝树被人用斧头砍了一次，留下个疤，谁也不知道是谁砍的，不久姓王那家的小女儿突然死了，村里传言那小女儿还不到结婚年龄却怀了孕，她听别人说喝苦楝蛋儿熬出的水可以堕胎，结果把命丢了，于是大家就怀疑是姓王的来砍了树。

一级公路经过我们村北边，高速公路经过的是村前的水田，但高速公路要修一条连接一级公路的辅道，正好经过村西头，孤寡老人的院子就拆了，碾盘早废弃了多年，当然苦楝树也就伐了。老院子给补贴了两万元，碾盘一分钱也没赔，苦楝树赔了三千元，村人家家有份，每户分到一百元。

这次回去，我见到了那个郎中，他已经是老郎中了，再来捡苦楝蛋儿时没有了苦楝树，他给我扬扬手，苦笑着，却一句话都没有说。

痒痒树。这棵痒痒树是我们村独有的一棵痒痒树，也可以说是我们那儿方圆十里内独有的树。树在永娃家的院子里，是他爷爷年轻时去山阳县，从那儿带回来移栽的。树几十年长得有茶缸粗，树梢平过屋檐。树身上也是脱皮，像药树一样，但颜色始终灰白。因为这棵树和别的树不一样，村人凡是到永娃家来，都要用手搔一搔树根，看树梢颤颤巍巍地晃动。

树和人在一起时间长了，不是树影响了人，就是人影响了树。五魁家的院墙塌了一面，他没钱买砖补修，就栽了一排铁匠蛋树，这种树浑身长刺，但一般长刺却是软刺，他性情暴戾，铁匠蛋树长的刺就非常硬，人不能钻进去，猫儿狗儿也钻不进去。痒痒树长在永娃家的院子里，永娃的脾气也变了，竟然见人害羞，而且胆小。当一级公路改造时，原本老路从村后坡根经过，改造后却要向南移，占几十亩耕地，村人就去施工地闹事，永娃也参加了，但那次闹事被公安局来人强行压服，事后又要追究闹事人责任，别人还都没什么，永娃就吓得生病了，病后从此身上生了牛皮癣。他再没穿过短裤短袖，据说每天晚上让老婆用筷子给他刮身子，刮下屑皮就一大把。村人都说这病是痒痒树栽在院子里的缘故，他也成了痒痒树。他的儿子要砍痒痒树，他不同意，说，既然我是人肉痒痒树，你把树一砍，我不也就死了。他儿子也就不敢砍了。

前三年的春上，西安城里来了人，在村里寻着买树，听说了永娃家院子里有痒痒树，就来看了要买。永娃还是不舍得，那伙人就买了村里十二棵紫槐树，三棵桂花树。永娃的儿子后来打听了这是西安一个买树公司，他们专门在乡下买树，然后再卖给城里的房地产开发商，移栽到一些豪华别墅区里，从中牟利。永娃的儿子就寻着那伙人，同意卖痒痒树，说好价钱是一千元，几经讨价还价，最后以五百元成交，但条件是必须由永娃的儿子来挖，方圆带一米的土挖出。永娃的儿子那天将永娃哄说去了他舅家，然后挖树卖了，等永娃回来，院子里一个大深坑，没树了，永娃气得昏了过去。

永娃是那年腊八节去世的。

去年，永娃的儿媳妇患了胆结石来西安做手术，那儿子来看我，我问那棵痒痒树卖给了哪家公司，他说是神绿公司，树又卖给一个尚德别墅区，他爹去世前非要叫他去看看那棵树，他去看了，但树没栽活。

贾平凹